Jenny Colgan

Happy Ever After – Wo Geschichten neu beginnen

Jenny Colgan

Wo Geschichten neu beginnen

Roman

Aus dem Englischen von
Sonja Hagemann

PIPER

Mehr über unsere Autoren und Bücher:
www.piper.de

Wenn Ihnen dieser Roman gefallen hat, schreiben Sie uns unter Nennung des Titels »Happy Ever After – Wo Geschichten neu beginnen« an *empfehlungen@piper.de,* und wir empfehlen Ihnen gerne vergleichbare Bücher.

Von Jenny Colgan liegen im Piper Verlag vor:
Die kleine Bäckerei am Strandweg
Band 1: Die kleine Bäckerei am Strandweg
Band 2: Sommer in der kleinen Bäckerei am Strandweg
Band 3: Weihnachten in der kleinen Bäckerei am Strandweg

Floras Küche
Band 1: Die kleine Sommerküche am Meer
Band 2: Hochzeit in der kleinen Sommerküche am Meer
Band 3: Weihnachten in der kleinen Sommerküche am Meer
Begegnung in der kleinen Sommerküche. Erzählung

Happy-Ever-After
Band 1: Happy Ever After – Wo das Glück zu Hause ist
Band 2: Happy Ever After – Wo dich das Leben anlächelt
Band 3: Happy Ever After – Wo Geschichten neu beginnen

FSC www.fsc.org
MIX
Papier aus verantwortungsvollen Quellen
FSC® C083411

Deutsche Erstausgabe
ISBN 978-3-492-31662-0
1. Auflage März 2021
2. Auflage März 2021

Titel der englischen Originalausgabe: »500 Miles from you«,
Sphere, an imprint of Little Brown Book Group,
an Hachette UK Company, London 2020

Redaktion: Kerstin Kubitz
Satz: Fotosatz Amann, Memmingen
Gesetzt aus der Dante
Druck und Bindung: CPI books GmbH
Printed in the EU

Für alle, die einen Organspendeausweis haben

Zwei Lehrerinnen haben wir,
die eine sanft mit milder Stimm'.
Mit einem Lächeln für uns Schüler
eilt sie leis' von hier nach da.
Als Liebe ist sie wohlbekannt
und meidet die Kollegin Leid.

So scheint es oft; doch dann, zuweilen,
treffen, ja küssen sie sich gar.
Und ähneln plötzlich sich so sehr,
dass ich mich frag', wie es nur kommt.
Welch Wandel mich da zweifeln lässt,
Wer vor mir steht – Lieb' oder Leid.

Susan Coolidge, aus
»In School« in *What Katy Did*

Teil 1

Kapitel 1

Alles hätte eigentlich mit unheilvollen schwarzen Krähen beginnen sollen, mit viel Raunen und Flattern, bösen Vorzeichen am Himmel, heranziehenden riesigen, dunklen Sturmwolken und Uhren, die dreizehn Mal schlagen.

Tatsächlich aber stand am Anfang ein ziemlich würdeloser Streit mit einer alten Dame über eine Tafel Schokolade.

»Aber Sie halten doch da eine Tafel Dairy Milk in der Hand!«

Mit ihrer massigen Gestalt saß Mrs Marks auf dem rissigen braunen Ledersofa und blickte finster auf. »Tu ich nicht!«

»Hinter Ihrem Rücken!«

Wie ein kleines Kind weigerte sie sich, ihre Hand zu zeigen, und schüttelte bloß aufsässig den Kopf.

Lissa Westcott stellte die Tasche ab, in die sie gerade die medizinische Ausrüstung gepackt hatte, und kehrte entnervt in die Mitte des Raumes zurück. »Sie haben gedacht, ich wäre schon weg. Und sobald ich Ihrer Meinung nach zur Tür hinaus war, haben Sie sich auf Ihre versteckte Tafel gestürzt!«

Mrs Marks fixierte sie mit winzigen Äuglein. »Ja, was zum Teufel sind Sie denn, die verdammte Schokoladenpolizei?«

»Nein. Ja!«, rief Lissa verzweifelt. Sie streckte die Hand aus.

Endlich gab Mrs Marks die Schokolade her, bei der es sich in Wirklichkeit um eine Tafel Bournville handelte.

»Da!«, sagte Mrs Marks verächtlich.

Lissa sah sie an.

Die alte Mrs Marks lebte im vierzehnten Stock eines Mietshauses in Südlondon, in dem die Aufzüge oft nicht funktionierten. Ihr Fuß fiel langsam dem Diabetes zum Opfer, und Lissa gab hier ihr Bestes, um ihn zu retten.

Sie ließ den Blick durch die schäbige, überladene und mit staubigen Plastikblumen dekorierte Wohnung wandern und betrachtete dann die wundervolle Aussicht über den Fluss hinweg gen Norden. Die hohen Gebäude der City glänzten in der Sonne, hell und zauberhaft, sauber und voller Geld, wie eine weitläufige, glitzernde Palastanlage. Obwohl nur gut drei Kilometer entfernt, lag diese Welt außerhalb jeder Reichweite.

»Wir haben gerade erst zwanzig Minuten lang über Ihre Ernährung gesprochen!«, sagte Lissa zu der armen Frau, die praktisch an ihre Wohnung gefesselt war und nur von ihrer Tochter Besuch bekam. Beim Verzehr einer großen Tafel Schokolade *EastEnders* zu gucken, war eine der wenigen ihr noch verbliebenen Freuden des Lebens. Aber es war eben nicht gut für sie.

»Ich will hier nicht eines Tages reinkommen und Sie im Koma vorfinden«, sagte Lissa so streng, wie sie es wagte.

Mrs Marks lachte nur. »Oh, machen Sie sich um mich mal keine Sorgen, Schätzchen. Was kommt, das kommt.«

»So funktioniert Gesundheitsvorsorge aber nicht!«, empörte sich Lissa und warf einen Blick auf die Uhr. In zwanzig Minuten musste sie in Peckham sein. In London Auto zu fahren, war absoluter Wahnsinn, aber sie hatte leider keine Wahl, da sie mit ihrer Medikamententasche nicht die U-Bahn nehmen konnte.

Lissa war Krankenschwester und arbeitete in der häuslichen Pflege, wobei sie sich um aus dem Krankenhaus entlassene Patienten kümmerte. Damit wollte man verhindern, Menschen, die die Ambulanz nicht problemlos aufsuchen konnten, bald wieder in der Klinik aufnehmen zu müssen. Lissa selbst drückte es in ihren zynischsten Momenten anders aus: Ihr Job bestand zur einen Hälfte aus dem, was einst Gemeindeschwestern übernommen hatten, als es dafür noch ein Budget gab, und zur Hälfte aus dem, was Hausärzte früher gemacht hatten, als sie sich noch zu Hausbesuchen herabgelassen hatten. Lissa war ursprünglich zur Notfallschwester ausgebildet worden und liebte ihre jetzige Arbeit – bei der sie es mit weitaus weniger Betrunkenen und ihrem Erbrochenen zu tun hatte als in der Unfallambulanz –, vor allem, wenn dabei Schokolade für sie abfiel.

Allerdings waren bei Mrs Marks die Aussichten nicht sehr rosig.

»Sie sind ja auch nicht gerade eine Nymphe«, knurrte die Patientin jetzt.

»Sie reden wie meine Mum«, beschwerte sich Lissa. Sie hatte die kurvige Figur ihrer Mutter geerbt, was bei dieser abwechselnd zu stillschweigender oder wortreich zum Ausdruck gebrachter Missbilligung führte.

»Na, dann nehmen Sie sie schon mit«, sagte Mrs Marks widerwillig.

Lissa verzog das Gesicht. »Ich hasse Zartbitter«, stöhnte sie. Trotzdem griff sie danach. »Bitte«, sagte sie noch einmal. »Bitte. Ich fände es ganz furchtbar, wenn Sie wieder ins Krankenhaus müssten. Beim nächsten Mal verlieren Sie den Fuß vielleicht. Im Ernst.«

Als Antwort seufzte Mrs Marks und machte eine Geste, die die ganze dreiteilige braune Couchgarnitur mit einschloss.

Lissa schob die Hand hinter die Kissen und fand hinter jedem einzelnen Schokolade. »Die spende ich einer Tafel«, erklärte sie. »Soll ich sie Ihnen abkaufen?«

Mrs Marks winkte ab. »Nein. Aber wenn ich wieder in dieser Klinik lande, mache ich Sie dafür verantwortlich.«

»Abgemacht«, sagte Lissa.

Es war kühl für Anfang März, doch jenseits der dünnen Smogschicht schien die Sonne. Als Lissa das Gebäude verließ, konnte sie spüren, dass irgendwo am Horizont langsam der Frühling näher rückte. Wie jedes Mal hoffte sie inständig, der Aufkleber mit dem Hinweis »Medizinisches Personal« an ihrem Auto war in der Zwischenzeit unbemerkt geblieben und der Wagen nicht von jemandem auf der Suche nach Medikamenten aufgebrochen worden. Sie dachte auch über das neue koreanische Grillrestaurant nach, in dem sie später mit ein paar Freunden verabredet war. Auf Instagram sah es zwar super aus, das musste aber nicht unbedingt ein gutes Zeichen sein –

eher im Gegenteil, wenn es bloß voll von Leuten war, die kaltes Essen fotografierten.

Lissa bemerkte ein paar junge Kerle, die vor dem Gebäude herumlungerten, was nichts Ungewöhnliches war. Bei manchen Jugendlichen konnte man nur schwer sagen, ob sie nicht eigentlich in die Schule gehörten – die waren heutzutage oft so groß.

Mit dem angeborenen Instinkt einer Großstadtbewohnerin taxierte Lissa die Jungen aus dem Augenwinkel, um zu sehen, ob sie wohl gefährlich waren oder ob da vielleicht etwas eskalieren könnte. Da Lissa beruflich oft mit den Folgen zu tun hatte, waren ihre Sinne für Ärger geschärft.

Wegen Situationen wie dieser verbarg sie ihre Ringellöckchen meistens unter einem Tuch oder band sie zu einem festen Zopf zusammen. Nun senkte sie den Blick und lief einfach weiter. Sie war unglaublich dankbar dafür, dass ihre unvorteilhafte grüne Uniformhose sie praktisch unsichtbar machte.

Aber diese Typen hatten sowieso kein Interesse an ihr, da sie völlig mit sich selbst beschäftigt waren. Es war nur das übliche Gekabbel unter Teenagern, die prahlten und sich eitel wie Pfauen in die Brust warfen. Verschiedene Hautfarben, dünne kleine Bärtchen und Schnäuzer, schlaksige Beine und zu spitze Ellbogen, großzügig versprühtes Lynx Africa und Turnschuhe so groß wie Lastkähne. In gewisser Weise war es beinahe niedlich, wie sie versuchten, sich als echte Männer auszugeben. Aber die Burschen waren auch ein wenig einschüchternd, und Lissa wollte bereits einen großen Bogen um sie machen, da erkannte sie einen unter ihnen wieder.

Ein wenig gequält verzog sie das Gesicht. Es war einer von Ezras Cousins.

Ezra, der gut aussehende Ezra, dessen anmutiger Körper und dessen schönes Gesicht ihn unwiderstehlich machten, wenn er sich denn mal meldete. Leider war Ezra sich dessen nur zu bewusst und hielt es für seine Pflicht, sich gerecht über ganz Südlondon zu verteilen.

Nie wieder!, schwor sich Lissa jedes Mal, wenn sie von ihm geghostet wurde. Doch dieses Versprechen konnte sie genauso wenig halten, wie sie die Finger von Mrs Marks Schokolade lassen würde.

Ezra hatte Lissa nie seiner Familie vorgestellt, aber bei einem gemeinsamen Frühstückseinkauf auf dem Brixton Market hatte Lissa durch Zufall Kai kennengelernt. Der war ein cleverer, frecher Fünfzehnjähriger und hätte jetzt eigentlich in der Schule sein sollen, wie Lissa mit einem Seufzen dachte. Doch das erwähnte sie wohl besser nicht.

»Kai!« Sie hob die Hand.

Er drehte sich zu ihr um, und ein Grinsen legte sich über sein Gesicht, als er sie erkannte. Genau in dem Augenblick heulte wie aus heiterem Himmel ein Motor auf.

Kapitel 2

Etwa neunhundert Kilometer weiter nordwestlich fegte in dem kleinen Ort Kirrinfief am Ufer von Loch Ness ein kühler Märzwind übers Wasser und zauberte weiße Schaumkrönchen auf die Wellen. An den Gipfeln der lilafarbenen Berge blieben schwere Wolken hängen.

Cormac MacPherson, der ambulante Krankenpfleger vor Ort, schaute auf die Uhr. Die Dorfärztin, Dr. Joan Davenport, musste sich heute auf der anderen Seite des Moores um einen Zwerchfellbruch kümmern. Bei einem Menschen, nahm Cormac mal an, obwohl man das bei Joan nie wusste. Die Ärztin war für gewöhnlich von einem Rudel Drahthaar-Foxterrier umgeben, wo sie auch ging und stand.

Jedenfalls hatte sich Cormac von Sanitäter Jake dazu überreden lassen, ihn bei der Sterbebegleitung einer sehr alten Dame zu unterstützen.

Jake wusste, dass Cormac nicht Nein sagen konnte, wenn jemand Hilfe brauchte, und nutzte seine Weichherzigkeit ordentlich aus.

Die ganze Familie war zusammengekommen und

hatte dafür gesorgt, dass Edie es in ihrem kleinen Häuschen und in demselben Bett, in dem sie neunzig Jahre zuvor zur Welt gekommen war, bis zum Schluss so bequem wie möglich hatte. Soweit man das in so einer Situation sagen konnte, hatte sie es gut gehabt.

Und jetzt machten sich die beiden auf den Weg zu einem wohlverdienten Bierchen.

»Nicht die schlechteste Art zu gehen«, sinnierte Jake, als sie über das Kopfsteinpflaster schritten.

»Hm«, machte Cormac und warf einen Blick auf sein Handy.

»Ist das schon wieder Emer?« Jake reckte den Hals.

»Oh, verdammt, sie ist bei mir zu Hause und wollte mich mit einem Abendessen überraschen.«

»Wie gruselig.«

»Das ist gar nicht gruselig«, protestierte Cormac wenig überzeugend. »Ich find das süß.«

»Sie weiß doch, dass du ständig zu Notfällen gerufen wirst.«

»Ich hab ihr vorher gesagt, dass ich heute keine Bereitschaft habe.«

»Na egal«, sagte Jake, dem das Ganze nicht im Geringsten unangenehm war. »Aber dann kannst du doch jetzt trotzdem erst mal dein Bier trinken.«

Cormac schüttelte den Kopf, als plötzlich neben ihnen eine Haustür aufging. Bei diesen kleinen Reihenhäusern lag direkt dahinter das Wohnzimmer.

»Jake! Cormac!«, rief eine Stimme sie leise. »Ich möchte ungern …«

»… Frau Doktor damit belästigen«, führte Jake den Satz zu Ende. »Ja, ja, wissen wir.«

Kapitel 3

Lissa hörte etwas, was wie ein beschleunigendes Auto klang. Zunächst ignorierte sie es, dann aber wurde ihr bewusst, dass es nicht langsamer, sondern nur noch schneller wurde, als es um die Ecke bog und in die Siedlung einfuhr. Instinktiv wandte sie sich zu ihrem eigenen Wagen hin, um sich zu vergewissern, dass er nicht gerammt wurde.

Als sie sich wieder zu den Teenagern umdrehte, ertönte laut ein quietschendes Heulen, während das Fahrzeug auf den Bordstein fuhr – ganz bewusst auf den Bürgersteig fuhr –, und dann … Das Einzige, was Lissa in diesem Moment wahrnahm, war das Aufblitzen eines Handys. Es flog durch die Luft, rotierte dabei ganz langsam und reflektierte das Licht, was beinahe hübsch aussah …

Danach geschah alles ganz schnell, als sich eine grauenhaft verzerrte Gestalt drehte und mit einem dumpfen, platschenden, unerträglichen Laut aufschlug, der hinter ihrer Stirn widerhallte. Etwas Unvorstellbares war dem Handy gefolgt, und die Räder des Autos bewegten sich immer noch, drehten fast durch, während der riesige, unbegreifliche Umriss mit einem knackenden Geräusch auf dem Boden aufkam und verdreht, deformiert liegen blieb.

Lissa konnte nicht glauben, was sie da vor sich hatte – das konnte, durfte doch nicht Kai sein! Sie blickte auf und starrte dem Fahrer des Wagens direkt ins Gesicht, der den Motor aufheulen ließ, während sich seine Lippen zu einer Art Knurren oder Grinsen oder etwas in der Art verzogen. Was genau, konnte Lissa in diesem Moment des Nichtbegreifens, der Panik, überhaupt nicht erfassen. Sie hörte etwas, das wie »Haltet euch von Leaf Field fern!« klang, dann sauste das Auto davon.

Einen Moment herrschte Stille, bevor das Geschrei losging – ungläubig, wütend.

Plötzlich spürte Lissa, dass sie sich wie von selbst in Bewegung setzte und antrainierte Mechanismen übernahmen und sie zum Handeln antrieben. »Ich bin Krankenschwester. Geht bitte zur Seite – ich kann helfen.«

Sie hatte damit gerechnet, sich einen Weg bahnen zu müssen, doch die anderen Jugendlichen fingen an zu brüllen, stoben auseinander und rannten schreiend dem Auto hinterher.

»Wählt den Notruf!«, rief Lissa, während sie sich hinkniete, um Kai zu untersuchen. Dann zog sie selbst ihr Handy aus der Tasche. Sie hatte keine Ahnung, ob die Jungen das Auto einholen würden, und befürchtete, dass womöglich noch jemand überfahren werden würde. Da nur eine Straße aus der Siedlung hinausführte, würde der Wagen irgendwo wenden müssen. Aber sie musste sich jetzt auf das Wesentliche konzentrieren.

Sie starrte den Jungen am Boden an, dessen Kopf seitlich das Pflaster berührte. Im Rinnstein lagen Zigarettenstummel.

»Kannst du mich hören? Kannst du mich hören, mein Schatz?«

Lissa konnte einfach nicht fassen, wie wunderschön und jung er war. Als ob das entscheidend wäre, darum ging es doch gerade gar nicht. Aber als sie sich über ihn beugte und ihn fieberhaft zu retten versuchte, als sie endlich, endlich die verzweifelt herbeigesehnten Sirenen hörte, kam sie nicht über die herzergreifende Schönheit der jungen, weichen Haut hinweg, die Rundung seines Nackens, das dunkle Haar. Er war doch noch ein Kind! Sie konnte den Gedanken nicht ertragen, wie die Familie es wohl aufnehmen würde. Lissa verfluchte sich selbst, weil ihre beste Freundin Ezras Nummer vorsichtshalber aus ihrem Handy gelöscht hatte. So konnte sie ihn nicht einmal anrufen.

Selbst als der Krankenwagen eintraf, hörte Lissa nicht mit ihren Wiederbelebungsversuchen auf. Immer wieder presste sie die Handballen auf Kais Brust, während die Sanitäter sich neben sie knieten, das Oxymeter anschlossen und eine Adrenalinspritze vorbereiteten, um sie ihm ins Herz zu stoßen.

Lissa kannte die Kollegen vom Rettungsdienst; sie vertrauten ihr und nahmen sie ins Krankenhaus mit. Während Ashkan hinten mit ihr zusammenarbeitete, fuhr Kerry wie der Teufel. Das Blaulicht flackerte über den Verkehr hinweg. Londons erdrückend überfüllte Straßen waren verstopft, viel zu voll mit Lkw, Lieferwagen, Taxis und Motorrädern. Alles war so knapp und eng, dass man kaum an die Seite fahren konnte, um einen Krankenwagen vorbeizulassen.

Plötzlich krümmte sich der Körper und bäumte sich auf, während Ashkan »Clear!« rief. Lissa machte instinktiv einen Satz nach hinten. Dabei fragte sie sich, ob die Polizistin am Tatort inzwischen wohl mit der ermüdenden Aufgabe begonnen hatte, Kais Identität herauszufinden, und mit der unerträglichen Pflicht, seine Familie zu benachrichtigen.

Um nicht weiter nachzudenken, überließ Lissa sich wieder dem antrainierten Automatismus. Ganz mechanisch schob sie dem Jungen erneut die Sauerstoffmaske über die blauen Lippen, spritzte ihm noch einmal Adrenalin und hängte eine weitere Blutkonserve ein.

Sie hofften alle verzweifelt, dass er bis zum Eintreffen in der Notaufnahme durchhielt. Abgesehen von den üblichen kurzen Kommandos, sprachen sie bei ihrer Arbeit kein Wort, während sie versuchten, mehr Blut in ihn hineinzubekommen, als aus seinem Körper herausströmte.

Selbst mit den modernsten Maschinen der Welt waren Wiederbelebungsversuche nur selten erfolgreich. Im Fernsehen wurde den Leuten gern eine wundersame Rückkehr vom Tod gezeigt. So mussten die Zuschauer nicht mit ansehen, wie Blut im selben Tempo zugeführt und wieder verloren wurde, wie auch bei der x-ten Überprüfung die Pupillen nicht reagierten, wie ein junger Körper durch die Stimulation künstlich zuckte. Sie mussten nicht miterleben, was für ein einziges grauenhaftes Chaos das war, wenn Kommandos gebellt wurden und man immer wieder checkte, ob der Patient endlich selbstständig atmete.

Der Krankenwagen bahnte sich schwankend und kreischend seinen Weg durch den Londoner Stoßverkehr, nur ein kleines Teilchen im großen Puzzle aus heulenden Sirenen, Hubschraubern, Tod, Schmerz und Blut.

»Die Ärzte werden ihn für tot erklären«, prophezeite Ashkan bei einem Blick auf seine Uhr.

»Das dürfen sie nicht!«, entfuhr es Lissa.

Ashkan fluchte. Wie sinnlos das war, anscheinend absichtliches Überfahren mit Fahrerflucht. Bei einem Kind. Er wandte sich ab, konzentrierte sich kurz auf den Polizeifunk und bekam sogar ein kleines Lächeln hin.

»Sie haben ihn«, versetzte er grimmig. »Die anderen Jugendlichen haben sich auf das Auto gestürzt und es nicht wegfahren lassen. Es muss wohl wie ein Zombieangriff gewirkt haben, sie haben sogar die Scheiben eingeschlagen.«

Lissa bekam das alles gar nicht mit. »Mach weiter! Mehr Blut! Jetzt!«, drängte sie heftig und hängte sich noch einmal richtig rein. Am Ohr des Jungen zischte sie: »Na los, Kai! Komm zu dir! KOMM ZU DIR!«

Als sie das Guy's Hospital erreichten, sprangen durch die augenblicklich aufgerissenen Türen zwei Träger und ein Notarzt herein.

»Zur Seite«, sagte der junge Arzt, der aussah, als sei er ungefähr neun.

»Ich bin hier noch nicht fertig«, antwortete Lissa vehement, während sie die Sauerstoffmaske wieder zurechtrückte, Kai in die Augen leuchtete und nach einem Lebenszeichen suchte.

»Doch, sind Sie«, entgegnete der Arzt. »Lassen Sie mich jetzt ran.«

»Ich kann das machen!«, rief Lissa.

Sein Gesicht. Sein schönes Gesicht. Er war doch ein Kind, ein schlafendes Kind, noch immer warm – Oder lag das nur an ihnen? –, das doch nur schlief, träumte, seine Hausaufgaben verbummelte und auf eine Karriere als Fußballer oder Rockstar hoffte.

»Aus dem Weg!«

»ICH KANN DAS MACHEN!« Lissa merkte gar nicht, wie laut sie kreischte, ihr war nicht klar, dass alle innehielten und sie anstarrten. Mit besorgter Miene zog Ashkan sie zur Seite.

Der Assistenzarzt ignorierte sie und wollte sich an ihr vorbeischieben. »Machen Sie Platz!«

»Ich will doch nur …«

Krankenschwestern widersetzten sich den Anweisungen von Ärzten nicht, das war schlicht unerhört. Selbst wenn dieser Arzt hier so aussah, als hätte er sich den Schnurrbart heute Morgen mit Filzstift aufgemalt.

»Weg jetzt!«

Aber das ging nicht. Lissa stand da, als hätte sie keine Ahnung, wo sie sich hier befand, streckte hilflos die Arme aus und murmelte »Kai … Kai …« vor sich hin. Sie hatte die Hoffnung noch nicht aufgegeben, selbst dann nicht, als der Arzt auf die Uhr schaute und den Kopf schüttelte, als das Blut nicht länger auf den Boden tropfte, sondern zu klumpen und gerinnen begann. Seine letzte Verbindung zum Leben war sie.

»Ich will doch nur … noch ein einziges Mal …«

»Bringt sie hier weg«, murmelte der junge Arzt, während die Träger versuchten, den Körper auf die Rolltrage zu hieven.

Weitere Sanitäter erschienen, die Lissa trotz ihres Schockzustands erkannte.

»Sind Angehörige anwesend?«, rief einer von ihnen, und Lissa beobachtete entsetzt das zügige und unpersönliche Vorgehen des Transplantationsteams.

»Er ist ja noch nicht einmal tot, ihr Geier!«, hörte sie sich schreien.

In diesem Moment kam Bewegung in Ashkan, und er zerrte sie mit aller Kraft aus dem Krankenwagen, während sie sich ihm fluchend zu entziehen versuchte.

»Er ist noch nicht einmal …«

»Ich erkläre ihn für tot«, sagte der Arzt. »Bringt ihn in die Intensivüberwachungspflege.«

Dort wurden mögliche Organspender in einem Stadium zwischen Leben und Tod gehalten, gerade lange genug, um die nötigen Unterschriften zu beschaffen. Es wurde gebeten und gebettelt, damit ein Leben nicht umsonst sein Ende gefunden hatte.

»18:38«, sagte der Arzt. »Können wir schnell machen?« Seine Stimme klang so furchtbar, furchtbar müde. »Es kommt ein Unfall mit Fahrerflucht rein.«

Lissa brach auf dem feuchten Asphalt zusammen und ließ unter heftigem Schluchzen die Tränen laufen. Dabei war das hier eigentlich ihre Branche. Sie hatte genau dies vier Jahre lang gemacht, war mit Autounfällen und Morden konfrontiert gewesen, mit den grauenhaftesten Dingen, die man sich nur vorstellen konnte.

Aber das hier war ein Junge, den sie kannte, der Kai hieß und der an einem ganz normalen Dienstag um halb sieben abends gestorben war. Und sie zerbrach daran.

Kapitel 4

Ashkan versuchte ein weiteres Mal, sie hier wegzubringen.

»Mann«, zischte er ihr leise zu, »jetzt setz dich in Bewegung, sonst bringen die dich noch in die Gummizelle.«

Die Leute vom Londoner Ambulanzdienst hatten nur wenig für Gesundheitspflege und Therapieeinheiten übrig. Die Sanitäter sahen sich selbst als eine Bande von Vogelfreien, als Piraten, die bei ihren Rettungsaktionen grölend die Straße entlangsausten.

Wenn sie plötzlich wie alle anderen Penner weichherzig werden würden, na ja, wozu waren sie dann noch gut? Irgendjemand musste die Leute doch vom Asphalt kratzen, irgendjemand musste die Stellung halten. Wenn man jetzt anfing, rumzuheulen und Therapie zu brauchen und Körbe zu flechten, na ja, dann war damit doch keinem gedient. Niemand bestritt, dass es ein harter Job war, aber genau darum ging es doch. So einen engen Zusammenhalt wie zwischen Sanitätern gab es sonst selten.

Lissa schaffte es nicht einmal, aufzustehen, obwohl ihr Regen – Seit wann fiel der denn? – in den Kragen der schweren, grünen Jacke lief.

»Alles in Ordnung?«, fragte Dev, der Stationsleiter, und kam zu ihr herüber, das freundliche Gesicht besorgt. Die Brille hatte er sich auf den kahlen Schädel geschoben – normalerweise baumelte sie immer um seinen Hals, steckte in seiner Tasche oder sonst irgendwo, wo er sie nicht finden würde, wenn er sie brauchte.

»Alles okay!«, behauptete Ashkan heiter.

Lissa war sich der Anwesenheit der beiden Männer zwar bewusst, nahm sie wahr, so richtig präsent war sie aber nicht. Sie konnte sich nicht darauf konzentrieren, was sie sie fragten oder warum sie selbst eigentlich auf dem nassen Asphalt saß. Es kam ihr vor, als wäre ihr Körper von ihr losgelöst, als befände sie selbst sich irgendwo anders und als würde das alles ohne sie stattfinden. Die Person, die da auf dem feuchten Boden hockte, schien gar nichts mit ihr zu tun zu haben.

Dev blickte sie voller Sorge an. »Lissa? Warst du bei dem Unfall etwa dabei?«

»Sie kannte den Jungen«, erklärte Ashkan. »Wirklich Pech, es war ein ziemlicher Schock.«

Lissa konnte noch nicht einmal nicken. Irgendwann nahmen Polizisten sie beiseite, damit sie ihre Aussage machte, was sie auch mechanisch tat.

Ashkan wartete auf sie, obwohl seine Schicht bereits zu Ende war. »Na komm«, sagte er sanft. »Wir besorgen dir erst mal einen Tee.«

Er schob sie in Richtung Kantine, und Lissa ließ sich einfach von ihm führen. Ihre Beine schienen sich ohne ihr Zutun zu bewegen, als würden sie zu jemand anders gehören.

Zu dieser späten Stunde war in der Kantine im Erdgeschoss nur wenig los. Bereitschaftsärzte behielten ihre Handys und Piepser im Auge, und ein armer Kerl schlief tief und fest neben einer Topfpflanze. Sein Kopf ruhte in einer Position, die ziemlich unbequem wirkte, auf einer Trennwand aus Korbgeflecht. Eine Gruppe von Hilfskräften spielte Karten, und die Angehörigen von Patienten saßen nervös herum, als seien sie nicht sicher, ob sie hier richtig waren. Das Personal war längst gegangen, daher gab es inzwischen nur noch Sachen aus dem Automaten und üblen Kaffee in Plastikbechern mit Plastikrührstäbchen.

Ashkan kehrte mit zwei Bechern Tee zurück und stellte beide Lissa hin, dann holte er eine Flasche mit selbst gepresstem Gemüsesaft hervor. Er nahm seine Gesundheit furchtbar ernst und ging am Ende seiner Schicht normalerweise direkt ins Fitnessstudio.

Lissa hatte ihn wegen seiner Eitelkeit früher gern aufgezogen – er verbrachte mehr Zeit mit dem Frisieren seiner glänzenden schwarzen Tolle als sie mit ihren Ringellocken, die bei feuchtem Wetter zu einer Krause wurden. Deshalb hatte Lissa sie in der Notaufnahme meistens zu einem festen Pferdeschwanz zusammengebunden, damit sie aus dem Weg waren. Und je weniger sie durch ihr Aussehen aufgefallen war, desto weniger war sie von Leuten beschimpft worden, die bei ihrer Ankunft dort nicht mehr ganz klar im Kopf gewesen waren.

Lissa griff nach einem Tee und verbrannte sich durch das dünne Plastik des Bechers beinahe die Finger – dass Einwegplastikgegner Ashkan ihn für sie geholt hatte, zeigte deutlich seine große Sorge um sie. All dies nahm

Lissa – in gewisser Weise – wie aus weiter Ferne wahr. Zwar war ihr Ashkans Besorgnis bewusst, irgendwie scherte sie das alles aber nicht. Ihr war alles egal. Denn dieser Junge war tot, und nichts mehr schien von Bedeutung; sie kam sich selbst halb tot vor.

Die grellen Neonröhren erinnerten sie ans Fegefeuer, und die regennassen Fenster zeigten nichts weiter als ihr eigenes Spiegelbild.

Ganz kurz fragte sich Lissa, ob sie vielleicht alle in diesem Krankenwagen gestorben waren. Ihr Blick wurde von der Eingangstür angezogen, als in gebeugter Haltung eine Frau hereinkam und verzweifelt die Gesichter der Anwesenden absuchte. Als sie Lissa sah, hielt sie inne.

Sie konnte nicht viel älter als Lissa selbst sein, höchstens in den Dreißigern. Doch als sie zu ihnen herüberkam, wirkte ihr Gesicht so, als hätte sie eine Million Leben hinter sich.

Kapitel 5

Elsie Coudrie erschauderte im kalten Wind und dem von Süden her einfallenden Regen. Sie wickelte sich in ihre Strickjacke. »Cormac, könntest du vielleicht ganz kurz …? Damit ich Frau Doktor nicht anrufen muss.«

Einen Moment herrschte Schweigen.

Dann wandte sich Cormac an Jake. »Na los, geh schon«, sagte er. »Nach Hause finde ich auch allein.«

Jake verzog das Gesicht. »Geht es um Islay?«

Elsie nickte.

»Okay, dann komme ich auch mit«, sagte er mit der resignierten Stimme eines Mannes, dessen Hoffnung auf ein schaumiges Bier und einen kleinen Flirt mit Ginty McGhie gerade zerplatzt war.

Kapitel 6

Lissa hob den Blick, um die fremde Frau anzusehen.

Ihr Gesicht war vor Schmerz verzerrt. »Entschuldigung«, sagte sie.

Für Lissa klang es, als würde jemand aus weiter Ferne zu ihr sprechen. Sie kniff die Augen zusammen. »Ja?«

»Ich … Ich bin die Mutter von Kai Mitchell?« Wegen ihrer stark zitternden Stimme klang es so, als sei sie selbst nicht sicher, ob sie seine Mutter sei oder nicht. Ob sie sich immer noch als solche bezeichnen könne.

Vielleicht, schoss es Lissa durch den Kopf, vielleicht war sie ja wirklich keine Mutter mehr. Das musste Ezras Tante sein.

Ashkan sprang auf und bot ihr seinen Stuhl an.

»Nein«, sagte sie würdevoll. »Nein, danke. Ich will mich nicht setzen.« Sie schaute sich in der klinisch kühlen Cafeteria um. »Ich bleibe auch nicht lange.«

Ashkan lehnte sich zu ihr vor. »Mein tiefstes Mitgefühl. Es tut mir so leid.«

Sie hob die Hand. »Mir nicht. Ich bin wütend.«

Lissa nickte, weil sich plötzlich in ihr etwas geregt hatte. »Ich auch«, sagte sie.

Ashkan warf ihr einen warnenden Blick zu, den sie ignorierte. Stattdessen stand sie auf. »Ich bin auch wütend.«

»Ich würde nur gern wissen …«, begann die Frau. An der Tür stand jetzt eine Gruppe ängstlicher, aufgebrachter Menschen – Freunde und Familie.

Lissa wusste, dass draußen Journalisten und Kameras warteten, weil die Medien nur zu gern eine weitere Geschichte über den Tod ausschlachten wollten.

Hier drinnen, in diesem jetzt stillen Raum, stand nur eine verzweifelte Mutter.

»Haben Sie Leute, die Ihnen beistehen?«, fragte Ashkan und schaute hinüber. »Sie sind doch nicht allein, oder?«

»Doch, bin ich«, antwortete die Frau. »Waren Sie bei ihm?«

Ashkan deutete auf Lissa. »Sie war die ganze Zeit bei ihm und hat das meiste gemacht.«

»Aber nicht genug«, sagte Lissa dumpf. Wenn sie nur mutiger gewesen wäre … Wenn ihr klar gewesen wäre, dass das Auto zu schnell fuhr, und sie eine Warnung ausgestoßen hätte … Wenn sie besser aufgepasst hätte …

»Sie sollten wissen«, fügte Ashkan noch hinzu, weil man mit den ganzen Anwalts-Aasgeiern heutzutage nicht vorsichtig genug sein konnte, »dass wir wirklich alles getan haben. Wir haben versucht …«

Aber die Frau hörte ihm gar nicht mehr zu. Sie war noch einen Schritt vorgetreten und griff nach Lissas kalten Händen.

»Sie haben seine Hand gehalten?«

Lissa nickte.

»Diese Hand hat seine Hand gehalten?«

»Wir haben es versucht«, sagte nun auch Lissa.

Und plötzlich lagen sich die beiden Frauen weinend in den Armen, klammerten sich aneinander.

Das passte Ashkan überhaupt nicht. Es war nicht angemessen, auf keinen Fall. Er war nicht sicher, was er tun sollte.

»Es tut mir ja so leid«, schluchzte Lissa.

»Hat er irgendetwas gesagt?«

Lissa hätte ihr so gern erzählt, dass er nach seiner Mutter gefragt oder seine Liebe zu ihr zum Ausdruck gebracht hätte. Aber das konnte sie einfach nicht. »Er war … es ging ihm bereits so schlecht«, musste sie zugeben.

Die Frau nickte. »Na ja«, sagte sie dann. »Ich bin froh … Ich bin einfach nur froh, dass jemand bei ihm war.«

Lissa nickte und wünschte, sie könnte mehr tun.

»Jetzt bedrängen mich lauter Leute«, fuhr die Frau fort und wirkte durcheinander. »Wissen Sie, die haben mich angeschnauzt, weil sie ihn zerschneiden wollen. Zerstückeln! Sie wollen den Körper meines Sohnes zerlegen, obwohl er noch warm ist! Da was rausschneiden!«

Gequält verzog Ashkan das Gesicht. Die Transplantationsleute waren so verzweifelt und so zielstrebig. Aber wenn Kai gute Organe hatte, Mann, dann würde das für andere Menschen so viel verändern können.

In diesem Moment schien Lissa ihre Beherrschung ein wenig zurückzuerlangen. »Was haben Sie da gesagt?«, fragte sie.

Kapitel 7

Das Häuschen sah fast genauso aus wie jenes, das sie eben verlassen hatten, war aber in einem neutraleren, moderneren Stil eingerichtet. Es gab einen Holzofen und große Kinderfotos in Schwarz-Weiß an der Wand.

»Hallo, Islay«, sagte Cormac fröhlich. »Warum schläfst du denn nicht?«

Die Jugendliche lag auf dem Bett, atmete schwer und war blau angelaufen. Dennoch versuchte sie sich an einem Grinsen für Cormac und einem koketten Blick in Richtung Jake, der bei den Damen großen Erfolg hatte.

»Ach, du hast schon besser ausgesehen«, sagte Cormac, was eine furchtbare Untertreibung war.

Das Mädchen hatte eine schwere Kardiomyopathie, und es schien nichts dagegen zu helfen. Der Schrittmacher war nur die letzte einer langen Reihe von Behandlungen, die bei ihr versagt hatten.

»Ich überlege, sie vielleicht einliefern zu lassen«, sagte ihre Mutter.

Das Krankenhaus in Inverness kannten sie inzwischen nur zu gut.

»Na, dann hören wir uns das mal an«, sagte Cormac und holte sein Stethoskop hervor. »Bringen dir die Betablocker nichts, Islay?«

Das Mädchen wollte gern kooperieren und schüttelte – kaum merklich – den Kopf. Einerseits war sie an die ständigen Fragen und dauernden Eingriffe in ihre Privatsphäre gewöhnt, andererseits hatte sie das alles so satt.

Cormac wurde das Herz ganz schwer, als er sah, wie erschöpft Islay wirkte. Er hatte die Armee doch verlassen, um sich nicht mehr mit ständigen Traumata konfrontiert zu sehen, aber das hier war in gewisser Hinsicht genauso schwierig.

Jake maß ihren Blutdruck und runzelte die Stirn.

»Und?«, fragte Mrs Coudrie.

»Ich rede mal mit Joan«, antwortete Jake. »Wir kommen sofort mit Blaulicht, wenn dieser Wert erreicht ist ...« Der Sanitäter schrieb die Zahl auf ein Stück Papier, doch Elsie Coudrie kannte sie längst. »Aber wir sollten vielleicht erst einmal sehen, was Joan in petto hat.«

Cormac tätschelte Islay die Hand. »Ich weiß doch, dass du gern die ganze Nacht aufbleiben und dir Mr Drake im Fernsehen angucken willst.«

Islay rollte mit den Augen. »Er heißt Drake«, stieß sie keuchend hervor. »Nicht Mr Drake. Außerdem mag ich ihn gar nicht.«

»Gut«, versetzte Cormac. »Der ist nämlich viel zu alt für dich.«

Islay versuchte zu lächeln.

»Das Beste wäre jetzt für dich, wenn du ein bisschen schläfst«, sagte Cormac.

Doch das stimmte nicht. Das Beste – und leider bald

auch das Einzige, was ihr noch helfen würde – wäre eine Herztransplantation. Wenn das denn so einfach wäre.

»Stellen Sie sich nur mal vor«, sagte Mrs Coudrie, während Islay versuchte, es sich im Bett bequem zu machen, »stellen Sie sich vor, Sie warten darauf, dass das Kind anderer Eltern stirbt. Zu hoffen, dass so etwas geschieht.«

»Ich weiß nicht!«, rief Kais Mutter hysterisch. »Die haben alle laut auf mich eingeredet, während ich nur meinen Jungen sehen wollte. Er ist doch mein Sohn. Und die wollen ihn zerschneiden.«

Lissa griff wieder nach den Händen der Frau. »Haben Sie Nein gesagt?«, fragte sie sanft.

»Ich weiß nicht mal genau, was ich gesagt habe«, gab die Frau zu und schaute sie an. »Also, ich glaube, ich hab Nein gesagt.«

»Wissen Sie«, sagte Lissa ganz sanft und leise, als versuche sie, ein Kind zu trösten, »es gibt da etwas Wunderbares, was Sie noch für Kai tun könnten und Kai für die Welt ...«

»Aber die wollen ihn zerhacken! Meinen Jungen! Mein wunderschönes Kind!«

»Dann hätte er sein Leben für andere hingegeben«, sagte Lissa. »Das ... Das ist doch etwas Schönes.«

Behutsam berührte die Frau ein kleines Kreuz, das sie um den Hals trug.

»Er könnte damit ein anderes Leben retten«, erklärte Lissa.

»Aber mein wunderschöner Junge ...«

»... wäre ein Held. Der Held aller Helden. Für immer.«

Die Tränen versiegten nicht, doch Mrs Mitchell trat

einen Schritt zurück. »Ist es zu spät, um noch Ja zu sagen?«

Lissa schüttelte den Kopf, obwohl sie gar nicht sicher war. Vielleicht war es das doch. »Kommen Sie, bitte«, sagte sie. »Bitte. Könnten Sie mich begleiten? Schnell?«

Zusammen rannten sie durch die langen Flure, den Teufel auf den Fersen. Lissa hatte Angst, dass sie zu spät kommen würden, dass die Kollegen die Maschinen ausgestöpselt hätten und dann gegangen wären, weil ihre tragische Arbeit hier keinen Erfolg gehabt hatte.

Keuchend und panisch stürzten sie in die Intensivüberwachung. Danke, danke, danke lieber Gott für all die Kürzungen, schoss es Lissa durch den Kopf. Das Personal machte Pause, und die Leute der nächsten Schicht, die die Schläuche entfernen und den Leichnam zurechtmachen würden, waren noch nicht gekommen – da lag er immer noch, weiterhin angeschlossen.

Beide erstarrten.

Kais Mutter gab ein Geräusch von sich, einen geradezu animalischen Laut, als würde gerade alles noch einmal passieren.

»Sie kriegen das hin«, sagte Lissa. »Sie schaffen das.«

Per Piepser wurde die übereifrige junge Dame vom Transplantationsteam gerufen und kam klappernd den Gang entlanggelaufen. Jetzt legte sich über ihre aufgeregte Miene so etwas wie Hoffnung. »Mrs Mitchell?«

Ausdruckslos nickte die Frau. Wieder setzte sie sich zu Kai ans Bett und strich ihm über die makellose, noch warme Haut. »Sie hat mich überredet zurückzukommen.«

»Hab ich nicht!«, rief Lissa aus. Bei einem Blick in Richtung des Jungen konnte sie das Entsetzen seiner Mutter gut verstehen. Er sah ja beinahe aus, als würde er schlafen, und nun wollte man ihn zerschneiden, Teile entnehmen und verschicken.

»Geben Sie mir das Blatt zum Unterschreiben«, versetzte Mrs Mitchell. »Schnell bitte. Ich will meine Meinung nicht noch einmal ändern.«

Die Schwester brachte ihr die Unterlagen. »Sie sollten wissen …«

»… dass es bindend ist, ja, ja, schon klar. Schnell, hab ich gesagt!«

»Nein«, entgegnete die Transplantationsschwester und richtete sich auf. »Sie sollten einfach nur wissen, dass dies hier das Tapferste, Wunderbarste ist, was Sie tun können.«

Mit offenem Mund starrte Mrs Mitchell sie an. »Sie klingen so«, sagte sie, »als erwarteten Sie auch noch, dass ich stolz darauf bin.«

Kapitel 8

Kim-Ange war noch wach und wartete auf Lissa. Sie half ihrer Freundin dabei, sich auszuziehen, die Kontaktlinsen rauszunehmen, die Brille mit dem dicken schwarzen Gestell aufzusetzen und eine Jogginghose anzuziehen.

Lissa freute sich wirklich, Kim-Ange zu sehen.

Hier im Schwesternwohnheim, untergebracht in einem schmuddeligen alten Wohnblock aus den 1960ern neben dem Krankenhaus, lebte man nicht gerade in Saus und Braus. Aber es war eben weitaus billiger als jede private Mietwohnung in London oder sogar eine tägliche Zugfahrt von Lissas Eltern in Hertfordshire aus in die Stadt. Hier war es laut, in den Duschen blätterte die Farbe von der Wand, und die Küchen sahen ziemlich übel aus. Aber es gab immer jemanden zum Quatschen, wenn man einen schlechten Tag hinter sich hatte. Einen wirklich, wirklich, wirklich schlechten.

Kim-Ange hob die Hände. »Ich weiß«, sagte sie mit trauriger Miene. Sie hielt irgendeine Flasche hoch. Das war sowohl das Gute als auch das Schlechte am Schwesternheim: Es sprach sich alles schnell herum.

»Er war Ezras …«

»Auch das weiß ich. Ezra datet gerade Yasmin.«

»Ah«, machte Lissa. Trotz all der Traurigkeit und ihrer Erschöpfung entging ihr nicht, dass Ezra sich ausgerechnet dort gerecht verteilen musste, wo sie wohnte. Sie fühlte sich so leer.

Kim-Ange wedelte mit der Flasche herum, die eine geheimnisvolle, pflaumenfarbene Flüssigkeit enthielt. »Komm, probier das mal.«

Seit Kim-Ange in einem Müllcontainer ein altes Cocktailschränkchen gefunden und eigenhändig nach Hause getragen hatte, hatte sie eine Mission: Sie wollte unbedingt etwas Neues erfinden und experimentierte dafür mit jeder Menge widerlichem Zeug.

Heute Abend scherte es Lissa aber nicht, und sie griff dankbar nach dem Getränk.

»Okay, wie schlimm ist es?«, fragte Kim-Ange und beäugte sie kritisch. »Bist du denn auf Trainingshosenniveau? Ich meine, du weißt schon, dass dich andere Leute damit zu sehen bekommen, oder?«

Kim-Ange selbst stellte extrem hohe Ansprüche an ihr Äußeres. Sie trug ein langes Nachthemd in Rot und Pink mit passendem Morgenmantel sowie Hausschuhe mit Marabufedern. Dazu war sie komplett geschminkt.

»Ja«, sagte Lissa. »Es war Überfahren mit Fahrerflucht, vermutlich absichtlich. Fünfzehn Jahre alt.«

»Wie sie darüber in den Nachrichten geredet haben …«, murmelte Kim-Ange. »Nach dem Motto: Was soll man auch anderes erwarten.« Sie seufzte.

Lissa ebenfalls. »Dann gib mir mal das lila Elixier der Freude oder Trauer«, bat sie und hielt Kim-Ange ihren Zahnputzbecher hin, damit sie ihn füllte.

»O mein Gott, das ist ja ekelhaft«, stöhnte Lissa und sank auf ihr Bett. Sie nahm einen weiteren Schluck. »Ja, immer noch übel.« Nach kurzer Pause probierte sie erneut. »Okay, jetzt ist es schon nicht mehr so schlecht.«

»Na also«, rief Kim-Ange erfreut aus. »Nach nur drei Schlucken, eins meiner besten Ergebnisse bisher!« Dann fing sie an, geistesabwesend Lissas Kleider zu falten.

»Das führt bestimmt zu einer Verwarnung, denke ich«, murmelte Lissa nach einer Weile. »Und einer Disziplinarmaßnahme, vermute ich mal. Ich hab für die Ärzte nicht Platz gemacht und mich ins Transplantationsprotokoll eingemischt.«

»Du hast eine Transplantation verhindert?«

»Nein, ich hab ein bisschen nachgeholfen.«

»Oh, wie furchtbar!«, schnaubte Kim-Ange sarkastisch. »Und vermutlich hattest du es auch mit einem jungen Arzt mit Babyface zu tun, der nicht weiß, wo vorn und hinten ist, und an beiden Stellen keine Vene finden würde?«

»Nein, ich bin wirklich zu weit gegangen«, musste Lissa zugeben.

»Na, Gott sei Dank wartet ja jede Menge hoch qualifiziertes medizinisches Personal nur darauf, deine Stelle zu übernehmen«, sagte Kim-Ange mit schelmischem Gesichtsausdruck.

Lissa gelang ein kleines Lächeln.

»Wie viele Leute fehlen im Moment genau?«

»Vier *Grade-Eight*-Schwestern«, antwortete Lissa.

»Haha!«, triumphierte Kim-Ange. »Die werden dich niemals entlassen. Ich meine, echt jetzt. Was hast du denn noch gemacht? Hattest du vielleicht Sex im Krankenwagen?«

»KIM-ANGE!«

»Das fasse ich mal als ›Vielleicht‹ auf.«

»Nein!«

»Hast du im Anschluss das Auto gestohlen?«

Lissa biss sich auf die Lippe. »Hör auf.«

»Nein, im Ernst. Ich suche nur nach Gründen, für die sie dich wirklich rausschmeißen könnten. Hast du den Fahrer gebeten, auf dem Weg zum Krankenhaus beim KFC-Drive-in zu halten?«

»Nein.«

»Na, siehst du. Es wird bei einer Verwarnung bleiben.«

»Aber die finde ich auch schrecklich.«

Kim-Ange verdrehte die Augen. »Ja, klar, diese Furcht einflößenden NHS-Manager, die den ganzen Tag auf ihrem dicken Hintern sitzen und Kästchen ankreuzen. Die sind ja auch echt beängstigend und knallhart, stimmt schon. Ich hab sogar gehört, dass sie nicht einmal weinen, wenn sie sich an einem Blatt Papier schneiden.«

»Erzähl mir doch von deinem Tag«, bat Lissa, um das Thema zu wechseln. »Moment mal, hattest du heute nicht eine Verabredung?«

Kim-Ange nahm Tinder in etwa mit derselben Zielstrebigkeit in Angriff, mit der sie auch ihren Job in der Kardiologie erledigte. »Hm …«, machte sie.

»O nein!« Lissa scrollte durch ihr Handy. »Aber schau dich doch nur auf Instagram an! Du siehst einfach umwerfend aus!«

»Allerdings.«

Lissa blickte sie an, guckte dann wieder auf das Bild und zurück zu Kim-Ange. »Hör auf damit!«

»Womit denn?«, fragte die ganz unschuldig.

»Damit, dir eine Taille zu zaubern. Das sieht wirklich komisch aus.«

»Auf ganz reizende Art und Weise?«

»Ich werd Facetune von deinem Handy löschen, weil du langsam echt zu weit gehst. Das wirkt ja so, als hätte ein Hai ein Stück aus dir herausgebissen.«

»Ach, halt den Mund!«

»Du bist schön, so wie du bist«, versicherte Lissa, und Kim-Ange seufzte. »Sag nichts. War er etwa Haifischbissfetischist, und dann bist du nun mal im Ganzen und ohne fehlendes Stück aufgetaucht?«

»Nein«, antwortete Kim-Ange. »Er hat nur leider die ganze Zeit über Kimchi geschwafelt.«

»Du machst Witze!«, stöhnte Lissa. »Hast du ihm nicht gesagt, dass du aus Margate kommst?«

»Doch. Da hat er mir dann eine Predigt darüber gehalten, dass ich wirklich meine eigene Kultur kennen sollte.«

Lissa lachte, rollte sich übers Bett und presste sich ihr Kissen vors Gesicht. »NEEEEIIINN! Und wieder hat ein Kenn-deine-Kultur-Depp zugeschlagen! Himmel!«

Kim-Ange atmete angestrengt aus und betrachtete dann ihre Taille im Spiegel.

»Was hat er noch gesagt?«, ertönte Lissas Stimme hinter dem Kissen.

»Oh! Zwischen Schule und Uni war er ein Jahr in Kambodscha.«

»Und?« Lissa nahm das Kissen weg.

»Und das interessiert mich natürlich brennend!«

Lissa verzog das Gesicht und griff wieder nach ihrem Handy. »Na ja. Dann lass uns mal sehen, was die anderen so treiben.«

»Du meinst, lass uns mal gucken, was die anderen mit Facetune so alles anstellen?«

»Und uns auf die Suche nach aufgeblähten Lippen machen.«

»Bin dabei«, sagte Kim-Ange und füllte ihre Becher noch einmal mit dem widerlichen lilafarbenen Alkohol.

Dann setzten sie sich zusammen und scrollten durch all die absurd geglätteten Bilder ihrer Bekannten. Am Ende machten sie ein eigenes Foto und wendeten neben Facetune lächerlich viele Filter an, bis sie sich selbst zu Busenwundern mit Kleidergröße 36 und fetten Fischlippen gemacht hatten. Als krönenden Abschluss kopierten sie sich vor den Hintergrund eines goldenen Strandes und posteten das Ganze. Augenblicklich begann es Likes zu regnen.

»Ach du liebe Güte«, stöhnte Lissa und rollte mit den Augen.

»Jetzt werden mich alle fragen, wie es auf Hawaii war«, sagte Kim-Ange und stand auf, weil sie langsam mal schlafen gehen wollte.

»Sag ihnen, dass ein Luxusreiseanbieter dir einen Instagramer-Aufenthalt gesponsert hat«, schlug Lissa vor.

»Werd ich, werd ich.« Kim-Ange küsste Lissa auf die Wange.

Auch Lissa legte sich hin und fühlte sich ein wenig besser oder zumindest ein wenig betrunken.

Kapitel 9

Cormac war nicht direkt enttäuscht, als er bei seiner Rückkehr nach Hause feststellte, dass Emer inzwischen gegangen war. Er hatte eine lange Nachricht auf dem Handy, die er nicht komplett las. Ein Satz allerdings sprang ihm ins Auge: Du bist wie ein echt jämmerlicher Batman.

Darüber dachte er gerade nach, als zum dritten Mal an diesem Abend Jake anrief und sich Cormac wieder auf den Weg zu ihm machte.

»Das ging aber schnell«, sagte Jake argwöhnisch. »Dann vermute ich mal, dass sie nicht gewartet hat?«

»Fang jetzt gar nicht erst an«, knurrte Cormac.

»Hm«, machte Jake. »Bei Frauenproblemen ist es nämlich so …«

»Lass gut sein«, warnte Cormac ihn. »Und zum dritten Mal: Ich habe noch nicht mal Bereitschaft.«

»Ich weiß«, sagte Jake, der erfolglos ein Lächeln zu unterdrücken versuchte.

Cormac schielte aus den Augenwinkeln zu ihm hinüber. Richtig Spaß machte bei ihnen ja kein Einsatz, außer vielleicht, in Jakes Fall, dass ein Supermodel in der Badewanne feststeckte oder etwas Lächerliches dieser Art. »Also?«

»Ich hab mir gedacht, du würdest dich sicher freuen.«

»Worum geht es denn?«

»Um deine kleine Islay.«

Cormacs Herz begann heftig zu schlagen. »Was ist mit ihr?«

»Es ist gerade eins reingekommen, vor zehn Minuten.«

»Du machst Witze«, sagte Cormac atemlos.

Jake schüttelte den Kopf. »Nein. Irgendein armer Junge unten im Süden.«

»Das richtige Alter?«

»Fünfzehn.«

»O Gott«, sagte Cormac. Dann wieder: »O Gott!«

»Ich weiß.« Jake pfiff durch die Zähne. »Ich hätte nie damit gerechnet.«

Die Erfolgschancen bei Herz- und Lungentransplantationen waren so gering, dass sie nur selten und nur im äußersten Notfall durchgeführt wurden.

»Er war klein, deshalb hat es genau die richtige Größe. Es wäre noch ein paar Jahre weitergewachsen, und das kann es auch bei ihr.«

Cormac hatte früher schon mal mit ansehen müssen, wie für Patienten die Zeit abgelaufen war. Bisher hatte er befürchtet, dass es auch hier so kommen würde. »Ich glaub's nicht, verdammt!«, rief er aus. »Das sind ja *wunderbare* Neuigkeiten!«

»Willst du sie mit mir zusammen abholen?«, fragte Jake.

Und ob Cormac das wollte. Er umklammerte Jakes Schulter, als sie in den Krankenwagen stiegen und Silent Tim losfuhr.

Lissa konnte nicht schlafen.

Jenseits der nur einfach verglasten Fenster des Schwesternheims waren leise grummelnd die ewigen Geräusche von London zu hören.

Normalerweise störten sie Lissa nicht. Tatsächlich hörte sie gern, wie Wagen Waren anlieferten und das Altglas der Pubs abgeholt wurde. Sie mochte auch die Müllfahrzeuge, Sirenen und das Grölen, ebenso wie den allgegenwärtigen Duft von Dope, der an Sommerabenden aufstieg. Denn das hier war die Stadt, in der sie zur Welt gekommen war, die Stadt, die sie kannte. Und deren Geräusche waren ihr Gutenachtlied.

Doch heute Abend zerrten sie an ihren Nerven, als Lissa mit weit aufgerissenen, trockenen Augen dalag und sich fragte, wie viele andere Kais da draußen wohl noch unterwegs waren, wie viele Jungen es nicht heim zu ihrer Mutter schaffen würden.

Bei ihrer Arbeit suchte sie üblicherweise Menschen zu Hause auf. Lebendige Menschen, die hoffentlich genasen oder die Dinge zumindest zu akzeptieren begannen und mit den Karten zu spielen lernten, die das Leben an sie ausgeteilt hatte.

Hier hingegen war alles verkehrt herum gelaufen, und Lissa sah ständig die sich Tropfen um Tropfen vergrößernde Blutlache vor sich und die riesigen starrenden Augen und jemanden, der genauso gut ihr Bruder hätte sein können oder ein Schulkamerad …

Jeder Lieferwagen, der draußen anhielt, klang nach Gefahr; bei quietschenden Bremsen eines Autos spannte Lissa alle Muskeln an. Sie spürte, wie das Adrenalin ohne Vorwarnung durch ihre Adern schoss, wie es durch ihren

Körper sauste, während in ihr mit aller Kraft »Du musst dich ausruhen, musst dich ausruhen« widerhallte. Ihr Handy leuchtete auf dem Nachttisch und zählte die Minuten, bis sie würde aufstehen müssen. Durch die übliche dünne Gardine vor dem Fenster konnte sie sehen, wie der Himmel draußen schon wieder heller wurde. Lissa stöhnte, drehte sich im Bett um und zog sich das Kissen über den Kopf. Während die Nacht unaufhaltsam voranschritt, fühlte sie sich zugleich in innerer Alarmbereitschaft und doch so, als würden zentnerschwere Steine ihre Glieder niederpressen.

Kapitel 10

Als die beiden Männer bei Islay eintrafen, war Joan bereits vor Ort, und auf der ruhigen Dorfstraße brannte überall Licht.

Die Nachbarin von nebenan war aufgestanden, um zu sehen, was denn da los war. Es handelte sich um Mrs Murray, die den Dorfladen führte und auf keinen Fall etwas Wichtiges verpassen wollte.

Sie selbst sah sich natürlich nicht als Tratschtante, sondern als wichtige Informationsquelle für die ganze Gegend und damit praktisch eine moralische Instanz, sie nahm quasi einen Heldenstatus ein. Und so stand sie lange nach Mitternacht in ihrem Daunen-Morgenmantel auf der (perfekt gefegten) Eingangsstufe vor ihrem Haus.

Außerdem kannte ja auch jeder die arme Islay von klein auf und wusste, dass es einfach nicht fair war, armes Mädchen. Während die anderen Knirpse in Taras Kindergarten wild durch die Gegend geflitzt waren, hatte sie zu Hause bleiben müssen wie ein Porzellanpüppchen auf einem Regalbrett, hatte sich nicht rühren, nie rennen oder springen dürfen. Alles, was Kinder so gern taten, war ihr verwehrt geblieben, weil sie so zerbrechlich schien und nicht nach draußen durfte. Es war wirklich grausam: Da lebte sie hier an einem so schönen Ort wie Kirrinfief, wo Loch Ness und die Berge ganz in der Nähe lagen, wo es derart viel Freiheit und Platz zum Spielen gab, wie ihn sich viele Kinder nur erträumen konnten. Aber sie musste den ganzen Tag im Haus bleiben und konnte bloß fernsehen oder mit ihrem iPad spielen.

Und jetzt kam hier das ganze medizinische Personal des Ortes zusammen: Joan und Cormac und sogar Jake und Silent Tim – mein Gott, die komplette Mannschaft. Aber sie lächelten und plauderten und wirkten ganz aufgeregt.

Dann fuhr man Islay, deren Blut über einen Schlauch in der Nase mit Sauerstoff versorgt wurde, auf einer Rolltrage heraus.

»Ich kann es einfach nicht fassen«, sagte ihre Mutter und presste sich die zusammengelegten Hände gegen die Brust.

Gregor, Islays Vater, blinzelte heftig und versuchte, ihre Begeisterung zu bremsen. Er gab zu bedenken, dass ihre Freude verfrüht sein könne, dass solche Dinge nicht immer klappten, dass es manchmal falscher Alarm war.

»Das Fahrwerk ist eingezogen!«, rief ein strahlender Jake, das Walkie-Talkie am Ohr.

»*Och*, hör dich nur an«, sagte Cormac, der ihm beim Schieben half. »Du klingst ja schon wie ein Fluglotse! Wen hast du denn da dran, Air Force One?«

»Die schicken uns das Herz per Flugzeug.«

»Wer?«

»British Airways! Sie haben sich freiwillig gemeldet!«

»Die haben sich freiwillig angeboten, es herzufliegen?«

»Ich glaube, das Flugzeug mussten sie sowieso rüberbringen«, sagte Jake. »Egal, jedenfalls beschleunigen sie das Ganze.«

Cormac schüttelte den Kopf. »Das ist ja toll, einfach wunderbar.« Er tätschelte Islay die Schulter. »Kannst du das fassen? Die rollen nur für dich den roten Teppich aus.«

Jake hatte immer die neuesten Spielereien auf seinem Handy und rief jetzt eine App auf, mit der man die Route von Flugzeugen am Himmel mitverfolgen konnte. Zunächst beachtete ihn niemand, am Ende sah ihm aber jeder über die Schulter und schaute verblüfft dem einzigen Flugzeug zu, das um 00:30 Uhr in der Luft war. Es handelte sich um eine BA-Maschine mit dem Zusatz »Sondertransport«, die von London aus über das Land hinwegblinkte. Schweigen legte sich über die Gruppe.

Jake reichte das Handy an Islay weiter und stieg vorn in die Fahrerkabine, während Cormac und Islays Eltern hinten bei der Patientin blieben. Obwohl Islay bereits dreizehn war, klammerte sie sich an eine verschlissene Plüschrobbe, die sie bestimmt schon als Baby gehabt hatte.

Dann ließ Silent Tim den Wagen an, während Joan ihnen hinterherblickte.

Ihre Fahrt durch die stockfinstere Landschaft schien ewig zu dauern. Dass sie unterwegs anderen Autos begegnen würden, war unwahrscheinlich – zumindest bis um 4:30 Uhr, wenn die Bauern aufstanden. Daher fuhr Tim mit Fernlicht, und jetzt schienen plötzlich in jeder Hecke Augen aufzuleuchten oder Eulen zu rufen. Kleine Tiere huschten über die Straße. Eine Wolke von Staren stieg aus einem Baum auf, man sah Ginster oder hohes Gras einen Moment erbeben, aber nur ganz kurz, dann war der Krankenwagen auch schon daran vorbei, fuhr rumpelnd weiter.

Cormac malte sich aus, dass sie gerade der einzige kleine Lichtpunkt auf der ganzen weiten Welt waren. Sie kamen an fernen, dunklen Bauernhäusern und großen Weiden mit schlafenden Kühen vorbei, von denen sich gelegentlich eine rührte und schläfrig dabei zuschaute, wie die wertvolle Fracht vorbeisauste.

Natürlich war es albern, aber es kam Cormac beinahe so vor, als würden alle Wesen der Highlands respektvoll zurücktreten, um sie vorbeizulassen. Nichts sollte das Mädchen aufhalten, das auf einer Rolltrage hockte und auf einem Handy den Weg eines Flugzeugs am nächtlichen Himmel verfolgte.

Kapitel 11

Als das Flugzeug gegen zwei Uhr mit dem Landeanflug begann, wurde ein weiterer Krankenwagen autorisiert und losgeschickt. Kreischend raste er durch die Straßen, ohne dass sich der Fahrer darum scherte, wer unterwegs davon geweckt wurde.

Tim musste eine gewisse Anzahl von Stunden schlafen, bevor er zurückfahren durfte, daher würde auch Cormac im Krankenhaus warten. Doch das machte ihm nichts aus, denn er wollte ohnehin gern hierbleiben und sich vergewissern, dass bei der Operation alles glatt lief.

Da Joan in Kirrinfief geblieben war, nahm der Krankenpfleger ein paar Anrufe aus der Hauptstadt entgegen, nachdem er eine Weile mit Islays Eltern zusammengesessen hatte. Ein wenig eingeschüchtert – das Gespräch kam ihm fast wie eine Prüfung vor – stellte er sich den Mitarbeitern des Londoner Krankenhauses vor; immerhin handelte es sich um eine Uniklinik von Weltrang. Aber er erläuterte Islays Krankengeschichte und Gemütsverfassung, so gut er konnte, und hatte das Gefühl, dass die Sache ganz ordentlich lief.

Als der zweite Krankenwagen endlich eintraf, schaute

Cormac dabei zu, wie die Sanitäter eilig aus dem Fahrzeug sprangen. Die Kühlbox sah so klein und unwichtig aus, wie etwas ganz Unbedeutendes, obwohl sie doch die ganze Welt enthielt.

Es war einfach unglaublich, was für ein großes Glück sie hatten – das Gewebe stimmte fast perfekt überein!

Während Cormac dabei zuguckte, wie die Kollegen ins Gebäude eilten, sprach er ein Stoßgebet. Und fragte sich kurz, welcher Mensch wohl sein Leben hingegeben hatte, um es einem anderen zu schenken. Ja, sie hatten unfassbar großes Glück – oder würden es hoffentlich haben.

Um sechs Uhr morgens war es bereits dämmrig, und Lissa gab es endlich auf. Sie schloss die schweren, verkrusteten Lider, öffnete sie wieder und dachte bei sich, dass sie auf diese Weise zumindest als Erste in der Dusche sein würde und dort alles wegwaschen könnte. Ein Gutes hatte die Schwesternunterkunft ja: Sie war vollkommen überhitzt, sodass es fast unbegrenzt warmes Wasser gab. Nur an dem niedrigen Wasserdruck und dem tröpfelnden Strahl durfte man sich nicht stören.

Lissa band sich die Haare zusammen und ließ sich dann so lange von dem heißen Wasser umfangen, wie sie es nur aushielt. Wahrscheinlich hätte sie es besser kalt gestellt, um richtig wach zu werden, aber das hätte sie einfach nicht ertragen. Ihr ganzer Körper fühlte sich schlaff an, und sie kam sich selbst unter der Dusche erschöpft und schmutzig vor. Dieses Gefühl steckte ihr tief in den Knochen, genau wie die Sorge vor einer Abmahnung, egal, was Kim-Ange dazu gesagt hatte.

Kapitel 12

Die nächsten Wochen waren für Lissa grauenhaft.

Obwohl sie lediglich eine schriftliche Verwarnung bekommen hatte, war ihr klar, dass die Leute auf sie zeigten und über sie tuschelten. Der junge Arzt hatte offenbar vor Wut geschäumt.

Lissa versuchte, sich durch die Arbeit und durch Ausgehen mit Freunden abzulenken; das änderte jedoch nichts an ihrem größten Problem: Sie konnte nicht schlafen, und zwar überhaupt nicht. Sobald sie sich hinlegte, tauchte vor ihrem inneren Auge wieder das schöne Gesicht des verblutenden Jungen auf. Lissa hörte sich selbst, wie sie ihn anschrie, sah das Flackern des Blaulichts auf dem nassen Asphalt.

Sie wollte Ezra anrufen, doch er ging nicht ans Telefon, was sie ihm auch nicht verübeln konnte.

Eigentlich hatten die Jahre in der Notaufnahme Lissa gegen fast alles gestählt. Aber es war nun mal etwas anderes, wenn man den Betreffenden kannte.

Mit der Zeit wurde sie immer gereizter und nachlässiger, außerdem standen ihr vor Erschöpfung dauernd

Tränen in den Augen. Selbst Kim-Ange konnte sie nicht aufheitern, nicht einmal mit der Geschichte von einer ihrer Verabredungen. Ihr Date hatte erklärt, dass er gern als Nashorn verkleidet an Conventions teilnahm, und gefragt, ob Kim-Ange sich das auch vorstellen könnte und vielleicht sogar Spaß daran hätte.

Ihre Arbeit erledigte Lissa auch nicht vernünftig, das war ihr selbst klar. Ihre Patienten hatten alle etwas gemerkt und Kommentare darüber gemacht, dass ihnen Lissas fröhliche Art fehle. Aber etwas in ihr war erloschen, und sie hatte mittlerweile vor allem Angst: vor lauten Geräuschen, selbst vor den Sirenen der im Fünf-Minuten-Takt abfahrenden oder ankommenden Krankenwagen der Klinik, vor plötzlichen Bewegungen. Es kam ihr vor, als würde ihr ständig das Herz aus der Brust springen.

Wenn sie versuchte, sich ein bisschen auszuruhen, saß sie jedes Mal wieder gequält kerzengerade im Bett. Sie probierte es mit Schlaftabletten, doch danach ging es ihr dreckiger als zuvor. Durch die Medikamente fühlte sie sich ganz benebelt und abwesend, und das machte ihr Angst, weil sie ja Auto fahren musste.

Am Tag der Beerdigung konnte man das Getöse vor der Kirche schon hören, als Lissa und Kim-Ange noch meilenweit entfernt waren. Der Verkehr war zum Erliegen gekommen, und Menschen weinten auf der Straße.

Es war genau so, wie Lissa es vorher befürchtet hatte: ein riesiger gemeinsamer Ausbruch von Kummer und Traurigkeit und Zorn. Kais ganze Schule und Kirchengemeinde waren gekommen, und auch alle aus seiner

Siedlung waren da, um ihm die letzte Ehre zu erweisen, zu singen und zu weinen.

Es handelte sich um einen einzigen Taumel aus Qual und Schmerz, obwohl Kais Mutter sich gefasst zeigte und der Pfarrer versuchte, die Menschenmenge, die angesichts dieser furchtbaren Sinnlosigkeit von großer Wut erfasst war, ein wenig zu besänftigen.

Ezra schaute Lissa nicht einmal an.

Ihr war schlecht, aber das war bei ihrer Schlaflosigkeit und dem bei der kleinsten Gelegenheit einsetzenden Herzrasen ja nichts Neues. Sie hakte sich bei Kim-Ange unter, deren starke Präsenz eine Wohltat für sie war.

Die Haare trug ihre Freundin heute leuchtend weinrot, sie hatte zum Glück aber schwarze Kleidung angelegt und keine Sachen in ihrem geliebten Orange und Lila. Okay, was sie da anhatte, war ein flauschig-wuscheliger Mantel, in dem sie wie ein riesiger Bär aussah. Aber Lissa fand ihn tröstlich und schmiegte sich hinein, als sie die unglaublich volle Kirche betraten. Eine der Bänke war nicht ganz so voll, doch schien dort niemand Platz für Kim-Ange machen zu wollen. Die störte sich nicht daran und schob einfach ihren beträchtlichen Hintern so weit in die Bank, wie sie konnte. Dann klopfte sie auf das Plätzchen neben sich. »Na los, Liebes.«

Lissa setzte sich. Sie zitterte und suchte nach ihren Tempos, nur um sicherzugehen, dass sie auch wirklich da waren. In den letzten Tagen hatte sie einiges an Taschentüchern verbraucht.

Bei dem ganzen Lärm und dem hektischen Treiben kam es Lissa vor, als sei die halbe Welt gekommen. Dann verstummten plötzlich alle, als sich die hinteren Kirchentüren öffneten. Das ist wie bei einer Hochzeit, dachte Lissa mit rasendem Herzen, nur schrecklich falsch.

Die Chormitglieder, die ebenfalls zahlreich erschienen waren, traten beiseite. Ganz leise und sachte begannen sie, *Swing low, sweet chariot* zu singen, während die Sargträger ihren langsamen, endlosen Marsch den Mittelgang entlang antraten. Der Sarg war schneeweiß.

Lissa brach zusammen, sie schluchzte so heftig, dass sie keine Luft mehr bekam. Dabei war das gar nicht ihr Junge, es war nicht ihre Tragödie. Und sie zog durch ihr unangemessenes, unmögliches Verhalten die Blicke auf sich. Die Leute schauten sie wütend an, aber Lissa wusste nicht, was sie tun sollte, selbst dann nicht, als sie schließlich den Chor zu übertönen begann. Jemand schnalzte missbilligend mit der Zunge. So lautes Trauern empfand man nur bei Angehörigen und Freunden sowie generell bei sehr jungen Leuten als gerechtfertigt. Nicht bei einer dreißigjährigen Krankenschwester, die die Familie nicht einmal kannte.

Kim-Ange sah Lissa an, fasste einen Beschluss und beförderte ihre Freundin nach draußen, indem sie sie halb zog, halb schob. Dann setzte sie Lissa wenig sanft auf eine Parkbank. Es versuchten immer noch Trauergäste, in die Kirche zu gelangen, und schauten neugierig zu ihnen herüber.

»Atmen!«, befahl Kim-Ange, und als Lissa nicht reagierte, schob sie ihr den Kopf zwischen die Knie. »Atmen!«

Erstaunlicherweise war ihr herrischer Tonfall genau das, was Lissa jetzt brauchte. Sie bekam klare Anweisungen, über die sie nicht nachzudenken brauchte. Die Panikattacke war heftig, nach und nach wurde Lissas

Herzschlag aber langsamer, Blut floss zurück in den Kopf, und sie begann, sich ein kleines bisschen besser zu fühlen.

»Schwester«, sagte Kim-Ange und rieb ihr über den Rücken, als sie allmählich wieder bei sich war, »so kann das nicht weitergehen. Das geht wirklich nicht. Außerdem haben unsere Zimmer furchtbar dünne Wände, und ich kann genau hören, wie du aufstehst und die halbe Nacht auf und ab marschierst. Das ist echt nervig. Aber vor allem geht es mir um dich. Wobei du auch ziemlich viel Radau machst, wenn du um fünf Uhr morgens duschst. Trotzdem. Auch um dich. So kann es nicht weitergehen.«

Kapitel 13

Lissa mochte die Leiterin der Personalabteilung, Valerie Mnotse, wirklich gern, sie war ihr immer schon sympathisch gewesen. Valerie hatte sich als Freundin und Mentorin erwiesen, hatte Lissa bei ihren beruflichen Entscheidungen unterstützt, während die ambulante Pflege von anderen oft ein wenig stiefmütterlich behandelt wurde.

Valerie hingegen hatte es kapiert. Ihr war klar, wie wichtig eine gute Verbindung zwischen dem Krankenhaus und den Patienten war. Und je besser die Leute zu Hause versorgt wurden, desto geringer war die Wahrscheinlichkeit, dass sie direkt wieder in der Klinik landeten. Denn mit dem labyrinthartigen System kamen viele nicht klar, und wer bei Beschwerden keinen Termin beim Hausarzt bekommen konnte, würde schon bald wieder die Notaufnahme verstopfen.

Trotz aller gegenseitiger Sympathie sah Valerie heute Morgen ernst aus. »Gesundheitsfürsorge in London ist nie einfach«, begann sie vorsichtig.

Lissa wollte rasch erwidern, dass sie nun wirklich nicht an einem Burn-out litt, dass es ihr gut ging und sie eine gute Krankenschwester war, das wusste sie sicher … Doch plötzlich wollten ihr die Worte nicht über die Lippen – brachte sie überhaupt kein Wort mehr heraus –, weil wieder Tränen in ihr aufstiegen.

Nein, das ging doch nicht. Vor Valerie, der makellosesten, überkorrektesten Frau, die sie kannte, durfte sie einfach nicht weinen. Sie musste stark bleiben.

Damit, dass sie sich in der Krankenpflegeschule eingeschrieben und die Hochschulzugangsberechtigung erworben hatte, hatte Lissa einst den Vorstellungen ihrer Familie zuwidergehandelt. Sie hatte es ganz allein geschafft und in einigen der sozial am stärksten benachteiligten Viertel des ganzen Landes gearbeitet – tatsächlich sogar in ganz Europa. Sie konnte es schaffen. Sie konnte …

»Es ist okay zu weinen«, sagte Valerie und schob ihr eine Schachtel Taschentücher rüber.

Lissa spürte die Tränen über ihre Wangen rinnen und war wütend auf sich selbst. Wenn sie Schwäche zeigte, würde man sie versetzen, das war ihr klar.

Trotzdem nickte sie langsam, während Valerie nach dem Telefonhörer griff. »Könnten Sie mir Juan hereinschicken? Danke.«

Ein schmaler Mann, den Lissa hier schon mal gesehen hatte, kam mit neutraler Miene ins Zimmer und nickte ihr zu. Plötzlich bekam Lissa es mit der Angst zu tun. »Was ist denn los? Werde ich etwa gefeuert?«

»Nein, Sie werden nicht gefeuert«, sagte Valerie. »Wenn wir die Mittel dafür hätten, würden wir Sie krankschreiben. Aber die haben wir leider nicht.«

»Ich brauch doch keine Krankschreibung! Mir geht es gut!«

»Wir glauben«, erklärte Juan sanft, »dass Sie sich vielleicht einfach neu justieren müssen.«

»Dass ich was?«

»Aus diesem Grund möchten wir gern, dass Sie ein paar Sitzungen in Anspruch nehmen«, fuhr Juan fort, »und haben Ihnen dazu eine arbeitsmedizinische Beraterin zugeteilt. Außerdem …«

»… finden wir, dass Sie vielleicht besser in einer ruhigeren Gegend arbeiten sollten«, fügte Valerie hinzu. »Nur für drei Monate. Wir möchten Ihnen damit die Möglichkeit geben, mal zu verschnaufen und eine neue Perspektive auf ihre Arbeitsweise zu gewinnen.«

»Wir setzen wirklich große Hoffnungen in dieses Programm«, erklärte Juan. »Verlieren wollen wir Sie auf keinen Fall, das ist Ihnen bestimmt klar.« Er reichte Lissa eine Broschüre mit einem Sonnenuntergang hinter sanften, grünen Hügeln voller Kühe.

»Was ist das denn?«, fragte Lissa gereizt.

»Damit wollen wir Ihnen bloß … Ihre Möglichkeiten aufzeigen. Es gibt da ein Programm für einen Austausch mit Personal aus ländlichen Gegenden, das seine Kompetenzen erweitern möchte. Wie bei einem Studentenaustausch.«

»Ich bin doch keine Studentin!«

»Das Programm wird sich mit Sicherheit für beide Seiten als sehr vorteilhaft erweisen«, versicherte Juan.

»Lissa«, versetzte Valerie mit strenger Stimme, »ich empfehle Ihnen dringend, sich unser Angebot durch den Kopf gehen zu lassen.«

Kapitel 14

Islay erholte sich gut von der Operation, und Cormac kontaktierte die Leute vom Londoner Krankenhaus, um sie auf den neuesten Stand zu bringen. Ein Unfall, bei dem ein Fünfzehnjähriger ums Leben gekommen war, konnte ja nur eine furchtbare Tragödie sein. Aber bei Transplantationen galt absolute Anonymität, das war klar, daher stellte er keine Fragen, als er von der Klinik aus anrief, in der Islay lag.

Stattdessen informierte Cormac so sachlich wie möglich darüber, dass Patientin B die Operation überstanden hatte und sich zurzeit auf der Intensivstation befand. Die Prognose war gut, vielleicht sogar ausgezeichnet, und alles verlief wirklich ideal.

Die Stimme am anderen Ende der Leitung zögerte. »Sie arbeiten da oben für den ambulanten Pflegedienst, oder?«, fragte der Mann und schien etwas im Computer nachzuschauen.

»Hmhm«, machte Cormac argwöhnisch.

»Cormac MacPherson?«

»*Aye.*«

»Ich habe hier Ihre Personalakte vor mir.«

»Ach, tatsächlich?«, fragte Cormac, zunehmend misstrauisch.

»Sie haben nicht immer in der häuslichen Pflege gearbeitet, nicht wahr?«

Lange herrschte Schweigen. So etwas hatte Cormac wirklich nicht erwartet. »Nein, ich war Militärsanitäter. Warum?«

»Haben Sie schon mal von diesem Austauschprogramm gehört?«

»Dem was?«

»Dem dreimonatigen Austauschprogramm. Hier wird bald ein Platz frei, und Sie könnten damit in eine höhere Lohngruppe aufsteigen.«

»Ich ziehe doch nicht nach London!«

»Die Idee dahinter ist, die Fähigkeiten der Teilnehmer in verschiedenen Bereichen zu fördern. Ganz grob gesagt: Wenn Sie immer in ländlichen Gegenden gearbeitet haben, könnten Sie von einem Umfeld mit spezielleren beruflichen Anforderungen profitieren, und umgekehrt.«

»Sie suchen also nach einer Möglichkeit, Ihre Burnouts abzuschieben«, entgegnete Cormac bissig. Er mochte zwar in einem Dorf leben, ein *Dorftrottel* war er aber nicht.

Am anderen Ende der Leitung erklang trockenes Schnauben. »Sie würden hier unten gut klarkommen, denke ich«, sagte die Stimme. »Ich schicke Ihnen mal die Broschüre.«

»*Aye*, wie Sie meinen«, versetzte Cormac, legte auf und dachte nicht weiter über die Angelegenheit nach. Dann kehrte er nach Hause zurück, doch während er unter der Dusche stand, kam ihm die Sache mit London wieder in den Sinn. Er musste sich eingestehen, dass er jemanden zum Reden vermisste, und dachte an die Kameradschaft und den schwarzen Humor bei der Armee. Cormac fragte sich, ob es an der Londoner Front wohl auch so zuging. Vermutlich schon.

Dann ging er in den Ort, um etwas Butter von Lennox' Farm zu besorgen. Sein Kumpel Lennox war kein besonders gesprächiger Typ, aber die Produkte von seinem Hof waren top. Um sich ein paar leckere Brote machen zu können, würde Cormac wohl auch noch ein bisschen Speck aus der Gegend mitnehmen.

Das Dorf Kirrinfief lag rund um einen zentralen Platz mit Kopfsteinpflaster, in dessen Mitte ein Kriegerdenkmal stand. Außerdem gab es dort noch Alasdairs Pub, Mrs Murrays Lebensmittelladen, ein Geschäft mit Jagd- und Angelzubehör und eine Bäckerei. An den meisten Tagen stand hier auch ein kleiner Lieferwagen, in dem Bücher verkauft wurden.

Das Dorf lag versteckt zwischen Hügeln, in unmittelbarer Nähe zu Loch Ness, allerdings abseits der ausgetretenen Touristenpfade. Doch Reisende, die zufällig darauf stießen, waren meistens entzückt von seiner Atmosphäre. Kirrinfief hatte etwas Zeitloses an sich, erinnerte die Leute an Brigadoon, allerdings nur so lange, bis der alte Eck und Wullie aus dem Pub zu ihnen rübergrölten. Aber sie meinten es ja nur nett. Der Schlafwagenzug von London nach Inverness fuhr in der Nähe vorbei, ansonsten war es eine Oase der Ruhe und des Friedens, und genau das mochten die Einwohner daran. Nun ja, zumindest die meisten.

Cormac stapfte über den Platz. Es war ein kalter, aber sonniger Tag, und zwischen den Pflastersteinen sprossen ein paar ehrgeizige Krokusse. Cormac kam nicht weit, bevor er von einer alten Dame angehalten wurde. »Oh, Cormac, was war da nur mit Islay los?«

Er lächelte höflich. »*Och*, Sie wissen doch, dass ich nicht darüber sprechen darf, Mrs Norrie.«

»Also, es wissen ja sowieso längst alle«, entgegnete sie ein wenig schnippisch.

»Na dann.«

Mrs Murray im Laden war sogar noch direkter. »Warum war eigentlich Emer heute Morgen hier, hat rumgeschnieft und drei Tafeln Milchschokolade gekauft?«, fragte sie. »Das sieht ihr gar nicht ähnlich, dem jungen, schlanken Ding. Drei! Waren die etwa für dich?«

»Nein«, sagte Cormac.

»Na also!«, rief Mrs Murray aus, als würde das irgendetwas beweisen. »Und, wie geht es deiner Mutter?«

»Der geht es gut«, antwortete Cormac mit einem kaum hörbaren Zögern. Er hatte sie schon seit zwei Wochen nicht mehr gesehen, was hier in der Gegend ziemlich lange war. Rawdon hatte für irgendetwas eine Auszeichnung bekommen, und darüber würde sie mit Sicherheit ausführlich sprechen wollen.

»Liegt sie dir immer noch wegen deiner Arbeit in den Ohren?«

»Ich denke, ich nehme auch noch den Käse da«, sagte Cormac mit freundlichem Lächeln.

Der Laden war so mit Sachen vollgestopft, dass er sich an der Theke zur Seite lehnen musste, um nicht gegen die Zeitungen zu stoßen. »Danke, Mrs Murray.«

»Ja, ja«, murmelte Mrs Murray, die immer alles persönlich nahm, während Cormac die Flucht ergriff.

Als er wieder nach Hause kam, wartete eine E-Mail mit einer Broschüre auf ihn, deren Cover hohe, glänzende Wolkenkratzer zierten. »Einsatz in sich schnell entwickelnder Umgebung!«, las Cormac. »Frischen Sie Ihre Kenntnisse auf. Erleben Sie das temporeiche Leben im Zentrum von London und optimieren Sie Ihre beruflichen Fähigkeiten!«

Cormac war vor langer Zeit schon mal mit seiner damaligen Freundin in London gewesen. Sie hatten das Imperial War Museum besucht und in einem Steakhaus gegessen, wo sie direkt am Fenster gesessen hatten und sich deshalb beim Verzehren des grauenhaften Essens von anderen Touristen hatten angaffen lassen müssen. Als sie sich danach im West End ein Theaterstück über eine Mörderin angesehen hatten, war Cormac nach fünfzehn Minuten eingeschlafen. Die Beziehung hatte auch nicht viel länger gehalten.

Kapitel 15

Schon allein die Tatsache, dass Valerie sie für heute nach Hause geschickt hatte, führte bei Lissa zu Beklemmung. Und die Tottenham Court Road mit all den Leuten fand sie erst recht erdrückend. Dann überquerte sie die breite, hupende, abgasverpestete Euston Road und entfloh in den relativ ruhigen Regent's Park. Für Frühlingsanfang war es zu warm, und die Sonne hätte eigentlich angenehm sein sollen. So war es aber nicht, stattdessen hatte sie etwas Beängstigendes und Unheilvolles an sich. Die ganze Welt schien unter Lissas Füßen zu wanken und sich zu verändern.

Die junge Frau zuckte jedes Mal zusammen, wenn sie an einem Jugendlichen vorbeikam, Teenager lachten oder Kumpel einander anrempelten, ihre Musik zu laut hörten und Lissa vom Bürgersteig drängten. Am liebsten hätte sie diese jungen Menschen gepackt und gebrüllt, dass sie auf sich aufpassen, sich in Sicherheit bringen, zu Hause bleiben und bloß keine Aufmerksamkeit auf sich lenken sollten.

Aber sie waren eben junge Kerle. Es gehörte zu ihrer Art, zu grölen und zu pöbeln und sich gegenseitig aufzuziehen. Sie fühlten sich unbesiegbar. Und so groß, wie sie waren, sahen sie mit ihren riesigen Turnschuhen ja auch unbesiegbar aus. Tatsächlich waren sie aber verletzlich wie neugeborene Lämmer.

Lissa eilte weiter, während ihr Atem schon wieder schneller ging und das Herz in ihrer Brust zu klopfen begann. Sie versuchte, sich zu beruhigen. Neben einem leuchtenden Meer aus Narzissen setzte sie sich und konzentrierte sich darauf, durch die Nase ein- und den Mund auszuatmen. Ein und aus, ganz langsam, ohne Eile. Sie versuchte, ihr inneres Gleichgewicht zurückzuerlangen, obwohl sie am liebsten laut geschrien hätte. Eigentlich hätte sie gern allen entgegengebrüllt, dass die Welt nicht sicher war. Sie war nicht sicher.

Lissa schluckte heftig. Vielleicht hatten Valerie und Juan ja doch recht. So konnte sie wirklich nicht arbeiten, sie konnte noch nicht einmal klar denken. Aber das ging bestimmt wieder vorbei, nicht wahr? Oder?

Sie schlug die Broschüre auf, die man ihr mitgegeben hatte. Mit der beruhigenden Aussicht auf sanfte Hügel wirkte sie eher wie das Faltblatt eines Bestattungsinstituts.

O Gott. Lissa konnte es einfach nicht ertragen. Wenn sie schon so litt, wie musste es dann erst Kais Mutter ergehen? Wie sollte man so weitermachen? Wie konnte nur irgendjemand weitermachen?

Trotzdem begann sie zu lesen.

Kapitel 16

Jake und Cormac gingen auf ein Pint in den Pub, wo sie Eck und Wullie zunickten und den fröhlichen Schäferhund streichelten, der dort lebte. Obwohl er seine Ernährung durch jede Menge Bier, Nüsse und Perlzwiebelchips ergänzte, schien er vor Gesundheit zu strotzen.

Es war ein kühler Abend, aber die Sonne ging lilafarben am Himmel unter, und bei diesem hübschen Anblick musste man der Welt doch zuversichtlich gegenüberstehen.

Cormac und Jake hatten sogar ihren Freund Lennox dazu überredet, für ein halbes Stündchen zu ihnen zu stoßen, wenngleich es leider wortwörtlich bei einer halben Stunde bleiben würde. Außerdem schaute Lennox dabei ständig auf die Uhr. Er hatte zu Hause nämlich einen kleinen Jungen und wollte dessen abendliches Bad um nichts in der Welt verpassen.

Jake starrte Cormac entgeistert an. »Erklär mir das bitte noch mal!«, sagte er. »Die bieten dir also für drei Monate eine günstige Unterkunft in London? Du bekommst einen Gehaltszuschlag und darfst Zeit in der

Hauptstadt verbringen, wo du neben ein paar Stunden Arbeit ansonsten tun und lassen kannst, was du willst? Ohne dass dich bei jedem Gang über die Straße eine alte Dame fragt, ob du dir mal eben ihren Hintern anschauen könntest?«

Cormac runzelte die Stirn. »Das machen die doch überhaupt nicht!«

»Mrs MacGonnagall schon!«

»Aye, stimmt.« Cormac trank sein Pint aus.

»Im Ernst, du bist ein Glückspilz! So etwas sollten sie für uns Sanitäter auch anleiern.«

»Na, das würde ja sehr viel bringen!«

»Wie meinst du das?«

»›Hallo, herzlich willkommen in London, und los geht's, zur Oxford Street …‹ ›Och, aye, 'tschuldigung, wo ist das noch mal?‹«

Jake seufzte. »Oh. Aye. Ein weiterer Grund dafür, dass du absolut verrückt wärst, wenn du ablehnst. Die Frauen in London, o mein Gott!«

»Woher willst du das denn wissen?«

Jake zuckte mit den Achseln. »Sieht man doch in der Zeitung, oder?«

Cormac schaute ihn misstrauisch an, aber Jake wich seinem Blick aus.

»Hast du etwa schon wieder *Grazia* gelesen?«

Jake schniefte. »Das ist eine einmalige Chance, Mann. Gut, Kirrinfief ist schon ganz in Ordnung.«

In der Ecke gab Alasdairs Hund neben dem Feuer einen lauten Furz von sich und sah sich dann mit Unschuldsmiene um, als wäre es auf keinen Fall er gewesen.

»Hm-hm.«

»Aber London! Mit einer günstigen Unterkunft! Ein heißer Sommer und umwerfende Frauen und lauter Action und berühmte Leute und Sachen aus dem Fernsehen und so!«

»Na, ich würde da ja arbeiten.«

»Genau. Du würdest sexy Models verarzten, die nach dem Tragen von richtig hohen Absätzen ganz kaputte Zehen haben«, sagte Jake traurig. Über solche Sachen hatte er offenbar ausführlich nachgedacht. »Im Ernst, Alter, du bist echt bekloppt. Und nach drei Monaten wärst du ja auch schon wieder hier. Was soll sich denn in drei Monaten für dich ändern?«

Cormac starrte aus dem Fenster. Inzwischen hatten sich dunkle Regenwolken vor die untergehende Sonne geschoben, sodass die Aussicht auf einen Ort mit gutem Wetter und lauter Models plötzlich recht verlockend erschien.

»Außerdem: Seit du wieder zurück bist …«

Cormac warf ihm einen finsteren Blick zu. »Worauf willst du hinaus …?«

»Auf gar nichts«, antwortete Jake hastig.

Über seinen Abschied aus der Armee sprach man mit Cormac nicht, das Thema war tabu.

»Ich meine ja nur, dass es hier ziemlich ruhig ist.«

Cormac schaute Lennox an, der wie üblich nicht viel sagte. »Was meinst du denn?«

Das war eine ziemlich blöde Frage. Lennox war auf der Landwirtschaftsschule gewesen und dann direkt auf den Bauernhof zurückgekehrt, auf dem er geboren war. Das Überraschendste in seinem Leben war, dass er mit dieser schlauen Leseratte zusammengekommen war, der Engländerin mit dem Bücherwagen. Und selbst die hatte er nur deshalb kennengelernt, weil sie eine Wohnung auf seinem Hof gemietet hatte. Er hatte also quasi nur einmal über den Vorplatz fallen müssen.

Lennox zuckte mit den Achseln. »Für mich wär das nichts«, sagte er, wie auch jeder erwartet hätte.

Über dem knisternden Feuer tickte die alte Uhr traurig weiter.

»Aber du bist noch jung und hast keine Familie, hier hält dich nichts. Warum also nicht?« Lennox stand auf. »Und schick mir dann ein paar Kerle, okay? Eins kann ich dir nämlich sagen: Durch den Brexit sieht es bei mir mit Erntehelfern ziemlich mau aus.« Mit diesen Worten setzte er sein Glas ab, lächelte und machte sich auf den Heimweg zu seiner zauberhaften Nina und ihrem perfekten, niedlichen Baby. Lennox war aus tiefster Seele glücklich, und was ihn betraf, würde er niemals irgendwo anders hingehen als zurück nach Hause.

Teil 2

Kapitel 17

Cormac nahm den Schlafwagenzug gen Süden, rechnete aber eigentlich nicht damit, wirklich schlafen zu können. Schließlich musste er über so viel nachdenken. Doch die Kombination aus einem bequemen Bett, dem Schaukeln des Waggons und dem Fläschchen Whisky aus dem Speisewagen führte zu einem erstaunlich tiefen Schlaf. Dabei träumte Cormac alles Mögliche: dass er schwamm, auf einem Pferd ritt oder irgendeine andere Tätigkeit mit rhythmischen Bewegungen ausführte.

Nur wenige Orte sind einsamer als ein überfüllter Bahnsteig fast tausend Kilometer von zu Hause entfernt, wo man niemanden kennt, sich aber viele Leute an einem vorbeischieben oder einen aus dem Weg drängen wollen.

In King's Cross herrschte um 7:30 Uhr heftiges Gedränge; der Bahnhof war schmierig-schmutzig und voll schick gekleideter Menschen – warum hatten sie es nur alle so eilig?

Unter einem riesigen Uhrturm sah Cormac sich um und fühlte sich lächerlich fehl am Platz. Mit seinem sommersprossigen Gesicht, dem lockigen hellbraunen Haar und seiner Cordhose musste er doch meilenweit auffallen. Über die Hose müsste er vielleicht noch mal nachdenken. Die hatte ihm seine Mutter gekauft und ihm erklärt, dass in Edinburgh alle so eine trugen.

Warum sie Edinburgh für ein mondänes Mode-Mekka hielt, war Cormac nicht ganz klar, hier sah er jedenfalls keine Cordhosen. Wenigstens war seine Mum froh über den Austausch gewesen. Im Allgemeinen war ihre Enttäuschung für Cormac eine schwere Bürde und nun ein weiterer Grund dafür, eine Zeit lang wegzugehen.

Egal, jedenfalls hatten hier alle teure Anzüge, enge Jeans oder Baggypants an und Sachen in lauter seltsamen und tollen Farben, die man in Kirrinfief eher selten zu Gesicht bekam. Es stellte sich auch heraus, dass Jake in Bezug auf die Frauen nicht gelogen hatte: Manche von ihnen sahen wirklich aus wie Models. Und alle hatten sich zurechtgemacht, wobei sie zum Teil leuchtend blonde oder pinkfarbene oder blaue Haare und merkwürdige Augenbrauen zur Schau stellten. (Was Augenbrauen anging, war Cormac kein Experte.)

Ausgefallene Klamotten schienen hier jedenfalls die Norm zu sein, und der Gesamteindruck war wirklich verwirrend. Aber woher wussten all diese Menschen nur, wo sie hinmussten? Warum gab es nicht mehr Zusammenstöße? Und wieso hielt hier jeder einen Becher mit einem grünen Getränk in der Hand?

Cormac kratzte sich am Kinn. Dann setzte er sich mit seinem schweren Rucksack behäbig in Bewegung und machte sich auf die Suche nach einer Karte der Londoner U-Bahn. Dabei wäre er beinahe mit einer kleinen Frau zusammengestoßen. Während sie ihn mit laut klappernden

Absätzen umrundete, gab sie ein wesentlich lauteres und nachdrücklicheres Seufzen von sich, als er bei so einem kleinen Persönchen erwartet hätte.

Kim-Ange gab ihr zum Abschied einen dicken Kuss, und Lissa schaute sich traurig in dem Zimmerchen um, das sie zurückließ. »Ab ins Exil«, stöhnte sie.

»Jetzt sei doch nicht albern«, mahnte Kim-Ange und packte noch Kuchen in Lissas Tasche. »Es ist ja nicht für lange! Das wird ein richtiges Abenteuer.«

»Die wollen mich suspendieren«, behauptete Lissa, »und werden mich nicht wieder zurücknehmen.«

»Natürlich werden sie das«, widersprach Kim-Ange. »Schließlich bist du ganz klar die zweitbeste Krankenschwester in diesem Stockwerk.«

Lissa rollte mit den Augen. »O Gott«, sagte sie dann. »Ich hab noch nie auf dem Land gelebt. Wie das wohl wird?«

»Sieh es doch mal so«, schlug Kim-Ange vor. »Wenn du am Handy jemanden abwimmeln willst, kannst du einfach behaupten, der Empfang sei ganz schlecht.«

Lissa nickte. »Stimmt schon.«

Kim-Ange umarmte sie. »Im Ernst, das wird toll, lauter Ruhe und Frieden. Schlaf dich aus, lies ein paar Bücher, und mach ganz viele Fotos für Instagram, auf denen du über nebelige Moore blickst. Sieh es einfach als Urlaub. Danach kommst du dann zurück und kannst wieder mit mir zusammen umwerfend sein. Denk in der Zwischenzeit aber bitte an mich, schließlich bekomme *ich* hier einen schottischen Dorftrottel als Zimmernachbarn und muss sein Gelaber ertragen.«

Lissa gelang ein kleines Lächeln. »Ich bin mir sicher, dass er wirklich nett sein wird.«

»Ja, klar. Du bist dir sicher. Ich will ja noch nicht einmal einen Mann hier auf der Etage.«

Sie schniefte laut vernehmlich, und Lissa umarmte sie.

»Danke, Kim-Ange.«

»Die Opfer, die ich deinetwegen bringe! Du wirst mir jeden Tag fehlen!«

»Du mir auch«, sagte Lissa, und das meinte sie ernst.

Kapitel 18

Sorgfältig ging Lissa alle Papiere noch einmal durch, besorgt und voller Angst, womöglich etwas falsch zu machen. Sie würde die Fälle von Cormac MacPherson übernehmen, der ihr auch seine Wohnung zur Verfügung stellte.

Sie hatten beide ein E-Mail-Konto auf der Website des National Health Service und die Möglichkeit, dort – nur untereinander – verschlüsselt Patientendaten auszutauschen. Auf diese Weise würde die nahtlose Fortführung der Pflege gewährleistet. Man erwartete während der drei Monate von ihnen eine tägliche Besprechung und außerdem einen wöchentlichen Bericht.

Tatsächlich hatte Lissa herausgefunden, dass sie beide bei diesem Austausch als Versuchskaninchen dienten.

Ganz unten auf dem letzten Blatt hatte Juan notiert: »Viel Glück, Lissa – ich denke, das wird eine wunderbare Erfahrung für Sie.«

Das dachte Lissa nicht, und zwar gar nicht, weil sie sich verbannt und abgeschoben fühlte. Man wollte sie verschwinden lassen, um nicht mehr an sie denken zu müssen, als hätte sie den Verstand verloren und sei deshalb im

Weg gewesen. Lissa liebte ihre Stadt, London war für sie wie die Luft zum Atmen. Die Vorstellung, irgendwo auf dem Land festzusitzen, erschien ihr absurd.

Sie hatte Cormac MacPherson im Vorfeld gegoogelt, seine Facebook-Seite gab jedoch nur wenige Informationen preis, weil sie nicht öffentlich zugänglich war.

Generell schien dieser Cormac im Internet nicht besonders aktiv zu sein, was Lissa heutzutage doch ziemlich seltsam fand. Sie selbst hatte unglaublich viel Zeit damit verbracht, sich Kirrinfief auf Google Earth anzugucken. Der Ort war winzig!

London war eigentlich alles, was Lissa kannte. Sie war noch nie so richtig auf dem Land gewesen und hatte auch Schottland noch nie besucht.

Aber eins wünschte sie sich verzweifelt: Die Schlaflosigkeit musste endlich ein Ende haben, die Albträume, die sie während ihres unruhigen Halbschlafes quälten, und die trockenen Körnchen unter den Lidern.

Es musste auch Schluss sein mit dem unkontrollierten Atmen, wenn sie ein paar Jugendliche auf der Straße sah oder jemanden rufen hörte oder, das war das Schlimmste von allem, wenn ein Auto eine Fehlzündung hatte oder beschleunigte.

Falls der Aufenthalt an diesem gottverlassenen Ort ihr helfen würde, darüber hinwegzukommen, dann war es einen Versuch wert. Viel lieber hätte Lissa ja ihre Großmutter auf Antigua besucht, aber diese Möglichkeit bot ihr der NHS leider nicht an. Also ging es auf in den wilden Norden.

Kapitel 19

Schnell wurde Cormac klar, dass er für Londoner Verhältnisse irgendwie zu viel Platz einnahm.

Beim Militär hatte er Rugby gespielt, und das haftete ihm gewissermaßen immer noch an. Und es ging nicht einfach nur darum, dass er groß war und auch breit. Das war er wirklich, aber es gab hier eben noch viele andere große Leute. Es gab einfach generell viele andere Leute. Mehr Leute, dachte Cormac, als eigentlich notwendig oder zumutbar waren. Mehr Menschen, als man sich nur vorstellen konnte, drängten sich auf diesen heißen, klebrigen Straßen, die nach Essen und Rauch und beißenden Abgasen rochen. Merkten die denn nicht, wie widerlich diese Luft war? Vielleicht nicht. London blieb an den Leuten hängen, berührte sie überall mit pappigen Fingern.

Das Schwesternwohnheim war ein hohes, abblätterndes, achtstöckiges Gebäude direkt neben einer U-Bahnstation und einem Kreisverkehr. Es lag in Südlondon, wie Cormac bald lernen würde.

Es schien keine offensichtliche Art und Weise zu geben, den Kreisverkehr zu überqueren, der sich bei näherer

Betrachtung als zwei Kreisverkehre mit jeweils vier Spuren herausstellte. Die Luft war dunstig.

Cormac dachte daran zurück, wie er sich seinen dreimonatigen Aufenthalt im Zentrum von London vorgestellt hatte. In seiner Fantasie waren jede Menge Parks mit Schwänen vorgekommen. Und auch der Buckingham Palace.

Er seufzte und versuchte mehrmals, den Wohnblock durch Unterführungen zu erreichen, in denen auf flach gedrückten Kartons Leute in schmutzigen Schlafsäcken schliefen. Endlich erreichte er das Florence Nightingale House, dessen Eingang aus einer Sicherheitstür bestand. Als er klingelte, sah ihn ein großer Mann durchs Glas und drückte auf einen Schalter, um ihm aufzumachen.

»Hi«, sagte Cormac aufgeregt, »ich bin der Ersatz für …« Für den Bruchteil einer Sekunde war ihm der Name entfallen. »Alyssa Westcott? Ich übernehme ihr Zimmer.«

Der Pförtner starrte ihn an und fuhr ungerührt mit dem Finger über eine gedruckte Namensliste. »Nö«, sagte er.

Cormac ließ den Blick zur Seite wandern und unternahm einen neuen Versuch. »Ich bin nicht Alyssa«, sagte er. »Ich bin Cormac MacPherson.«

Wieder gab es eine lange Pause. »Ja«, sagte der Mann, hob den dicken Finger von der Liste und seufzte schwer.

»Und, haben Sie so weit einen schönen Tag?«, fragte Cormac fröhlich.

Der Pförtner schaute ihn an und räusperte sich laut, während er sich aus seinem – beängstigend knarzenden – Stuhl erhob, um sich nach einem langen Schlüsselbrett zu recken.

»Ich komme gerade vom Nachtzug. Ich hätte ja nicht gedacht, dass ich da wirklich einschlafen würde, aber, ehrlich gesagt, war es toll …«

Cormac ließ dem Mann genug Zeit, um etwas darauf zu erwidern, doch der sagte kein Wort. Merkwürdig. In Kirrinfief musste man ja bloß mal einen Nachmittag in Inverness verbringen. Danach wurde man dann im Laden in eine lange Unterhaltung darüber verwickelt, was man alles gesehen und wen man getroffen hatte und ob man in dem großen Kino gewesen war, wo es dieses Restaurant namens Nando's gab. Eine Fahrt mit dem Schlafwagenzug war da noch einmal eine ganz andere Nummer. Bei einem Abenteuer diesen Ausmaßes hätten sich alle im Geschäft am Gespräch beteiligt und ihren Standpunkt dargelegt. Vor zwei Jahren war in der Gegend mal ein Zug ganz knapp einem Zusammenstoß entgangen, und darüber redeten die Leute immer noch.

Dieser Mann hingegen reagierte überhaupt nicht. Als wäre Cormac nicht da oder hätte nichts gesagt.

»Egal, wie auch immer. Es … tja, das Wohnheim sieht ja wirklich interessant aus …«, stammelte Cormac weiter, jedoch immer verwirrter. Langsam kam er sich vor wie ein Hund, der mit dem Schwanz wedelte, aber einfach ignoriert wurde. Er wollte sich bloß ein bisschen unterhalten, das war alles. So machte man das doch, oder? Was hatte dieser Typ nur für ein Problem?

Der Mann grunzte, legte ihm einen Schlüsselbund hin und reichte ihm dann einen Stapel Formulare zum Ausfüllen. Dabei vermied er jeglichen Blickkontakt.

Vielleicht, dachte Cormac, stimmte mit dem ja irgendetwas nicht. Ja, das musste es wohl sein. Er gab dem

Mann seinen Pass, damit er eine Kopie machen konnte, und bezahlte die Kaution. Dabei fragte er sich zum wiederholten Mal, ob er sein Häuschen wohl sauber und ordentlich genug für die junge Frau zurückgelassen hatte, die dort einziehen würde.

Die Eingangshalle war mit nicht zusammenpassenden alten Stühlen gesäumt und gehörte zu diesen typischen Orten, an denen es auch nach mehreren Jahren Rauchverbot noch immer nach Zigaretten roch.

Cormac blätterte in einer alten Ausgabe von *Nursing Times* herum, während der Pförtner ihn weiterhin ignorierte, statt wie jeder normale Mensch mit ihm zu plaudern. Er schob sich mit seinem schweren Körper hin und her, um die Fotokopie zu machen und umständlich Cormacs persönliche Angaben zu notieren.

Es war ja auch wirklich nicht angenehm, dachte Cormac, wenn man den ganzen Tag in dieser Kabine hocken musste.

In der Zwischenzeit ertönte immer wieder der Türsummer, während Krankenschwestern kamen und gingen. Cormac war ja durch seine Arbeit daran gewöhnt, von Kolleginnen umgeben zu sein, aber das hier war selbst für seine Verhältnisse viel. Laut und selbstbewusst riefen sich die Frauen fröhlich Dinge zu, sodass sich Cormac ein wenig eingeschüchtert fühlte. Während seiner Ausbildung waren mehr oder weniger alle aus der Gegend gewesen, ein paar hatte er noch aus seiner Schulzeit gekannt, und der Umgangston war immer freundlich gewesen … In diesem Wohnheim dagegen gab es ein buntes Sammelsurium schillernder Wesen, die lärmten und lachten und eine starke, knorrige Aussprache hatten, womit sie wie aus *EastEnders* klangen. Dazu kamen verschiedene Stimmen und Akzente aus aller Welt.

Cormac versuchte, die Schwestern nicht anzustarren. Hier tummelten sich mehr Menschen unterschiedlichster Herkunft, als er je gesehen hatte.

Ein paar von ihnen warfen ihm im Vorbeigehen einen Blick zu. Aber die meisten gingen wahrscheinlich davon aus, dass er der Freund einer Kollegin war, ein Besucher, der auf jemanden wartete.

Cormac fragte sich, neben wem er wohl wohnen würde.

Endlich grunzte der Mann in der Glaskabine und schob ihm die Formulare wieder hin.

»Welche Zimmernummer?«, fragte Cormac.

Zur Beantwortung dieser Frage würde der Mann ja wohl den Mund aufmachen müssen. Aber nein, der Pförtner legte nur seinen dicken Finger auf den billigen Plastikanhänger neben dem Sicherheitsschlüssel – zweihundertachtzehn.

»Großartig!«, rief Cormac aus, der normalerweise nicht zu Sarkasmus neigte. »Vielen Dank auch! Für alles!«

Aber das schien sein Gegenüber gar nicht zu hören oder nicht hören zu wollen, schließlich befanden sie sich hier in London.

Cormac schwang sich den Rucksack wieder auf die Schultern und machte sich auf den Weg zum Aufzug.

Cormac trat aus dem Lift, der alt war und knarzte; zu beiden Seiten des Flurs lagen je zwölf Zimmer und am Ende jeweils eine große, eher schäbige Küche und zwei Badezimmer. Das Wohnheim war offensichtlich alt, aber das Fenster am Ende des Gangs groß, und man blickte von dort über den Kreisverkehr und den Fluss.

Cormac fummelte mit dem Schlüssel herum und betrat dann endlich die kleine Studentenbude. Er war nicht sicher, was er eigentlich erwartet hatte, aber der Raum war ziemlich kahl.

Es gab ein Fenster nach Norden hin, ein Einzelbett, ein Waschbecken mit Spiegel, Teppichboden in muffigem Braun und einen billigen Kleiderschrank mit ein paar Bügeln darin.

In diesem Moment fragte sich Cormac besorgt, ob er sein Häuschen vielleicht auch hätte leerräumen sollen – er hatte Bücher, Bilder und Teppiche an ihrem Platz gelassen. War das nicht richtig gewesen? Aber es war doch nur für drei Monate, dafür würde er nicht sein komplettes Leben wegpacken.

Seine Austauschpartnerin hatte aber genau das getan: Das Zimmer war nackt und leer.

Kapitel 20

Lissa saß schon seit einer halben Ewigkeit im Bus und befürchtete allmählich, dass sie womöglich zu weit oder im Kreis gefahren war.

In der Ferne konnte sie Wiesen voller Lämmer sehen, das tiefe Blau von Loch Ness und die Schatten der Hügel auf den Feldern sowie Bauern, die pflügten und säten. Theoretisch war ihr klar, dass diese Dinge eigentlich als schön erachtet wurden. Bei dem Blick durch das schmutzige Busfenster jedoch kam es ihr fast so vor, als würde sie sich das alles im Fernsehen anschauen, es aus einer gewissen Distanz betrachten.

Langsam machte sie sich wirklich Sorgen, dass sie ihre Haltestelle verpassen würde, und sie wäre jede Wette eingegangen, dass es hier kein Uber gab. Außerdem war sie fest davon überzeugt, dass alle sie komisch anschauten und der Busfahrer sie aufzureißen versuchte. Die ganze Situation war furchtbar und half überhaupt nicht gegen ihre Beklemmung. Und so saß sie während der nächsten halben Stunde auf ihren Händen und bemühte sich um bewusstes Atmen, damit ihr das alles nicht zu viel wurde.

Der Mann am Steuer versuchte seit vierzig Minuten,

sie in ein Gespräch zu verwickeln. Er verstand einfach nicht, dass es ihr völlig fremd war, sich mit dem Busfahrer zu unterhalten.

Schließlich hielt er in Kirrinfief auf dem Dorfplatz, wo er normalerweise gern ein Päuschen machte, um ein Buch zu kaufen, und lächelte seine letzte Passagierin an, die völlig panisch wirkte.

»Na, komm schon, Mädel, jetzt hast du's ja geschafft!«, rief er ihr mit seinem starken Akzent aufmunternd zu.

Lissa starrte ihn bloß an, weil sie kein Wort verstanden hatte. Als der Fahrer mit einer Kopfbewegung auf die Tür deutete, sprang Lissa auf und schob sich hastig an ihm vorbei. Sie war also endlich da? Mit ihrer schweren Tasche stapfte sie die Stufen hinunter und ignorierte das Angebot des Fahrers, ihr mit dem Koffer zu helfen. Außerdem vergaß sie völlig, sich bei ihm zu bedanken, was seine Meinung über Engländer nicht gerade verbesserte.

Doch das war Lissa egal, für so etwas war sie viel zu aufgeregt. Sie versuchte, sich zusammenzureißen. So war sie doch früher nicht gewesen! Als Schwesternschülerin war sie mal einen Sommer durch Südamerika gereist, hatte fremde Länder durchquert, in fremden Bars getanzt, an Strandhütten in fragwürdigen Stadtvierteln Tequila getrunken. Wo war diese junge Frau nur geblieben? Ein einziger schrecklicher Moment hatte all das zunichtegemacht. Dabei hatte sie im Großen und Ganzen noch Glück gehabt. Sie bekam Gewissensbisse, dass es ihr so schlecht ging, obwohl sie doch gar nichts verloren hatte und andere alles.

Trotzdem. Dieses junge Mädchen fehlte ihr. Denn obgleich sich Lissa hier in einem kleinen Dorf in einer völlig sicheren Umgebung befand, zitterte die Hand, mit der sie ihren Koffer hinter sich herzog.

Lissa schaffte es bis zu einer Parkbank. Die Sonne schien, aber der Wind fühlte sich unglaublich kalt an, was sie aus London nicht kannte. Dort war eigentlich nie groß Wind zu spüren, außer beim Überqueren der Themse. Auf der Millenium Bridge, die nur einen kurzen Fußweg vom Schwesternheim entfernt war, wehte es immer ganz schön.

Hier, auf dem hübschen offenen Kopfsteinpflasterplatz in Kirrinfief, bekam Lissa den kalten Wind jedenfalls mit voller Wucht ab und sank tiefer in ihre neue Daunenjacke. Rund um sie herum standen kreuz und quer Häuser aus grauem Stein, deren Eingangstüren direkt am Bürgersteig lagen. Es war kein einziges gerades Dach in Sicht, und aus mehreren Schornsteinen stieg Rauch auf. An einer Ecke entdeckte Lissa einen gemütlich aussehenden alten Pub mit hängenden Blumenkörben, und einen Lebensmittelladen, der in Hellblau gestrichen war, und an dessen Fenster Wischmopps und Bürsten lehnten. In einem blauen Lieferwagen an einer anderen Ecke wurden Bücher verkauft.

Lissa dachte darüber nach, wie es wäre, sich einfach mal wieder hinzusetzen und ein Buch zu lesen. Sie konnte sich gar nicht mehr vorstellen, ihre rasenden Gedanken zu bremsen und sich lange genug zu konzentrieren, ohne dass der Zauber brach. Außerdem würde sie nichts lesen können, was sie an die Geschehnisse erinnern oder aufregen würde … Ein weiteres Handicap.

Sie sah auf die Uhr. Eigentlich sollte die Hausärztin aus

dem Ort sie abholen und mit ihr die neuen Aufgaben durchgehen. Weil man hier so weitab vom Schuss lag und es keine flächendeckende Versorgung gab, würde Lissa wohl ein wenig als Mädchen für alles fungieren. Zumindest hatte es sich angehört, als würde das von ihr erwartet. In London kam es einem ja manchmal vor, als gäbe es alle hundert Meter ein Krankenhaus. So war es hier sicher nicht.

Wieder schaute Lissa sich um. Sie blickte nach oben, wo sich vor dem Hintergrund tiefgrüner Hügel lange Straßen zwischen schmalen Reihenhäuschen hinaufschlängelten.

Zu ihrer Linken konnte sie einen Blick auf die glitzernde Oberfläche von Loch Ness erhaschen. Es war so verrückt, dass dieser Ort direkt am See lag. Sie fragte sich, ob es wohl unhöflich wäre, nach dem Ungeheuer zu fragen. Natürlich entging Lissa nicht, wie schön dieses Fleckchen Erde war, aber was *unternahmen* die Leute hier bloß? Was um alles in der Welt …? Wie brachte man denn ohne Restaurants und Theater und Nachtclubs und Shopping und Ausstellungen und Cocktailbars den Tag rum?

Plötzlich fuhr das älteste, schmutzigste Auto, das Lissa jemals gesehen hatte, auf den Platz. Es handelte sich um einen riesigen alten Volvo Kombi in einem unappetitlichen Braunton, und er schien hinten voller Stroh und Hunde zu sein.

Nachdem der Wagen vor Lissa zum Stehen gekommen war, stieg eine große, einschüchternd wirkende Frau mit Tweedrock und dunkelgrünem Polohemd aus. Ihr graues Haar war mehr oder weniger zu einem Pagenkopf geschnitten, und sie hatte feine Gesichtszüge, aber wettergegerbte Haut, und trug kein Make-up.

Als Lissa sie ansah, hatte sie das merkwürdige Gefühl, dass diese Frau ihren Stil seit dem ersten Schultag nicht mehr geändert hatte. Tatsächlich war ihre Vermutung völlig zutreffend.

Die Hunde im Wagen drehten völlig durch, und auch Dr. Joan Davenports Begrüßung klang fast wie ein Bellen: »HALLO!«

Lissa runzelte ein wenig die Stirn, während ihr Herz zu rasen begann und Nervosität einsetzte. »Äh …«, machte sie.

»Bist du Alyssa Westcott?«

»Äh, Lissa?«

Joan sah aus, als sei ihr das völlig schnuppe. »Okay, offenbar bin ich wohl für dich zuständig. Ich hatte mir ja einen Jungen gewünscht.«

Lissa war verwirrt.

»Vergiss es, ein kleiner Scherz. Egal, die Leute lesen nicht, schon klar, schon klar.«

»Sind Sie die Hausärztin?«, fragte Lissa.

»Hm? Ja, natürlich. Hat Cormac dir das nicht erklärt? Und sag doch du.«

Lissa wusste nicht, wie sie Joan erklären sollte, dass sie zu panisch und besorgt gewesen war, um Cormac die Fragen zu stellen, die wichtig gewesen wären. Sie hatte kaum auf seine E-Mail reagiert, so als würden sich die nächsten drei Monate einfach in Nichts auflösen, wenn sie die Nachricht ignorierte.

Lissa schüttelte den Kopf, und Joan musterte sie prüfend. Die burschikose Art der Ärztin war nicht aufgesetzt, sondern entsprach anscheinend einfach ihrem Naturell. Unsensibel war Joan deshalb aber nicht.

»Du hast eine harte Zeit hinter dir«, bemerkte sie.

Lissa fummelte an ihrer Tasche herum und starrte zu Boden. »Mir geht's gut«, behauptete sie. »Ich bin absolut bereit loszulegen.«

Joan musterte sie noch einmal. »Na ja, wir werden versuchen, dir nicht allzu viel aufzubürden. Aber Cormac wird in London sicher ordentlich schuften, oder?«

Joan öffnete die hintere Tür ihres uralten Autos, und drei schmutzverschmierte Terrier sausten heraus. »Jaaaa«, sagte Joan, deren schroffer Tonfall plötzlich zu beinahe mütterlicher Anteilnahme wurde. »Da seid ihr ja. Montgomery, mein Engel. Jasper! Jasper! Zu mir, mein braver Junge! Poppy! Poppy! Komm mal her!«

Aber zu spät, alle drei Hunde sprangen gleichzeitig an Lissa hoch und hinterließen dreckige Pfotenabdrücke.

Die junge Frau war vor Angst erstarrt. Durch die Arbeit hatte sie gelernt, Hunden gegenüber vorsichtig zu sein. In London waren viele als Wachhunde abgerichtet und verteidigten mit Nachdruck ihr Revier, wenn man sich ihnen auch nur näherte. Und diese haarigen Bestien hier schienen völlig außer Rand und Band. Während Lissa sie abzuschütteln versuchte, bemerkte sie Joans Blick.

Ihr strenger Gesichtsausdruck war völlig verflogen. »Sind sie nicht wunderbar?«, fragte die Ärztin. »Und sie mögen dich offenbar, da kannst du dich wirklich glücklich schätzen!«

Das fand Lissa nicht unbedingt, als sie versuchte, einem der Tiere vorsichtig den wolligen Kopf zu tätscheln.

»Wer hier auf dem Land arbeitet, sollte sich besser schnell an Hunde gewöhnen«, bemerkte Joan noch.

Auf allen Seiten von Vierbeinern umringt – für die

Ärztin schien es kein größeres Glück zu geben –, folgte Lissa Joan über den Platz. Sie gingen zu einem geweißten Steinhaus hinüber, das ein wenig abseits von den anderen stand. Ein Messingschild an der Wand wies es als Arztpraxis aus.

»Arbeitest du hier etwa allein?«, frage Lissa besorgt. »Und nimmst du die Hunde da mit rein?«

»Nein«, antwortete Joan. »Die verdammten Arbeitsschutzvorschriften.«

Sie stieß einen – verblüffend lauten – Pfiff aus, woraufhin die Hunde endlich von Lissa abließen und ums Haus herum rannten.

Lissa warf einen Blick um die Ecke und entdeckte einen mittelgroßen, wirklich hübschen Garten mit drei Hundehütten. Eine Arztpraxis mit Garten? Das fand sie ziemlich kurios.

»Aber allein bist du?«

Joan nickte. »Ja. Ich kümmere mich um die wenigen Einwohner des Ortes, außerdem um dazugehörige Dörfer und abgelegene Höfe. Deshalb verbringe ich viel Zeit im Auto, und das wirst du auch tun.«

»Ah, ja«, sagte Lissa. »Mir wurde gesagt, dass mir ein Auto zur Verfügung stehen würde …« Sie dachte kurz an den gruselig braunen Kombi der Ärztin. Wie schlimm würde ihr Wagen dann erst aussehen? Als sie das Gebäude umrundeten, wartete dahinter allerdings ein netter kleiner Ford auf sie.

»Aber die meisten Wege kannst du natürlich mit dem Fahrrad zurücklegen«, erklärte Joan. »Das ist einfacher, als sich mit einem Auto hier durch die Gassen zu quetschen.«

»Mit dem *Fahrrad?*«, fragte Lissa. »Was ist denn mit den Medikamenten?«

»Solange du die nicht neben dem Briefkasten stehen lässt, geht das schon klar«, versetzte die Ärztin. Dann schien ihr plötzlich etwas in den Sinn zu kommen: »Wirst du dir eigentlich für Therapiestunden freinehmen? Wie wollen die das überhaupt organisieren?«

Beim Wort »Therapie« verzog Lissa gequält das Gesicht. Am liebsten hätte sie es allen versichert, hätte es laut hinausgeschrien: So war sie doch überhaupt nicht! Es gab da eine fröhliche, sorglose Lissa, die in die Welt hinauszog! Ihr wahres Ich war cool, kein traumatisiertes Wrack, und eben keine Patientin, dachte sie. Sie gehörte doch zu denjenigen, die Patienten versorgten. Die Vorstellung, dass sie jetzt selbst eine Behandlung brauchte … war ihr unerträglich.

»Ich soll über Skype mit jemandem sprechen«, gab sie widerwillig zu.

Joan schniefte laut. »Klar, in London gibt es sicher jede Menge Therapeuten, für die ganzen verrückten Engländer. Weißt du, was du wirklich brauchst?«

Viele Leute hatten Lissa schon erklärt, was sie ihrer Meinung nach brauchte, aber das hatte sie alles gar nicht hören wollen: eine Affäre, sich mal richtig betrinken, Urlaub, sich verlieben, um die Welt reisen.

Sie überlegte, was Joan ihr wohl vorschlagen würde. »Lautet die Antwort ›Ein Hund‹?«, fragte sie.

Joan lächelte. »Ja, der würde helfen, und ein bisschen frische Luft, würde ich mal sagen. Jede Menge Spaziergänge, viel Zeit draußen im Freien. Das bringt eigentlich alles wieder in Ordnung.«

Lissa schaute zum Himmel hinauf, wo sich Wolken zusammenbrauten.

»Regnet es hier denn nicht ständig?«, fragte sie.

»Ja und?«, entgegnete Joan erstaunt.

»Und beruflich, womit muss ich hier in der Gegend rechnen?«, erkundigte sich Lissa.

»Oh, wir haben das Übliche: Diabetesberatung, ein paar Stoma-Patienten. Impfungen, alte Leute. Unfälle in der Landwirtschaft.«

»Was für Unfälle?«, fragte Lissa.

»Leute, die durch Trecker einen Körperteil verlieren. Das kommt öfter vor, als man denken sollte. Solche Sachen eben.«

»Was denn für Körperteile?«

»Alles, was so vorsteht«, antwortete Joan unheilvoll, öffnete die unverschlossene Tür und betrat das Häuschen.

Lissa starrte sie an. »Schließt du gar nicht ab?«

»Wer Interesse an alten Ausgaben von *House & Garden* oder einer kaputten Spielzeuggarage hat, kann gern kommen und sich bedienen.«

Verblüfft trat Lissa ein.

Das frühere Wohnzimmer des Hauses war der Warteraum und zum Glück wesentlich sauberer als Joans Auto. Dennoch hatte Lissa den Verdacht, dass die Hunde hier von Zeit zu Zeit rein durften. Es gab Spielzeug und Poster, auf denen vor Rauchen und Trinken gewarnt wurde, in dieser Hinsicht also nichts Ungewöhnliches. Allerdings war ansonsten jeder Zentimeter an den Wänden mit Bildern von Hunden und Pferden bedeckt. Außerdem entdeckte sie ein Aquarium und einen Hirschkopf an der

Wand. In einem Glaskasten in der Ecke stand ein ausgestopfter Windhund.

Lissa stutzte bei seinem Anblick.

»Ah, ja. Cosmo«, seufzte Joan. »Ein wunder-, wunderbares Tier. Ich hätte mich niemals von ihm trennen können.«

»Macht er den Kindern denn keine Angst?«

»Ach was, die lieben ihn!«

Lissa starrte auf die glasigen Augen des Hundes. »Bist du dir sicher?«

Die Ärztin schnaubte. Sie war bereits damit beschäftigt, die Termine des Tages durchzuschauen, und zog am Schluss auch einen Ordner für Lissa hervor. »Das sind zunächst mal nur die aktuellen Fälle, Cormac schickt dir seine Unterlagen dann noch. Hier«, sagte sie dann und zeigte ihr einen geweißten Raum, zum Glück ohne ausgestopftes Getier. »Das ist Cormacs Büro.«

»Der hat sein eigenes Büro?«

»*Aye*. Drüben im Krankenhaus auch.«

»Du machst Witze!«

Lissa erledigte ihren Papierkram normalerweise in ihrem Zimmerchen, und wenn sie Glück hatte, konnte sie sich von Zeit zu Zeit mit in den Personalraum einer der größeren Praxen quetschen.

Joan blickte sie aus zusammengekniffenen Augen an. »Oben gibt es noch sechs Zimmer, die wir nicht nutzen.«

»Himmel!«, rief Lissa. »In London wäre so eine Praxis, was weiß ich, Millionen wert.«

»Ja«, schnaubte Joan verächtlich. »Aber dann wäre sie ja *in London*.«

Kapitel 21

Cormac schaute sich in dem winzigen Zimmer um. Bei einem Blick aus dem Fenster war nicht das kleinste Fitzelchen Grün zu sehen, bloß Beton und Autos und noch mehr Beton, und gelegentlich ein eingezäunter, dürrer, kränklicher, nackter Baum.

Ehrlich gesagt, war Cormacs Unterkunft mehr Zelle als Zimmer: lang, eng und freudlos. Wie konnten Menschen bloß so leben? Und wo gingen sie denn hin, wenn sie sich mal ein bisschen die Beine vertreten wollten?

Cormac beobachtete die Leute unter ihm an der Fußgängerampel. Als sie auf Grün umsprang, überquerten alle mit kleinen oder großen Schritten den Kreisverkehr, während die endlosen Reihen von Bussen und Taxis stehen blieben, nur um dann Benzinwolken zu rülpsen und wieder anzufahren.

Wie fanden die Menschen hier je ein bisschen Ruhe? Wie kamen sie mal runter und atmeten tief durch? Als Cormac das Fenster aufmachte, drangen der beißende Geruch von Abgasen und ohrenbetäubender Lärm zu ihm herauf. Schnell schloss Cormac das Fenster wieder und füllte am Waschbecken ein Glas mit Leitungswasser.

Doch sofort schüttete er es wieder aus, denn es war lauwarm, kalkhaltig und hart, absolut widerlich. Vielleicht lag es ja an den Leitungen, dachte er. Vielleicht waren die Rohre einfach alt.

Cormac sah auf die Uhr. Es war erst zehn Uhr morgens, und er musste erst am nächsten Tag arbeiten. Er befand sich hier in einer Stadt mit neun Millionen Einwohnern und kannte keinen einzigen von ihnen. In seinem ganzen Leben war er noch nicht von so vielen Menschen umgeben gewesen und hatte sich trotzdem so einsam gefühlt.

In diesem Moment wurde laut an die Tür geklopft.

Joan gab Lissa eine Liste mit ihren Terminen für den nächsten Tag und die Schlüssel zu Cormacs Häuschen. »Ich hab heute Sprechstunde«, erklärte sie. »Du findest dich doch zurecht, oder?«

Da war sich Lissa nicht so sicher, trotzdem nickte sie.

»Bist du immer so still?«, fragte Joan. »Du bist genau wie diese andere Engländerin.«

»Es gibt hier noch eine andere Engländerin?«

»Oh, von denen werden wir geradezu überlaufen.«

»Aber du stammst doch auch aus England! Na ja, zumindest klingst du so.«

Entsetzt starrte Joan sie an. »Ich komme aus Edinburgh! So reden wir da nun mal.«

Dass es ihr derart wichtig war, ob jemand einen englischen Akzent hatte oder nicht, konnte Lissa nicht so recht verstehen. Die Bemerkung kam ihr geradezu … rassistisch vor … Trotzdem versuchte sie sich an einem höflichen Lächeln und hörte sich Joans Wegbeschreibung an.

Allerdings hatte sich ihr Gehirn nichts davon eingeprägt, als sie schließlich wieder draußen vor dem weißen Praxisgebäude stand.

Cormac hätte es, ehrlich gesagt, nicht gewundert, wenn seine Mum und ihr ganzer Zumba-Kurs aus der Gemeinde mit neun Packungen Schaumküssen von Tunnock's hereingeschneit wären. Die Gestalt, die nun tatsächlich erschien, war allerdings noch erstaunlicher.

In der Tür stand die ungewöhnlichste Person, die er je gesehen hatte. Sie passte nicht einmal ganz in den Rahmen, wie Cormac bemerkte. Sie war über einsachtzig, hatte kräftige, breite Schultern und eine lange, zauberhaft glänzende schwarze Mähne, die sie sich zu einem Zopf rund um den Kopf geflochten hatte. Das kräftige Make-up bestand unter anderem aus Lidschatten in Rosa und Gelb und rosafarbenem, klebrigem Lipgloss.

Das alles thronte über einer weiten blauen Schwesternuniform und pinkfarbenen Glitzerturnschuhen.

»HALLO!«, dröhnte die Person mit starkem Estuary-Akzent. »OOH, Lissa hat gar nicht erwähnt, dass du 'ne echte Schnitte bist.«

Cormac hielt sich eigentlich für einen ziemlich lockeren Typen, doch in diesem Moment wusste er nicht, wo er hinsehen sollte.

»Ich bin Kim-Ange«, erklärte das Wesen und trat ein. »Hat sie dir nichts von mir erzählt? Ich dachte, ihr steht miteinander in Kontakt.«

»Ich … Ich hab ihr eine einzige E-Mail geschickt«, stammelte Cormac.

»Wundert mich nicht, dass sie dich für sich behalten

wollte«, sagte Kim-Ange. »Wir haben versucht, dich zu googeln. Weißt du, dein Facebook-Profil ist echt Mist.«

»*Aye* … Ich bin eigentlich nicht viel auf Facebook.«

»Und auf Instagram auch nicht! Warum denn nicht?« Ganz ungezwungen ließ sich Kim-Ange auf dem Bett nieder, das unter ihrem Gewicht ächzte.

»Äh … na ja, die meisten Leute, die ich sehen möchte, treffe ich ja auch so. Und darüber hinaus erschließt sich mir der Sinn nicht so ganz. Außer natürlich, wenn man gern angeben will.«

»Das«, erwiderte Kim-Ange, »ist wirklich widerlich vernünftig. Und nimmt der Angeberei ja jeglichen Spaß.«

Cormac schüttelte den Kopf.

»Aber vom Internet hast du schon mal gehört, oder? Ihr habt in Schottland doch Internet?«

»Solange wir die Hörner vom Schafbock nur vernünftig ausrichten, haben wir durchaus Empfang … Und … du bist also Krankenschwester?«

»Nein, ich steh nur auf das coole Outfit«, schnaubte Kim-Ange und schaute angewidert an der tristen Uniform hinunter.

»Welche Fachrichtung?«

»Kardiologie.«

»Oh, da bist du bestimmt sehr nützlich, mit deiner …«

Er hatte eigentlich sagen wollen, dass man dort viele schwere Patienten heben musste, was ja auch stimmte. Kim-Anges Blick verriet ihm aber gerade noch rechtzeitig, wie unpassend diese Bemerkung sein würde.

»Mit meiner warmen und einfühlsamen Art?«

»Äh, ja«, sagte Cormac und lief rot an.

Es war nur ein kurzer Blick gewesen, aber er war Kim-

Ange nicht entgangen. Sie hatte ein feines Gespür dafür, wer als Verbündeter infrage kam und wer nicht. Mit Hass von Fremden konnte sie umgehen – das musste sie sogar jeden einzelnen Tag –, aber manchmal wäre es wirklich schön, einfach neue Freundschaften zu schließen. Deshalb war sie gekommen, um den Neuen zu einer Party bei einer anderen Schwester einzuladen, änderte ihre Meinung aber nun.

Cormac war noch nie zuvor so einem Menschen begegnet und hatte generell nie groß über die Dinge jenseits seines Erfahrungshorizonts nachgedacht. Sein Stammeln und die hastig hervorgebrachte Behauptung, er sei müde, zeugten einfach von Verwirrtheit auf seiner Seite.

Kim-Ange fasste sein Verhalten aber als etwas viel Schlimmeres auf. Mit angespanntem Lächeln wandte sie sich auf erstaunlich zierlichen Füßen ab und ging.

Cormac blieb mit der grauenhaften Gewissheit zurück, dass er kaum fünf Minuten hier war und bereits einen großen Fehler gemacht hatte.

Kapitel 22

Wäre Kirrinfief nur ein kleines bisschen größer gewesen, hätte sich Lissa wohl sofort verfahren. Dass sie sich nicht mehr an Joans Wegbeschreibung erinnerte, gab ihr aber auch Gelegenheit, sich ein wenig umzusehen und durch die Gegend zu fahren.

Am Rand des Ortes gab es einen kleinen Fluss, der in den *Loch* floss. Dort unten entdeckte Lissa ein niedriges kleines Gebäude, in dem der Kindergarten untergebracht war. (Na ja, sie nahm mal an, dass es der Kindergarten war. Es rannten zumindest jede Menge kreischende Kinder herum und jagten sich gegenseitig mit Stöcken. Also war es entweder der Kindergarten oder etwas, womit sie an diesem Punkt nun wirklich nichts zu tun haben wollte.) Außerdem entdeckte sie die winzige Schule aus rotem Backstein, die total niedlich aussah.

Cormacs kleines Häuschen stand auf einer grasbewachsenen Anhöhe etwas außerhalb des Ortes.

Okay. Lissa wusste ja, was sie mit ihrer Arbeit verdiente. Und Cormac bekam auf jeden Fall weniger als sie, weil die Gehälter im Zentrum von London höher waren. Aber selbst mit diesem Plus und trotz der Tatsache, dass sie im Moment in einem finanziell geförderten Wohnheim lebte, würde sie sich niemals etwas Eigenes leisten können. Und erst recht nicht etwas so Schönes.

Es war nicht protzig oder irgendwie makellos, wie einer Wohnzeitschrift entsprungen – nichts in der Art.

Vielmehr handelte es sich um ein grob geweißtes kleines Häuschen im selben Stil wie die etwas größere Arztpraxis. Es gab zwei Mansardenfenster, und das Dach, vermutlich einst mit Stroh bedeckt, war inzwischen mit Schiefer gedeckt.

Eine steinerne Treppe führte zu einer kleinen Veranda mit einem Schuhregal, vermutlich für Gummistiefel, und einem Schirmhalter, aus dem freundlich zwei Wanderstöcke hervorlugten.

Jeweils zwei Fenster links und rechts von der roten Eingangstür aus Holz erinnerten an ein freundliches Gesicht, wie auf einer Kinderzeichnung eines typischen Hauses.

Als Lissa das Häuschen umrundete, entdeckte sie dahinter einen kleinen, sauberen Garten mit einem ordentlich bepflanzten Gemüsebeet. Was für eine Vorstellung, dachte sie, Zeit für ein Gemüsebeet zu haben!

Sie hatte in ihrem Leben noch nie einen Hobbygärtner getroffen. Einen Garten hatten weder die Mitglieder ihrer stets schwer beschäftigten Familie noch ihre Schwesternkolleginnen, von denen sich manche mit zwei Jobs die Schwesternschule und die heutzutage vorgeschriebenen Kurse an der Uni finanziert hatten, oder ihre Schulfreunde von früher. Keiner von ihnen hatte einen Garten, geschweige denn ein Gemüsebeet.

Diesen Krankenpfleger hatte sich Lissa eigentlich

anders … Na ja, ehrlich gesagt, hatte sie überhaupt nicht mehr groß über ihn nachgedacht, nachdem sie auf Facebook nicht viel gefunden hatte. Das alles hier erlebte schließlich sie, er war dabei nicht von Bedeutung.

Egal, jedenfalls konnte sie nur hoffen, dass er von ihr nicht erwartete, sie würde sein Gemüse am Leben erhalten. Von so was hatte sie nämlich keinen blassen Schimmer.

Diese Frage kam noch zu der Sammlung ihrer Sorgen hinzu, aber jetzt ging sie erst einmal zurück nach vorn. Aufgeregt steckte sie den rostigen Schlüssel ins Schloss.

Als sich die Tür knarzend öffnete, kam dahinter direkt ein gemütliches Wohnzimmer zum Vorschein – einen Flur oder Eingangsbereich gab es nicht.

In einen alten Kamin in einer Seitenwand war ein etwas modernerer Ofen eingebaut worden, der aber wohl immer noch mit Holz befeuert werden musste. Ringsherum hatten sich ein Ledersofa und ein Blümchensofa freundschaftlich zusammengefunden. Auf der anderen Seite des Raumes befand sich ein Esstisch, der nicht so aussah, als würde er oft benutzt, und weiter hinten gab es eine kleine, funktionelle Küche in einem windschiefen Anbau mit mehreren Fenstern, die auf den Garten hinausgingen. Hinter dem Haus floss ganz am Ende des Grundstücks der Fluss vorbei, und dahinter kam – gar nichts mehr.

Jenseits des Holzzaunes begann ein Wald, und hinter dem Fluss erstreckten sich endlose Felder, hinter denen in der Ferne Berge aufragten.

Hätte sie nicht am Horizont einen Strommasten entdeckt, hätte Lissa sich an jedem erdenklichen Zeitpunkt während der letzten drei Jahrhunderte wähnen können. Es war wirklich verblüffend.

Sie drehte sich um und ging ins obere Stockwerk. Während sie die schmale Treppe hinaufstieg, bereitete ihr der Gedanke, gleich das Schlafzimmer eines fremden Mannes zu betreten, ein wenig Sorge. Aber darüber hätte sie sich gar nicht den Kopf zu zerbrechen brauchen.

Unter dem Dach gab es zwei winzige Zimmer, zwischen denen sich ein Bad mit Holzfußboden befand. Offensichtlich wurde von ihr erwartet, dass sie im Gästezimmer schlief, was ihr absolut recht war.

Das ganze Häuschen war blitzblank, und sie musste wieder an seinen Besitzer denken. Ob er wohl schwul war? Unter Krankenpflegern gab es so einige Homosexuelle, aber das musste ja nichts heißen. Oder vielleicht ein Schürzenjäger? Aber Schürzenjäger suchten sich als Lebensmittelpunkt eher selten ein Häuschen am Ende der Welt.

Als Nächstes zerrte Lissa ihren schweren Koffer die enge Treppe hinauf und überlegte, ob sie ihn sofort auspacken sollte. Im Haus war es eiskalt, und sie konnte die Zentralheizung einfach nicht finden. Irgendwann kam ihr der Gedanke, dass es vielleicht gar keine gab. Moment mal, und wie sollte man dann heizen?

Als sie wieder unten war und sich weiter umsah, stieß sie auf einen ganzen Ordner voller Anweisungen für Dinge wie den Warmwasserboiler. Um zu heizen, würde sie den Ofen in Gang bringen müssen. Wie man das machte, stand allerdings nirgendwo, das wurde wohl als bekannt vorausgesetzt.

Lissa öffnete die Hintertür und entdeckte tatsächlich

direkt neben der angebauten Küche einen riesigen Stapel Brennholz, das einen warmen, aromatischen Duft verströmte. In der Küche fand sie eine kleine Packung Feueranzünder und Streichhölzer. Eine ganze Weile starrte sie darauf, als wäre das Ende der Zivilisation gekommen und sie müsste als letzter Mensch auf Erden allein überleben. Ein inzwischen vertrautes Gefühl der Panik stieg in ihr auf.

In diesem Moment klopfte es an der Tür.

Kapitel 23

Cormac beschloss, loszuziehen und sich London ein bisschen anzusehen. Dazu nahm er die U-Bahn bis Leicester Square und betrat dort die M&M's World, deren Sinn sich ihm aber nicht erschloss. Er überlegte, sich vielleicht einen Film anzusehen, was sich aber schnell erledigt hatte, als er die Kinopreise sah. Schließlich landete er in einem Steakhaus und verzehrte dort an einem Fensterplatz eine üble Mahlzeit, genau wie beim letzten Mal. Er hatte das Gefühl, dass es gerade überhaupt nicht gut lief.

»Wie läuft es so?«, schrieb Jake. »Hast du schon ein paar Supermodels getroffen?«

Cormac verdrehte die Augen.

»Ich glaube, ich hab es geschafft, in der kurzen Zeit schon jemanden zu beleidigen«, antwortete er. »Ich bin mir nicht sicher, wie ich hier klarkommen werde.«

»In London sind doch alle Freaks«, schrieb Jake ganz weltmännisch. »War es eine Frau?«

»Ich glaube schon«, tippte Cormac zögerlich.

»Und, hast du dich bei ihr entschuldigt?«

»Nein.«

»Na, dann mach das doch!«

»Ich bin aber gar nicht sicher, *wofür* ich mich entschuldigen soll.«

»DARUM GEHT ES BEI FRAUEN AUCH NICHT.«

Also machte sich Cormac auf die Suche nach einem Supermarkt in der Nähe seiner Unterkunft, froh, jetzt eine Mission zu haben.

Das Angebot dort verwirrte ihn – es gab keine eckigen Würstchen, die Chipssorten waren anders, und er fand kein Irn Bru. Die Situation erinnerte ihn an einen Urlaub in Spanien, bei dem er sich nie sicher gewesen war, was er bestellen sollte. Einmal hatte er Toast mit Butter gewollt, und alle hatten ihn ausgelacht, weil er tatsächlich »Toast mit Esel« gesagt hatte.

Egal. Hier hatte er jedenfalls schon am ersten Tag einen Fehler gemacht und fand, dass er Kim-Ange eine Kleinigkeit vorbeibringen sollte. Da es im Laden weder Karamellbonbons noch Tunnock's Schaumküsse oder andere Süßigkeiten wie Edinburgh Rock oder Soor Plooms oder Oddfellows gab, wusste er nicht so recht, was er sonst nehmen sollte und worüber sie sich wohl freuen würde. Am Ende entschied er sich für eine bunte Mischung kleiner Schokoladenriegel und klopfte bei Kim-Ange an die Tür.

Sie machte auf und sah in ihrer japanischen Robe äußerst majestätisch aus.

»*Och.*« Cormac schob sich das Haar aus dem Gesicht und setzte eine zerknirschte Miene auf. »Ich dachte … Ich dachte, dass unser Kennenlernen vielleicht nicht ideal gelaufen ist«, sagte er.

Kim-Ange schniefte, während sie zugleich die Arme

vor der Brust verschränkte und eine schwarze Augenbraue hochzog.

»Ich … Ich komme aus einem ziemlich kleinen Dorf.«

»In dem man noch nie was vom Internet oder der restlichen Welt da draußen gehört hat. Ja, so weit waren wir schon.«

Cormac blickte auf die Packung hinunter. »Na ja, jedenfalls wollte ich dir die hier vorbeibringen«, sagte er. Allmählich kam er zu dem Schluss, dass er Engländer sehr, sehr verwirrend fand.

»Ich habe eine Laktoseintoleranz!«, versetzte Kim-Ange.

»Dann schmeiß ich sie eben weg«, sagte Cormac und wollte die Packung wieder mitnehmen.

Kim-Ange schob einen Arm durch den Türspalt und schnappte sich die Süßigkeiten. »Na ja«, sagte sie rasch. »Die Symptome treten sehr unregelmäßig auf.«

Sie achtete penibel darauf, dass sich nicht einmal der Anflug eines Lächelns auf ihr Gesicht stahl, während sie die Tür zuknallte.

Kapitel 24

Kaum hatte er bei Cormacs Häuschen an die Tür geklopft, wurde Jake bewusst, dass ein unangemeldeter Besuch bei einer gerade erst eingetroffenen jungen Frau, na ja, ein wenig seltsam rüberkommen könnte.

Andererseits, sagte er sich, würde er ja mit ihr zusammenarbeiten. Da konnte er doch wenigstens Hallo sagen. Genau. Er wollte bloß nett sein, nur mal nach ihr sehen.

Hinter den Wiesen ging die Sonne unter, als Jake sich umschaute. Tja, also, es würde ihr sicher gut gefallen, schließlich war es ja wirklich wunderschön hier. Und wenn jemand sie ein bisschen herumführen würde … Nein, das wäre natürlich nicht angemessen. Überhaupt nicht.

Aber Jake lotete gern seine Möglichkeiten aus. Gut, Ginty McGhie hatte immer noch ein Auge auf ihn geworfen. Es schadete jedoch nicht, sich anderweitig ein wenig umzusehen …

»Ja?«, rief eine laute englische Stimme auf der anderen Seite der Tür, statt ihn hereinzubitten.

So etwas war ihm noch nie passiert. Jake überlegte, ob er einfach die Tür aufmachen und reingehen sollte, wie er es bei Cormac gemacht hätte. Aber er entschied sich (zum Glück) dagegen.

(Lissa hätte ihm nämlich die Lampe über den Schädel gezogen, die sie zu diesem Zweck ins Auge gefasst hatte.)

»Hi … äh, ich bin Jake Inglis. Der Sani. Hat Cormac mich nicht erwähnt?«

Lissa fluchte. Jetzt gab es schon zum zweiten Mal Probleme, weil sie nicht wenigstens Cormacs wesentlichste Anweisungen befolgt und die Sachen gelesen hatte, die er so fürsorglich für sie notiert hatte.

Lissa selbst hatte ihm nichts aufgeschrieben, weil sie davon ausgegangen war, dass sich in ihrer Welt alles von selbst erklärte.

Sie fragte sich, ob das wohl an der Panik lag. War sie dadurch so sehr auf das Chaos in ihrem Inneren fixiert, dass sie sich nicht auf andere konzentrieren konnte?

Zögerlich machte sie die Tür einen Spalt weit auf. Dabei wurde ihr klar, dass man sie auch von außen öffnen konnte, wenn nicht abgeschlossen war. Hätte dieser Typ sie ermorden wollen, wäre er wohl einfach reingekommen.

Jake schien zu ahnen, was ihr durch den Kopf ging, und trat einen Schritt zurück. »Ich bin's nur«, sagte er. »Allerdings kennst du mich ja gar nicht, da bringt dir diese Aussage wohl nicht viel. Ha! *Aye.* Außerdem trage ich auch meine Uniform nicht, also …«

Jetzt reiß dich mal zusammen, mahnte er sich selbst. So ein Gestammel sah ihm gar nicht ähnlich. Aber er hatte nicht erwartet … Ehrlich gesagt, wusste er nicht so recht, was er eigentlich erwartet hatte. Aber mit Sicherheit nicht diese hübsche Frau mit der kurvigen Figur, den in alle Richtungen abstehenden Ringellöckchen, den wunderschönen großen Sommersprossen auf den Wangen und den müden, dunklen Augen.

Sie trug alte Jeans und wirkte ein wenig wütend.

Augenblicklich fragte sich Jake, wie sie wohl aussehen würde, wenn sie sich ein bisschen zurechtgemacht hätte und vielleicht sogar lächeln würde.

Er versuchte sich selbst an einem Lächeln. »Hallo noch mal«, sagte er. »Jake Inglis.«

»Das hab ich schon verstanden«, antwortete die Frau mit gerunzelter Stirn. »Sorry, ich dachte, ich würde erst morgen anfangen.«

»Ja, das stimmt auch«, bestätigte Jake. »Ich wollte nur höflich sein und mich schon mal vorstellen ...«

In diesem Moment, in dem die Dämmerung einsetzte und hier und da eine Eule im Wald rief, kam das keinem von beiden besonders höflich vor.

»... aber ich würde mal sagen, wir sehen uns.«

»Okay, danke«, sagte Lissa. Dabei fand sie ihr Verhalten ja selbst unhöflich, abweisend und seltsam. Aber sie konnte einfach nicht ... Was erwartete der denn von ihr, dass sie sich hier fröhlich mit einem Wildfremden unterhielt? In London würde das in einer Million Jahren niemand tun.

»Na ja, meld dich einfach, wenn irgendwas ist – ich hab Cormac versprochen, dass ich dir helfe, wenn du im Haus etwas brauchst.«

»Okay, danke – das ist nett«, sagte Lissa und spürte, wie ihr Herz völlig unpassend klopfte. Er wollte doch nur freundlich sein!, sagte sie sich immer wieder. Es würde nichts Schlimmes passieren! Das hier war ganz normal. Trotzdem machte sie ihm die Tür vor der Nase zu.

Oh, na ja, dachte Jake. Man kann nicht immer gewinnen.

Er wollte gerade mit seinem silberfarbenen SUV davonfahren, da hörte er, wie Lissa ihm hinterherrief.

»Sorry«, sagte sie, und es klang aufrichtig, beinahe gequält.

Jake fand sie wirklich merkwürdig. »*Aye*, kein Problem«, sagte er und stellte den Motor wieder aus.

»Na ja, ich meine ... Könntest du vielleicht ...?«

Sie zupfte an ihren Locken herum. Die waren wirklich spektakulär.

»Könntest du ...? Also, weißt du, wie man den Ofen anmacht?«

Jake schlug sich gegen die Stirn. »Hat er dafür etwa keine Anweisung hinterlassen? Himmel, was für ein Schwachkopf!« Er sprang aus dem Auto.

»Ich meine, es ist zwar jede Menge Holz da ... aber ...«

»Das ist die einzige Möglichkeit, das Haus zu heizen«, erklärte Jake.

Lissa seufzte. »Ich hatte es befürchtet.«

»Und das Wasser auch.« Er schaute sie an. »Wolltest du etwa die ganze Nacht in der Kälte hocken?«

Lissa versuchte zu lächeln und wirkte ziemlich kleinlaut. »Äh, darüber hab ich ... eigentlich nicht groß nachgedacht.«

»Heute Nacht fallen die Temperaturen nämlich unter den Gefrierpunkt.« Jake grinste fröhlich. »Dann ist es ja gut, dass ich aufgetaucht bin.«

Nervös biss sich Lissa auf die Lippe. »Vermutlich.«

Jake verschwand kurz und kehrte mit einem Armvoll sauber gespaltener Scheite zurück. »Er hat dich super ausgestattet, das ist richtig gutes Zeug.« Als er ihr ein Stück Holz reichte, starrte sie ihn bloß verständnislos an.

»Riech mal dran!«, sagte er, und sie schnupperte versuchsweise.

Ihr stieg ein kräftiges, eichiges Aroma in die Nase, welches sie nicht so recht einordnen konnte.

»Das kommt von aussortierten Whiskyfässern«, erklärte Jake. »Das Zeug brennt wie Zunder und riecht absolut köstlich. Okay, dann wollen wir mal.«

Sie betraten das Haus, und dort zeigte Jake Lissa, wie man den Holzofen öffnete und die Scheite darin anordnete. Man stapelte sie wie Jengateile übereinander, um eine Art Schornstein zu bilden. Jake steckte einen der Feueranzünder an, platzierte ihn inmitten der Scheite, öffnete die Rauchabzüge und schloss rumpelnd die Tür. Etwa neunzig Sekunden später flackerte das Feuer fröhlich vor sich hin.

»Könntest du mir das vielleicht aufschreiben?«, fragte Lissa.

»Tja, am besten lässt du es gar nicht mehr ausgehen«, sagte Jake und zeigte ihr einen Korb, der neben dem Ofen stand. Darin befand sich Torf, den sie wie eine Decke über dem Feuer ausbreiten konnte, sodass es nachts vor sich hin schwelen würde.

»Dann hast du es hier immer schön gemütlich. Wenn es erst einmal brennt, funktioniert das mit dem Feuer super.«

Jake schenkte ihr ein kurzes, charmantes Lächeln und wünschte ihr einen schönen Abend, bevor sie auch nur Gelegenheit dazu hatte, wieder nervös zu werden – oder ihm eine Tasse Tee anzubieten (wenn sie denn Tee dagehabt hätte).

Jake sollte recht behalten: In dem Häuschen wurde es überraschend schnell warm. Es gab dort keine Lampen, lediglich helle Deckenstrahler, die Lissa zu sehr ans Krankenhaus erinnerten. Also saß sie einfach nur da, während es um sie herum immer finsterer wurde, und starrte abwechselnd auf ihr Handy und in die flackernden Flammen. Irgendwann rief sie Deliveroo auf, um sich das Angebot für die Gegend anzuschauen. Mit zusammengekniffenen Augen starrte sie auf das Display und ließ die schreckliche, schreckliche Erkenntnis sacken: Es gab hier keine einzige Bestellmöglichkeit.

Kapitel 25

Cormac machte sich vorsichtshalber eine Stunde früher auf den Weg zur Arbeit, weil er in London die Dimensionen überhaupt nicht einschätzen konnte. Zu seiner Überraschung würde er am Ende nur fünfunddreißig Minuten brauchen. Es war schon seltsam: Beim Einsteigen in die proppenvolle U-Bahn hatte er sich aus reiner Gewohnheit nach einem bekannten Gesicht umgeschaut, so wie er es zu Hause getan hätte. Ob man sich wohl irgendwann damit abfand, dass man keine Menschenseele kannte, wohin man auch ging?

Ganz unabhängig von der Hautfarbe oder der Art, wie sie gekleidet waren, trugen hier alle denselben Gesichtsausdruck zur Schau, nämlich eine betont distanzierte Miene. Niemand wagte es, einem anderen in die Augen zu sehen, und das war selbst bei Schulkindern schon so. Wahrscheinlich eine Art tierischer Selbstschutz, dachte Cormac, wie bei Hunden. Diese Menschen vermieden Blickkontakt, weil sie niemanden kannten und nicht wussten, wie ihr Gegenüber reagieren würde. Was für eine merkwürdige Art und Weise zu leben.

Cormac konnte sich eigentlich an keine Phase in seinem Leben erinnern, in der er nicht die meisten seiner Mitmenschen gekannt hatte. Wie ertrugen die Leute das bloß? Die mussten sich doch dauernd einsam fühlen.

Juan aus der Personalabteilung, ein kleiner Mann im Anzug, dessen Handy ständig klingelte, war Cormac sofort sympathisch.

Juan lächelte entschuldigend und versicherte ihm, wie toll es sei, ihn mit an Bord zu haben. Dann bat er Cormac, wöchentlich einen Fragebogen auszufüllen, den mit ziemlicher Wahrscheinlichkeit allerdings wohl niemand lesen werde. Am Ende erwähnte er noch, dass ihnen hier in London Personal fehlte und Cormac gern siebzig oder achtzig zusätzliche Leute rüberschicken könnte, die bei keiner Agentur unter Vertrag standen und Vollzeit in der ambulanten Pflege arbeiten wollten. Oh, und einhundertsiebenundvierzig Hebammen.

Cormac lächelte, als ihm klar wurde, was Juan ihm da wirklich sagen wollte: Legen Sie bitte los, und behelligen Sie mich nicht weiter. Was ihm völlig recht war, wenn sich Alyssa Westcott denn endlich bei ihm melden würde. Cormac wusste, dass Jake bei ihr vorbeischauen wollte, um zu sehen, ob alles in Ordnung war. Selbst wenn er das nicht gewusst hätte, hätte er es vermutet, weil das typisch für Jake wäre. Gewundert hatte Cormac allerdings, dass sich sein Kumpel danach nicht bei ihm gemeldet hatte, was so gar nicht zu ihm passte. Normalerweise hatte er doch sofort eine Punktewertung auf einer Skala bis zehn für jede Frau parat, die zwischen achtzehn und fünfundsechzig Jahre alt war (oder noch älter, wenn man Helen Mirren mit dazunahm). Vielleicht war diese Alyssa ja schlicht schrecklich.

Cormac nahm seinen Dienstwagen in Empfang, schlug die Mappe mit den Patienteninformationen auf, die das Krankenhaus ihm geschickt hatte – und zu denen Alyssa eigentlich noch detailliertere Informationen beisteuern sollte –, und war sehr dankbar für das Navi.

Darauf, in London Auto zu fahren, war Cormac allerdings nicht im Geringsten vorbereitet. Wie die meisten Jugendlichen in Kirrinfief war er seit seinem fünfzehnten Lebensjahr bei befreundeten Bauernjungen auf den Feldern gefahren. Er kam mit einem Traktor klar und hatte auch schon mal am Steuer einer Strohpresse gesessen.

Aber wenn er im normalen Straßenverkehr unterwegs war, vor allem für die Arbeit, dann hatte er es eigentlich immer nur mit leeren Straßen zwischen weiten Hügeln zu tun, und mit einspurigen Wegen auf den Höfen.

In seinem Alltag war der Anblick der mit Wolkenschatten gesprenkelten Berge manchmal so überwältigend, dass Cormac einfach in einer Parkbucht haltmachte und die Tür seines kleinen Autos öffnete. Dann atmete er die süße, erfrischende Luft tief ein und verzehrte mit Blick auf die menschenleere Aussicht sein Käsebrot mit Gürkchen. In solchen Momenten war er immer sehr zufrieden mit seinem Los.

Aber all das hatte ihn wahrlich nicht auf den verrückten Londoner Verkehr vorbereitet, mit seiner Mischung aus wütenden Taxifahrern, Lieferwagen mit unmöglichen Terminplänen, Schickimickis, die mit riesigen Geländewagen ihre Kinder zur Schule brachten, und den überall herbeischwankenden roten Bussen.

Touristen traten unerschrocken auf die Fahrbahn und

guckten dabei konzentriert in die falsche Richtung, weil sie erwarteten, dass die Autos von links kamen, Radfahrer sausten wie Vögel durch jede sich im Getümmel auftuende Öffnung. Die Abgase, die verwirrenden zahlreichen Spuren, die riesigen Kreisverkehre, das endlose Hupen, das ständige Halten und Wieder-Anfahren – es war absolut Furcht einflößend. Nirgendwo konnte man einfach mal anhalten, es gab keine ruhigen Parkbuchten, sondern überall nur rote Markierungen, die ein absolutes Halteverbot anzeigten. Und so musste man ständig versuchen, den Kopf um 360 Grad zu drehen, um zu sehen, von wo aus wer auf einen zuraste.

Irgendwann fuhr Cormac auf den Parkplatz eines großen Supermarktes und holte tief Luft. Hieran würde er sich eben gewöhnen müssen, aber diese Straßen waren der Wahnsinn. Er atmete noch einmal durch und warf einen Blick aufs Navi. Okay. Bis zur Rosebud-Wohnsiedlung war es nicht mehr weit. Dort trugen alle Gebäude die Namen von Blumen, und der Patient lebte in Wohnung hundertfünfundsechzig im Daffodil House.

Das Gebäude mochte Daffodil House heißen, hatte aber so gar nichts mit Narzissen zu tun, wie Cormac feststellte, als er dort ankam. Es war ein riesiges Hochhaus, eins von sieben, die den Himmel wie große hässliche Narben verunstalteten.

Als Kind hatte sich Cormac manchmal gefragt, wie es wohl wäre, so hoch oben zu wohnen statt in ihrem kleinen Reihenhäuschen. Er hatte es sich aufregend und schick vorgestellt, was auf das Leben im Daffodil House nun wirklich nicht zutraf.

Klar gab es auch in den Highlands Entbehrungen. Cormac hatte es dort schon mit Leuten zu tun gehabt, die keine Innentoilette im Haus hatten. Manche Familien waren zum Heizen komplett auf illegal gesammeltes Holz angewiesen, und auch die üblichen Geißeln jeder Gesellschaft fehlten nicht: Alkohol natürlich, Pferderennen und kaputte Familien.

Aber man war dort auch stets von Hügeln und Bergen, von Seen und Bäumen umgeben, und es gab Arbeit, obgleich sie nicht immer gut bezahlt war. Die Schulen verfügten über große Außenbereiche zum Spielen. Man konnte in den Ort radeln und das Gefühl haben, unterwegs die meisten Leute zu kennen, oder in die Bäckerei gehen und dort nicht nur für fünfundsiebzig Pence französisches Gebäck, sondern auch ein freundliches Hallo bekommen, egal, ob reich oder arm. Das gehörte zu den schönsten Dingen, die Cormac sich vorstellen konnte.

Hier hingegen … gab es nur einen unangenehm dunklen und schmutzigen kleinen Lebensmittelladen mit dicken Gittern vor den Fenstern und halb heruntergelassener Jalousie.

Alles war verkommen, nichts wirkte freundlich. Draußen war ein enormer Hund angekettet und bellte Cormac an, was mehrere andere Hunde auf dem Gelände in Alarmbereitschaft versetzte.

In der Berufsbeschreibung für ambulante Pfleger stand nichts über Hunde, obwohl das eigentlich erwähnt werden sollte. Cormac kam mit den Vierbeinern für gewöhnlich gut klar. Aber selbst er hatte keine Lust, die Hand auszustrecken, damit dieses Zähne fletschende, furchterregende Biest daran schnüffeln könnte.

»Braver Junge«, murmelte er einfach nur und ging weiter.

Nachdem er sich per Gegensprechanlage gemeldet hatte, machte man ihm die Tür auf; dann musste er allerdings ewig auf den langsamen alten Aufzug warten. Im Eingangsbereich des Gebäudes roch es fürchterlich nach einer konzentrierten Mischung aus Haschisch und Urin, die Cormac in den Augen brannte. Die Wände waren mit Graffiti übersät. Während Cormac so dastand, kam eine betagte Frau herein, die eine große Einkaufstasche auf Rädern hinter sich herzog.

»Guten Morgen!«, sagte Cormac und trat einen Schritt zur Seite, um sie vorzulassen.

»Leck mich!«, schnauzte sie augenblicklich zurück, und dann standen sie noch gefühlte fünf Jahre zusammen vor dem Lift, bevor er endlich eintrudelte. Als sich die Türen öffneten, waberte ein noch schlimmerer Geruch heraus als der im Eingangsbereich, wenn das überhaupt möglich war.

Zwei Männer verließen den Aufzug. Sie waren mitten in einem Streit, so hörte es sich für Cormac zumindest an. »Jau, klar, die Sache ist nur, man kann halt nich' …«, sagte einer von ihnen, während sie in einer Aftershavewolke breitbeinig vorbeistampften.

Die beiden schauten Cormac an, als er den Aufzug betrat, er selbst starrte aber lieber geradeaus.

Im sechzehnten Stock lag immer noch deutlich der Duft von Hasch in der Luft, jetzt allerdings vermischt mit Koch- und Essensgerüchen, manche davon lecker, andere weniger.

Cormac ging den Flur mit schmutzigem Linoleumfußboden entlang. Die meisten Lampen funktionierten nicht, und Tageslicht gab es hier gar nicht. Auch wenn er es sich ungern eingestehen wollte, war Cormac aufgeregt, und seine Bewunderung für seine Austauschpartnerin wuchs sprunghaft an.

Hinter Tür Nummer hundertfünfundsechzig spielte Musik, und er klopfte vorsichtig an, dann lauter, als ihm klar wurde, dass ihn so niemand hörte. Irgendwann pochte er derart laut gegen die Tür, dass im Inneren schließlich die Musik runtergedreht wurde und man mehrere Stimmen hörte.

Cormac warf einen Blick in seine Unterlagen, während ein kräftiger Mann, umringt von Kindern, die Tür öffnete.

»Mergim Kavaja?«, fragte Cormac. Er hatte bei der Aussprache sein Bestes gegeben.

Der Mann runzelte die Stirn.

»Mer*gim* Ka*va*ja?«, versuchte Cormac es noch einmal und betonte dieses Mal andere Silben.

Sein Gegenüber schaute ihn erneut mit misstrauischem Stirnrunzeln an, während hinter ihm eine laute Frauenstimme offensichtlich mehrere Fragen vorbrachte. Der Mann rief lautstark zurück.

Irgendwann zeigte Cormac ihm einfach den Namen auf dem Papier, woraufhin mit einem Schniefen die Tür endlich ganz geöffnet wurde.

Die enge Wohnung mit dünnen Wänden und billigen Türen war sauber, aber voll. Unglaublich voll. Durch offene Türen sah Cormac in jedem Zimmer Matratzen auf dem Boden, und im Wohnzimmer türmten sich Bettdecken neben zwei uralten, mit Kammgarnstoff bezogenen Sofas.

Darauf drängten sich Männer und Jungen, und wo keine Sitzgelegenheit mehr vorhanden war, hockten sie einfach an der Wand. In der Luft lag der Geruch von trocknender Wäsche, Schweiß, Deo, und im Hintergrund liefen Dusche und Waschmaschine.

»*Këtu është infermierja, Mergim!*«, sagte der Mann von der Haustür, und bei ihm klang der Name irgendwie ganz anders.

In der Ecke hob ein anderer Mann die Hand. Zwischen den beiden entspann sich eine unverständliche Unterhaltung.

Dann wandte sich der Mann, der die Tür aufgemacht hatte, zu Cormac um und deutete auf ihn. »*Doktor*«, sagte er.

»Eigentlich bin ich ja Krankenpfleger«, stellte Cormac klar, was aber von allen ignoriert wurde, und ging zu dem Patienten hinüber.

Der saß auf dem einzigen Sessel und hatte das dünne Bein hochgelegt. Aus seiner billigen Jogginghose schaute weiße Haut mit dichter schwarzer Behaarung hervor.

Was Cormac da sah, war übelste Pfuscherei. Einen Moment betrachtete er das Ganze einfach nur aus zusammengekniffenen Augen. Ja, es gab hier Fäden zu ziehen – oder war das etwa ein dünner Draht –, aber die Wunde an sich war ihm ein Rätsel. Die völlig verzogene Haut war notdürftig zusammengeflickt.

»Was ist denn hier passiert?«, fragte er neugierig. So etwas hatte er noch nie gesehen.

Der Patient, der Cormacs Unterlagen zufolge vierundzwanzig Jahre alt war, antwortete nicht, sondern blickte nur erwartungsvoll in die Runde.

Irgendwann erhob sich ein schlanker Mann mit Brille, der in einer Ecke gesessen und ein Comicbuch auf Englisch gelesen hatte. Er zischte dem Patienten etwas zu – vermutlich »Lern Englisch!«, nahm Cormac mal an – und kam dann widerwillig herüber.

»Hallo«, sagte er. »Ich Slobodan. Ich spreche Englisch. Alle anderen sind …« Er funkelte sie an. »Sehr faule Männer. Idioten.«

»Okay«, sagte Cormac. Auf ihn wirkten sie überhaupt nicht faul. Sie sahen müde und staubig aus, vermutlich von der Arbeit auf Baustellen, wo sie wahrscheinlich im Schichtbetrieb schufteten. Nach der Anzahl der herumstehenden Turnschuhe zu urteilen, teilten sie sich wohl auch die Schlafplätze.

»Also, was ist da vorgefallen?«

»Er hatte Unfall. Mit Bohrer auf Baustelle.«

»In Ordnung«, sagte Cormac und schaute sich die Wunde näher an. Die Naht war wulstig und knotig, und an Stellen, an denen die Haut Falten geworfen hatte, war sie mit tiefen Löchern dazwischen verheilt. Zum Glück war der Patient noch jung. Anders als bei einem alten Menschen würde sich die Haut bei ihm teilweise erneuern.

»Er hat das genäht …« Slobodan deutete auf einen der Männer, der rot anlief.

»Ist er Arzt?«

»Nein! Er ist Idiot!«

»Warum sind Sie denn nicht ins Krankenhaus gefahren?«

»Weil alle faule Idioten sind und nicht wussten, dass Krankenhaus hier gratis.«

»Sie sind doch Europäer, oder?«

»Ja! Aus Albanien!«

»Und Sie wussten es auch nicht?«

»Ich weiß das! Aber faule Idioten nicht!«

Als ihn Slobodans vernichtender Blick traf, ließ der Mann den Kopf hängen.

»Ich hab ihn in Krankenhaus geschickt. Weil immer schreien.«

Cormac biss sich auf die Lippe und überlegte, wie schwierig es wohl sein musste, sich so eine winzige Wohnung mit mindestens einem Dutzend Männern zu teilen, mit denen man nichts gemein hatte.

»Wir bezahlen Steuern!«, verkündete Slobodan stolz.

»Ich weiß«, sagte Cormac und hob die Hände. »Es ist auch alles in Ordnung, ich bin nur zum Fädenziehen hier.«

Es war ein wenig befremdlich, wie aufmerksam ihm alle zuschauten, als er seine Medikamententasche öffnete und Desinfektionstücher hervorholte. Cormac fragte sich, ob das albanische Fernsehen wohl wenig zu bieten hatte.

Er zog Gummihandschuhe an und befühlte die Wunde. Es war eine Schande: Die Verletzung wäre jetzt nicht so ein riesiges, wucherndes Chaos, wenn man sie vernünftig gesäubert und dann einen Fachmann rangelassen hätte. Als er zu dem Patienten hochschaute, war der ganz blass geworden.

»Ist schon okay«, murmelte Cormac. »Ich ziehe ja nur die Fäden.«

»Medizin?«, fragte Slobodan.

»Das ist nicht nötig«, antwortete Cormac bedauernd, da die Nervenenden durch diese Pfuscherei abgestorben waren. Die Stelle bestand nur noch aus Narbengewebe.

»*Ai nuk te jep ty ilaçe sepse ti je idiot*!«, sagte Slobodan zu dem Patienten, der aussah, als würde er gleich in Tränen ausbrechen.

Der große, bärenhafte Mann, der Cormac die Tür geöffnet hatte, näherte sich und holte eine etikettlose Flasche hervor, aus der dem Krankenpfleger beißender Alkoholgestank entgegenschlug. Der Patient nahm einen tiefen Zug und verzog das Gesicht. Nach ihm schnappte sich der bärenhafte Mann die Flasche wieder, gönnte sich selbst einen großen Schluck und stellte sie ab.

»Äh«, machte Cormac, während er die Schere herausholte. »Im Ernst, Sie brauchen sich wirklich keine Sorgen zu machen.«

Dann griff er nach einer Pinzette, fixierte mit der rechten Hand einen Knoten in dem dünnen Draht und begann vorsichtig, ihn zu lösen.

Plötzlich ertönte ein dumpfer Schlag: Einen der großen bärtigen Kerle ganz hinten hatte es umgehauen. Der Vorfall wurde eifrig kommentiert und diskutiert, bis schließlich der riesige Mann mit resigniertem Seufzen erneut nach seiner Alkoholflasche griff und sich anschickte, den Bewusstlosen wiederzubeleben.

Cormac stieß hinzu und versorgte den neuen Fall. Bei diesem Mann musste sogar eine Wunde am Hinterkopf genäht werden, wobei alle interessiert zusahen und jeden Handgriff in ihrer Sprache kommentierten. Der Typ, der die Wunde seines Kollegen genäht hatte, wurde nach vorn geschoben und offenbar ermahnt, sich das für nächstes Mal gut anzusehen.

»Okay, alle raus!«, befahl Cormac schließlich, als er sich wieder um den ursprünglichen Patienten kümmern wollte. Doch im nächsten Moment wurde ihm klar, dass man in dieser beengten Wohnung nirgendwo hin konnte. Höflich verzogen sich die Männer in den Flur, wo sie dicht gedrängt beieinanderstanden, so angespannt, als würden sie ein Fußballspiel verfolgen.

»Sagen Sie ihm, er soll aus dem Fenster gucken«, bat Cormac Slobodan. Er wollte ungern noch eine Ohnmacht riskieren.

Mergim tat, wie ihm geheißen, fing aber an zu zittern.

Cormac legte den Arm auf das Bein des Patienten, um es ruhig zu halten, und zog den Draht geschickt durch das Fleisch. Die ganze Sache verlangte ein wenig Geschick, ging aber in weniger als einer Minute über die Bühne.

Als Cormac verkündete, dass er fertig sei, herrschte kurz Stille – bevor lauter Applaus erklang.

Mergim brach in Tränen aus, während die anderen wieder ins Zimmer strömten, um Cormac hochzuheben und zu umarmen. Als man ihm die Flasche anbot, konnte er den Albanern kaum klarmachen, warum er leider ablehnen musste. Er bat Slobodan, den anderen zu sagen, dass er ja noch fahren müsse. Aber dass jemand Alkohol am Steuer für problematisch hielt, fand sein Übersetzer zum Schreien komisch.

Einer der Männer zog die Zeichnung einer riesigen wütenden Spinne in einem Netz hervor. Slobodans Worten zufolge wollte der Patient sie sich tätowieren lassen.

Während Cormac noch einen Verband anlegte, erklärte er Mergim, dass er sich innerhalb der nächsten drei Monate auf keinen Fall ein Tattoo stechen lassen dürfe.

Als Slobodan eine Augenbraue hochzog, fügte er noch hinzu: »Sagen Sie ihm, wenn er das macht, müssen wir ihm das Bein amputieren«, was rein theoretisch, hypothetisch keine Lüge, allerdings sehr unwahrscheinlich war.

Nachdem Slobodan noch einmal allen versichert hatte, dass sie wirklich nichts zu bezahlen brauchten, kam der große Mann aus der Küche und überreichte Cormac einen riesigen Pflaumenkuchen.

Mit Tränen in den Augen schüttelte der Patient immer wieder den Kopf, während seine Freunde jubelten, als ob Cormac ein Wunder vollbracht hätte.

So viel Aufhebens wegen dieser Kleinigkeit erschien ihm einerseits lächerlich, andererseits war er schon auch stolz auf sich.

Als er den Flur entlangging, hörte er, dass hinter ihm die Musik wieder aufgedreht wurde. Den stinkenden Aufzug nahm er zusammen mit einer erschöpft wirkenden jungen Frau, die einen schmutzigen Zwillingswagen schob und sich gleichzeitig mit einem quengelnden Kleinkind abplagte. Es war rotzverschmiert und mit seinem T-Shirt viel zu dünn angezogen für diesen kühlen Frühlingstag.

Auf dem Weg nach draußen hielt er ihr die Tür auf. »Kann ich Ihnen mit dem Kinderwagen helfen?«, fragte er, als er sah, wie sie sich damit abmühte.

»Verpiss dich, Sozialarbeiter!«, schnauzte sie ihn an, und der Tag ging weiter.

Kapitel 26

Was für eine Stille hier herrschte, dachte Lissa, als sie sich auf das gemütliche kleine Schlittenbett in dem Gästezimmer unter dem Schrägdach setzte. Ihr Blick fiel auf den grauen Fußboden mit dem blau-gelben Läufer.

Aber nein, richtig still war es gar nicht: Da draußen raschelte es, und sie konnte den Wind in den Bäumen hören, und den fernen Ruf, ja, was denn, eines Vogels vielleicht? Oder eines anderen Tieres? Sie wusste es nicht.

Lissa ging fest davon aus, dass sie nicht würde schlafen können. Schließlich war das hier ein fremdes Bett, und sie befand sich weit weg von zu Hause, war ins Exil geschickt worden. Dass morgen eine Million neuer Dinge anstanden und sie sich um ihr nicht vertraute Patienten kümmern müsste, fügte ihren alten Sorgen nur noch weitere hinzu, daher überschlugen sich die Gedanken.

Sie würde niemals einschlafen können, denn es war alles so seltsam: die süß duftende Luft, das tröstliche Knistern des nach Whisky riechenden Holzes im Ofen, das sanfte Plätschern des Flusses am Rand des Gartens …

Als Lissa neuneinhalb Stunden später wieder aufwachte, hatte sie noch nicht einmal ihre Kontaktlinsen herausgenommen.

Weil Lissa zu ihrer großen Überraschung beinahe verschlafen hatte, blieb ihr keine Zeit zum Frühstücken oder für irgendetwas anderes als eine rasche Dusche. In ihrer Eile benutzte sie dabei etwas von dem angebrochenen Shampoo, das dort stand. Es roch nach Mandeln.

Lissa setzte ihre Brille auf, band sich die feuchten Haare zusammen und schlüpfte in ihre Uniform. Natürlich gab es im Haus nichts zu essen, und sie schalt sich, weil sie das alles nicht schon gestern organisiert hatte.

Als sie einen Blick in den Kühlschrank werfen wollte, tasteten ihre Finger vergeblich nach dem Griff. Wie merkwürdig! Bei genauerem Hinsehen musste sie lächeln. Die Tür öffnete sich zur anderen Seite hin, es war ein Linkshänderkühlschrank.

So seltsam war das wohl eigentlich nicht, aber sie hatte so etwas immer für absoluten Luxus gehalten, obwohl sie selbst Linkshänderin war. Wenn dieser Cormac einen Linkshänderkühlschrank hatte, dann hatte er bestimmt auch eine Schere für Linkshänder! Und einen Dosenöffner! Das fand sie erstaunlich aufregend.

Lissa schaute sich in dem gemütlichen kleinen Wohnzimmer um, entdeckte aber nirgendwo ein Foto des Hausbesitzers – oder auch nur irgendein Foto.

Typisch Mann, dachte sie. Sie musste ihm unbedingt eine Nachricht schreiben, hatte aber keine Zeit mehr dafür, wie sie bei einem Blick auf die Uhr feststellte. Verdammt, und für ihn stand heute Morgen ausgerechnet Slobodans Bande an, mit der sie sich auch schon mal hatte herumschlagen müssen. Da wäre eine Vorwarnung nicht schlecht gewesen. Und jetzt entdeckte sie bei einem Blick auf ihr Handy auch noch eine lange E-Mail von Cormac, in der er ihr erklärte, was alles zu tun war.

Lissa fand hinten im Schrank eine halb leere Packung Cornflakes, warf sich davon eine Handvoll in den Mund und betrachtete wütend die Nachricht.

Ja, ja, er war ja *so was* von gut organisiert, dieser Angeber. Das war ihr jetzt zu lang, sie würde sich das später durchlesen.

Im strömenden Regen hielt sie kurz darauf in einer engen Einbahnstraße und betrachtete mit zusammengekniffenen Augen die Adresse, die für sie immer noch keinen Sinn ergab. Vermutlich hatte Cormac ihr genau erklärt, was heute zu tun war und wie sie zu seinen Patienten kam. Da sie keinen Handyempfang hatte, konnte sie seine Nachricht aber leider nicht lesen, und musste sich außerdem mit dem Navi abplagen.

Erstaunlicherweise war sie wegen der ganzen Sache wütend auf Cormac und nicht, zum Beispiel, auf sich selbst.

Sie stieg aus dem Auto und war ein weiteres Mal verblüfft darüber, wie unglaublich still es hier war. In der Ferne entdeckte sie auf den Hügeln Menschen. Da waren Bauern unterwegs, nahm sie an, oder Hirten. Gab es heutzutage überhaupt noch Hirten? Ja, davon ging sie aus. Bei genauerem Hinsehen erkannte sie dort oben weiße Umrisse mit kleineren, hüpfenden weißen Umrissen an ihrer Seite. Das mussten wohl Lämmer sein.

Irgendwie wirkte das alles wie aus dem Bilderbuch.

Eben war sie an einem alten orangefarbenen Bauernhaus mit einer roten Scheune vorbeigefahren. Es schien einem Buch entsprungen, das man ganz kleinen Kindern vorlesen würde.

Über Lebensmittel hatte Lissa nie groß nachgedacht, außer, dass sie bio kaufte, wenn sie gerade Geld dafür hatte. Kochen tat sie auch nicht, warum sollte man in London? Ihre Mutter hatte auch nicht gekocht. Das hätte sie ihrer Meinung nach zu einer Rolle häuslicher Unterwürfigkeit verdammt, während sie ihre Aufgabe doch darin sah, mit weiblichen Stereotypen zu brechen.

Aus genau diesem Grund war Lissas Berufswahl bei ihrer Familie auch nicht besonders gut angekommen. Egal, über all das wollte sie sich jetzt nicht den Kopf zerbrechen. Stattdessen fuhr sie zurück ins Zentrum des Ortes und hielt vor der Bäckerei. Lissa konnte es nicht fassen, aber sie konnte direkt vor dem Laden parken, weil es keinerlei gelbe Markierungen oder Ähnliches gab. Sie machte ein Foto für Kim-Ange, konnte es aber nicht abschicken.

Die Straßen hier schienen alle keine Namen zu haben, oder zumindest keine, die sie wiedererkennen würde. Es gab irgendetwas namens The Binns, und dann entdeckte sie die Bezeichnung Lamb's Entry. *Lämmereingang*? Das klang gar nicht gut. Dass hier keine Hinweisschilder mit den Namen der Höfe standen, sie aber auch nicht auf Google Maps verzeichnet waren, fand Lissa, gelinde gesagt, überhaupt nicht hilfreich.

Sie schaute durchs Schaufenster in die Bäckerei hinein, wo alle möglichen Sachen angeboten wurden, die sie noch nie gesehen hatte. Auf Schildchen stand *Puddledub!*

oder *Lorne!* Obwohl ihr das gar nichts sagte, betrat Lissa den Laden, in dem es warm und unglaublich gemütlich war.

Eine fröhliche Frau blickte auf. »Hallo«, sagte sie und musterte Lissas Uniform. »Ah, super«, sagte sie dann gut gelaunt. »Sie sind die Schwester, die für drei Monate Cormacs Arbeit übernimmt! Schön, Sie zu sehen, und herzlich willkommen! Soll ich vielleicht gleich schon mal eine regelmäßige Brotbestellung für Sie aufgeben? Und noch etwas: Der Bürgermeister hat vorgeschlagen, dass Sie zum Komitee für die Highland Games dazustoßen, aber das macht er bei allen, die hierherziehen. Sie müssen da aber nicht aus Höflichkeit Ja sagen, in Ordnung?«

Lissa hatte nur etwa ein Sechstel verstanden und war völlig überwältigt vom Wortschwall der Frau. Außerdem fragte sie sich, woher die so viel über sie wusste.

»Hören Sie, melden Sie sich doch in der Facebook-Gruppe von Kirrinfief an, dann kriegen Sie alles mit, was hier so läuft. Demnächst findet ein Scheunentanz statt, der besonders beliebt bei Singles ist – sind Sie eigentlich verheiratet? Cormac meinte, wohl eher nicht, weil bloß eine Person herkommen würde. Aber dann hat Mrs Ochil zu bedenken gegeben, dass Sie vielleicht einfach ein Päuschen von Ihrem Mann brauchen, weil man ja schließlich weiß, wie Männer so sind. Und ihr kann man diesen Kommentar wohl nicht verdenken. Oder vielleicht hat Ihr Mann unten in London ja einen von diesen superwichtigen Jobs, außerdem sind da sicher auch alle lesbisch, nehm ich mal an … Darf man *lesbisch* noch sagen? Mein Sohn schimpft immer mit mir, weil ich das alles durcheinanderwerfe …«

Besorgt sah sie Lissa an, die zur Salzsäule erstarrt dastand und überhaupt nicht reagierte.

»Äh …«, machte die Verkäuferin, der langsam die Puste ausging.

Im Sommer schauten jede Menge Touristen bei ihr rein, und die hielten nur zu gern ein Schwätzchen. Sie fragten dann nach Wanderwegen und Highlandkühen, während sie Mürbeteigplätzchen und Karamellbonbons kauften und riesige Sandwiches mit jeder Menge Krautsalat.

Aber an solches Schweigen war die Verkäuferin nicht gewöhnt. London, dachte sie finster. Als sie mit ihrer Freundin Agnes mal eine Busreise dorthin gemacht hatte, waren sie beide nicht sehr beeindruckt gewesen, und an dieser Meinung war auch nicht zu rütteln.

Lissa versuchte, die aufsteigende Panik zu unterdrücken. Man hatte hier keine Spionin auf sie angesetzt, diese Frau wollte bloß nett zu ihr sein! Also versuchte Lissa, die Stimme in ihrem Kopf zum Schweigen zu bringen. »Ähm …« Mit hochroten Wangen fixierte Lissa die Auslage hinter der Theke.

In diesem Moment kam breit grinsend ein unrasierter Landarbeiter mit schweren Sicherheitsschuhen herein, wohl auf dem Weg zur Arbeit. »Hi, Deirds!«, rief er und bestellte fünf Steakpasteten, zwei Portionen Makkaroniauflauf und vier Käsescones. Deirds fragte ihn, ob er etwa eine Wette verloren hatte. Er bejahte und erklärte, dass er darauf zwar wirklich keinen Bock gehabt hatte, es aber schlimmer hätte kommen können.

Als Deirdre ihre Aufmerksamkeit wieder Lissa zuwandte, bat diese nervös um einen Käsescone und fragte, ob man hier vielleicht auch einen Kaffee bekommen könnte. Deirdre antwortete nur: »Natürlich!« Statt auf eine Auswahl an fünfundneunzig verschiedenen Sorten hinzuweisen, machte sie Lissa einfach einen Instantkaffee fertig. Für das Privileg, einen brühheißen Plastikbecher entgegennehmen zu dürfen, zahlte Lissa nur achtzig Pence. Sie murmelte ein Danke und suchte das Weite, so schnell sie konnte.

»Ist das die Neue?«, fragte der Arbeiter, Teddy. »Die ist aber hübsch.«

»Und ziemlich unhöflich«, knurrte Deirdre. »Also ehrlich, warum Engländer sich nicht zu ein paar netten Worten herablassen können, ist mir ein Rätsel.«

»Weil sie böse Unterdrücker sind«, antwortete Teddy, der in einer Familie strammer Unabhängigkeitsbefürworter aufgewachsen war und keinen Zweifel daran ließ, was er von Auswärtigen hielt. Deshalb arbeitete er auch lieber weiter draußen auf den Feldern, statt sich einen angenehmen, gemütlichen Bürojob in der Tourismusbranche zu suchen.

»*Aye*, aber sie ist ja auch nicht an einen freundlichen Empfang gewöhnt«, gab Deirdre zu bedenken. »Als Agnes und ich unten in London waren …«

Trotz seiner jungen Jahre hatte auch Teddy Deirdres Geschichten darüber, wie wenig ihr die Stadt an der Themse gefallen hatte, schon unendlich oft gehört. Er selbst hatte keinerlei Bestrebungen, London – die Hauptstadt der bösen Unterdrücker – je zu besuchen. Aber er wusste nur zu gut, dass er sich langsam mal auf den Weg zum unteren Feld machen musste, wenn er keinen Tritt in den Hintern von Lennox kassieren wollte.

Lennox war ein guter Chef und mischte sich nicht ein,

solange die Arbeit erledigt wurde. Aber in der Ablammzeit erwischte man ihn besser nicht auf dem falschen Fuß, das wusste jeder. Also wünschte Teddy Deirdre noch einen schönen Tag und brach auf. Draußen bemerkte er, dass die merkwürdige Engländerin im Auto hockte und so unglücklich aussah, wie es beim Verzehren eines ofenfrischen Käsescones denn möglich war. Im Dorf begann es sich bereits herumzusprechen, wie hochnäsig sie war, und wenn sie nicht zu den bösen Unterdrückern gehört hätte, hätte sie Teddy beinahe leidgetan.

Irgendwann fand Lissa endlich heraus, wie man zu Collins' Farm kam, indem sie eine Passantin fragte. Es war verrückt – die wusste auch sofort, wen sie da vor sich hatte, und versuchte, eine Unterhaltung anzufangen. Die Frau fragte Lissa sogar, ob sie vielleicht im Dorfchor mitsingen wolle.

Dass man in Kirrinfief damit rechnen musste, auf Schritt und Tritt in ein persönliches Gespräch verwickelt zu werden, hatte nicht in Cormacs Notizen gestanden, da war sich Lissa ziemlich sicher. Und auch nicht viel darüber, wie man sich hier eigentlich orientierte.

Cormac wäre es offenbar nie in den Sinn gekommen, dass Lissa nicht alle nötigen Informationen durch fröhliches Plaudern mit den Leuten bekommen würde, die sie unterwegs traf. Wahrscheinlich konnte er sich gar nicht vorstellen, wie Menschen sonst leben sollten.

Zu dem Hof führte eine einspurige Buckelpiste, die genauso schlammig war wie der Vorplatz, in den sie mündete. Auf dem kleinen Bauernhof schien es nur ein paar Kühe und Hühner zu geben. Er stand allerdings oben auf einem weiten Hügel, und Lissa bot sich von dort aus ein Blick über das Tal und das Dorf unten im Schatten der Berge.

Auf der einen Seite entdeckte sie schnurgerade Schienen, auf der anderen den sich weit erstreckenden See, Loch Ness. Lange starrte Lissa hinunter. Es musste merkwürdig sein, hier aufzuwachsen, mit all dem Platz und der vielen frischen Luft. Ob das den Leuten gefiel? Ja, so musste es wohl sein. Wie seltsam.

Lissa stieg aus dem Auto und stand bis zu den Knöcheln im Matsch. »Hallo?«, rief sie in Richtung des Hofgebäudes aus altem grauem Stein, das mit seinen leer wirkenden Fenstern still dalag.

Da sie sich hier schon recht weit oben befanden und die niedrigen Mäuerchen keinerlei Schutz boten, ging ihr der kalte Wind durch Mark und Bein, aber die Aussicht empfand Lissa als absolut atemberaubend. Es kam ihr vor, als befände sie sich inmitten eines lebendigen Gemäldes mit unendlich vielen Grüntönen.

Zum ersten Mal seit langer Zeit achtete sie nicht mehr andauernd darauf, ob ihr Herz raste, machte sich keine Sorgen mehr über laute Geräusche oder darüber, dass sich ihr jemand unbemerkt nähern könnte.

Sie blieb einfach stehen, um das Panorama vor ihr zu betrachten. In der Ferne pickten Vögel Samen und stiegen dann wieder in die Luft auf, und auf den Hügeln am Horizont bewegten sich kleine, flauschige Wesen, ein Spiegelbild der rasch am Himmel vorbeiziehenden Wolken.

Lissa schloss die Augen und atmete tief durch.

Doch schon im nächsten Moment – Ironie der Situation – erschrak sie zu Tode.

Kapitel 27

Der Verkehr blieb leider weiterhin Angst einflößend wie Cormac feststellen musste. Er hätte eigentlich gedacht, dass es hier so etwas wie Stoßzeiten gab, aber das traf wohl nicht zu. Offensichtlich war der Verkehr die ganze Zeit so.

Auch sein nächster Patient lebte in luftiger Höhe, allerdings auf ganz andere Art und Weise.

Direkt am Südufer der Themse befand sich in einer Straße mit dem geheimnisvollen Namen Shad Thames ein hohes Lagerhaus. Und auf dessen Dach stand, als wäre es vom Himmel gefallen, ein Häuschen in Form eines Leuchtturms, mit weißer Holzverkleidung und gekrönt von einem Wetterhahn. Rund um das Lagerhaus lagen Terrassen, von denen aus man einen Blick zum Tower of London und auf den glitzernden Fluss hatte, der sich in beide Richtungen davonschlängelte.

Es war ein wunderbarer Tag und so warm, dass Cormac unter seiner Leuchtweste schwitzte. Nachdem man ihm aufgemacht hatte und er nach oben gefahren war, betrat er dann aber einen perfekt klimatisierten Bereich.

Im Inneren des Häuschens befand sich die unglaublichste Wohnung, die Cormac je gesehen hatte. Sie war makellos, in minimalistischem Stil zauberhaft eingerichtet und dekoriert mit riesigen, teuer aussehenden Gemälden an den Wänden. Dabei war der Blick durch die Fenster auf drei Seiten doch eigentlich prächtig genug. Auf jeder verfügbaren Oberfläche standen frische Blumen.

In Kirrinfief gab es kaum Probleme mit Drogen, Cormac hatte es beim Praktikum während seiner Ausbildung aber gelegentlich mal mit einer Überdosis zu tun gehabt.

Diese Sache hier war jedoch äußerst merkwürdig, wenn die Infos in seinen Unterlagen stimmten. Er hatte noch nie einen Drogenabhängigen gesehen, der Vasen voller Blumen hatte.

Barnabas Collier hatte per Knopfdruck die Tür geöffnet und lehnte jetzt, ein Glas in der Hand, in seiner riesigen Küche mit enormem amerikanischem Kühlschrank an der Kochinsel.

Der junge Mann war unglaublich attraktiv, sah schlank und fit aus. Seine edlen Züge waren von grünen Augen und wuscheligem Haar gekrönt.

Cormac konnte sich beim besten Willen nicht vorstellen, was er hier sollte. Es kam ihm wie eine Falle vor, oder wie ein Blind Date, das irgendwie schiefgelaufen war.

»Hallo«, sagte Barnabas mit warmer Stimme und schüttelte ihm die Hand. Er trug jede Menge offenbar sehr teures Duftwasser. »Kaffee? Wasser? Wein?«

»Nein, danke«, sagte Cormac, runzelte die Stirn und warf noch einen Blick in seine Unterlagen. Warum hatte Alyssa denn nicht mehr Informationen mitgeliefert? In der Patientenakte stand nur das Nötigste. »Entschuldigen

Sie bitte, ich sehe hier, dass es um Wundversorgung geht?«

»Ja«, antwortete Barnabas, gähnte demonstrativ und füllte sein Glas großzügig mit einem Chablis aus dem Kühlschrank.

»Sorry, Sie erlauben doch? Ein kleiner Katerdrink – ich war gestern Abend bei der Serpentine Party, und Himmel, Sie wissen ja, wie es da zugeht.«

Das wusste Cormac nun wirklich nicht und lächelte unbehaglich.

»Also«, sagte Barnabas und führte ihn zum Wohnzimmerbereich hinüber. Dort gab es Fenster vom Boden bis zur Decke, zwei Balkone, eine große, graue Sofasitzecke und einen riesigen Flachbildfernseher an der Wand.

Cormac kannte auch nicht viele Junkies, die so einen hatten.

»Sie sind ja ein äußerst urwüchsiger junger Mann. Einer unserer keltischen Brüder?«

»Schotte«, antwortete Cormac kurz angebunden.

»Oh, wie schön. Obwohl mir die emsige Lissa ja fehlen wird ... Geht es ihr gut?«

Cormac zuckte mit den Achseln. »Ich bin ihr nie begegnet.«

»Ach, wie schade. Mal im Ernst, ich bin für vieles zu haben ...« Er schenkte Cormac einen Blick durch lange Wimpern hindurch. »Aber sie ist einfach ein wirklich nettes Mädchen.« Mit einem Seufzen ließ er sich nieder.

Cormac runzelte die Stirn. Dieser Mann wirkte auf ihn überhaupt nicht krank. »Entschuldigen Sie bitte, aber ... warum kümmert sich denn Ihre Hausärztin nicht um Sie?«

Barnabas seufzte. »Na ja ... Wir hatten da eine kleine

Auseinandersetzung …« Beim Gedanken daran lächelte er. »Himmel, sie hat sich wirklich aufgeführt wie eine … Nun, ich möchte nicht unhöflich werden.«

»Hat man Sie etwa auf die schwarze Liste gesetzt?«, fragte Cormac verblüfft.

»Oh, Schätzchen, uns beide«, erklärte Barnabas mit grausamem Lächeln. »Trallalli, trallalla. *Außerdem* hat man mich aus der Krankenversicherung rausgeworfen. Daher die Proletarier wie Sie, Süßer.« Er hob sein Glas. »Sind Sie sicher, dass Sie nicht doch gern ein Gläschen hätten? Ich habe gerade Daddys Weinkeller geplündert … Was man da nicht alles findet!«

»Nein, danke«, sagte Cormac. »Ich hab ja noch …«

»… jede Menge andere Patienten, ich weiß, ich weiß.«

Barnabas erhob sich und machte seine Hose auf. Er trug eine Unterhose von Calvin Klein und hatte eine zwar etwas dünne, ansonsten aber beeindruckende Figur: eine schlanke Taille, lange Beine und einen breiten Rücken. Er sah aus wie eine Statue und schaute Cormac mit einer Art »Ich kann doch nichts dafür, dass ich so unwiderstehlich bin«-Blick direkt in die Augen.

»Okay«, sagte Cormac.

Sein Blick wanderte zu einem kleinen seitlichen Knubbel, der durch Barnabas' Unterhose zu sehen war. Cormac zog Handschuhe an, um sich das Ganze anzuschauen. Er ahnte bereits, worum es sich handelte, war aber völlig entsetzt, als er den Verband gelöst hatte.

Plötzlich wurde offensichtlich, warum Barnabas so viel Aftershave brauchte: Was da zum Vorschein kam, war nicht bloß eine Wunde, sondern ein Loch, das direkt in seine Leiste führte.

Selbst Cormac, der schon einiges gesehen hatte – zum Beispiel einen von einem Hirsch aufgespießten Mann oder die Besatzung eines ganzen Panzers, die von Scharfschützen erledigt worden war –, hatte so etwas noch nie zu Gesicht bekommen.

»Ich weiß«, sagte Barnabas affektiert schleppend. »Ein wenig dramatisch. Aber man kann damit auf Partys ordentlich Eindruck schinden.«

Die Wunde sah böse aus – entzündet, eiternd und unfassbar tief.

»Warum sind Sie denn nicht im Krankenhaus?«

Barnabas rollte mit den Augen. »Weil ich da nichts von dem guten Stoff kriege, und weil die so einen knappen Zeitplan haben.«

»Sie brauchen eine Hauttransplantation!«

»Jaaa …«, sagte Barnabas, starrte aus dem Fenster und nippte an seinem Wein.

Plötzlich traf die grauenhafte Erkenntnis Cormac wie ein Schlag: Barnabas holte sich keine Hilfe, weil er sie nicht wollte. Denn ein direkter Zugang zu seinem Körper war bei seiner Sucht ja sogar praktisch.

Als die beiden Männer einander ansahen, tat Cormac sein Bestes, um sich Entsetzen und Ekel nicht anmerken zu lassen.

»Und es wollen trotzdem noch alle mit mir ins Bett, können Sie sich das vorstellen?«, bemerkte Barnabas matt.

Der unendliche Schmerz, dachte Cormac. Deswegen brauchte der junge Mann wohl so viele Drogen. »Ich muss das säubern«, erklärte er und schluckte.

»Ja, bitte«, sagte Barnabas. »Ich steh das ganz gut durch, obwohl ich dabei manchmal ohnmächtig werde.«

Wieder nahm er ein Schlückchen Wein, während Cormac sich an die Arbeit machte.

Er versuchte, sich nicht vom wunderschönen Teleskop oder den Kunstwerken an der Wand ablenken zu lassen, nicht aus den bodentiefen Fenstern zu starren. Er ignorierte den Anblick der dahinfließenden Themse mit Baggerschiffen, Pendelbooten, Touristenkähnen und riesigen Schleppern voller Schlämme, die auf dem breiten Strom unter den Brücken hin und her fuhren. Dabei war es doch ein ergreifender und außergewöhnlicher Anblick, die Stadt lag einem hier zu Füßen, bot sich mit allem dar, was man sich nur wünschen konnte.

Und was sich dieser schöne, zügellose junge Mann wünschte, waren so endlos viele Drogen, dass sie am Ende zu einem Loch in seinem Körper geführt hatten.

Egal, jetzt musste sich Cormac auf seine Aufgabe konzentrieren. Mit reichen Leuten hatte er keine Erfahrung, da in seiner Heimat selbst der örtliche Gutsherr mehr oder weniger pleite war. Diese gedämpfte Welt mit dicken Teppichböden war für Cormac deshalb ganz neu, und sie gefiel ihm überhaupt nicht.

Auf die Bitte von Barnabas hin füllte er das Glas noch einmal mit Wein, den der junge Mann wegschlürfte wie Wasser.

Obwohl Barnabas es für sinnlos hielt und darüber lachte, betäubte Cormac den Bereich rund um die Wunde. Der Patient sog die Luft durch die Zähne, als Cormac das Mittel verteilte.

Dann säuberte er die Stelle und tupfte sie trocken, bevor er sie tamponierte und verband, so gut er konnte. Es war bei Weitem nicht ausreichend.

»Sie müssen wirklich ins Krankenhaus«, sagte er dringlich. »Wenn Sie eine Blutvergiftung bekommen, könnten Sie dabei draufgehen.«

»Auf keinen Fall!«, protestierte Barnabas. »Dafür hab ich im Moment viel zu viel Spaß.« Er wedelte mit der Hand herum. »Sie sollten heute Abend mitkommen. In Shoreditch wird ein neues Restaurant eröffnet, irgend so ein widerliches Fusion-Ding, aber der Champagner wird wohl gut sein.«

»Danke«, sagte Cormac, für den es völlig normal war, spontan irgendwo eingeladen zu werden. »Aber ich halte mich wohl besser mit der Arbeit ran.«

»Ooh. Aber das wäre so niedlich. Sie könnten mich als mein Maskottchen begleiten.« Barnabas zog eine Schnute. »O ja, als mein Privatkrankenpfleger, dafür kann ich Sie auch bezahlen! Sie würden mehr kriegen als jetzt, und es wäre keine schwere Arbeit, da Sie sich nur um mich kümmern und die Wunde sauber halten müssten. Dafür müssten Sie noch nicht einmal mit mir schlafen!«

Cormac runzelte die Stirn. »Reden Sie nicht so mit mir. So sollten Sie mit niemandem sprechen.«

Barnabas zog wieder einen Flunsch. »Die meisten Leute wollen doch mit mir schlafen.«

Cormac sah ihn prüfend an. »Wo sind denn Ihre Eltern?«, fragte er leise.

Barnabas zuckte mit den Achseln. »Oh, Mummy ist natürlich in Monaco. Sie bekommt ihre Drogen durch Schönheitsoperationen, obwohl wir beide so tun, als wäre es nicht offensichtlich. Und Daddy hat jetzt noch zwei andere Familien, obwohl ich mir die Reihenfolge da nie merken kann. Das ist alles so furchtbar öde.«

Cormac sah ihn an. »Das zu nähen, versuchen wir lieber gar nicht erst, oder?«

»Nein«, sagte Barnabas.

»Aber könnten Sie … nicht vielleicht in Erwägung ziehen, doch noch ins Krankenhaus zu gehen? Sonst landen Sie bald wieder in der Notaufnahme.«

Barnabas wedelte mit der Hand. »Ja, das werd ich, das werd ich. Wenn ich nicht mehr so beschäftigt bin.« Er griff nach seinem Handy und scrollte durch Instagram, wobei er beim Anblick von Bildern seines eigenen schönen Gesichts eine Grimasse zog.

Cormac stand auf.

»Na ja, wenn Sie denn sicher sind, dass Sie aufbrechen müssen, Schätzchen …«

»Bitte, bitte gehen Sie ins Krankenhaus.«

»O ja, Süßer«, sagte Barnabas. »Das setz ich mit auf die Liste, die Mummy mir geschickt hat: Therapie, Entziehungskur, Psychiater, Kunsttherapie, der Yoga-Guru …« Er deutete auf einen Stapel mit Einladungen und dicken Karten mit Goldrand.

Cormac war nicht überzeugt. »Plagt Sie denn etwas?«

»Wieso, hätten Sie was gegen Schmerzen da?«, fragte Barnabas.

»Nein, ich meinte nicht körperlich, sondern innerlich.«

Barnabas blickte ihn an. »Nein!«, sagte er schließlich. »Alles ist fantastisch!« Dann hievte er sich hoch. »Kommen Sie.« Er packte Cormac bei der Schulter und zog ihn zum Fenster hinüber.

»Gucken Sie mal nach da unten«, sagte er. »Schauen Sie sich das an, die alte Festung zum Beispiel …«

Er deutete auf die weitläufige Anlage des Tower of

London, wo man die leuchtend roten Beefeater mit Touristen in Regenjacke sprechen sah.

»Sehen Sie das? Wir haben hier mehrere Schichten gelebter Geschichte vor uns. Dort unten können wir das Traitors' Gate sehen, das Tor, durch das Anne Boleyn per Boot in den Tower gebracht wurde. Man kann hier stehen und nachempfinden, was ihr damals durch den Kopf gegangen sein muss. Und achten Sie mal auf die Brücke.«

Cormac keuchte auf. Ihm war nicht einmal klar gewesen, dass die Tower Bridge noch als Zugbrücke fungierte. Aber tatsächlich, Autos und leuchtend rote Busse warteten auf den beiden hellblauen Seitenteilen, während sich im mittleren Bereich die Straße mit ihren Markierungen und allem Drum und Dran unglaublich langsam in Bewegung setzte. Es war ein hypnotischer Anblick, vor allem, als ein großes Schiff mit aufgerollten Segeln und hohen Masten vorsichtig und elegant zwischen den Türmen hindurchfuhr. Am Flussufer fanden sich etliche Leute zusammen und schauten zu: Eltern zeigten es ihren Kindern, und selbst in den teuren Shad-Thames-Restaurants war bei gut genährten Managern plötzlich das Essen auf Spesen vergessen, als sie aufstanden, um besser sehen zu können. Die Sonne glänzte auf dem Wasser und auf dem polierten Teakholz-Rumpf des Schiffes, während es voranglitt und dabei dreist die Tatsache zu ignorieren schien, dass es mit seiner Schönheit eine ganze Stadt zum Erliegen brachte.

»Wow«, hauchte Cormac.

»Greifen Sie zu, London gehört Ihnen!«, rief Barnabas aus. »Ich will es nicht mehr.«

»Aber Sie haben doch gesagt, dass es heute Abend toll wird.«

»Für Sie«, sagte Barnabas. »Nicht für mich.« Er sank zurück aufs Sofa und sah plötzlich erschöpft aus. »Lassen Sie sich auf keinen Fall von der Stadt verschlucken und dann wieder ausspucken. Aber vertun Sie Ihre Chance auch nicht. Verpassen Sie nichts von Londons Zauber.«

Langsam senkte sich die Brücke wieder. Taxifahrer wurden ungeduldig, und die Kinder zupften am Rock ihrer Mutter.

Barnabas begleitete Cormac nicht zur Tür, als dieser die Wohnung verließ und in den luxuriösen Aufzug trat, der ihn zurück zu den geheimnisvollen neuen Straßen dort unten brachte.

Kapitel 28

Aonghas Collins wollte ja niemanden erschrecken. Er verstand nur einfach nicht, warum sich da jemand, den er der Uniform wegen für Cormac hielt, auf seinem Vorplatz herumdrückte. Sie hatten doch wirklich beide genug zu tun! Also trottete Aonghas bedächtig näher und grummelte: »*Aye*, was treibst du denn hier, du großes faules Stück?« Er war nicht der Schnellste, daher kam sein Gehirn erst hinterher, als er bereits seinen guten Arm ausgestreckt und der Person mit der Pfleger-Leuchtweste einen ordentlichen Hieb auf den Rücken versetzt hatte.

Entsetzt nahm er wahr, dass die Gestalt nach vorn taumelte und einen lauten Schrei von sich gab. Mit federnden schwarzen Locken fuhr die Person herum, echte Panik und Schrecken im Blick, und holte aus, um ihn ins Gesicht zu schlagen.

»Ah«, machte Aonghas und sprang erschrocken zurück. »Also, wirklich.«

»Was zum Teufel?«, kreischte Lissa krebsrot und wutentbrannt. Als ihr klar wurde, dass sie den Arm hochgerissen hatte, ließ sie ihn langsam wieder sinken. »Was zum Teufel machen Sie da?«

»Tja, *och*, das ist mein Hof«, stotterte Aonghas und blickte sich sorgsam um, falls es aus irgendeinem Grund doch nicht sein Hof sein sollte.

Lissa atmete keuchend. »Und warum haben Sie mich geschlagen?«

»*Aye*, na ja, ich dachte, Sie wären Cormac«, sagte Aonghas und kniff entschuldigend die Augen zusammen.

»*Sehe ich etwa aus wie Cormac?*«

»Äh, nein, hm, tun Sie nicht.«

»Und warum wollten Sie *Cormac* schlagen?«

Aonghas passte es eigentlich gar nicht, dass man ihm hier auf seinem eigenen Hof eine Standpauke hielt.

»Hat er Ihnen denn nicht gesagt, dass ich für ihn einspringe?«

Vermutlich schon, musste Aonghas sich eingestehen. Aber tatsächlich schweifte er in Gedanken manchmal ab, wenn die Leute zu viel redeten, und überlegte dann, wie es wohl seinen Kühen ging. In der Schule war er nicht besonders gut gewesen, was er aber nicht schlimm gefunden hatte. Allerdings, so dachte er jetzt, hatte es wohl indirekt dazu geführt, dass ihn nun eine fremde Frau auf seinem eigenen Hof anschrie ... Sein Blick wanderte zur oberen Weide hinüber, wo seine Kühe leuchtend grünes Gras fraßen.

»Entschuldigung, hören Sie mir überhaupt zu?«

Aonghas schaute wieder die junge Frau an. Sie klang ganz schön herrisch.

»Schleichen ... Schleichen Sie sich einfach nicht mehr an Leute ran ...«, bat sie schließlich matt, so als sei ihr die Luft ausgegangen.

Aonghas warf ihr einen missbilligenden Blick zu. »Aber

Sie sind doch auf *meinem* Hof«, sagte er wieder. Manchmal zeigte er sich störrisch wie seine Kühe, wenn er auf seinem Standpunkt beharrte.

So kamen sie hier nicht weiter.

Lissa hatte einen derartigen Schrecken bekommen, dass sie beinahe in Tränen ausgebrochen wäre. Dann war sie sowohl auf diesen Mann als auch auf sich selbst wütend gewesen. Der Vorfall hatte ihr nämlich klargemacht, dass es ihr eben doch noch nicht besser ging, wie auch? Doch jetzt versuchte sie sich zusammenzureißen und warf einen Blick in ihre Unterlagen.

»A-ooo …«, versuchte sie sich zunächst am Vornamen, gab aber schnell auf. »Sind Sie Mr Collins?«

»*Aye*«, sagte Aonghas.

»Ich übernehme im Moment Cormacs Aufgaben und bin hier, um mir Ihren Rücken anzusehen.«

Aonghas war es gar nicht recht, dass diese rechthaberische Person – die auch noch ausgerechnet eine Frau sein musste – sich seine Wunde ansah. Aber er hatte nicht den Schneid, es ihr zu sagen, falls sie ihn wieder anschreien würde.

»*Aye*«, murmelte er daher nur.

Für Lissa sah er eigentlich ganz gesund aus, dennoch folgte sie ihm ins Bauernhaus.

Im Inneren des niedrigen Gebäudes befand sich eine ziemlich kahle Küche mit einem langen, niedrigen Tisch. Auf einem Abtropfbrett stand ordentlich gespültes Geschirr – eine Tasse, ein Teller und ein Messer. Lissa bemerkte ein paar wenige Vorräte – Haferflocken, Mehl, eine kleine Schale mit Äpfeln – und in einer Ecke ein schwelendes Kaminfeuer.

Mit finsterer Miene marschierte Aonghas auf den Steinplatten auf und ab. Es kamen nur selten Leute zu Besuch, und er selbst war tagsüber ja kaum im Haus. Er führte Lissa zum Tisch und setzte sich selbst auf einen der uralten Holzstühle.

»Also gut«, sagte Lissa. »Darf ich mir das mal ansehen?«

Aonghas zog seinen schweren Shetland-Pullover aus und knöpfte das alte, zerfranste Karohemd auf, bis er nur noch im Unterhemd dasaß. Im Haus war es kalt, aber das schien er gar nicht zu bemerken.

Lissa keuchte auf, als sie den blutgetränkten Verband löste. Beginnend auf Höhe der rechten Schulter hatte sich den ganzen Rücken hinunter ein langer Streifen Haut gelöst. Die Wunde war zwar nur oberflächlich, sah aber ganz furchtbar aus, als hätte man sie ihm mit Schmirgelpapier zugefügt. Die musste doch üble Schmerzen verursachen.

»Alles in Ordnung mit Ihnen? Tut das nicht weh?«

Aonghas zuckte mit den Achseln.

»Wie ist das denn passiert? Das sieht ja fast wie eine Verbrennung aus.«

»*Aye*, Maisie ist ziemlich rabiat geworden.«

Lissa, die gerade nach Desinfektionsmittel und Heilsalbe gesucht hatte, schaute zu ihm hoch. War das seine Frau? Seine Freundin? Würde sie ihm ein Faltblatt zu häuslicher Gewalt dalassen müssen?

»Ah, ja«, sagte sie in betont neutralem Tonfall, wie sie es in solchen Situationen immer tat. »Gab es Zank? Hatten Sie getrunken?«

Aonghas schnaubte. »Nö. Sie hat mich einfach nur getreten.«

Lissa schaute sich die Wunde an. Dass sie nicht roch, war ein gutes Zeichen. Offensichtlich eiterte sie nicht. In diesem Moment fiel der Krankenschwester plötzlich ein, dass in London heute ein Termin bei Barnabas anstand. O verdammt. Was den betraf, hätte sie Cormac wirklich vorwarnen sollen.

»Na dann«, sagte Lissa zu Aonghas, »ich werde die Stelle jetzt säubern. Das kann ein bisschen wehtun.«

»*Aye*«, antwortete der Bauer, als würde ihn das gar nicht scheren, was durchaus zutraf. Er schaute der jungen Frau dabei zu, wie sie eine Schüssel mit sehr heißem Wasser füllte.

»Also«, fuhr Lissa fort und spulte den üblichen Text ab. »Beziehungen können manchmal kompliziert sein, nicht wahr?«

Dazu konnte Aonghas nicht viel sagen, da er seine spezielle Freundin in Inverness nur an Markttagen besuchte und den Rest der Zeit wunderbar allein klarkam, vielen Dank auch.

»Geraten Sie regelmäßig aneinander?«

Als Lissa eine Stelle mit offenem Fleisch berührte, zuckte Aonghas nicht einmal zusammen. Unglaublich!

»Tut mir leid«, sagte sie. »Also, was diese Streitereien angeht … Ich meine, manchmal ist es gar nicht so einfach. Zusammenzuleben.«

Der Bauer guckte aus dem Fenster und überlegte, ob er vielleicht auf der großen Weide mehr Hahnenfuß aussäen sollte. Das war zwar Geldverschwendung, die Tiere liebten das Zeug aber, und es sah im Sonnenschein hübsch aus.

»Tritt sie Sie oft? Wissen Sie, es gibt nämlich Organisationen, die bei so etwas helfen können. Viele Leute glauben, dass die nur für Frauen sind. Das ist aber ein verbreitetes Missverständnis, denn jeder kann unter Gewalt leiden. Ich kann Ihnen gern eine Broschüre dalassen, in solchen Fällen gibt es nämlich Hilfe …«

Aonghas drehte sich zu ihr um. »Worüber reden Sie da eigentlich?«, fragte er, Unverständnis im Blick.

»Ich sage ja nur«, erklärte Lissa, »dass man sich nicht zu schämen braucht, wenn man zum Opfer wird. Da draußen gibt es Menschen, die helfen können und solche Vorfälle ernst nehmen.«

»Dass mich meine Kuh mit einem Tritt durchs halbe Königreich befördert hat, weil ich kalte Hände hatte?«

Einen Moment herrschte Schweigen.

»Oh«, sagte Lissa dann. »Oh!« Sie schlug sich die Hand vor den Mund. »Tut mir leid«, sagte sie. »Ich dachte …«

»Sie dachten was?«

»Ich dachte, Maisie wäre Ihre Frau.«

»*Maisie*?« Aonghas konnte ein Lachen nicht unterdrücken. »Eins sag ich Ihnen, Mädel, wenn ich eine von meinen Kühen heiraten müsste, dann wäre es nicht dieses miesepetrige alte Miststück!«

Zu ihrer eigenen Überraschung fing jetzt auch Lissa laut an zu prusten. »Oh, Gott sei Dank«, seufzte sie. »Tut mir leid. Dieser Teil meiner Arbeit ist wirklich schrecklich.«

»*Aye*«, sagte Aonghas nachdenklich und verzog keine Miene, während Lissa die Wunde desinfizierte. »Kann ich mir vorstellen.«

»Essen Sie einen Bissen mit mir?«, fragte er, als sie die Heilsalbe aufgetragen und alles verbunden hatte.

Normalerweise hätte Lissa abgelehnt, aber sie war geradezu am Verhungern. Das Landleben und die frische Luft schienen ihren Appetit angeregt zu haben.

Aonghas stand auf und schürte das Feuer, dann stellte er alles Mögliche auf den Tisch: eine uralte fleckige Kanne mit frischem Tee, eine Tasse schaumige Milch, einen großen Laib frisches Weißbrot, ein Einmachglas, in dem undefinierbare Dinge schwammen, und ein großes Stück Käse.

Er reichte Lissa einen langen dünnen Spieß, wie sie ihn noch nie zuvor gesehen hatte. Lissa nahm ihn und machte Aonghas jeden Handgriff nach, als er sich eine riesige Scheibe Brot von dem Laib abschnitt, sie auf die Röstgabel spießte und damit über die Flammen hielt.

Im Anschluss tat Aonghas dasselbe mit einem Stück Käse, bis es außen zu schmelzen begann. Als erste Tropfen auf den Rost fielen, nahm er den Käse und verstrich ihn grob auf der dicken Brotscheibe. Zum Schluss öffnete er das Glas, holte eine selbst eingelegte Zwiebel heraus und biss hinein wie in einen Apfel.

Durch die unglaubliche Vielzahl von Restaurants in London hatte Lissa bereits Spezialitäten aus aller Welt gekostet. Sie hatte schon mal Känguru probiert, vegetarisches Mangocurry mit den Fingern gegessen und bei *Benihana* dabei zugesehen, wie Leute Sachen in die Luft warfen, Glasschälchen voller Rauch hochhoben und die Kunden Strohdämpfe einatmen ließen.

Kim-Ange war sogar schon mal in einem Restaurant gewesen, in dem man im Dunkeln aß, und hatte einen sehr vergnüglichen Abend damit verbracht, die Kellner und anderen Gäste zu verwirren.

Für Lissa war das hier jedoch die bisher seltsamste kulinarische Erfahrung ihres Lebens. Aber ihr knurrte der Magen, und sie fand die an den Rändern leicht gebräunte dicke Scheibe Brot zusammen mit dem kräftigen geschmolzenen Käse und der Säure der Zwiebel absolut köstlich. Während sie alles mit der schaumigen Milch herunterspülte, erschien ihr diese Mahlzeit wie eine der leckersten und befriedigendsten ihres Lebens.

Mit einem Lächeln saß Lissa am Feuer; der kahle Raum war nun vom Sonnenlicht erhellt. Abgesehen vom Ticken einer uralten Uhr auf dem Kaminsims, herrschte absolute Stille.

»Danke«, sagte Lissa schließlich. »Das war wirklich sehr nett von Ihnen.«

»Gern geschehen«, antwortete Aonghas. »Und ich werde Maisie schöne Grüße von Ihnen ausrichten.«

Lissa grinste. »In Ordnung. Übrigens, die Wunde sollte nicht nass werden, und versuchen Sie am besten, auf dem Bauch zu schlafen. Ich nehme an, dass Sie den Verband in einer Woche selbst abmachen können. Ansonsten rufen Sie einfach an, und wir vereinbaren noch einen Termin.«

Aonghas lächelte. »Ach, Mädel, das kriege ich doch bestimmt hin.«

»Das denke ich auch«, sagte sie. »Und viel Glück mit Maisie.«

»Sie ist ein Miststück«, seufzte Aonghas.

Als Lissa vom Hof wegfuhr, hielt sie kurz neben einem Feld mit einer Gruppe äußerst zufrieden wirkender Kühe in Weiß und Erdnussbutterbraun. Friedlich grasten sie im milden Sonnenschein auf einem Feld, auf dem Hahnenfuß leuchtete, und sahen alle wunderschön aus.

Kapitel 29

Es folgten noch weitere Hausbesuche, und beide, Lissa und Cormac, verfuhren sich etliche Male.

Cormac wäre einmal beinahe mit einem Radfahrer zusammengestoßen und wurde dafür mit für ihn völlig neuen Schimpfwörtern bedacht, die er seiner Meinung nach so nicht verdient hatte.

Lissa wurde bei ihrer Runde immer deutlicher, dass die Menschen auf beunruhigende Art und Weise mit jedem Mal mehr über sie wussten. Bei ihrem letzten Termin gab ihr sogar jemand viele Grüße an ihre Mutter mit auf den Weg.

Danach fuhren beide Krankenpfleger ähnlich erschöpft zurück zu ihrer jeweiligen Unterkunft.

Lissa dachte bei sich, dass die Arbeit in dieser Gegend vielleicht doch nicht so erholsam war, wie die Leute aus der Personalabteilung behauptet hatten.

Allerdings genoss sie erstaunlicherweise die zwanzig Minuten Wartezeit im Auto, als sie eine Schafherde über die Straße lassen musste. Lissa überlegte, dass sie beim nächsten Mal am besten ein Buch mitnahm. Dann wurde ihr klar, dass sie schon lange nicht mehr entspannt genug gewesen war, um das Lesen eines Buches auch nur in Erwägung zu ziehen. Interessant.

Cormac hingegen war für einen sonst so gelassenen Typen irgendwie kribbelig und voll nervöser Unruhe. Ihm kam es vor, als knistere London vor elektrostatischer Energie und lasse seine Bewohner ganz zappelig werden. Vielleicht waren ja deshalb viele Leute hier so dünn.

Lissa dachte daran, dass für sie nun eine Therapiestunde per Skype anstand. Weil sie darauf ungefähr so viel Lust hatte wie auf einen Teller Schlangenspaghetti, würde sie vielleicht erst mal die E-Mails in Angriff nehmen.

Es war ein merkwürdiges Gefühl, sich jemandem vorzustellen, in dessen Wohnzimmer man saß und dessen Xbox und Sofa und Tassen und Teller man vor sich hatte. Lissa biss sich auf die Lippe, griff nach ihrem Laptop und fing an:

> Hallo, hier ist Alyssa Westcott. Danke für die Notizen, die waren wirklich sehr hilfreich.

Das war gelogen. Aber sie wollte sie sich auf jeden Fall später noch anschauen.

> Das Haus ist echt cool.

Sie erwähnte nicht, dass es aus ihrer Sicht absoluter Irrsinn war, ein ganzes Haus mitsamt Garten und Gästezimmer und Ofen und Fluss für sich allein zu haben. Wenn sie das alles nur etwa neunhundert Kilometer gen Süden versetzen könnte, würde sie hier auf einem Anwesen im Wert von ungefähr fünf Millionen Pfund hocken.

Hier meine Anmerkungen zu deiner Runde morgen: Ich weiß nicht viel über Hunde, aber ich kann dir sagen, dass James Felixtons Hund dich gern fressen will, der von Lee Cheung aber lieb ist. Der von James ist klein und der von Lee groß. Bei den Pooles solltest du nicht zu viel reden. Die haben nämlich immer ein Formular da, um Leute anzuzeigen. In der Effinch-Siedlung kannst du dein Auto auf den Anwohnerparkplatz stellen. Aber in der Widdings-Siedlung solltest du lieber kostenpflichtig an der Straße parken, weil da echte Arschlöcher wohnen.

Cormac betrachtete die Nachricht. Na also, das war doch mal recht hilfreich. Aber besonders nett klang diese Alyssa, oder Lissa, wie alle sie zu nennen schienen, eigentlich nicht. Das passte auch genau zu dem, was er von den Einwohnern von Kirrinfief gehört hatte, die in solchen Dingen kein Blatt vor den Mund nahmen. Die Neue wurde als ein bisschen zu englisch und hochnäsig und zerstreut beschrieben. Cormac hoffte nur, dass Schottland für seine Austauschpartnerin am Ende nicht stressiger sein würde als London. Im Übrigen hatte sie ihn nicht einmal gefragt, ob es ihm in London eigentlich gefiel. Vermutlich nahm sie an, dass er von der Stadt einfach begeistert sein musste, denn wer wäre das nicht? Ein bisschen ging ihm das schon gegen den Strich.

Hi Alyssa, danke für das alles. Sag Bescheid, wenn ich dir ein paar Karten zeichnen soll –

ich weiß, dass manche Höfe schwer zu finden sind. Und ich zeichne ja gern. :-) Hast du dich schon ein bisschen eingelebt? Wie gefällt es dir bisher?

Aber Lissa war bereits zur nächsten unangenehmen Aufgabe übergegangen – der Therapiesitzung, vor der ihr graute – und antwortete nicht.

Na ja, so viel zu dir, dachte Cormac, legte sein Handy weg und ging zum Fenster hinüber. Er machte es auf, in der Hoffnung, ein wenig frische Luft in diesen muffigen, abgestandenen Teil des Gebäudes voller Menschen hineinzubekommen.

Kapitel 30

Lissa würde alles tun, um das Unvermeidliche hinauszuzögern, und so machte sie sich erst einmal eine riesige Tasse Tee. Sie wusste ja, dass viele Leute zum Psychologen gingen. Es war kein Makel, aber sie hatte selbst nie die Notwendigkeit für eine Therapie gesehen. Das war jedoch vorher gewesen. Und jetzt war es 18:30 Uhr. Der Moment war gekommen.

Es dauerte einen Augenblick, bis sich die Pixel auf dem Bildschirm zu einer Person zusammenfanden. Dann wurde daraus eine etwa fünfzigjährige, äußerst gepflegte Frau mit einem humorvollen Zug um den Mund und einem sachlichen Blick, der selbst via Kamera und bei schlechtem Empfang zu erkennen war. Sie schien etwas aus einer Schüssel zu essen.

»Alyssa Westcott?«, fragte sie forsch und ein wenig undeutlich.

»Hmhm«, machte Lissa. Sie saß im Schneidersitz auf dem Fußboden vor dem Computer und hatte die Arme vor der Brust verschränkt.

Die Frau legte den Löffel weg und kniff die Augen zusammen.

»Entschuldigen Sie«, sagte sie. »Aber ich kann leider nur Ihr Knie sehen. Könnten Sie vielleicht …?«

Lissa änderte ihre Position, war aber unsicher, was sie tun sollte. Nachdem sie den Laptop auf ein Beistelltischchen gestellt hatte, kniete sie unbequem davor, wie in der Kirche, was auch nicht das Richtige war. Sie versuchte, sich aufzusetzen und auf den Bildschirm hinunterzublicken. In dem kleinen Fenster mit ihrem eigenen Bild sah man dann aber von unten ihr hoch über der Kamera aufragendes Gesicht, was nicht gerade ideal war. Und dann wurde ihr zunehmend bewusst, dass die Psychologin am anderen Ende in die ganze Sache vermutlich immer mehr hineininterpretierte, je länger sie nach der idealen Sitzposition suchte. Dass die Therapeutin einfach nur geduldig dasaß und wartete, verursachte Lissa erst recht Unbehagen, und sie lief rot an.

»'tschuldigung«, sagte sie, wobei sich ihre Stimme ganz schrill anhörte. Lissa klang überhaupt nicht wie sonst, sondern eher wie irgendeine englische Schickimickitante, die fragen wollte, ob sie in den richtigen Zug gestiegen war. »Ich weiß einfach nicht, wo ich mich hinsetzen soll!«

»Das ist ganz egal«, antwortete die Frau ruhig, wodurch Lissa erst recht davon überzeugt war, dass es sogar äußerst bedeutsam war. Panisch schaute sie sich um. Am Ende landete sie wieder auf dem Fußboden, wo sie sich wie ein kleines Mädchen die Füße unter den Po schob.

Anita, die Psychologin, lächelte sie immer noch ungerührt an, wobei ihr Blick ganz kurz in die rechte obere Ecke ihres Bildschirms wanderte.

Lissa vermutete, dass sie am Computer die Uhrzeit checkte.

»Ah, also. Hallo! Sorry noch mal.«

»Verschütten Sie Ihren Tee nicht«, warnte Anita.

»Nein, tu ich nicht! Das ist aber gar kein Tee – das ist Wodka!« Lissa hatte nicht die geringste Ahnung, warum sie das gerade gesagt hatte.

Anita lächelte bloß höflich, als sei es ihr schnuppe, ob es sich nun um Tee oder Wodka handelte.

»Das war nur Spaß! Sehen Sie!« Lissa neigte ihre Tasse in Richtung Kamera, mit den vorhersehbaren Folgen. Nun vergeudete sie zusätzliche wertvolle Sekunden damit, ein Geschirrtuch zu suchen und die Verbindung wiederherzustellen.

Anita lächelte sie weiterhin ruhig an, und Lissa wollte sich gerade entschuldigen und vorschlagen, dass sie noch einmal ganz von vorn anfingen, da kreischte plötzlich eine Stimme: »Mummy!«

Auf Anitas ruhigem Gesicht war nur ein ganz kleines Zucken zu erkennen. »Mummy ist beschäftigt, Schätzchen«, zischte sie aus dem Mundwinkel.

»DIE SAMOSA IST IN DIE TOILETTE GEFALLEN.«

Lissa und Anita erstarrten beide.

»Äh, wollen Sie sich vielleicht kurz darum kümmern?«, fragte Lissa.

»Nein, nein, ich bin mir sicher, es ist alles in Ordnung«, sagte Anita und gab ihr Bestes, um völlig ungerührt zu wirken. »Also, wo waren wir? Wir werden jetzt Folgendes tun: Wir gehen Schritt für Schritt durch, was an jenem Tag passiert ist, und analysieren jedes Detail …«

»DANN ESS ICH SIE EINFACH.«

Eine erneute lange Pause.

»Jetzt gehen Sie schon«, sagte Lissa noch, während

Anita bereits aufsprang und dabei einen hohen Stapel Papiere umwarf, sodass sich Patientenakten deutlich sichtbar vor dem Bildschirm verteilten.

Lissa betrachtete die Dossiers, während jenseits der Kamera Geschrei und Diskutiererei zu hören waren. Auf ihrer eigenen Akte stand in großen, deutlich erkennbaren Buchstaben »PTBS«.

Sie starrte auf die Abkürzung. War das wirklich sie? War das aus ihr geworden, eine Verrückte? Mit einer Diagnose und einem Befund und einer Gummizelle und …

Als Anita zurückkehrte, war ihr glattes, dunkles Haar verwuschelt, und im Hintergrund erklang lautes Weinen.

»Also«, begann sie und fing an, die Papiere zusammenzuschieben, wobei sie ihre Kaffeetasse umwarf. Sie verzog das Gesicht. »Tut mir leid«, sagte sie, »an manchen Tagen …«

»Verstehe ich«, antwortete Lissa. »Sie arbeiten schließlich für den National Health Service. Und wie es da läuft, weiß ich genau.« In ihrem Inneren brodelte aber ihre Diagnose. »Ich hab also PTBS?«, brach es plötzlich aus ihr heraus.

»Was?«

Anitas Handy läutete. Sie warf einen Blick aufs Display und drückte den Anruf weg. Aber das Klingeln ging wieder los.

»Das ist es also, was ich … Ihrer Meinung nach habe?«

»Ich denke, es handelt sich um … Tut mir leid, aber ich muss da leider rangehen.« Anita griff nach dem Handy. »Wo bist du?«

Lange herrschte Schweigen.

»Und wo ist deine Busfahrkarte? Aber wenn du dein

Ticket nicht mitnimmst, wie kannst du dann erwarten … Ich arbeite hier schließlich! … Tja, jetzt heißt es eben warten. Wo bist du überhaupt? Na, was kannst du von da aus sehen?«

Mit entschuldigender Miene blickte sie zu Lissa, die sich langsam fragte, ob ihre Therapie vielleicht genau darin bestand – dass sie sich bei diesem ganzen Theater besser damit fühlte, allein in der Pampa zu hocken.

Als Anita endlich den äußerst komplizierten Anruf hinter sich gebracht hatte, beäugte sie nervös irgendetwas.

Lissa konnte es nicht sehen, vermutete aber, dass es sich um Anitas Autoschlüssel handelte. Inzwischen war ihre Zeit fast abgelaufen.

»Egal, ob es sich nun um eine posttraumatische Belastungsstörung handelt oder nicht«, sagte Anita schließlich. »Unserer Erfahrung nach hilft die Standardbehandlung auf jeden Fall weiter.«

»Ich kenne die Standardbehandlung«, entgegnete Lissa ein wenig gereizt. »Sie wollen, dass ich alles noch einmal durchgehe.«

Mitfühlend nickte Anita. »Das ist auf jeden Fall ein Ansatz, den wir ausprobieren werden.« Wieder wanderte ihr Blick zur Seite.

Plötzlich sah Lissa rot. »Aber das mach ich doch sowieso. Ich … Ich gehe das dauernd im Kopf durch. Jeden Tag. Den ganzen Tag. Jedes Mal, wenn ich die Augen schließe. Jedes Mal, wenn ich einen Jugendlichen sehe oder jemanden rufen oder schreien höre.«

»Das ist mir klar«, sagte Anita so geduldig, wie sie konnte. »Deshalb müssen wir ja ganz von vorn anfangen und uns Zentimeter für Zentimeter vorarbeiten. Damit der Vorfall seine Macht verliert. Also. Erzählen Sie mir doch von jenem Tag.«

»Von dem Tag selbst?« Der Knoten in Lissas Magen zog sich noch enger zusammen. Sie atmete tief durch.

»Hmhm.«

»Jetzt sofort?«

Wieder nickte Anita.

Es war grauenhaft, qualvoll. All die Details. Die Sonne auf dem Fensterrahmen. Wie sie sich von der alten Mrs Marks verabschiedete. Der aufheulende Motor des Wagens ... sein Tempo, schneller und schneller, das Glitzern des Handys in der Luft ...

»Ich hab zu den Jugendlichen rübergeschaut, die sich gegenseitig angepöbelt haben ...« Lissa begann zu weinen. »Ich kann nicht«, schluchzte sie. »Ich kann das nicht.«

»Sie können das«, sagte Anita sanft. »Sie schaffen das, Alyssa. Sie haben zu den Jugendlichen rübergeschaut, die sich gegenseitig angepöbelt haben ...«, wiederholte sie. »Sie haben sie beobachtet. Und was haben Sie dabei gesehen?«

Mit tränenverschmiertem Gesicht schüttelte Lissa den Kopf. Dann atmete sie noch einmal durch und öffnete den Mund.

»Mummy!« Ein kleines, goldiges Gesichtchen erschien, näherte sich dem Bildschirm, schien Lissa einen Moment direkt in die Augen zu sehen und knallte dann zur allseitigen Verblüffung einfach den Laptop zu.

Lissa rannen immer noch Tränen über die Wangen, und sie fühlte sich fix und fertig. Obwohl sie versuchte, die Verbindung wiederherzustellen, konnte sie Anita nicht zurückrufen. So lief das bei diesen Therapiestunden nicht. Niedergeschlagen ging Lissa nach oben und drehte die Wasserhähne der Badewanne auf.

Schließlich übertönten das Plätschern des heißen Wassers und das Blubbern der Bläschen ihr Schluchzen, die Angst blieb jedoch. Etwas stimmte mit ihr nicht, deswegen hatte man sie weggeschickt.

Lissa holte sich ein Buch und ihre Tasse Tee und ließ sich langsam in das Schaumbad sinken. Dort zwang sie jedes Mal, wenn ihre Gedanken zu dem Trauma abschweiften, die Aufmerksamkeit zurück zum Buch und nahm noch ein Schlückchen Tee. Und als es hinter ihrer Stirn langsam ruhiger wurde, lauschte sie den Geräuschen von draußen. Mit einem Mal fand sie das Säuseln des Windes in den Bäumen, die fernen Eulenrufe gar nicht mehr bedrohlich, sondern beruhigend.

Auf einer gewissen Ebene hatte Anita recht, das war Lissa trotz der Kürze ihres Gesprächs klar. Sie würde sich den Vorfall in Erinnerung rufen müssen, bis sie ohne Angst und Panikattacken daran denken könnte.

Aber jetzt lag sie erst einmal im warmen Wasser mit einem Buch, auf das sie sich zwar nicht richtig konzentrieren konnte, dessen Gewicht sich in ihrer Hand aber angenehm anfühlte. Sie hatte eine Tasse Tee, der Badeschaum roch nach Mandeln, draußen war Wind in den Bäumen zu hören statt Verkehrslärm und Sirenen und Hubschraubern … na ja, in diesem Moment würde sie nicht länger daran denken. Nicht jetzt.

Kapitel 31

Als Lissa nach einer weiteren Nacht aufwachte, in der sie erstaunlich lange geschlafen hatte, fühlte sie sich wirklich besser. Es musste wohl an der frischen Luft liegen; jeder Atemzug hier fühlte sich so an, als würde sich ihre Lunge zum ersten Mal in ihrem Leben so richtig entfalten.

Es war noch früh, langsam wurde es draußen hell, und plötzlich kehrte die Angst zurück.

Lissa blickte durch das Fenster hinaus in den Himmel, um sich zu beruhigen. Irgendwann gab sie es auf und hörte auf dem Handy ein bisschen Musik, bis es Zeit war, langsam mal aufzustehen.

Ihr erster Termin heute war erst später, daher schaute sie in dem kleinen Lebensmittelgeschäft vorbei und kaufte ein paar unglaublich günstige Eier direkt von Lennox' Farm (obwohl ihr nicht auffiel, wie preiswert die waren, weil sie sonst nie Eier kaufte). Sie nahm auch Butter und Milch aus der Gegend mit und holte sich beim Bäcker geschnittenes Brot.

Danach blieb ihr noch Zeit, um sich Rührei auf Toast zu machen. Inzwischen stand die Sonne hoch am Himmel, und es ging ein kühles Lüftchen. Lissa entdeckte, dass es auf der kleinen Terrasse hinter dem Haus direkt an der Wand windgeschützt war und man dort wunderbar in der Sonne sitzen konnte.

Sie versuchte zu verdrängen, was am Vorabend mit der Psychologin passiert war. Um auf andere Gedanken zu kommen, schaute sie sich Kim-Anges Instagram an.

Ihre Freundin hatte jede Menge Fotos gepostet, auf denen sie schick angezogen war und unterschiedliche Kopfbedeckungen trug. Der Hintergrund erinnerte verdächtig an die Hutabteilung bei Peter Jones, wo so etwas gar nicht gern gesehen war.

Plötzlich vermisste Lissa Kim-Ange, ihr ganzes altes Leben fehlte ihr. Bald war Wochenende, da hätten sie zusammen so einiges unternommen.

Als Lissa schließlich einen Blick in die Akten ihrer heutigen Patienten warf, machte ihr Herz einen Satz.

Natürlich hätte sie das gar nicht wissen dürfen, aber das war ja kaum zu vermeiden. Jung, weiblich, Herztransplantation, und das Datum stimmte auch überein. Offensichtlich war der Kontakt zu ihrem Austauschpartner nicht durch Zufall entstanden, ganz und gar nicht.

Cormacs Notizen dazu waren klar und deutlich, und ganz oben hatte er »SUPER!« darübergeschrieben.

Lissa fand das überhaupt nicht super und ihn unglaublich taktlos.

Sie stand auf, spülte das Geschirr und machte sich dann für mittags ein Lunchpaket fertig – ein Lunchpaket! Sie erkannte sich selbst kaum wieder. Aber es war ja auch nicht ihre Schuld, dass es hier im Umkreis von hundertfünfzig Kilometern kein Pret a Manger gab. Sie machte ein Foto von ihrem Proviant und schickte es an Kim-Ange, die das bestimmt zum Schreien finden würde.

Lissa hatte sich ein Käsebrot gemacht und es mit etwas verfeinert, was sie in Cormacs Schrank gefunden hat und von dem sie hoffte, dass es sich um selbst eingelegtes Gemüse handelte. Hier in Kirrinfief gab es keinen Tofu, keine Bohnensprossen, keine Cronuts oder Bento-Boxen. Lissa legte noch zwei Boskop-Äpfel dazu, überlegte ernsthaft, sich eine auffüllbare Wasserflasche zu kaufen, und lächelte, weil der Gedanke schon wieder so untypisch war.

Es war wirklich ein wunderschöner Morgen; Lissa musste ins Ortszentrum und beschloss, zu Fuß zu gehen. Die Tasche mit dem medizinischen Material konnte sie in einen Rucksack packen, hier bestand ja keine Gefahr, dass sie überfallen wurde oder dass sie die Sachen in der U-Bahn vergaß.

Draußen war es wirklich prächtig. Nachdem sie die Straße überquert hatte, blieb Lissa ganze fünf Minuten stehen und sah Lämmchen beim Hopsen und Tollen zu. Es war einfach zu komisch, wie sie herumpurzelten und über Pfützen sprangen, dann plötzlich ein Blöken ausstießen und sich in die wohlige Sicherheit an der Seite ihrer Mütter flüchteten. Die Muttertiere ignorierten sie in aller Seelenruhe, während die Lämmer sie umringten und zum Säugen die kleine rosafarbene Schnauze nach oben reckten. Sie boten einen zauberhaften Anblick dort in der Sonne, und wer ihnen zusah, bekam unweigerlich gute Laune, oder zumindest ein wenig bessere.

Als Lissa das kleine Reihenhaus erreichte, konzentrierte

sie sich auf ihre Atmung. Wieder machte sich Wut in ihr breit, und sie wünschte wirklich, ihre Therapeutin wäre am Vortag nicht derart mit der Tür ins Haus gefallen. Oder sie hätte zumindest zurückgerufen.

Diese verdammten Kürzungen im Gesundheitssystem, dachte sie bei sich. Man hatte sie direkt ins kalte Wasser geworfen. Und jetzt auch das noch.

Die Tür wurde bereits aufgerissen, als sie den Finger noch auf dem Klingelknopf hatte. Die Frau, die aufmachte, wirkte bei Lissas Anblick allerdings verwirrt.

»*Och,* nein«, sagte sie. »Wo ist denn Cormac?«

»Äh, der arbeitet vorübergehend woanders«, erklärte Lissa. »Ich bin an seiner Stelle da, sorry.«

»*Aye*!«, sagte die Frau und strahlte sie an. »Stimmt ja, und ich weiß auch schon alles über Sie!«

»Das wird mir auch langsam klar«, sagte Lissa und versuchte dabei so freundlich wie die Einheimischen zu klingen statt sarkastisch.

»*Och*, mir fehlt Cormac«, sagte die Frau und schüttelte den Kopf. »Wie läuft es denn bei ihm? Isst er auch vernünftig? Macht es ihm Spaß?«

»Woher soll ich das wissen?«, fragte Lissa, die diese Fragen wirklich nicht verstand.

Die Frau sah sie an. »Aber er kümmert sich doch um Ihre Patienten, oder?«

»Ja.«

»Und über solche Dinge haben Sie nicht gesprochen?«

Lissa zuckte mit den Achseln. »Eigentlich nicht«, antwortete sie. »Wie geht es denn …?«

Sie hatte Schwierigkeiten, den Namen auszusprechen, aber das Gesicht der Frau erhellte sich bereits.

»Oh, na ja. Sie haben ihren vorherigen Zustand ja nicht miterlebt. Man muss sie einfach vorher gesehen haben. Deshalb wäre es so schön, wenn Cormac jetzt hier wäre.«

»Na ja, ist er aber nicht …«

»Ich weiß. Aber er sollte das unbedingt sehen.«

Lissa fühlte sich wie ein billiger Ersatz, als sie der Frau in ein ordentliches kleines Wohnzimmer folgte.

Dort guckte ein sehr dünnes, blasses Mädchen mit dunklen Ringen unter den Augen gerade *Pitch Perfect*. Die Tatsache, dass sie überhaupt sitzen konnte, fiel Lissa nicht groß auf.

»Hallo«, sagte sie sanft.

Das Mädchen verzog das Gesicht. »Wo ist denn Cormac?«

Lissa lächelte verkrampft. »Ah, ich übernehme eine Zeit lang für ihn, weil er im Moment in London ist. Sieh mich einfach als Cormac Nummer zwei.«

Während des kurzen Schweigens fragte sich Lissa, ob sich die Patientin ihr gegenüber wohl abweisend zeigen würde.

Die Miene des Mädchens hellte sich allerdings auf. »Sie sprechen doch mit ihm, oder? Dann sagen Sie ihm ja sicher, dass Sie mich gesehen haben. Werden Sie ihm alles genau erzählen?«

»Äh, natürlich.«

»Und könnten Sie vielleicht auch ein Foto machen?«

»Nein, das ist nicht erlaubt.«

Islay runzelte die Stirn, ihre Mutter wirkte jetzt aber etwas entspannter und verließ den Raum, um den Kessel auf den Herd zu setzen.

»Jetzt machen Sie schon ein Foto!«, befahl das Mädchen mit Nachdruck, grinste breit und machte Ta-da mit den Händen. »Na los!«

Lissa zwang sich zu einem geduldigen Lächeln. »Dann würde ich meinen Job verlieren«, sagte sie.

Misstrauisch sah das Mädchen sie an.

»Und Cormac auch.«

Aber die Mutter kehrte bereits mit erwartungsvoller Miene zurück. »*Och*, er würde auf jeden Fall ein Foto wollen.«

Islay strahlte triumphierend und posierte wieder, während Lissa sie widerwillig knipste.

Blutdruck und Puls der Patientin waren normal, die Narbe verheilte gut, alles war in Ordnung. Lissa kribbelte der Nacken, weil sie die Blicke der Eltern spüren konnte, die jede ihrer Bewegungen ängstlich beobachteten.

Sie konnte einfach nicht begreifen, warum sich hier alle so selbstzufrieden und triumphierend gaben. Kapierten sie das denn nicht? War ihnen nicht klar, dass hierfür das Blut eines unschuldigen Jungen auf den Bürgersteig geflossen war?

> Äh, hi. Die Coudrie-Familie hat mich gebeten, dir zu schreiben und dir ein Foto zu schicken. Ach, und danke für das Haus und alles, ich schlafe da übrigens im Gästezimmer. Oh, und ich hab ein paar Narzissen gepflückt, was hoffentlich okay war. Und ich hoffe auch, dass bei dir alles in Ordnung ist. Egal, Islay scheint es jedenfalls gut zu gehen, die Vitalfunktionen sind unauffällig, und ich weiß gar nicht so recht, warum ich da überhaupt

vorbeigeschaut habe. Die Narbe sieht gut aus und verheilt schnell, die Patientin selbst ist wohlauf, zum Plaudern aufgelegt und wirkt angesichts der Situation ganz normal. Ich weiß nicht, ob zusätzliche Termine nötig sind, solange die eingeleitete Immunsuppression weiter problemlos verläuft.
Die Familie hat aber darauf bestanden, dass ich mich mit dir in Verbindung setze und dir ein Foto schicke. Teil es bitte mit niemandem. Ich weiß ja, dass ich es nicht hätte tun sollen, aber sie hat nicht lockergelassen.
Viele Grüße
Alyssa Westcott

Erst spät am Abend, als von Cormac eine Antwort auf ihre Nachricht kam, begriff sie, was ihr alles entgangen war.

Cormac hatte einen anstrengenden Tag hinter sich. Er hatte die beiden Hunde miteinander verwechselt und konnte außerdem immer noch nicht fassen, dass Lissa in Bezug auf Haustiere eins komplett unterschlagen hatte, nämlich James' Königsboa. Cormac war bei ihrem Anblick zwar nicht gerade in Panik ausgebrochen oder so, aber eine Vorwarnung wäre ganz nett gewesen.

Positiv konnte er verzeichnen, dass er sich heute bloß dreimal verfahren hatte. Und er war auch nur von zwei Radfahrern angeschrien worden, einmal aus Gründen, für die er fast gar nichts gekonnt hatte.

Als er nach der Arbeit etwas trinken ging, stellte sich

heraus, dass ein Bier hier ganze sieben Pfund kostete. Das wurmte ihn schon, obwohl er sich nun wirklich nicht für geizig hielt und ungern Klischees über Schotten bedienen wollte.

Und es war hier auch gar nicht wie in Alasdairs Pub, wo alle – Wanderer, Touristen, Einheimische, entfernte Verwandte aus Amerika auf der Suche nach ihren Wurzeln – gern ein Gespräch anfingen, wo die Kneipe nach einem langen Tag ein geselliger Treffpunkt war, geprägt von jeder Menge Hunden, Bauern, Plaudereien übers Wetter und allgemeiner Gastfreundschaft.

Hier hingegen gab es noch nicht mal Platz, um sich auch nur zu setzen, und es waren große Gruppen aggressiver junger Männer unterwegs. Alle ignorierten einander, der Anflug einer leicht bedrohlichen Atmosphäre lag in der Luft, und das Bier schmeckte bloß nach Kohlensäure und sonst nichts.

Obwohl Cormac seiner Meinung nach eigentlich keine großen Ansprüche stellte, war das hier überhaupt nichts für ihn.

Auch die Straßen von London machten ihn fassungslos.

In Kirrinfief gab es einen einzigen Obdachlosen, der schon seit Menschengedenken dort Station machte. Er war als Dorcan bekannt, obwohl niemand wusste, ob er wirklich so hieß. Dorcan kam und ging, übernachtete neben der Kirche und nahm die Suppe oder andere Mahlzeiten an, die man ihm hinstellte. Er sprach mit niemandem und hockte einfach auf seiner Bank, bevor er irgendwann wieder des Weges zog. Wohin er verschwand, wusste niemand.

Pastorin Judith, in deren Garten er ja praktisch schlief, ließ für ihn stets die Sakristei unverschlossen. Aber er zog sich niemals dorthin zurück, nicht einmal in der regnerischsten Nacht.

Aber hier, hier lagen einfach überall Menschen herum, in Unterführungen und den Eingängen von Geschäften, über Lüftungen und unter Brücken. Niemand zuckte bei ihrem Anblick mit der Wimper, die Leute schienen das völlig normal zu finden.

Obwohl die ganze Sache Cormac sprachlos machte, benahm er sich einfach wie alle anderen, kaufte allerdings *The Big Issue*, als ihm jemand die Obdachlosenzeitschrift anbot.

Waren denn hier nicht alle reich? Bei einem Gang durch die Stadt hatte Cormac in Covent Garden ein goldenes Auto gesehen. Er war an Restaurants vorbeigekommen, in denen es nichts unter dreißig Pfund gab, an Läden, die die tollsten Schaufenster hatten und nach Geld rochen, an Juwelieren mit Uhren in der Auslage, die mehr als sein Jahresgehalt kosteten.

Cormac war sich dessen bewusst, dass er von Politik keine Ahnung hatte – er hatte viel zu lange aus Gründen, die er selbst nicht verstand, in der Wüste gehockt, um sich da jetzt als Experten auszugeben. Aber es war schon seltsam, dass alle mit den vielen Obdachlosen zu leben gelernt hatten.

Wie auch immer, Lissas Nachricht hob Cormacs Laune jedenfalls sofort. Er holte noch im Pub seinen Laptop heraus und schrieb zurück:

Hallo, danke für die Hundewarnung, aber es wäre hilfreich, wenn du von jetzt an auch eventuelle Schlangen erwähnen könntest! Und ich glaube gern, dass Islay nicht lockergelassen hat! Das ist ja toll, absolut fantastisch! Ich kann kaum glauben, dass sie sitzen kann und von sich aus gesprochen hat! Mann, ihre Familie kann ihr Glück bestimmt kaum fassen – vielen Dank, danke, dass du vorbeigeschaut und mir davon berichtet hast, ich war wirklich krank vor Sorge. Unfassbar! Manchmal ist unsere Arbeit wirklich der Wahnsinn, oder? Du hättest sie vorher mal sehen sollen.

Cormac hängte auch ein Foto von Islay an. Er hatte es mal auf der Intensivstation für Islays Mutter geschossen, als sie befürchtet hatten, dass es vielleicht zu Ende gehen könnte: Die an jeden nur erdenklichen Schlauch angeschlossene Islay war darauf ein bläuliches Häufchen Elend, nur noch Haut und Knochen. Sie wirkte wie eine Geistererscheinung, das zarte Wispern eines Engels, um den der Tod bereits seine schuppigen Flügel gelegt hatte.

Als sie die beiden Bilder miteinander verglich und Cormacs Nachricht las, der man wieder Glück, Erleichterung und tief empfundene Freude anmerkte, dachte Lissa an das kranke Mädchen von heute Nachmittag zurück.

Hatte sie noch vor einiger Zeit mit einem Bein bereits im Grab gestanden, hatte Islay heute im Wohnzimmer gesessen, *Pitch Perfect* geguckt, Ingwerplätzchen geknabbert und sich der Besucherin gegenüber frech gezeigt.

Während sie die Fotos lange anstarrte, begriff Lissa plötzlich und spürte in ihrem Inneren ein kleines Flackern.

Eigentlich wäre das Thema damit erledigt gewesen. Doch dann überkam Lissa der Impuls, spontan zurückzuschreiben:

Und wo liegt das Problem bei einer hübschen kleinen Königsboa?

Zu ihrer Verblüffung kam nach ein paar Minuten als Antwort kein Text zurück, sondern das Foto einer Zeichnung, die sie zum Lächeln brachte.

Bist du das?

Meintest du vielleicht: Oh, sieh dich nur an, du armes Ding, von einer Königsboa gewürgt!

Das ist ja ein fürchterliches Bild!

Ich würde gern unterstreichen, dass ich aber genau so aussehe.

Dann bist du allerdings Furcht einflößender als die Schlange.

Na, vielen Dank auch.

Lissa schüttelte den Kopf über diese merkwürdigen Nachrichten und hoffte nur, dass Cormac James' heiß geliebtes Prachtstück nicht allzu sehr erschreckt hatte. Dann ging sie ins Bett.

Kapitel 32

Während sich die beiden langsam eingewöhnten, verstrich nach und nach die Woche.

Cormac zog jeden Tag eine Lage Klamotten weniger an, weil ihm so warm war, und seine Austauschpartnerin fügte jeden Tag eine neue Lage hinzu, weil ihr so kalt war.

Lissa war überhaupt nicht klar, in welchem Maße die Leute über sie tratschten und für wie arrogant man sie hielt, nur weil sie Blickkontakt mit Wildfremden nicht besonders höflich fand. Nichtsahnend tat sie ihre Arbeit und schaffte es, die meisten ihrer Termine zu erledigen – es gab ein bisschen Diabetesbetreuung, wie überall auch, und ein paar kompliziertere Fälle von psychiatrischer Behandlung, für die sie im Krankenhaus anrief, wo man die Sache Schritt für Schritt mit ihr durchging.

Joan war zwar nicht direkt begeistert von ihr, vor allem seit sich herausgestellt hatte, dass Lissa nichts mit Pferderennen anfangen konnte. Aber sie war auch nicht unzufrieden mit ihr.

Einige Tage nach der ersten Therapiestunde saß Lissa wieder am Laptop, weil die nächste Sitzung anstand.

»Bevor wir anfangen: Ich muss Sie leider bitten, ab jetzt eine Pause bei den Social Media einzulegen«, sagte Anita, die schnell sprach und zugleich etwas mit Stäbchen aß.

Fasziniert betrachtete Lissa ihre Hände. »Was?«, brach es aus ihr heraus. »Was haben die denn mit PTBS zu tun?«

»Was Stress auslösende Technologien, die nur dafür entwickelt wurden, Sie abzulenken, zu frustrieren und aufzuwühlen, mit Ihrer psychischen Verfassung zu tun haben?«

Lissa runzelte die Stirn.

Auf der anderen Seite war jenseits des Computerbildschirms ein Husten zu hören.

»Ich weiß«, sagte Anita, aber nicht zu Lissa.

Das verlorene Husten ertönte wieder.

»Entschuldigung«, sagte Anita rasch. »Sie konnte heute nicht in die Schule.«

»Tut mir leid, das zu hören«, sagte Lissa.

»MIR GEHT'S GUT«, hörte man ein leises Stimmchen, gefolgt von einem weiteren quälenden Husten.

»Es geht ihr nicht gut. Sie will nur schon wieder *Die Eiskönigin* gucken.«

»Vielleicht raten Sie Ihren Patienten dann bald, einen Schneemann zu bauen«, sagte Lissa, und die beiden Frauen lächelten einander kurz an.

»Gibt es bereits einen Termin für das Gerichtsverfahren?«, fragte Anita.

»Nein, das ist bestimmt noch ewig hin.«

»Vermutlich nicht«, gab Anita zu bedenken. »Solche Sachen werden im Schnellverfahren durchgezogen, vor allem bei so jungen Opfern.«

Lissa seufzte.

»Und deshalb müssen Sie dafür bereit sein«, fügte Anita unnötigerweise hinzu. »Wenn Sie sich dort nicht hinstellen und Ihre Version der Geschehnisse schildern können, dann könnte das zu einem Fehlprozess beitragen. In diesem Fall waltet womöglich keine Gerechtigkeit, und der Täter kommt frei.«

Lissa wurde das Herz ganz schwer. »Und warum muss ich dafür die Social Media aufgeben?«

»Verbringen Sie denn viel Zeit damit?«

Lissa warf einen Blick auf ihr Handy. Kim-Ange schien eine Obstschale auf dem Kopf zu tragen.

»Das kommt darauf an, wie man ›viel Zeit‹ definiert.«

»Diese Medien werden Ihre Genesung wirklich beeinträchtigen«, sagte Anita schlürfend.

Jetzt ging wieder das Husten los.

»Wie denn?«

»Indem sie Sie krank machen. Dadurch, dass sie Eifersucht und Zweifel säen, machen sie alle krank. Und Sie sind jetzt besonders anfällig und verletzlich.«

Lissa blickte Anita an. Sie hatte einen großen Klecks Currysoße auf der Wange, ihr Gesichtsausdruck war jedoch ernst.

»Aber ich bin hier draußen ganz allein, dann fühle ich mich ja noch einsamer.«

»Gut«, befand Anita. »Nutzen Sie Ihre inneren Ressourcen. Hören Sie auf damit, sich mit winzigen Bildchen und dem Leben anderer ablenken zu wollen. Damit verdrängen Sie die Dinge, denen Sie sich stellen müssen.«

Lissa biss sich auf die Lippe.

»Lassen Sie Gefühle zu«, empfahl Anita. »Statt ständig zu swipen und auf Piepen und Likes zu warten, womit

Sie sich nur selbst aufreiben, müssen Sie die Dinge fühlen, die gefühlt werden wollen. Vertrauen Sie mir, Lissa. Sie sind jetzt schon ausgelaugt und müssen sich nun auch noch auf Ihre Aussage vorbereiten. Dafür bleiben uns bloß vier weitere Sitzungen. Akzeptieren Sie … Oh!«

»Was ist?«, fragte Lissa, aber es war gar keine Erklärung nötig.

Im Hintergrund erklangen üble laute Würgegeräusche.

»Nein … Nicht auf die Akten!«, rief Anita, während sie aufsprang.

Sie kehrte nicht mehr zurück, obwohl Lissa ziemlich lange wartete.

Sie wusste, dass man ihr nur sechs Sitzungen zugestanden hatte, nicht mehr und nicht weniger. Obwohl zwei davon bereits verstrichen waren, hatte sie das Gefühl, mit der Therapie noch gar nicht richtig angefangen zu haben.

Und ihr machte die Hiobsbotschaft Sorge, dass der Gerichtstermin schon bald anstehen würde, während sie mit einer monatelangen Gnadenfrist gerechnet hatte. Als sie die Sache googelte, fand sie tatsächlich Informationen dazu: Man wollte vom Bürgermeisteramt aus die Jugendkriminalität in London eindämmen, indem man an den Gerichten auf Schnellverfahren setzte.

Lissa seufzte. Das war wirklich keine gute Neuigkeit.

Eins tat Lissa dann aber doch: Sie schaltete die Benachrichtigungen von Facebook und Instagram aus und hinterließ fröhliche Posts, damit sich keiner Sorgen um sie machte. Und dann klinkte sie sich aus.

Eigentlich hatte sie damit gerechnet, dass sie sich unglücklich und einsam fühlen würde. Tatsächlich fand sie es aber erstaunlich befreiend, solange sie sich gelegentlich per Whatsapp mit ihren engsten Freundinnen austauschen konnte.

Ohne es groß zu bemerken, begann Lissa, mehr mit den Einheimischen zu sprechen, einfach deshalb, weil sie kaum eine Wahl hatte. Sie plauderte selbst mit Deirdre aus der Bäckerei und Mrs Murray aus dem Laden.

Als sie einmal im Bücherwagen auf dem Dorfplatz vorbeischaute, hatte die Besitzerin zwar nur wenig Zeit, weil sie losmusste. Sie gab Lissa aber ein Carepaket mit, das sie bereits zusammengestellt hatte, um die Neue ein wenig aufzumuntern.

Die kleine Sammlung half ihr wirklich weiter: *Cold Comfort Farm* ließ Lissa laut auflachen, und die Geschichten über Jeeves und Wooster hatte sie vorher noch nicht gelesen und fand sie unglaublich albern und lustig. Erstaunlicherweise entpuppte sich auch Die *schlimmste Reise der Welt* – ein Bericht über Scotts Expedition zum Südpol, den die Buchhändlerin ihr geradezu aufgezwungen hatte – als äußerst ermutigend. Lissa fand, dass die Dinge gar nicht so schlimm aussahen, solange man nicht bei einem aufziehenden Sturm und vierzig Grad unter null ohne Essen am Südpol hockte und einem das Zelt gerade weggeflogen war. Dies war eine seltsame, aber äußerst hilfreiche Erkenntnis.

Außerdem tauschten Lissa und Cormac sich jeden Tag via E-Mail aus, die sie meistens kurz hielten, die manchmal aber auch lustig oder etwas unkonventionell waren.

Es nervte Lissa allerdings ein wenig, dass Cormac normalerweise über jedes ihrer Erlebnisse vor Ort längst gehört hatte. Einmal war ihr Auto zum Beispiel an der

Straße neben dem Damm stecken geblieben. Offenbar wussten hier alle, dass man da nach einem Unwetter auf keinen Fall hinfahren durfte, was Lissa gegenüber allerdings niemand erwähnt hatte. Um das Auto da wieder rauszubekommen, hatte die Hälfte der Arbeiter von Lennox' Farm mit anpacken müssen.

Cormac sagte ihr auch Bescheid, als Mrs Marks auf türkische Süßigkeiten umstellte und doch tatsächlich glaubte, dass die kein Problem darstellten.

Im Ernst? Hast du das Zeug konfisziert, wie ich es dir gesagt hatte?

Lissa machte keinen Hehl daraus, wie entsetzt sie war.

Klar!

Und, was hast du damit gemacht?

Na, nichts!

Aber dann kam die nächste E-Mail:

Lissa antwortete:

Ich bin überrascht, dass du Krankenpfleger und nicht Maler geworden bist.

Ich auch. Ein unendlicher, enttäuschender Verlust für die Kunstwelt.

Was unternehmen die Leute hier denn so am Wochenende? Und hast du irgendwas vor?

Das hatte Cormac tatsächlich. In London lebten Leute aus Kirrinfief – nicht viele, und es war außerdem die Idee seiner Mutter gewesen, mit ihnen Kontakt aufzunehmen. Das verhieß nichts Gutes, da seine Mum nicht oft mit ihm sprach. Andererseits war es entweder das oder gar nichts. Und weil Cormac nicht in seinem kleinen Zimmerchen hocken und die üble Luft dort einatmen wollte, hatte er Ja gesagt.

Das ist ganz schön unfair. Damit hast du in einer der coolsten Städte der Welt schon ein vorgefertigtes Sozialleben.

Du doch auch. Geh einfach in den Pub.

Um da mit Eck dicke Freundschaft zu schließen?

Ah, es klingt so, als hättest du das schon.

Während Lissa sich verabschiedete, überlegte Cormac, dass er Jake um einen neuen Versuch bitten würde. Auch wenn dessen erste Begegnung mit Lissa nicht sehr vielversprechend gewesen war, könnte sich sein Kumpel vielleicht doch noch mal bei ihr melden.

Und auf ihn selbst wartete bald die ätzende Aufgabe, sich auf seinen großen Abend in London vorzubereiten. Er schob sich noch ein Stück Lokum in den Mund und kaute nachdenklich.

Kapitel 33

Der ganze Plan wäre überhaupt nicht zustande gekommen, wenn Cormacs Mutter nicht zusammen mit Larissas Tante im Rotary Club tätig wäre. Dabei half Cormacs Mum nur aus, während Larissas Tante Tabitha in der Gegend zu den wichtigen Leuten gehörte, die das Sagen hatten. Sie überreichte bei der lokalen Tierschau die Preise und stand dem Ballkomitee vor.

Bridie MacPherson hatte ihrem jüngsten Sohn nie vergeben, dass er die Armee verlassen und sich eine Arbeit vor Ort gesucht hatte, obwohl sie das Tabitha gegenüber niemals zugeben würde. In der Tat hatte sie sogar ein ziemliches Tamtam darum gemacht, dass er jetzt nach London gehen und dort mit der Crème de la Crème verkehren würde. Da war Tabithas Nichte im Moment doch auch, oder nicht? Ob die ihn nicht ein bisschen herumführen könnte?

Tabitha war im Grunde ganz in Ordnung und hatte furchtbare Angst davor, als Snob abgestempelt zu werden, nur weil ihr Bruder der Herzog von Argyll war. Deswegen stimmte sie zu und gab die Kontaktdaten weiter.

Und tatsächlich erwischte sie ihre Nichte in einem passenden Moment.

Larissa war nämlich immer noch stinksauer darüber, dass sie im Vorjahr vom lokalen Gutsherrn, Ramsay Urquart, abserviert worden war. Der hatte sich doch tatsächlich mit einem Kindermädchen aus der Gosse eingelassen, das sich auf durchtriebene Art und Weise seine armselige Zuneigung erschlichen hatte.

»Was für ein Klischee!«, stöhnte sie ihren Freundinnen gegenüber.

Die waren alle völlig ihrer Meinung und versicherten Larissa, dass er eben nicht mit einer starken Frau klarkam, die ihren eigenen Kopf hatte. Dann schenkten sie sich Schampus nach und klagten gemeinsam darüber, wie ätzend Männer heutzutage doch waren. Es munterte Larissa wirklich auf, dass sie das alle so empfanden.

Larissa hatte noch nie ein Foto von Cormac gesehen, da er noch nicht einmal auf Tinder war. Nicht, dass sie da geguckt oder geswipt hätte oder was auch immer, diese App war schließlich nur für Loser. Und auf Raya hatte man sie nicht zugelassen, obwohl das ja absolut lächerlich war – eine echte Schande, wie zu ihrem Trost auch all ihre Freundinnen fanden.

Egal, Tabitha hatte jedenfalls erzählt, dass Cormac sich nach ihrer Knie-OP um sie gekümmert hatte und dass er ein echter Traummann war. Aber Tabitha hielt ja auch Peter Bowles für das Nonplusultra, wer auch immer das sein mochte, also durfte sich Larissa darauf nicht verlassen.

Aber irgendwie gefiel ihr auch der Gedanke, jemanden aus Kirrinfief zu treffen. Sollte es doch Ramsay zu Ohren kommen, damit er sah, dass er ihr ganz egal war, und dass sie nicht einfach nur ein Snob oder wegen seines Titels hinter ihm her gewesen war – von wegen!

Wer wollte denn schon sein albernes zerfallendes Haus, wenn sie hier einen Krankenpfleger oder so daten konnte? Also. Es war ganz nach ihrem Geschmack, dass sie dabei mehrere Fliegen mit einer Klappe schlagen konnte: Sie tat ihrer Tante, die sie gern hatte, einen Gefallen, ärgerte ihren Ex, fügte ihrem Freundeskreis einen (hoffentlich!) attraktiven neuen Mann hinzu und führte zugleich einen schottischen Bauerntrampel in wahre Londoner Finesse ein.

Also buchte sie einen Tisch in einem protzigen Londoner Club, sicherte sich die Unterstützung eines ganzen Haufens von Freundinnen, ließ den Champagner kalt stellen und war generell blendender Laune.

Cormac hingegen kam am Freitagabend völlig k. o. nach Hause, da er von der Fahrerei und seinen vielen neuen unterschiedlichen Aufgaben wirklich erschöpft war. Er hatte zum Beispiel noch nie mit der Sichelzellkrankheit zu tun gehabt und brachte sich diesbezüglich so schnell wie möglich auf den neuesten Stand.

Trotz allem machte er sich jetzt fertig und zog eine Twillhose an, die er aus Versehen mal im Internet bestellt und in Kirrinfief nie getragen hatte, weil da jeder über ihn gelacht hätte. (Sie war ein bisschen eng, vor allem unten an den Knöcheln.) Dazu hatte er sich für ein grüngraues Hemd entschieden, welches Emer mal für ihn gekauft hatte, weil es ihrer Meinung nach perfekt zur Farbe seiner Augen passte. Deshalb fühlte er sich allerdings immer ein bisschen bescheuert, wenn er es trug. Er befürchtete nämlich, die Leute könnten glauben, er habe es für sich selbst wegen seiner Augenfarbe gekauft und halte sich für wer weiß wie gut aussehend.

Kim-Ange traf ihn beim Bügeln in der Wäschekammer an. Neugierig musterte sie ihn. »Wo willst du denn hin?«

»Ich weiß auch nicht. In irgendein Haus.«

»Zu jemandem nach Hause?«

»Nein«, antwortete Cormac und verzog das Gesicht. »Es ist keine Privatwohnung, sondern heißt nur Soundso-House. Was genau das ist, weiß ich nicht, aber ich muss wohl am Eingang meinen Namen nennen.«

»Etwa Soho House?«

»Nein, aber so ähnlich.«

»Stockton House?«

»Ja!«

»O mein Gott!«, keuchte Kim-Ange. »Das ist ein total cooler Privatclub nur für Mitglieder. Da kommt man nicht einfach so rein.«

»Wieso denn nicht?«, fragte Cormac. »Ist da etwa alles umsonst?«

Kim-Ange schnaubte. »Nein! Es ist superteuer.«

»Und warum dann?«

»Weil dieser Club exklusiv ist. Nur für die Reichen und Schönen!«

Beide betrachteten das Hemd, das Cormac gerade bügelte.

»Nein«, sagte Kim-Ange. »Du willst da doch sicher ein bisschen auffallen.«

»Nein, auf keinen Fall!«, protestierte Cormac.

»Das hier ist London, nicht Am-Arsch-der-Welt-Hausen,

und du willst auch nicht zu einem Schäferhund-Wettbumsen!«

Cormac starrte sie an. »Du bist ganz schön unverschämt!«

»Komm mit!«, befahl sie.

Obwohl Kim-Anges Zimmer dieselbe Größe und Form wie Lissas hatte, hätten die beiden Räume unterschiedlicher kaum sein können.

Irgendwie war es ihr gelungen, eine Doppelmatratze hineinzuquetschen, die am Fenster eine ganze Ecke des Raumes einnahm. Stoffe in Lila und Rot mit winzigen Spiegeln darauf bedeckten Wände und Decke, und große, rote Lampen tauchten den Raum in einen rosafarbenen Schimmer.

»So ist das Licht schmeichelhafter«, sagte Kim-Ange.

Überall lagen lilafarbene Kissen herum, und alles war mit Duftkerzen vollgestellt, deren Aroma immer noch in der Luft hing, obwohl sie nicht entzündet waren. Lichterketten waren um die abgenutzten alten Vorhangstangen gewickelt.

»Willkommen in meinem Boudoir!«, sagte Kim-Ange, und Cormac musste zugeben, dass es sich unbestreitbar um ein solches handelte.

»Also …«, sagte Kim-Ange. Sie verschwand in einem Schrank und wühlte zwischen eng gestapelten Kisten herum, während Cormac ihre Sammlung schicker hochhackiger Schuhe betrachtete.

Schließlich zog Kim-Ange einen alten Pappkarton hervor und lächelte Cormac reumütig an. »Eine Art Andenken«, sagte sie.

Als sie den Deckel abnahm, kamen jede Menge wunderschöne Kleidungsstücke für Männer zum Vorschein, die sorgfältig gefaltet und in Seidenpapier eingeschlagen waren. Es handelte sich um edle Designer-Sachen, von denen einige grell und bunt waren, hier und da mit Glitzersteinchen verziert. Die meisten waren ganz normal, aber wunderschön gearbeitet und geschnitten.

Cormac schaute skeptisch zu, als Kim-Ange ein schneeweißes Hemd aus schwerem, sich bauschendem Stoff hervorzog, den Kopf schüttelte und es gekonnt wieder zusammenfaltete.

»War das alles … mal deins?«, fragte er zögerlich.

Kim-Ange schaute ihn an, um zu sehen, ob er sich über sie lustig machte, aber es interessierte ihn wohl einfach.

»Ja«, antwortete sie. »Das ist so ähnlich, als würde man ein altes Fotoalbum aufbewahren.«

Als Nächstes griff sie nach einem erlesenen schwarzen Kaschmirpullover. »Uff«, sagte sie. »Dries Van Noten. Den hab ich in Antwerpen gekauft.« Sie lächelte in sich hinein. »Das war vielleicht ein Wochenende!«

Dann hielt sie Cormac den Pullover hin. »Der würde dir passen«, versicherte sie. »Das ist ein holländischer Schnitt.«

Cormac wusste zwar nicht, was das heißen sollte, aber man konnte nicht leugnen, dass es sich um ein hochwertiges Kleidungsstück handelte. So viel konnte sogar er erkennen, obwohl ihm ja seine Mutter die Unterhosen noch bei M&S gekauft hatte, bis er sich beim Militär verpflichtet hatte.

»Wow!«, entfuhr es ihm.

»Nimm ihn«, drängte Kim-Ange. »Im Ernst. Ich kann ja doch nichts mehr damit anfangen.«

Sie trug heute ein zitronengelbes Kleidungsstück, das halb Top, halb Halstuch war, und darüber eine rosafarbene Weste mit Kunstfellrand. Rosafarbene Spängchen waren im Haar verteilt.

»Ich … Ich bring ihn danach sofort wieder.«

Kim-Ange winkte ab, während er den Pulli anprobierte. Er passte auf eine Art und Weise, die die meisten Leute als perfekt bezeichnen würden, die Cormac aber extrem eng erschien.

»O ja«, nickte Kim-Ange. »Und hast du dazu ein weißes T-Shirt? Es müsste brandneu sein, nichts Verblasstes oder Verwaschenes.«

Tatsächlich hatte Cormac noch einen Dreierpack da, den Kim-Ange völlig akzeptabel fand. An der ätzenden Hose konnte man wohl nicht viel ändern, aber wenigstens waren seine schwarzen Chukka-Stiefel ganz passabel, wenn auch etwas enttäuschend.

Kim-Ange schickte ihn los, damit er duschte und sich rasierte, und verlangte, ihn danach noch einmal zu sehen.

»Ich will dir nur kurz die Augenbrauen zupfen«, sagte sie dann. »Setz dich.«

»Du willst was?«

»Nur ein paar Härchen hier und da entfernen, dich ein bisschen zurechtmachen. Nichts Dramatisches.«

»Mich zurechtmachen? Was stimmt denn mit meinen Augenbrauen nicht?«

»Du solltest einfach nur … gepflegt aussehen, das ist alles.«

Sie selbst schien die Balken über ihren Augen mit Wandfarbe aufgetragen zu haben. Kim-Ange ertappte Cormac dabei, wie er ihre Brauen anstarrte.

»Nein, versprochen, ich bring sie nur ein bisschen in Form. Lass mich mal machen!«

Das klang nicht wie eine Bitte, also ließ sich Cormac auf ihren Stuhl sinken.

Es tat unfassbar weh, und Cormac musste sich wirklich zusammenreißen, um nicht laut zu fluchen.

Kim-Ange lächelte. »Na, sieh mal einer an, der große starke Kerl vom Land.«

»Au!« Empört rief er aus: »Was zum Teufel machst du denn *jetzt*?«

»Wenn du nicht willst, dass es wehtut, dann lass die Haare gar nicht erst aus der Nase sprießen«, lautete die kecke Antwort. Zum Schluss holte Kim-Ange eine Schere hervor und stutzte Cormacs Augenbrauen so, dass sie oben etwas gerader und sauberer aussahen.

»Bitte sehr«, sagte sie. »Ist das nicht besser?«

Cormac schaute in den Spiegel. Hm, er musste zugeben, dass er mit dem teuren Pullover, den frisch rasierten Wangen und den ordentlichen neuen Augenbrauen tatsächlich, na ja, irgendwie anders wirkte.

Jake hätte ihn mit Sicherheit ausgelacht, aber Cormac sah jedenfalls nicht schlimmer als vorher aus. Durch den Pullover kamen das Grün in seinen Augen und seine braunen Locken toll zur Geltung.

»Danke«, sagte er.

»Kein Problem«, antwortete Kim-Ange. Etwas bedauernd fügte sie hinzu: »Und wenn du einen von diesen hübschen jungen Schauspielern kennenlernst … dann bring ihn mir mit.«

Als sie auf Cormac wartete, war Larissa dann doch ein wenig aufgeregt. Was, wenn er ein absoluter Rüpel war, der einsilbig und/oder betrunken dahockte, während er sich Chips aus der Tüte in den Mund schüttete? Vielleicht könnte sie das Ganze dann als Scherz abtun. Sie würde Portia, Kalitha & Co. erzählen, dass sie nur der alten schottischen Seite ihrer Familie einen Gefallen tun wollte und Cormac so eine Art Dorftrottel war. Dann würden sie sicher darüber hinwegsehen, wenn es schieflaufen sollte an dem Abend. Außerdem fanden ihre Freundinnen alles Schottische sowieso wunderlich, sogar exotisch. Daher würden sie es Cormac bestimmt verzeihen, wenn sie kein Wort verstanden, weil er wie ein Landei klang.

Irgendwann klingelte es, der Türsummer wurde betätigt, und es trat ein etwas verloren wirkender großer Mann in die Lobby. Mit den braunen Locken, dem offenen Gesicht und den vereinzelten Sommersprossen war er eine angenehme Überraschung.

Er sagte Larissa überhaupt nichts – obwohl sie doch die meisten Menschen aus Kirrinfief vom Sehen kannte, weil dort fast alle zum Erntedankgottesdienst in der alten Kirche oder beim Stadtfest zusammenkamen, wo ihre Tante normalerweise als Jurymitglied bei der Tierschau fungierte oder bei der Tombola die Lose zog.

Gott sei Dank sah der Typ mit seinem schlichten schwarzen Pulli ganz okay aus. Zwischenzeitlich hatte sie sich Sorgen gemacht, er könne womöglich mit Karohemd und Fleecejacke erscheinen, einem ziemlich üblichen Aufzug in den Highlands, oder, Gott bewahre, in Sportklamotten. Wenn es Sportklamotten gewesen wären, überlegte sie, dann hätte sie zum Glück einfach verschwinden und ihm dann eine SMS schicken und behaupten können, ihr sei etwas dazwischengekommen. Er wusste ja auch nicht, wie sie aussah.

»Cormac?«

»Ja, hallo«, sagte er mit seinem sanften Highlandakzent, ganz anders als der jener Schlitzohren und Schickimickitypen aus London, an den sie gewöhnt war. Es klang nett. Nach zu Hause.

Als sie hereinkamen, saßen ihre Mädels an einem hohen Tisch und unterzogen Cormac einer so offensichtlichen Begutachtung, dass Larissa ihr Benehmen unmöglich fand.

Doch Cormac schien es gar nicht zu bemerken, obwohl er leicht errötete, aber das konnte auch an der Umgebung liegen.

Hier drinnen war es laut, und natürlich – *natürlich* – fanden alle es furchtbar schwierig, ihn zu verstehen. Vielleicht stimmte es wirklich, vielleicht übertrieben sie auch nur ein bisschen, weil sie ihn so urig fanden.

»Du bist also *Krankenpfleger*?«, fragte Portia mitleidig, als sei sie im Leben noch nie jemandem mit einer derart gewöhnlichen Arbeit begegnet, was durchaus stimmen mochte.

»*Aye*«, antwortete Cormac. »Ich übernehme die Nachbehandlung – versuche, dazu beizutragen, dass die Leute nicht wieder im Krankenhaus landen. Viel OP-Nachsorge, Wundpflege, solche Sachen.«

»Ah, dann arbeitest du also nicht im Krankenhaus?«, erkundigte sich Portia und runzelte kaum merklich ihre perfekte Botoxstirn. »Fährst du mit einem kleinen Fahrrad durch die Gegend? Wie zauberhaft!«

Kalitha, eine schlanke Kunsthändlerin, die Larissa bei einem Kurs im Courtauld Institute kennengelernt hatte, musterte Cormac bloß einmal von Kopf bis Fuß, wandte sich dann ab und setzte ihre Unterhaltung mit Ithica fort, als wäre er Luft.

Larissa erbebte vor Wut und Scham. Sie hatte eigentlich gedacht, dass das hier nett sein würde, oder zumindest mal was anderes. Stattdessen führten sich alle unhöflich und schnöselig auf, und es ärgerte sie maßlos, dass diese Frauen theoretisch ihre Freundinnen waren.

Portia griff nach der Cocktailkarte.

»Was möchtest du denn trinken?«, fragte Larissa Cormac.

Der konnte es nicht fassen, als er die Preise sah: Die Drinks kosteten alle fünfzehn Pfund, mindestens! Fünfzehn Pfund! Er würde also fünfundsiebzig Pfund locker machen müssen, wenn er für alle zahlen wollte. In Alasdairs Pub kostete eine Runde nur zwölf Pfund. Natürlich hätte er genug Geld – die Miete seines Häuschens war ja günstig, und er gab zu Hause generell nicht viel aus. Er war eigentlich auch nicht kleinlich, denn normalerweise griff er immer als Erster zum Portemonnaie. Aber es war die Grundidee, die ihn störte: So viel Geld für so wenig auszugeben, erschien ihm nicht nur bedenklich, sondern geradezu unmoralisch. Mit fünfundsiebzig Pfund konnte man so viel kaufen oder unternehmen.

Dann kam ihm ein noch schlimmerer Gedanke: Er war mit vier Frauen hier, und als Gentleman würde er normalerweise anbieten, für alle zu bezahlen. Wenn jede von ihnen vier Cocktails trank – o mein Gott, und jetzt wurde ihm auch noch klar, dass sich zwei von ihnen eine Flasche

Champagner teilten –, dann würde da der Preis eines Kleinwagens zusammenkommen.

Man konnte Larissa keinen Vorwurf machen, aber nie im Leben wäre ihr in den Sinn gekommen, was Cormac da durch den Kopf ging. Um Geld hatte sie sich einfach nie Sorgen machen müssen. Daher war ihr diese Denkart, im Stillen alles zusammenzurechnen, völlig fremd. Und sie ging natürlich davon aus, dass sie zahlen würde, schließlich waren Krankenpfleger superarm, oder nicht? Ihm musste doch klar sein, dass er hier in ihrem Club war und alles bei ihr angeschrieben würde. »Also, was hättest du gern?«

»Ich … Ich gehe am besten zur Theke«, murmelte Cormac unglücklich und fragte sich, ob er vielleicht einfach ein Glas Leitungswasser trinken könnte.

Kalitha starrte ihn aus perfekt geschminkten Augen an. »Äh, die nehmen die Bestellung aber hier auf?«, sagte sie, als wollte sie einem Kind etwas erklären.

Genau in diesem Moment erschien eine umwerfende Frau, die aussah wie ein Model und deren schwarzes Outfit wohl mehr gekostet hatte als alles, was Cormac je besessen hatte. Erwartungsvoll schaute die junge Kellnerin ihn an.

»Äh, ein Pint 80 Shilling?«, sagte Cormac automatisch. Im Notfall würde er eben bei seiner Bank anrufen, damit sie ihm Geld aufs Girokonto überwiesen. Ja, genau, das würde er machen. Der vernichtende Gedanke, dass diese zauberhaften, perfekt gestylten Kreaturen in sich hineinkichern würden, weil er dem Klischee des geizigen Schotten entsprach, war ihm unerträglich.

Die wunderschöne Model-Kellnerin lächelte strahlend.

»Tut mir wirklich leid, aber ich weiß nicht, was das ist?«, sagte sie. Ihre Stimme ging am Ende des Satzes hoch. »Ich könnte vielleicht an der Theke fragen?«

»Das ist ein Bier.«

»Die von uns angebotenen Sorten sind alle Importbiere? Wir haben …« Dann begann sie eine Reihe von Namen herunterzurattern, die Cormac noch nie gehört hatte. Schließlich unterbrach er sie, bevor die Sache noch völlig aus dem Ruder lief. »*Aye*, das, was Sie gerade genannt haben«, sagte er wahllos.

Das zauberhafte Geschöpf lächelte. »Eine perfekte Wahl?«

Aus den Augenwinkeln sah Cormac, wie Larissa gerade den letzten Rest Champagner in ein Glas goss und mit der leeren Flasche herumwedelte. »Und sorgen Sie bitte regelmäßig für Nachschub!«

»Natürlich!«, antwortete die Kellnerin und verschwand mit einem weiteren perfekten Lächeln.

Als Cormac sich wieder der Gruppe zuwandte, erzählte Kalitha gerade eine Geschichte, in der es um eine Veranstaltung mit rotem Teppich ging. Ganz folgen konnte er nicht, die Sache brachte aber viel Gequietsche und Gekreische mit sich.

Von Zeit zu Zeit versuchten Larissa oder Portia, die ein wenig freundlicher wirkte als die anderen, Cormac in das Gespräch mit einzubeziehen und ihn nach Schottland zu fragen.

Daraufhin lief er rot an und murmelte irgendetwas Lahmes und überhaupt nicht Witziges, was ihm gar nicht ähnlich sah.

Dann starrten die anderen ihn bloß einen Moment an,

und Larissas Enttäuschung darüber, dass er kein munterer Kerl war – oder was auch immer sie sich beim Anbahnen dieser Verabredung vorgestellt hatte –, war quasi mit Händen greifbar.

Dass Cormac eigentlich ein sehr geselliger Bursche war, nur eben ein wenig schüchtern, machte alles nur noch schlimmer. Okay, er würde sich zwar nicht als Mittelpunkt jeder Party bezeichnen, aber normalerweise war er witzig und locker, und die Frauen mochten ihn.

Tonangebend war sonst natürlich Jake. Cormac überlegte, wie viel Spaß sein Kumpel hier hätte, wenn er dabei wäre. Jake würde wilde Geschichten über Leute erzählen, die sich irgendwas in den Hintern geschoben hatten, Kalitha freche, zweideutige Komplimente machen und sich ganz allgemein wie ein Fisch im Wasser fühlen.

Cormac selbst hingegen kam sich zunehmend fehl am Platz vor, wurde wortkarg und benahm sich tölpelhafter denn je. Als endlich sein Bier kam, handelte es sich um ein furchtbar süßliches Lager, das an den Zähnen zu kleben schien. Aber er trank fest entschlossen und schaute dabei auf die Uhr. Noch ein Weilchen, dann würde er hier verschwinden können, ohne dass es allzu unhöflich wirkte.

Kapitel 34

Jake traf Lissa an, als sie gerade aus der Praxis kam, wo sie sich ein neues Bündel Patientenakten geholt hatte.

»Hi!«, sagte sie und starrte ihn an, als hätte sie keine Ahnung, wer er war. (Das schien allerdings nur so, denn sie musste sich noch immer an die für sie neue Erfahrung gewöhnen, auf der Straße von Leuten wiedererkannt zu werden.) Ein wenig fahrig presste sie ihre Tasche fester an sich, falls er zu erspähen versuchte, was sie vorhin eingekauft hatte.

Lissa war nicht klar gewesen, wie sehr man in einem kleinen Ort unter Beobachtung stand. Mrs Murray zum Beispiel hatte eine Bemerkung darüber gemacht, wie viele KitKats sie immer mitnahm, daher überlegte sie ernsthaft, ihre KitKats jetzt online zu bestellen. Aber sie war sich nicht sicher, ob sie dann der Versuchung einer Großpackung mit achtzig Riegeln würde widerstehen können. Und das wäre wohl keine gute Idee.

»Jake«, rief er ihr seinen Namen in Erinnerung.

»Ja … ich weiß. Der Sanitäter, oder?«

Er nickte. »Jap.«

»Stressige Schicht?«

»Ehrlich gesagt, nicht«, gab er zu. »Ein kleiner Junge ist auf Loch Ness aus einem Boot gefallen. Aber als wir ihn abholen wollten, ging es ihm schon wieder besser.«

»Passiert so was oft?«

»Öfter, als man meinen sollte. Letztes Jahr hätten wir zwei Kinder beinahe verloren.« Er erschauderte, als er daran zurückdachte.

»Werden die dann vom Ungeheuer gefressen?«

»Ja«, antwortete er mit unbewegter Miene. »Nessie-bedingte Verletzungen machen etwa dreißig bis vierzig Prozent meiner Arbeit aus. Aber das ist okay – wir haben nämlich ein Gegengift.«

Jetzt sah er sie zum ersten Mal lächeln, was ihr Gesicht völlig veränderte.

»Hast du schon gehört, dass bald Rummel ist?«, fragte er ein wenig aufgeregt.

Jake musste an das Telefongespräch zurückdenken, das er gestern Abend mit Cormac geführt hatte.

»Du solltest noch mal bei ihr vorbeischauen«, hatte Cormac gesagt.

Jake war allerdings immer noch ein bisschen eingeschnappt, weil sie sich letztes Mal so kühl gezeigt hatte.

»Vielleicht«, antwortete er nur.

»Ich glaube, sie ist ein bisschen einsam«, sagte Cormac.

»Ach, tatsächlich, und woher weißt du das?«

»Weiß ich ja gar nicht. Wir tauschen uns bloß über berufliche Themen aus.«

»Ihr führt doch quasi eine Beziehung. Mich wundert nur, dass deine Mum noch nicht bei ihr vor der Tür stand.«

»Mich nicht«, entgegnete Cormac.

»Ist Emer weiterhin sauer auf dich?«

»Allerdings.«

»Diese Highlandfrauen«, murmelte Jake, und das nicht zum ersten Mal.

»Wie … wie sieht sie denn aus?«, fragte Cormac zögerlich. Er war sich nicht einmal sicher, warum er eigentlich fragte.

»Hoho!«, rief Jake aus.

Cormac fluchte. »Nein, so war das gar nicht gemeint!«, stellte er schnell klar. »Es ist nur ein bisschen seltsam, nicht zu wissen, wer da im eigenen Haus wohnt.«

»Tja, dann geh auf Facebook, wie normale Menschen auch.«

Cormac verzog das Gesicht. »Da war ich schon mal, weißt du das nicht mehr? Aber da hat mir meine Mum bloß ständig Fotos von Gürteltieren geschickt, und meine alten Armeekumpel haben wirklich richtig üble Sachen geteilt. Igitt!«

»Na ja, dann wirst du auch nie erfahren, ob sie aussieht wie ein Froschmonster.«

»Jetzt fang doch nicht mit Froschmonstern an«, stöhnte Cormac. »Aber wenn du schon dabei bist: Ist sie denn ein Froschmonster?«

Jake verstummte einen Moment. Als er weitersprach, schwang in seiner Stimme ein ungewöhnlich verträumter Tonfall mit, den Cormac bei ihm noch nie gehört hatte. Jedenfalls nicht, wenn Jake über Ginty McGhie gesprochen hatte.

»Na ja«, sagte Jake. »Du kennst doch Meghan Markle, oder …?«

»Hmhm?«

»Eigentlich ähnelt sie ihr gar nicht«, stellte Jake klar. »Ich meine, nicht so richtig. Sie ist rundlicher, *aye*, und, na ja, sie sieht jetzt nicht … Aber sie hat auch diese Sommersprossen … richtig niedlich. Und dann die Haare! Sie hat unglaublich viele Haare, lauter Löckchen, und die sind einfach überall und … Na ja. Also. Aber nein, ich hab sie nicht wiedergesehen.«

»Jake Inglis! Sie gefällt dir!«

»Tut sie nicht!«

»Ha! Siehst du! Sie ist hübsch. Du kannst sie ausführen und dann mir dafür danken.«

»Nein!«

»Das ist der Beweis«, versicherte Cormac. »Ich weiß doch, wie du tickst. Du verabredest dich mit jeder und lässt die Statistik das ihre tun. Wenn du eine nicht fragst, dann deshalb, weil du sie wirklich magst!«

»Tu ich nicht«, behauptete Jake, obwohl er genau so vorging und daran nichts Falsches finden konnte. Jake mochte Frauen im abstrakten Sinne und fand eigentlich an jeder, die er kennenlernte, etwas Attraktives. Dass er sich zurückhielt, war wirklich untypisch.

»Na ja, ich bin froh, dass du sie jedenfalls nicht bedrängst.«

»Ich bedränge doch niemanden!«, protestierte Jake. »Ich bin charmant!«

»Das ist wohl Ansichtssache«, meinte Cormac. Als er vierundzwanzig Stunden später in einem viel zu teuren Club voll von seltsamen, quietschenden, schönen Menschen saß, wünschte er sich allerdings, er hätte wenigstens ein kleines bisschen von Jakes gutem, altem Charme.

Und jetzt stand Jake mitten auf dem Dorfplatz, und es hatte ihm zum ersten Mal im Leben die Sprache verschlagen.

»Was meinst du?«, fragte Lissa.

»Na ja, Rummel eben.«

»Mit Walzerbahn und solchen Sachen?« Sie wirkte immer noch verwirrt.

»Ja, und es gibt auch Zerrspiegel und Schießbuden, wo man Teddybären gewinnen kann und solche Sachen.«

»Oh, du meinst eine Kirmes?«

»Ja, genau«, sagte Jake. »Bald ist Kirmes. Und die Schausteller helfen zum Teil auch bei der Ernte mit und so, daher kennen wir uns alle mehr oder weniger ... Es ist echt cool.«

»Oh ... warte, sorry, aber muss ich da vielleicht arbeiten?«

»Oh! Nein. Von dem Riesenrad ist schon seit mindestens einem Jahr niemand mehr runtergefallen.«

Lissa war sich nicht sicher, ob das ein Witz sein sollte.

»War nur Spaß. Nein, darum kümmern sich die St-John-Sanitäter. Also, ich hab's dir nur gesagt, falls du da gern hingehen würdest.«

Lissa lächelte in sich hinein. Die harten Jungs, die die Walzerbahn steuerten, die Mischung der Gerüche von Popcorn, Hotdogs und Zuckerwatte, der Reiz der Gefahr, wenn langsam die Nacht hereinbrach ... mit der Kirmes verband sie etwas ganz Besonderes.

»Äh, ich bin immer noch da«, sagte Jake und lief rot an. Er konnte einfach nicht fassen, wie schlecht das gerade lief. Normalerweise reichten bei ihm doch ein Zwinkern und ein oder zwei besonders gewagte und ein wenig übertriebene Geschichten über einen Krankenwageneinsatz, und die Sache war geritzt. Und wenn nicht, na ja, dann war es auch gut, andere Mütter hatten auch schöne Töchter.

»Danke, dass du mir Bescheid gesagt hast«, murmelte Lissa, die er aus ihrer Träumerei gerissen hatte. »Okay, alles klar, gut zu wissen.«

Jake rieb sich den Nacken. »Ehrlich gesagt, wollte ich dich damit fragen, ob du da hingehen willst. Also, mit mir.«

Lissas Augenbrauen schossen nach oben. Merkwürdig, an Männer hatte sie schon ewig nicht mehr gedacht, das gehörte in ihrer Situation wohl zu den Nebeneffekten.

In London hatte sie beim Thema Liebe natürlich dasselbe Problem wie alle anderen Frauen aus ihrem Bekanntenkreis – beim Kampf um die wenigen anständigen Männer trat sie gegen unendlich viele Konkurrentinnen an.

Und dann gab es da auch noch Ezra, den Ghosting-Experten. Sie hatte ihm wegen Kai ein kurzes Beileidsschreiben geschickt und dabei die wenig realistische Hoffnung gehegt, dass es nicht nach einem Trick aussah, mit dem sie um seine Aufmerksamkeit buhlte.

Lissa hatte nicht erwartet, dass er sich zurückmelden würde, und das hatte er auch nicht getan. Aber geghostet zu werden, hatte furchtbar wehgetan. Das Internet war eben ein hartes Pflaster, wenn man dort Männer kennenlernen wollte.

Deshalb war Lissa jetzt so überrascht und fast schon erschüttert, dass sie jemand um eine Verabredung bat – so etwas machten Männer in London nie. Mit denen hing man entweder zwanglos ab, oder man lernte sich übers Internet kennen. Die kamen nicht einfach am helllichten Tag auf einen zu und …

Jake hob beide Hände, als hätte er Lissas Gedanken gelesen. Er war tief errötet. »Sorry!«, stammelte er. »Das sollte dir wirklich keine Angst einjagen! Alles in Ordnung, keine Panik, es war nur so ein Gedanke. Ich wollte dich damit nicht belästigen!«

Und bevor sie auch nur einen halbwegs angemessenen Gesichtsausdruck hinbekam, war er auch schon verschwunden.

Lissa ging nach Hause und rief bei Kim-Ange an, die allerdings unterwegs war und ihr Handy ausgeschaltet hatte. Und über Social Media durfte Lissa sie ja jetzt nicht mehr kontaktieren.

Als Lissa ihren Laptop hervorzog, musste sie sich eingestehen, dass sie Cormac gern nach Jake gefragt hätte. Aber der hatte ihr auch nichts geschickt … Er war wohl ebenfalls ausgegangen. Es war Freitagabend, und außer ihr waren alle unterwegs. Lissa fragte sich, wo Cormac wohl steckte. Vermutlich irgendwo, wo er sich mit jeder Menge coolen Typen bestens amüsierte, stellte sie sich vor. Während sie einfach nur hier herumhockte. Vielleicht sollte sie Jakes Einladung annehmen.

Kapitel 35

Cormac amüsierte sich wirklich nicht bestens. Er stand auf, um zur Toilette zu gehen – was niemandem aufzufallen schien. Allerdings fragte er sich, ob die Frauen wohl über ihn zu tuscheln anfangen würden, sobald er den Raum durchquerte, und genau das taten sie.

Cormac sah sich in dem weitläufigen Lokal um. An jedem Tisch saßen glamouröse Menschen: glänzender Lippenstift, Frisuren mit gewagten geometrischen Formen, blonde Mähnen oder riesige Afros, unglaubliche Mode und große, bunte Brillen. Es kam ihm vor, als würde hier jeder aus vollem Halse lachen und brüllen. Ein paar der Gesichter erkannte Cormac auch wieder: Er sah zum Beispiel einen Schauspieler, der in einer unglaublich beliebten Fernsehserie einen Arzt spielte. Cormac und Jake guckten sich die Sendung gern an, um darüber zu lästern, was dort bei der Versorgung der Patienten alles falsch gemacht wurde. Sie kommentierten auch mit Begeisterung, wie viel Sendezeit großen Feuern und Autounfällen eingeräumt wurde und wie wenig der harten Arbeit danach, bei der man Patienten von so gerade noch eben nicht toten Wesen wieder zu funktionierenden Menschen machte.

Na ja, das war's wohl, dachte er. Für das Leben in London war er eben nicht gemacht. Mangels Bart und Dutt fehlte ihm die erforderliche Coolness, und seine Hose war noch lange nicht albern genug.

Cormac schwor sich, dass er sich nach seinem Gang zur Toilette eine Ausrede ausdenken und hier verschwinden würde. Er würde ein bisschen Geld auf den Tresen legen oder so. Wenn er bar zahlte, würde er sich zwar lächerlich und geizig vorkommen, aber ihm blieb wohl keine Wahl. Ja, das war erniedrigend, er sagte sich allerdings, dass er diese Leute ja im Leben nicht wiedersehen würde. Noch nie hatte er sich so sehr nach einem ruhigen Pint in Alasdairs Pub gesehnt.

Er betrat die Toilettenräume, in denen es bis auf ein paar winzige Leuchten zappenduster war. Alles war mit Marmor verkleidet und lachhaft edel und unzweckmäßig. Für Cormac war es quasi eine Zusammenfassung dessen, was er über den ganzen Abend dachte.

Er musste mehr oder weniger blind pinkeln und wusch sich gerade die Hände, als lautes Stöhnen erklang. Cormac hielt inne. Außer ihm befand sich niemand im Toilettenbereich, zumindest nicht am Pissoir. Wieder ertönte das Stöhnen.

»Äh … hallo?«

Stille. Dann leises Jammern. Bei einer der Kabinen war die Tür geschlossen.

Plötzlich fuhr Cormac ein Gedanke durch den Kopf: Und wenn darin jemand Sex hatte? So lief das doch in solchen schicken, coolen Lokalen, oder? Wahrscheinlich waren da drinnen gerade zwei Typen zugange. Wenn er sie jetzt dabei störte, wäre sein Abend damit erst recht gelaufen: Jeder würde ihn auslachen, weil er sich wie ein Landei aufgeführt hatte und sich von so etwas schocken ließ.

Aber das klang nicht nach einem sexy Stöhnen.

Cormac holte tief Luft, trocknete sich die Hände ab und fragte: »Geht es Ihnen gut?«

Nach einer langen Pause kam: »Hiiiiilfe …« Die Stimme verstummte.

Wenn ihn da bloß jemand reinlegen wollte, wäre es ein sehr merkwürdiger Scherz. Aber Cormac kannte diesen Tonfall. Genau so klangen Menschen, wenn sie in die Notaufnahme kamen oder im Kampf verletzt worden waren, oder wenn sie in einem Auto oder unter einer eingestürzten Mauer feststeckten. Das hatte er schon unzählige Male gehört.

Cormac betrat die Kabine neben der geschlossenen. In der Hoffnung, dass in diesen teuren Bars der Fußboden besser geputzt wurde als in den billigen, bückte er sich, um unter der Trennwand hindurchzuschauen. Es war so dunkel, dass er sein Handy hervorholte und die Taschenlampe daran anstellte. Seine Hände waren klamm und zitterten.

Ihn erwartete ein ordentlicher Schock: Statt der Füße, mit denen er gerechnet hatte, befand sich nur Zentimeter von seinem Gesicht entfernt der Kopf eines Mannes. Mit weit aufgerissenen Augen starrte er Cormac aus riesigen Pupillen an.

»Ach du Scheiße!«, stieß der Krankenpfleger aus. »Okay. Halten Sie durch. Halten Sie durch, wir holen Sie da raus.«

Es war nicht genug Platz, um unter der Trennwand hindurchzukriechen, also stürzte Cormac nach draußen und trat mit einem Fuß die Tür ein. Dieses unbezahlbare Manöver aus dem Arsenal von Sanitätern hatte er schließlich oft geübt. Gleichzeitig brüllte Cormac laut, obwohl er keine große Hoffnung hegte, dass man ihn über die schreckliche Musik und die lauten, selbstverherrlichenden Gespräche hinweg da draußen hören würde.

Es war hier immer noch stockfinster. Cormac zerrte den dünnen Mann durch die Tür und hinaus auf den kleinen Flur, der zu den Toiletten führte. Mehrere äußerst attraktive Menschen starrten ihn argwöhnisch an und machten einen großen Schritt über die Person am Boden hinweg, sie scherten Cormac aber nicht. Er brauchte Platz, um sich an die Arbeit zu machen.

»Beiseite! WEG DA!«, brüllte er.

Ein Krampf erfasste den Mann, und er hatte Schaum vor dem Mund.

Cormac schnippte mit den Fingern in Richtung Theke, und jemand vom Personal brachte ihm sofort den Erste-Hilfe-Kasten.

»Rufen Sie einen Krankenwagen!«, rief er, aber inzwischen hatten auch so schon mehrere Leute ihr Handy herausgeholt. Die meisten wählten tatsächlich den Notruf. Ein oder zwei filmten, aber darüber konnte Cormac sich jetzt keine Gedanken machen.

Er brachte den Patienten in die stabile Seitenlage, öffnete ihm den Mund und nahm ihm die Krawatte ab. Als es mit dem Krampf richtig losging, schob Cormac dem Mann etwas unter den Kopf und machte ihm den obersten Knopf auf.

»Sie kommen wieder in Ordnung«, versprach er. »Es wird alles gut, wir bringen Sie in Sicherheit. Halten Sie durch.«

Der Mann krampfte nicht mehr, drohte jetzt aber zu ersticken. Weil er keine Luft mehr bekam, lief sein Gesicht in einem fürchterlichen Blauton an, während sein Kopf nach hinten zuckte und auf den Boden knallte. Jemand im Raum kreischte, die Musik war ausgestellt worden, und die schönen jungen Kellner standen mit panischer Miene herum.

Cormac fing sofort mit der Mund-zu-Mund-Beatmung an und fühlte dem Mann zugleich besorgt den Puls. Dann schaute er kurz auf: »Haben Sie einen Defibrillator?«

Jemand nickte, und eine gelbe Kiste wurde geöffnet.

»Geben Sie her … Ist vielleicht ein Arzt anwesend?«

Natürlich nicht, dachte Cormac, während er mit der Wiederbelebung begann. Richtige Menschen mit echten Berufen gehörten hier eigentlich nicht her. Aus den Augenwinkeln sah er, wie sich der Arztdarsteller aus dem Fernsehen heranschob.

»Das soll wohl ein Witz sein!«, knurrte der Krankenpfleger.

»Na ja, wissen Sie, ich hab das für meine Szenen ja schon oft geübt und gespielt und fühle mich da durchaus kompetent.«

»Lassen Sie's gut sein«, stieß Cormac hervor, gab aber schließlich nach. »Okay, halten Sie seine Arme fest.«

Inzwischen hatte der Patient überhaupt keinen Herzschlag mehr. Cormac kniete sich neben seine Brust und griff nach dem Defibrillator. »Okay, wenn ich ›*Clear!*‹ rufe, lassen Sie ihn los. Eins, zwei, drei … *Clear!*«

Der Schauspieler rückte ein Stück vom Körper des Mannes ab, durch den nun ein Zucken lief.

Cormac beugte sich vor und lauschte nach dem Herzschlag.

»Komm schon«, murmelte er. »Los, mein Junge. Du schaffst das. Auf geht's!«

Er schockte ihn noch einmal und drückte die Daumen. Wer nicht im Fernsehen, sondern in der echten Welt im medizinischen Bereich arbeitete, der wusste, dass es an diesem Punkt eigentlich vorbei war. Cormac hatte das furchtbare Gefühl, dass er gleich nicht mehr nur wie ein geiziges, maulfaules Landei aussehen würde, sondern auch wie ein Mörder. Zumindest würde er in den Augen von Menschen, die immer nur zu Hause von schicken Ledersofas aus Wiederbelebungen mit wundersamer Rückkehr ins Leben gesehen hatten, wie ein fauler und nutzloser Krankenpfleger dastehen.

»*Clear!* KOMM SCHON!« Er brüllte es in seiner Verzweiflung fast und beugte sich vor, um erneut mit der Mund-zu-Mund-Beatmung zu beginnen. »NA LOS!«, brüllte er dem Mann ins Ohr.

Plötzlich ging ein Zucken durch den leblosen Körper. Das musste nichts heißen, so ein letztes Aufbäumen war bei bereits Verstorbenen relativ normal. Trotzdem presste Cormac das Ohr auf die Brust des Mannes. Als er einen ganz langsamen ersten Herzschlag hörte, und dann noch einen, erfüllte ihn unendliche Erleichterung. Es war eins der berauschendsten Gefühle, die er je empfunden hatte.

»Ja«, zischte Cormac. »Komm schon, mein Junge. Na los!«

In diesem Moment stürzte ein Rettungsteam zur Tür herein, für das sich die stille Menge teilte.

»Herzstillstand?«, fragte einer der Männer, ein großer Kerl indischer Abstammung mit einem lieben Gesicht.

»Ventrikuläre Fibrillation«, antwortete Cormac.

Der Sanitäter nickte und warf ihm eine Sauerstoffmaske zu.

Cormac fing sie auf, reckte dankbar einen Daumen in die Höhe und setzte die Maske auf den Mund des Mannes.

Der zweite Sanitäter legte dem Patienten noch vor Ort einen Tropf, und zusammen versorgten sie ihn mehrere Minuten lang.

Dann ließen sich die drei in ihrer knienden Position nach hinten sinken und schauten den Mann an, der zögerlich die Augen aufmachte.

»Wie geht es Ihnen?«, fragte Cormac schließlich.

»Sie haben was eingeworfen, oder?«, fügte einer der Rettungsleute hinzu.

Als der Mann wieder richtig ansprechbar war, schaute er sich um und nahm plötzlich wahr, wo er sich eigentlich befand. »Ach du Scheiße«, stöhnte er und wischte sich mit zittriger Hand den Schweiß von der Stirn. »Im Ernst? Vor all diesen Wichsern?«

Es kam noch schlimmer, als er auf die Rolltrage gehoben wurde und der Urinfleck vorn auf seiner teuren Anzughose für alle sichtbar wurde.

»Meine Fresse«, sagte er düster. »Keine Fotos! Und wenn das irgendwer der *Daily Mail* steckt, dann bekommt er es mit mir zu tun. Ich werde euch finden!«

»O mein Gott, war das etwa Speedball?«, fragte ganz

hinten eine laute Stimme mit hochgestochenem Akzent. »Himmel, wir sind doch nicht mehr in den Neunzigern!«

Der Mann auf der Trage stöhnte und bedeckte voller Scham seine Augen mit der Hand.

Nachdem die Sanitäter dem Retter in der Not gedankt und sich seinen Namen und seine Adresse aufgeschrieben hatten, schaute Cormac zu dem Patienten.

Während man ihn an den restlichen Gästen vorbeirollte, presste er sich weiterhin die Hand vor die Augen. Plötzlich fing er an, heftig aus der Nase zu bluten, und tropfte alles voll, was zu Gekreische bei einer der Kellnerinnen führte.

»Wie aufs Stichwort«, sagte der Sanitäter, der ihn nach draußen schob. »Es wird ewig dauern, bis er einschlafen kann, und morgen wacht er dann auf und erinnert sich an nichts mehr.«

»*Aye*«, sagte Cormac. »Seine Freunde allerdings schon.«

Der Sani lachte. »Jap. Na ja. Danke noch mal, 1a-Reaktion!«

Als das Rettungsteam verschwunden war und Cormac sich langsam um Kim-Anges ziemlich eingesauten Pullover zu sorgen begann, drehte sich plötzlich der komplette Raum zu ihm um. Zu seiner großen Überraschung brachen alle in Applaus aus, selbst der Arztdarsteller aus dem Fernsehen.

Was nun folgte, war absoluter Irrsinn. Alle wollten Cormac auf einen Drink einladen, und sogar Kalitha und Ithika bestürmten auf einmal den Helden der Stunde.

Mehrere Männer kamen zu ihnen herüber und verkündeten, dass sie gerade genau das Gleiche hatten tun wollen, oder es getan hätten, wenn Cormac ihnen nicht zuvorgekommen wäre. (Fairerweise muss man dazusagen, dass solches Benehmen nicht auf die Londoner Clubszene beschränkt war. Das war Cormac bisher bei fast jedem Einsatz dieser Art passiert.)

Irgendwann nahm die Managerin des Lokals, eine unglaublich schick gekleidete, forsche Frau, Cormac einen Moment beiseite. Sie dankte ihm aus tiefstem Herzen dafür, dass er niemanden auf ihrem Toilettenfußboden hatte sterben lassen.

»Ich meine, das ist wirklich schlecht fürs Geschäft«, sagte sie. »Also, am Anfang nicht, da wollen sich das alle mal ansehen – Gaffer und Schaulustige –, aber sobald deren Interesse nachlässt … Na ja.«

Cormac kniff die Augen zusammen. »Hm, ich hoffe, er meldet sich bald bei Ihnen und sagt Bescheid, dass es ihm gut geht.«

»Kann er nicht«, erwiderte die Frau kurz angebunden. »Der hat ab jetzt Lokalverbot. Mal wieder.«

Bei seiner Rückkehr entdeckte Cormac, dass sein Grüppchen den Platz gewechselt hatte: Die Frauen saßen jetzt nicht mehr an dem hohen Tisch, sondern in einer Sitzecke, auf deren Tisch Wodka- und Champagnerflaschen standen. Zu seiner Schande musste er sich gestehen, dass seine Erleichterung darüber, heute Abend wohl ums Bezahlen drumherumzukommen, genauso groß war wie die über die Rettung eines Lebens.

Cormac schaute sich im Raum um, der voll mit lachenden, scherzenden, unglaublich schönen Menschen war. Okay, einerseits lästerten hier alle und versuchten, sich gegenseitig zu übertönen. Es war nicht sein übliches Umfeld, und er fühlte sich wirklich arm und fehl am Platz.

Andererseits gab es Schlimmeres als ein bisschen Glanz und Glamour, oder? Jeder hier hatte sich aufgedonnert, um auszugehen, andere zu beeindrucken und Spaß zu haben – das mochte echt sein oder nicht, aber in Cormacs Leben gab es sonst ja wenig Fantasie oder Flitter. Da konnte er den Moment auch genauso gut genießen, dachte er, während eine atemberaubende Brünette mit unfassbar aufgespritzten Lippen ihm ein Glas Champagner reichte.

Kapitel 36

Lissa hatte bei ihren Fahrten von einem Ende des *Loch* zum anderen nicht alle vorgesehenen Termine geschafft und sich bereit erklärt, sie am Samstag nachzuholen.

Beim Aufwachen am Samstagmorgen fand sie es aber gar nicht so schlimm, dass sie arbeiten musste. Auf diese Weise würde sie zumindest ein bisschen Gesellschaft haben, und sie fühlte sich auch nicht schlecht. Spürte keine Angst, die ihr die Kehle zuschnürte.

Mit einer Tasse heißem Tee trat Lissa ans Schlafzimmerfenster und sah, wie Lämmer über die Weide hüpften. Im Wäldchen unweit des Häuschens erregte plötzlich etwas ihre Aufmerksamkeit. Lissa beschloss nachzuschauen, was das sein könnte.

Nach dem ersten Schritt ins Freie zögerte sie, weil sie noch ihren Schlafanzug trug. Aber im nächsten Augenblick wurde ihr bewusst, dass es völlig egal war, weil niemand sie von der Straße aus sehen konnte! Sie konnte hingehen, wohin sie wollte, und das erfüllte sie mit einem Gefühl großer Freiheit.

Lissa kehrte noch einmal ins Haus zurück, um eine

Strickjacke über das graue *Friends*-Oberteil zu ziehen, das sie zu ihrer weichen, karierten Schlafanzughose trug. Zum Schluss bändigte sie ihre wilden Haare mit einem breiten Stirnband, griff wieder nach ihrer Tasse und trat hinaus in den erwachenden Morgen.

Als Erstes fiel ihr das Zwitschern der Vögel auf, als sie vor der Hintertür stand, wo die Sonne den Tau im Gras glitzern ließ. Der Rasen stand hoch, und Lissa fragte sich stirnrunzelnd, ob sie ihn wohl mähen musste. Sie hatte allerdings keine Ahnung, wie man so was machte.

Als sie sich den Bäumen näherte, keuchte sie auf. Das sah ja aus, als hätte sich der Wald von einem Tag auf den anderen komplett verändert – hatten bisher grüne Triebe die Aufmerksamkeit auf sich gezogen, wogte am Boden mit einem Mal ein Meer aus strahlenden Glockenblumen in hellem Lila. Die Farbe war so intensiv, als hätte man sie per Photoshop verändert. Hier erstreckte sich ein ganzer Ozean aus Blumen, Tausende davon bedeckten die Hänge und verschwanden irgendwo weiter oben, wer weiß, wo. Und sie schienen nur für Lissa erblüht zu sein.

Sie kniete sich hin und sog ihren zarten, himmlischen Duft ein. Es war unglaublich. Und zu ihrer Überraschung hatte sie nicht einmal das Bedürfnis, ein paar zu pflücken und für das Haus mitzunehmen. Die gehörten doch zusammen, bildeten hier dieses unendliche Meer. Während sie die Tasse in einer Hand hielt, holte Lissa ihr Handy hervor und machte ein Dutzend Fotos. Doch keines davon schien die dicke, samtige Schönheit wirklich zu erfassen, die sie mit eigenen Augen sah. Also steckte sie das Telefon irgendwann wieder weg, ließ sich nach hinten sinken und blieb ruhig sitzen.

Sie war so still, dass sie mit einer plötzlich Bewegung in einiger Entfernung belohnt wurde. Etwas Weißes blitzte auf, das sie als Schwanz irgendeines Tieres erkannte.

Ein Reh sprang durch den Wald, gefolgt von einem Kitz auf spindeldürren Läufen, dessen Fell einen perfekten Honigton aufwies. Die beiden Tiere sausten so schnell zwischen den Bäumen hindurch, als wären da magische Wesen vorbeigehuscht. Lissa hielt die Luft an. Sie musste über sich selbst den Kopf schütteln. Wenn das so weiterging, würde sie sich am Ende noch Gummistiefel kaufen.

Da sie einen Termin bei einem Haus außerhalb der Ortschaft hatte, nahm Lissa das Auto. Leider half ihr das Navi hier so gar nicht, weil der Empfang kam und ging, wenn sie am wenigsten damit rechnete.

Joan hatte irgendetwas davon erzählt, dass das Haus »eine eigene Postleitzahl hat«, was für Lissa überhaupt keinen Sinn ergeben hatte.

Jetzt fand sie mehr oder weniger die entsprechende Straße und fuhr sie mehrmals rauf und runter, bis ihr schließlich klar wurde, dass vermutlich der Weg hinter den beiden heruntergekommenen Sandsteinsäulen eines einstigen Eingangstors zum gesuchten Haus führte.

Erstaunt stellte sie fest, dass es dann noch endlos auf einer einzigen schmalen Spur mitten durch einen Wald weiterging, dessen Boden ebenfalls mit einem Zauberteppich aus Glockenblumen bedeckt war. Auf dem höchsten Punkt eines Hügels kamen Narzissen in Sicht.

Als Lissa das Haus erreichte, wendete sie den Wagen auf dem kiesbedeckten Vorplatz mit einem vernachlässigt aussehenden Brunnen. Hinter dem Haus glitzerte etwas, und es dauerte einen Moment, bevor ihr klar wurde, dass es sich um Loch Ness handelte.

Hier zu leben – unglaublich! Sie konnte es sich jedenfalls nicht vorstellen.

Lissa ging zu der riesigen alten Eingangstür hinauf und hörte dahinter Musik und Lärmen, aber niemand schien ihr Klopfen zu bemerken. Sie war noch nicht lange genug in der Gegend, um zu wissen, dass man üblicherweise zur Hintertür ging.

Irgendwann ertönte ein helles Stimmchen. »Werden Sie uns piken?« Ein kleiner Junger mit zu langen Haaren war an einer Ecke des Hauses erschienen.

Neben ihm stand ein noch kleinerer Knirps mit olivfarbener Haut und sehr langen Wimpern.

Die beiden trugen identische kurze gelbe Latzhosen und gelbe T-Shirts.

»Wir sind Zwillinge!«, erklärte der erste Junge.

»Tatsächlich?«, fragte Lissa, die das kaum glauben konnte. Andererseits hatte sie schon so einige ungewöhnliche Dinge gesehen und fand es auch unhöflich, da voreingenommen zu sein.

»*AYE!*«, rief der kleinere Junge. »Zwillinge und alles!«

»Okay, cool!«, sagte sie. »Ist eure Mutter da?«

Plötzlich erstarrten die Jungen, drehten sich mit einer einzigen Bewegung um und marschierten nach hinten.

Obwohl sie das Ganze ein wenig unheimlich fand, folgte Lissa ihnen.

Eine zarte, kleine Frau mit dunklen Haaren und einem freundlichen Gesicht erschien mit einem Geschirrtuch über der Schulter in einer offenen Küchentür. »Hallo! Ich hatte ganz vergessen, dass Sie heute kommen! Oder, na ja, ursprünglich hatte ich schon vor ein paar Tagen mit Ihnen gerechnet …«

»Ja, tut mir leid«, sagte Lissa.

»Kein Problem«, antwortete die Frau lächelnd. »Ich weiß ja, wie das ist, wenn man in der Gegend neu ist. Alles ist so groß, oder?«

»Dabei hatte ich eigentlich gedacht, Schottland sei ein kleines Land.«

»Genau … Shackleton! Der Ofen!«

Ein großer, ungelenker Teenager erschien mit einem Backblech voll abkühlender Scones. »Bleib mal locker, die hab ich längst rausgeholt.«

»Wunderbar«, sagte die Frau und stellte sich jetzt als Zoe vor. »Kommen Sie doch rein! Möchten Sie gern einen Scone?«

»Oh, sind Sie Engländerin?«, fragte Lissa überrascht.

»Ja, allerdings. Sie ja auch! So langsam wird der Ort von uns überrannt. O Gott, Mrs Murray wird einen Anfall kriegen!«

»Ist das nicht die Besitzerin des Lebensmittelgeschäfts?«

»Machen Sie sich da mal keine Gedanken. Hunde, die bellen, beißen nicht«, erklärte Zoe. »Das könnte man hier übrigens über viele Leute sagen«, fuhr sie fort, während sie an einer älteren Frau vorbeikamen, die am Spülbecken mit heftigen Bewegungen Stiefel putzte.

Zoe stellte einen altmodischen Kessel auf den Herd und holte dann von einer unaufgeräumten Anrichte eine Liste.

Was für ein gemütlicher Raum, dachte Lissa, und begann, ihre Utensilien auszupacken.

»Bei Hari muss die MMR-Impfung nur aufgefrischt werden, aber bei Patrick steht die erste Dosis an.«

Lissa runzelte die Stirn. »Aber … ich dachte, die beiden wären Zwillinge.«

Zoe quietschte vor Lachen. »Jungs!«, rief sie. »Jetzt hört auf damit! Euch kauft sowieso niemand ab, dass ihr Zwillinge seid, und ihr verwirrt die Leute damit nur!«

»Wir sind doch total fast Zwillinge«, protestierte der größere Junge, und der kleinere nickte feierlich, wobei er zum Beweis auf seine Latzhose deutete.

»Sieht man das nicht, dass die beiden nicht verwandt sind?«, fragte Zoe, immer noch lächelnd, während sie Tee eingoss und Lissa den versprochenen Scone servierte.

»Ich bin bereits Zwillingen gemischter Abstammung begegnet, die ganz unterschiedlich aussahen«, erklärte Lissa.

»Wirklich?«

»Ja, wirklich. Faszinierend.«

»Sie denkt total, dass wir Zwillinge sind, Nanny Sieben«, warf der größere Junge ein.

Zoe verdrehte die Augen. »Okay«, sagte sie. »Patrick ist fünf …«

»FAST SECHS!«

»Fast sechs und Shackletons kleiner Bruder … Hat Joan Ihnen das alles nicht erklärt?«

»Sie hat nur gesagt, dass die Sache kompliziert ist, und sich dann wieder ihrer Lektüre über das Operieren von Kühen zugewandt.«

»Das ist typisch Joan«, murmelte Zoe. »Okay, sie hat recht, es ist wirklich kompliziert. Hari ist mein Sohn, und die anderen gehören zu Ramsay. So kompliziert ist es eigentlich doch nicht, wenn man sich's recht überlegt.«

»Zoe und Ramsay sind verliebt«, führte Patrick die

Erklärung fort, »und deshalb sind wir jetzt total Zwillinge.«

»*AYE*!«, sagte Hari und stimmte Patricks weisen Worten mit nachdrücklichem Nicken zu.

Zoe lief rot an. »Oh, na ja.«

Lissa lächelte. »Sind Sie extra wegen eines Mannes hier in den hohen Norden gezogen?«

»Ganz im Gegenteil«, antwortete Zoe, »ich bin hergezogen, weil es mit einem Mann nicht geklappt hat. Tja, aber jetzt sind wir ja hier.«

»Okay«, sagte Lissa. Die Scones waren köstlich, doch allmählich musste sie sich mal an die Arbeit machen. Sorgfältig wusch sie sich im riesigen alten Waschbecken die Hände und überlegte dann, wo sie sich am besten um die Kinder kümmerte.

Jetzt schob sich auch noch ein dünnes, blasses Mädchen mit angespannter Miene herein. »Ich hasse alles, was mit Medizin zu tun hat«, kam sofort von ihr.

»Du hasst doch *alles*, Mary!«, warf Shackleton ein. »Was denn? Ich mein ja nur.«

Zoe warf ihm einen Blick zu und legte den Arm um das Mädchen. »Ist schon in Ordnung«, sagte sie sanft. »Ich bin ja hier.«

»Von Krankenschwestern hab ich einfach die Nase voll.«

»Es geht auch ganz schnell, aber danach seid ihr dann sicher. Ich will einfach nicht, dass ihr die Masern kriegt.«

»Das wollte Mum auch nicht!«

»Nein, natürlich nicht.« Zoe zog Mary an sich. »Wir stehen das durch. Und für nachher hab ich Kuchen gekauft.«

Mary lächelte.

»Hey!«, rief Shackleton. »Was ist denn an meinem Gebäck auszusetzen?«

»Gekaufter Kuchen! Gekaufter Kuchen!«, riefen die beiden Kleinen und rieben sich begeistert die Hände.

Zoe lächelte. »Sorry«, sagte sie. »Manchmal geht es hier zu wie in einem Irrenhaus.«

Nein, wie ein Irrenhaus sah das eigentlich nicht aus, dachte Lissa. Sondern ganz wunderbar. Im breiten Kamin in der Küche brannte ein Feuer, ein großer Hund wanderte durchs Haus, an den Wänden hingen Kinderzeichnungen, es lief Musik, auf dem Herd köchelte ein Eintopf. Lissa wurde fast ein bisschen neidisch.

»Gefällt es Ihnen hier oben denn?«, fragte sie, während Zoe alle aus der Küche scheuchte, um sie an einen etwas ruhigeren Ort zu bringen.

»O ja!«, antwortete Zoe prompt, und es schien von Herzen zu kommen. »Klar, auf jeden Fall.« Sie bemerkte Lissas Miene. »Aber ich kann Ihnen versichern, dass es am Anfang etwas gedauert hat.«

»Ich werde ja gar nicht lange bleiben. Aber mir gefällt es auch!«

»Tja, dann versuchen Sie, es zu genießen«, sagte Zoe mit einem Lachen. »Okay, bringen wir die Bande mal an einen Ort, der etwas hygienischer ist als eine mehlverschmierte Küche, in der ein Hund herumstrolcht.«

Sie öffnete eine Tür, hinter der ein herrliches Wohnzimmer voller Bücher zum Vorschein kam, und ließ dort alle Kinder auf einem rutschigen Sofa Platz nehmen.

»Ramsay!«, rief sie schließlich nach oben.

Einer der größten Männer, die Lissa je gesehen hatte,

kam die Treppe herunter und legte Zoe den Arm um die Schulter. »Ah«, sagte er und wirkte verlegen. »Also, ich wollte eigentlich schon lange … Äh, hm.«

»Haben Sie die Gesundheitspässe der Kinder?«, fragte Lissa.

Ramsay runzelte die Stirn. »Hm. Es ist so … Ich hab etwa zehntausend Bücher, und, tja, ich bin nicht …«

Haris kleines rotes Buch war in perfektem Zustand, aber für die anderen drei holte Lissa neue Büchlein aus ihrer Tasche und ließ Zoe und Ramsay alles ausfüllen, während die Kinder unbehaglich herumrutschten. Patrick versuchte, einen Tretwettkampf mit Mary anzufangen. Die holte sich aber irgendwann einfach ein Buch, setzte sich damit ans Fenster und ignorierte ihn.

»Reicht für die Zwillinge nicht ein einziger Pass?«, witzelte Ramsay.

Zoe funkelte ihn an. »Jetzt hör schon auf, damit machst du alles nur noch schlimmer.«

»JAAA – ZWILLINGE!«, rief Patrick, und gemeinsam marschierten die Jungen durch den Raum und sangen dazu laut ein Lied.

In Zoes Blick stand jetzt ein mahnendes »Ich hab's dir ja gesagt«.

»Okay, okay«, murmelte Lissa und überprüfte die Spritzen. »So, es kann losgehen.«

Stille legte sich über die fröhliche Truppe, bis Shackleton seufzend seinen Ärmel hochrollte.

Alle sahen dabei zu, wie er stoisch beide Injektionen über sich ergehen ließ.

Patrick und Hari tauschten Blicke.

»Shackleton weint gar nicht«, sagte Hari mit seiner

leisen Stimme. Er hatte einen starken schottischen Akzent.

Zoe seufzte. »Dein Vater wird dich bald nicht mehr verstehen können.«

»Egal.«

Als Nächster zog Patrick den Ärmel seines T-Shirts mit der Märtyrermiene eines Soldaten vor einem Erschießungskommando hoch. »Ich weine absolut nicht«, erklärte er und verzog sein kleines Gesichtchen.

Hari schaute aus der Ferne interessiert zu und ging danach zu Patrick hinüber, um ihm eine einzelne Träne wegzuwischen. Allerdings mit der Zunge.

»Hari!«, rief Zoe, während Lissa in ihre Tasche griff und einen zuckerfreien Lutscher für Patrick hervorzog.

»Oooh!«, stieß Patrick aus, während Hari ganz große Augen machte.

»Oh«, machte auch Shackleton leise. »Ich hab aber keinen Lolli bekommen.«

»Du bist dreizehn!«, wies Lissa ihn zurecht.

Der Junge war riesig, er sah alt genug aus, um Auto zu fahren.

»Mir war nicht bewusst, dass es für Lutscher eine gesetzliche Altersgrenze gibt«, sagte Shackleton.

Lächelnd gab Lissa auch ihm einen.

»Ich will gar keinen!«, warf Mary überheblich ein.

»Kriege ich dann zwei?«, fragte Shackleton.

»Nein!«, riefen alle Erwachsenen im Raum gleichzeitig.

Obwohl er nur die Auffrischungsspritze bekam, hätte Hari vermutlich geweint, wenn sich Patrick nicht vor ihn gestellt und ihn währenddessen an seinem Lolli hätte lutschen lassen.

Als Mary an der Reihe war, zuckte sie kaum mit der Wimper.

Zoe war traurig, weil es ihr zeigte, wie viel Schmerz dieses Kind gewohnt war, daher umarmte sie das Mädchen danach ganz fest.

Und dann war alles vorbei.

»Okay«, sagte Lissa und richtete sich auf. »Möglicherweise treten in den nächsten Tagen ein paar Grippe- oder Erkältungssymptome auf. Darüber brauchen Sie sich aber keine Sorgen zu machen, solange die nicht länger als achtundvierzig Stunden andauern.«

Patrick begann sofort, laut zu husten.

»Oder komplett ausgedacht sind.«

»Nein, nein, das ist schon in Ordnung«, sagte Zoe. »Los, Patrick, ab ins Bett mit dir!«

»Mir geht es aber total gut«, versicherte Patrick jetzt mit großen Augen.

»Es war wirklich schön, Sie kennenzulernen«, sagte Lissa ein wenig schwermütig.

Natürlich lebten diese Leute in einem großen Gutshaus und waren schwer beschäftigt, aber jemanden wie Zoe hätte sie gern zur Freundin gehabt.

»Danke!«, sagte Zoe.

Als sich Lissa auf dem Weg zum Auto noch einmal umdrehte, stand Zoe immer noch da.

»Tut mir leid«, sagte sie plötzlich. »Ich weiß wirklich nicht, was ich mir dabei gedacht habe. Manchmal bin ich immer noch so drauf wie in London, wo man einfach nicht mit Fremden spricht. Das ist eine alte Angewohnheit. Und außerdem ist man als Single wie Sie bestimmt nicht besonders scharf darauf, mit lauter Kindern anderer

Leute abzuhängen. Aber trotzdem – hätten Sie vielleicht Lust, mal mit uns Kaffee zu trinken? Oder wir gehen bald auch alle zusammen zur Kirmes …«

Normalerweise hätte Lissa jetzt dichtgemacht, höflich gelächelt und sich zurückgezogen. Sie hätte auf keinen Fall durchblicken lassen wollen, wie einsam sie sich fühlte. Aber nun fasste sie einen Entschluss, während sie die Autotür aufmachte. Heute wollte sie mal etwas anderes probieren. »Ja, gern«, sagte sie. »Ja, das fände ich wirklich schön.«

Also tauschten sie Telefonnummern, und als Lissa abfuhr, ertappte sie sich bei einem Lächeln. Da es gerade so gut lief, beschloss sie, in den Ort zu fahren und sich ein Buch zu gönnen.

Bei ihrem Eintreffen auf dem Dorfplatz schien im fahrenden Buchladen einiges los zu sein, und Lissa ging neugierig hinüber. Als sie den Kopf zur Tür hineinsteckte, lächelte ihr die hübsche junge Besitzerin zur Begrüßung zu.

Der Bücherwagen war wie ein kleines TARDIS-Raumschiff, von innen viel größer, als er von außen aussah, und mit allen nur erdenklichen Büchern vollgestopft. Zu ihrer Verblüffung entdeckte Lissa unter der Decke sogar einen Kronleuchter, der ihr beim letzten Mal gar nicht aufgefallen war.

»Hallo!«, sagte sie.

Die Inhaberin lächelte. »Oh, Sie sind die Neue! Hallöchen noch mal! Die Einheimischen glauben ja, dass wir eine nach der anderen einwandern und den Ort erobern wollen.«

»Ich weiß, ich hab Zoe schon kennengelernt.«

»Falls Sie's nicht mehr wissen: Ich bin Nina. Also, zu dritt wären wir jetzt schon genug für einen Hexenzirkel«, meinte sie grinsend. »Da wird Mrs Murray ganz schön die Muffe gehen.«

»Woher kommt dieser Zustrom?«

»Tja«, sagte Nina und lächelte versonnen, »die Männer hier sind eben … na ja, zumindest manche.«

Auf der anderen Seite des Platzes hockten auf einer uralten Bank Wullie und Eck, die eigentlich immer im Pub zu finden waren. Trotz des Sonnenscheins, den sie sichtlich genossen, hatten sie ihre alten Mäntel an, dazu Schiebermütze und Schal.

Als Nina einen Blick nach draußen warf, winkten die beiden Alten ihr zu, und sie winkte fröhlich zurück.

»Meine Businesspartner«, erklärte sie der völlig verblüfften Lissa. »Und, haben Sie sich schon ein bisschen eingelebt? Gehen Sie demnächst auch zur Kirmes?«

»Darüber reden im Moment ja alle«, sagte Lissa.

»Sonst ist hier auch nicht viel los«, räumte Nina ein und wirkte einen Moment etwas wehmütig. Dann wurde ihr Gesichtsausdruck plötzlich sanfter.

Lissa folgte ihrem Blick und sah, wie ein großer, braunhaariger Mann mit langen Schritten den Platz überquerte. In einer Babytrage auf seinem Rücken hockte ein etwa sechs Monate altes Kind mit runden Augen. Es streckte seiner Mutter bereits begeistert die Ärmchen entgegen.

»Und …«, sagte Nina, »… die Kinder hier sind einfach unglaublich rothaarig.« Sie küsste den Mann und nahm das zappelnde Baby entgegen, als sein Vater die Tragevorrichtung absetzte.

»Hey, Kapitän!«, sagte Nina und rieb ihrem Sprössling den Bauch. »Wie geht's meinem kleinen Mann?«

»Er hat versucht, Stroh zu essen«, erklärte der Vater.

»Ein gutes Zeichen«, befand Nina, »jedenfalls ein Fortschritt im Vergleich zum Mist. Lennox, das ist …«

»Lissa«, sagte die Krankenschwester und reichte ihm die Hand.

»*Och*!«, sagte Lennox. »Sie sind Cormac!«

»So scheint es wohl«, sagte Lissa. »Kennt hier denn jeder jeden?«

Die jungen Eltern schauten sich an.

»Äh, ja«, antwortete Nina. »Mehr oder weniger schon.« Sie küsste das giggelnde Baby. »Das ist John.«

»Was für ein hübscher kleiner Kerl.«

»Danke«, sagte Nina erfreut. »Das finden wir auch.« Als sie mit den Lippen auf seinem Bauch prustete, gluckste er laut. »Meine Mutter kann immer noch nicht fassen, dass ich ein rothaariges Baby habe!«, fügte sie hinzu.

»Gott, das kann ich mir vorstellen«, entfuhr es Lissa. »Himmel, nein, so war das nicht gemeint!«

Die beiden lachten bloß. »Keine Sorge!«

»Wie ergeht es Cormac denn da unten?«, erkundigte sich Lennox. »Er hasst es doch bestimmt!«

Als Lissa heute Morgen aufgewacht war, hatte eine offenbar in betrunkenem Zustand geschriebene Nachricht mit jeder Menge Tippfehlern und einer Zeichnung auf sie gewartet, die nicht viel mehr als Gekritzel war.

»Ehrlich gesagt«, antwortete Lissa, »war er gestern Abend im Stockton House und hatte da einen Riesenspaß.« Es hatte sie selbst überrascht, wie neidisch sie gewesen war. Sie wurde eigentlich nie in private Clubs eingeladen.

»*Cormac?*«, lachte Nina auf. »Mannomann, dann muss er sich wirklich verändert haben. Vielleicht wird er da zu einem richtigen Partylöwen und kommt nicht mehr zurück. In dem Fall bleiben Sie wohl für immer hier hängen!«

Lissa betrachtete die Sonnenflecken auf dem Kopfsteinpflaster, blickte zurück zu Nina mit ihrem glücklichen Baby und wurde auf einmal wehmütig. »Wie ist Cormac denn so?«, fragte sie.

»Haben Sie ihn gar nicht kennengelernt? Ah, nein, natürlich nicht«, sagte Nina. »Er ist ein lieber Kerl, alte Damen sind ganz verrückt nach ihm.«

»Und was ist mit jungen Damen?«

Nina lächelte. »Na ja, er ist jetzt kein Aufreißer oder so. Nicht wie Jake.«

Lissa zog die Augenbrauen hoch. »Aber Jake schon?«, fragte sie enttäuscht.

»O nein, hat er es etwa bei Ihnen versucht?«

Lissa zuckte mit den Achseln. »Er wollte mit mir zu der Kirmes gehen.«

Nina grinste. »Wie süß. Also, er ist durchaus … nett.«

»Aber so eine Art Schürzenjäger.«

»Er hat … Freundinnen.«

»Das ist in Ordnung«, sagte Lissa, »ich bin auch nicht auf etwas Ernstes aus. Ehrlich gesagt, soll ich sowieso ein bisschen ausspannen.«

»Na, dafür sind Sie hier am richtigen Ort«, sagte Nina. »Aber mit Jake können Sie ganz beruhigt zur Kirmes gehen. Er ist ein guter Kerl, nur eben kein potenzieller Heiratskandidat.«

In diesem Moment kam eine ältere Frau mit besorgtem Gesichtsausdruck auf den Platz gerannt. »Lennox!«, brüllte sie. »Lennox, kannst du mal kommen?«

Lennox sah verwirrt aus. »*Aye*, Carrie, was ist denn los?«

»Es geht um Marmalade«, antwortete sie. »Ich kann sie einfach nicht finden.«

»Aber Carrie!«, rief Nina vorwurfsvoll. »Sie können doch nicht jedes Mal Lennox ...«

»*Aye*, ich gucke mal«, unterbrach Lennox sie, und Ninas tadelnder Blick wurde zu einem Kuss.

»Du bist nicht der Laufbursche des ganzen Dorfes!«

Lennox verdrehte die Augen und packte den kleinen John wieder in seine Trage. »Ach, der Junge freut sich doch, wenn er eine Katze sieht«, sagte er, während sein Sohn die Fäustchen in die Luft reckte.

Mit liebevollem Blick schaute Nina ihnen hinterher.

In Lissa löste die ganze Szene ein seltsames Gefühl aus – in letzter Zeit kam es ihr oft so vor, als würde sie wie im Fernsehen oder durch eine Glasscheibe glücklichen Menschen zusehen, als würde sie an einem Leben teilnehmen, welches gar nicht ihr gehörte, ihr rechtmäßig nicht zustand.

Warum wirkten alle anderen eigentlich so ausgeglichen und gut organisiert?

(Es hätte Nina ziemlich gewundert, wenn sie geahnt hätte, dass sie auf andere diesen Eindruck machte. Schließlich lebten Lennox und sie von der Hand in den Mund und konnten wegen des Bauernhofs nie wegfahren. Sie selbst wohnte außerdem weit weg von ihrer Familie und musste wie jeder andere auf dieser Welt täglich mit zig Höhen und Tiefen klarkommen. Wenn sie allerdings abends nach Hause kam und ein Feuer im Kamin flackerte, der frisch gebadete John nach Babyöl duftete und auf dem Schafswollteppich begeistert mit den Füßen strampelte, während er strahlend seinen völlig vernarrten Vater angluckste und -grinste … Na ja, dann schien alles andere keine große Rolle mehr zu spielen.)

Lissa fragte sich, ob ihr selbst wohl je so etwas Angenehmes und Einfaches vergönnt sein würde. Sie seufzte. All dies, das ganze Drum und Dran des Erwachsenenlebens – Nina und sie mussten ja ungefähr im selben Alter sein –, kam ihr in ihrer momentanen Situation ganz weit weg vor.

»Sie scheinen sich hier ja wunderbar eingelebt zu haben«, sagte Lissa schüchtern zu Nina, die nach einem kurzen Moment der Überraschung lächelte.

»Na ja … das ist ein ziemlich guter Ort zum Leben«, sagte sie, und da konnte Lissa ihr nur beipflichten.

Eine Sekunde später erklang plötzlich das furchtbare Quietschen von Bremsen und ein jaulendes Geräusch.

Beide Frauen zuckten zusammen, und Lissa drohte vor Schreck zu erstarren. Als Nina aus dem Bücherwagen stürzte, folgte sie ihr jedoch, obwohl ihr Herz raste.

Mitten auf dem Platz stand ein altes, ramponiertes Auto, und seitlich davon lag eine dicke, struppige orangebraune Tigerkatze.

Carrie, die sich noch nicht weit entfernt hatte, keuchte auf, als sie das Tier sah. »Marmalade!«, kreischte sie.

Nina lief zu der alten Dame hinüber und hielt sie fest. »Bleiben Sie hier«, sagte sie und rief dann Lissa zu: »Können Sie mal gucken?«

Lissa hatte zwar keine Ahnung, was um alles in der Welt sie mit einer toten Katze anfangen sollte, ging aber zögerlich darauf zu.

Eine greise Frau, die auf keinen Fall groß genug war, um über das Lenkrad gucken zu können, stieg aus dem alten weißen Auto. »Neeeiiin!«, rief sie. »*Och*, o neeeiiin, ist das etwa Carries Katze?«

»Margaret McLafferty, bist du das?«, ertönte eine laute, knarzige Stimme.

Nina hatte offensichtlich nicht viel Erfolg mit ihrem Versuch, die alte Dame im Zaum zu halten.

»Hast du da gerade meine Katze umgebracht?«

»*Oooooch*, neeeiiin«, sagte die Fahrerin und lehnte sich matt an die Wagentür.

Lissa ging zu ihr hinüber. »Geht es Ihnen gut? Möchten Sie sich vielleicht kurz setzen?«

»Machen Sie sich um die keine Sorgen!«, erklang wieder die schrille Stimme. »Retten Sie lieber meine Katze!«

»Ich bin aber keine …« Lissa näherte sich dem Fellknäuel. Ihr wurde das Herz ganz schwer, denn das arme Tier war in einem üblen Zustand: Eins der Ohren und ein Hinterbein schienen halb weggerissen zu sein. Die Katze lebte aber noch und schaute mit erbärmlichem Blick zu ihr auf, als Lennox herbeikam und neben Lissa stehen blieb.

»Ah, da ist sie ja«, sagte er bloß.

Lissa starrte ihn an. »Was ist denn passiert?«

»Ich hab versucht, sie von einem Baum herunterzuholen. Da hat sie es mit der Angst zu tun bekommen und ist davongerast.«

»Können Sie den Tierarzt rufen?«, fragte Lissa.

»Nicht nötig«, antwortete Lennox. »Wir haben im Bücherwagen eine Schaufel.«

»Das meinen Sie nicht ernst!«, rief Lissa. »Da muss es doch noch Hoffnung geben.«

Sie kniete sich hin. Die Katze maunzte, fuhr die Krallen aus und versuchte verzweifelt, davonzukriechen, was ihr aber wegen des gebrochenen Beins nicht gelang. In ihren Augen stand absolute Panik. Es war ein herzerweichender Anblick.

Nina kam näher. »Der Tierarzt ist drüben in Kinross«, sagte sie, und Lennox fluchte.

»Der verdammte Kyle und seine verdammten Pferdeschauen.« Kyle war ein guter Tierarzt, aber seine wahre Liebe galt den Pferden.

»RETTET MEINE KATZE!«, erklang wieder die Stimme.

Carrie kam nicht näher, und Lissa konnte ihr nicht verdenken, dass sie das nicht sehen wollte.

»Mir ist ganz flau«, stöhnte die Frau, die gefahren war.

»Gut!«, ertönte die Stimme. »Ich hoffe, du verreckst!«

Lennox warf einen Blick in Richtung Arztpraxis. »Und wo steckt Joan?«

Lissa verzog das Gesicht. »Sie hat gesagt, sie wollte zur …«

»… Pferdeschau«, führte Nina den Satz zu Ende. »Ich hätte es wissen müssen. Wahrscheinlich geht sie da Kyle zur Hand.«

»Mann, wenn man sie mal braucht.«

Die Katze jammerte weiter, aber es klang jetzt tiefer, mehr nach einem Knurren.

»Ich könnte den Spaten holen«, sagte Lennox hilflos.

»LENNOX, WENN DU MEINE KATZE TOTSCHLÄGST,

DANN BRINGE ICH DICH VOR DEN KADI!«, rief Carrie und stürmte jetzt mit wutentbrannter Miene doch herbei. »SOLANGE ICH NOCH ETWAS ZU SAGEN HABE, WERDEN HIER KEINE KATZEN UMGEBRACHT!«

Lennox' Miene zeugte von Verzweiflung. »Aber wir können das arme Ding doch nicht leiden lassen, Carrie. Das geht einfach nicht, das ist nicht richtig.«

Im Einklang mit der grauenhaften Situation begann in diesem Moment auch noch das Baby zu weinen.

Nina schaute fragend zu Lissa, die hilflos zurückstarrte. Sie hatte keine Ahnung, was sie tun sollte.

Jetzt brach Carrie in lautes Schluchzen aus und rief: »JEMAND SOLL ENDLICH ETWAS TUN! NEIN, NICHT DU, LENNOX!«

Lissa schob die Hand in die Tasche mit dem Schlüssel zur Praxis. Sie konnte doch nicht … oder doch?

Es war absurd, schließlich war eine verletzte Katze etwas ganz anderes als ein am Boden liegender Junge. Es handelte sich um zwei völlig unterschiedliche Situationen, trotzdem regte sich in ihrem Inneren plötzlich etwas. Sie zog sich die Ärmel über die Hände und versuchte, die fauchende Katze hochzuheben.

»Was machen Sie denn da?«, fragte Lennox, den es immer noch erzürnte, dass hier ein Tier so schwer leiden musste. Er war ein äußerst gewissenhafter Bauer und hielt sein Vieh artgerecht, aber zimperlich war er nicht. Ein Lebewesen in solch einem Zustand zu belassen, hielt er für unerträglich grausam.

»Wir … wir könnten sie in die Praxis rüberbringen«, stotterte Lissa, »wo wir Material haben und ich mir das mal ansehen kann.«

Lennox starrte sie an. »Aber Sie wissen doch gar nicht, wie man eine Katze behandelt«, sagte er mit rauer Stimme.

»Nein, aber … ich kann etwas gegen ihre Schmerzen tun«, versicherte Lissa, was Lennox ein wenig besänftigte.

»Wie?«, fragte er, breitete seine Jacke aus, die er über dem Arm getragen hatte, und wickelte das arme Tier hinein.

Carrie folgte ihnen, und Nina huschte herbei, um den kleinen John an sich zu nehmen, bevor die Katze ihm noch die Augen auskratzte.

»Sie dürfte ungefähr so schwer sein wie ein Baby«, sagte Lissa, öffnete die Tür des Gebäudes und dann die des Behandlungszimmers. Sie räumte Joans Akten auf den Fußboden und bedeckte den Tisch mit Ärztekrepp von einer großen Rolle.

Die in Lennox' Jacke eingewickelte Katze hatte sich inzwischen etwas beruhigt und gab nur noch von Zeit zu Zeit ein leises Wimmern von sich. Beiden war klar, dass das kein gutes Zeichen war.

Während Lissa sich schnell die Hände schrubbte, berechnete sie eilig im Kopf das nötige Morphium und zog dann die Spritze auf.

Als sie an der Leiste des Tieres die kleine Vene gefunden hatte, glitt die Nadel problemlos hinein. Lissa war dankbar dafür, wie unendlich oft sie bei ihren unterschiedlichen Arbeitsstellen Blut abgenommen hatte.

Sobald die dicke Katze eingeschlafen war, konnte Lissa sich genauer anschauen, womit sie es hier zu tun hatten.

Sie befühlte den Körper – sie hatte keine Ahnung von Tierkunde, aber der Bauch der Katze war nicht verhärtet und schien sich auch nicht mit Blut zu füllen. Der Herzschlag war zwar gleichmäßig, aber schnell.

»Googeln Sie die Pulsfrequenz von Katzen!«, rief sie Nina zu, was die sofort tat.

Eins der Beine war offensichtlich gebrochen. Verbandsgips schien keiner da zu sein, aber Lissa würde auf jeden Fall eine Schiene improvisieren können, bis sich ein Tierarzt das anschauen könnte.

Am schlimmsten hatte es allerdings den Kopf getroffen. Im Gesicht hatte sich die Haut gelöst, sodass Sehnen und Knochen zu sehen waren, und ein Ohr war halb abgerissen. Der Anblick war übel.

Als sie sich das Ganze genauer anschaute, erinnerte es Lissa jedoch an ihre Arbeit in der Notaufnahme. Schließlich befanden sich unter dem Fell einer Katze ja auch nur Sehnen und Muskeln, nichts, was sie nicht schon eine Million Mal gesehen hatte. Sie besah sich die Verletzung ausgiebig.

»Was denn?«, fragte Lennox.

»Ich glaube …« Sie holte ein Set mit allem Nötigen zum Nähen hervor.

»Whoa!«, entfuhr es Nina, die den aufgeregt zuschauenden John beiseitenahm. »Wollen Sie da wirklich irgendwas zusammenflicken?«

Auch Lennox blickte sie zweifelnd an.

»Im Moment hat sie keine Schmerzen«, erklärte Lissa. »Ich meine … Ich könnte es versuchen …«

»BRINGEN SIE MEINE KATZE IN ORDNUNG!«, ertönte eine Stimme von draußen. »Ich bewache so lange Margaret, bis die Polizei eintrifft. Das ist eine Jedermann-Festnahme.«

»Ich gehe mal und beruhige sie«, sagte Nina. »Den Rest will ich sowieso nicht mit ansehen, weil das bestimmt widerlich wird und ich da womöglich in Ohnmacht falle. John nehme ich mit.«

Also hielt Lennox schweigend die Katze fest, während Lissa sich über das Tier beugte und sich an die Arbeit machte, indem sie zunächst rasch die ausgefransten Hautfetzen ordnete. Es war fast wie ein gruseliges Puzzle, aber es erfüllte Lissa auch mit einer gewissen Zufriedenheit, sich mit schnellen, sauberen Stichen voranzuarbeiten. Gelegentlich überprüfte sie die Atmung des Tieres und bedeckte jede Hautschicht mit desinfizierendem Puder. Am Ende versuchte sie vorsichtig, das Ohr wieder korrekt auszurichten. Es würde wohl für immer etwas schief bleiben, nahm sie an, aber hoffentlich funktionieren.

Nachdem sie alle Wunden geschlossen hatte und sich vergewisserte, dass die Haut nicht schmerzhaft spannen würde, holte sie aus der Schreibwaren-Schublade ein Lineal und band das Bein der Katze daran fest.

»Das wird ihr nicht gefallen«, bemerkte Lissa. »Aber es reicht aus, bis wir sie in die nächste Tierklinik gebracht haben. Wo befindet sich die?«

»Eine Stunde Richtung Norden«, antwortete Lennox.

»Verdammt«, fluchte Lissa. Sie streichelte den Kopf der Katze.

Die schlief weiter tief und fest und schnarchte.

»Vielleicht kommst du ja wieder in Ordnung«, sagte Lissa sanft und dachte an jene Situation, in der sie die Dinge nicht wieder in Ordnung hatte bringen können, in der es einfach nicht in ihrer Macht gestanden hatte. »Ja, ich denke, du wirst wieder gesund.«

Lennox schaute sie an. »Gut gemacht«, lobte er.

Zufrieden zuckte sie mit den Achseln. »Oh, das ist wieder wie früher in der Notaufnahme. Nur mit mehr Fell.«

Plötzlich war draußen Lärm zu hören, und beide drehten sich zur Tür um.

Nina kam mit Margaret McLafferty herein, die ein blaues Auge hatte.

»Was ist denn passiert?«, fragte Lissa.

»Die hat versucht, meine Katze umzubringen!«, ertönte die Stimme von draußen.

»Ich dachte, das sollte nur eine Jedermann-Festnahme werden«, rief Lissa gereizt zurück, während sie die alte Dame auf einem Stuhl platzierte.

»War es ja auch. Mit Polizeibrutalität«, kam ungerührt zurück, und dann betrat Carrie auch endlich das Gebäude.

»Okay«, sagte Lissa. »Jemand muss Marmalade zur Tierklinik bringen, damit das Bein vernünftig gerichtet wird.«

Carrie warf der zitternden, zusammengekauerten Margaret einen verächtlichen Blick zu. »Ich nehme dein Auto.«

»Lassen Sie mal«, warf Nina hastig ein. »Am besten fahre ich Sie, ich muss sowieso noch zum Lager.«

Bei diesen Worten schaute Lennox überrascht auf, sagte aber nichts.

Während Nina Carrie nach draußen verfrachtete, versorgte Lissa vorsichtig Margarets Auge. »Das sieht ziemlich übel aus«, sagte sie. »Wollen Sie Anzeige erstatten?«

»Gegen Carrie? Die würde mich verwünschen und mich in einen Brunnen werfen. Ich bin nur froh, dass es ihrer Katze gut geht, sonst würde sie wahrscheinlich mein Haus niederbrennen.«

Lissa hielt inne. »Eins noch«, sagte sie und blickte die greise Dame streng an.

An der Wand von Joans Praxis hing ein altmodisches Optikerplakat.

»Könnten Sie bitte die Buchstaben in der untersten Reihe vorlesen?«

»Nicht ohne meine Brille«, antwortete die Frau. »Ohne die bin ich blind wie ein Maulwurf.«

»Und hatten Sie Ihre Brille beim Autofahren auf?«

Margaret schwieg.

Lissa sprach mit sanfter Stimme weiter. Was sie jetzt sagen würde, war eine glatte Lüge, die sie aber schon oft sehr überzeugend vorgebracht hatte. »Wenn Sie es nicht fertigbringen, die Brille in der aktuellen Stärke auch wirklich zu tragen, dann muss ich Sie bei der Polizei und der Kfz-Behörde anzeigen. Sonst verliere ich meine Zulassung.«

»Wirklich?«, fragte Margaret und starrte Lissa noch schockierter an. Das war heute wirklich nicht ihr Tag.

»O ja«, versicherte Lissa. »Deshalb werde ich Sie im Auge behalten.« Sie stand auf. »Die Schwellung sollte bald zurückgehen – aber lassen Sie den Kühlbeutel drauf. Und jetzt rate ich Ihnen dringend, in die Bäckerei rüberzugehen, sich dort erst einmal hinzusetzen und eine Tasse süßen Tee zu trinken. Kann irgendjemand das Auto für Sie nach Hause fahren?«

»Mein Sohn«, sagte die alte Dame leise.

»Rufen Sie ihn an«, drängte Lissa. »Im Ernst. Niemand möchte, dass wir die Polizei einschalten müssen.«

Margaret McLafferty nickte und verzog sich schüchtern.

Lennox schaute sich im Behandlungszimmer um. Es sah zwar aus, als hätte dort eine Bombe eingeschlagen, andererseits hinterließ Joan es ja auch meistens in so einem Zustand. »Okay«, sagte er. »Ich muss dann mal wieder. Gute Arbeit.«

Kapitel 37

Lennox hatte es wohl kaum herumerzählt, doch irgendwie kam die Geschichte heraus und wurde immer weiter aufgebauscht. Am Ende hieß es dann, Lissa habe im Alleingang eine tote Katze wieder zum Leben erweckt und gleichzeitig Carrie vom Totschlag abgehalten, den alle der alten Dame problemlos zutrauten.

Und so grüßten die Leute Lissa von nun an jeden Morgen, freuten sich über die Begegnung mit ihr und waren nicht so schnell eingeschnappt, wenn die junge Krankenschwester mal traurig oder abwesend wirkte.

Lissa selbst stellte zu ihrem großen Erstaunen fest, dass sie lange nicht so allein war, wie sie gedacht hatte.

Darüber hinaus brachte Cormacs Nachricht sie zum Lächeln:

> Ich möchte das nur mal für dich und alle anderen klarstellen: Ich hab einen Menschen gerettet, und du eine Katze.

Das soll eine Katze sein? Egal, erstens: Es ist wirklich fraglich, ob Menschen besser als Katzen sind, und zweitens: Wer auch immer ein Leben rettet, rettet die ganze Welt.

Lissa fügte noch ein Emoji hinzu, das die Zunge herausstreckte.

In Kirrinfief reden alle nur über dich und diese blöde Katze, während meine glamouröse Heldentat hier in London völlig ignoriert wird.

Meinst du deine Knutscherei mit einem Überdosis-Arschloch?

Na ja, du hast Carries Katze wieder zum Leben erweckt. Wusstest du, dass das ihr Schutzgeist ist? So erlaubst du ihr, ihre Schreckensherrschaft fortzusetzen, und hast vermutlich den halben Ort verhext. Wenn die Ernte ausfällt und die Kühe keine Milch mehr geben, wirst du auch eine andere Tonart anschlagen.

Dann bin ich doch längst wieder in London.

Aye, stimmt, das hatte ich ganz vergessen. Und ich bin zurück zu Hause und muss gucken, was von meinen Blumen übrig geblieben ist.

Es wächst ziemlich viel von diesem gelben Zeug mit den runden Blüten.

Vom Löwenzahn?

Ja.

Das ist aber Unkraut!

Ich find ihn schön.

Unkraut!

Außerdem hab ich auch ein paar Glockenblumen gepflückt, ich hoffe, das ist in Ordnung.

Es stimmte, sie hatte ihre Meinung geändert. Ein paar hier und da würde doch niemand vermissen.

Cormac schaute aus dem Fenster. Er liebte die Zeit der Glockenblumen, diese himmlischen Blütenwolken. Aber das erwähnte er wohl besser nicht, um nicht zu klingen wie … na ja, wie auch immer.

Klar, schreib einfach auf, wie viele es waren, dann rechnen wir das ab, wenn ich zurück bin.

Es kam keine Antwort, und Cormac fragte sich, ob er wohl klarstellen musste, dass das nur ein Witz gewesen war. Andererseits würde es die Sache auch nicht besser machen, wenn er jetzt eine Erklärung nachlieferte. Cormac wartete ab und aktualisierte dann noch einmal den Maileingang.

Am besten machen wir es so: Wenn du wieder da bist, zählst du die durch, die noch da sind, und vergleichst das dann mit dem ursprünglichen Lagerbestand, okay?

Mit einem Lächeln klappte Cormac den Laptop zu.

Lissa biss sich auf die Lippe und erkannte zum ersten Mal, dass sie London in diesem Moment überhaupt nicht vermisste. Und das lag nicht nur daran, dass die Narzissen Saison hatten. Nun begannen alle möglichen Pflanzen und Büsche zu blühen, deren Namen Lissa nicht kannte, und die Wildblumen am Straßenrand wucherten und rankten auf die Fahrbahn. All dies ging so schnell, dass es jeden Tag etwas Neues zu entdecken gab. Und dann die Bienen! Lissa hatte noch nie zuvor welche in der freien Natur gesehen, und hier flogen überall dicke, fette Bienen herum, genau wie Schmetterlinge in Orange und Schwarz, mit Augen auf den Flügeln. Das war schon Wahnsinn!

Kapitel 38

Cormac lief spät am Abend zu Fuß nach Hause. Er konnte nicht leugnen, dass ihm die glänzenden Straßen Londons bei Nacht mit all den Neonleuchten und den geschäftigen Menschen gefielen. Hier war es nie langweilig, immer lag ein spürbares, gespanntes Knistern in der Luft.

Bei einem Gebäude gleich neben dem Schwesternheim bemerkte Cormac einen Obdachlosen, der ihm schon ein anderes Mal aufgefallen war. Er fläzte auf dem warmen Lüftungsgitter des schicken Bürogebäudes, das dem Geruch nach zu urteilen wohl ein Schwimmbad im Keller hatte.

Der Krankenpfleger tastete in seiner Tasche nach dem Portemonnaie.

Das war doch nicht in Ordnung, selbst, wenn es ein warmer, sogar schwüler Abend war. Jeder brauchte schließlich ein Dach über dem Kopf.

Cormac platzierte das Geld vorsichtig neben dem Mann, weil er ihn nicht stören wollte.

Der Obdachlose lag ganz still da, hatte die Augen aber halb geöffnet.

»*Aye,* danke, Alter«, erklang eine tiefe Stimme, die fast wie ein Knurren klang. Der Akzent war unverkennbar schottisch. Als der Mann die Hand ausstreckte, entdeckte Cormac zu seiner großen Überraschung eine Tätowierung auf dem blassen, schmutzigen Arm. Obwohl sie nicht ganz geglückt und mit einer Nadel selbst gestochen war, erkannte er darin eindeutig das Abzeichen seiner eigenen Einheit.

»Bist du ein Black Watch?«, fragte er erstaunt. Einen Kameraden duzte er natürlich.

Als der Mann den Kopf hob und aus dumpfen, leblosen Augen zu ihm aufschaute, stiegen Cormac die heftigen Ausdünstungen eines ungewaschenen Körpers in die Nase.

»Nicht mehr«, antwortete der Mann.

»Und wo hast du gedient?«, fragte Cormac besorgt und betrachtete den Obdachlosen aufmerksam, falls er ihn kannte.

»Im verdammten … verdammten Fadge«, sagte der Mann, und Cormac lächelte gequält.

»*Aye*«, sagte Cormac. »Ich auch, 2014.«

»Dieses elende … Drecksloch.«

Cormac überprüfte kurz die Windrichtung und setzte sich dann neben den Obdachlosen. »Was ist denn passiert?«

Der Mann zuckte mit den Achseln. Obwohl er viel, viel älter aussah, vermutete Cormac, dass er etwa in seinem Alter sein musste.

»*Aye,* ich hatte ein bisschen Probleme mit dem Alkohol, ne?« Er sah Cormac an. »Warst du wirklich da, Alter? Oder willst du nur was von mir?«

Cormac wollte sich lieber nicht ausmalen, was er damit wohl meinte. »Nein, ich war da«, versetzte er grimmig. »Kanntest du Spears, den Oberst des Regiments?«

»Fuck, o ja«, knurrte der Mann und hätte beinahe gegrinst. Die Haut rund um seinen Mund war wund. »Dieser Schwachkopf!«

»Ich weiß.«

»Zum Teufel mit alldem, ich hab da draußen drei Kameraden verloren.«

Cormac nickte. Vermutlich hatte er mindestens einen von ihnen zu retten versucht. »Wie heißt du denn?«

»Robbie.«

»Cormac.«

Robbie bot ihm eine Flasche an, doch Cormac lehnte ab und wollte ihm stattdessen auch noch das letzte Geld geben, das er im Portemonnaie hatte.

»Das kann ich doch nicht annehmen«, sagte Robbie.

»Einem Kameraden helfe ich immer «, sagte Cormac. »Hast du ein Handy?«

Robbie lachte. »Nee.«

»Hör mal, ich wohne im Moment in dem Gebäude da drüben. Wenn du irgendwas brauchst, kannst du mich da finden.«

Robbie scheuchte ihn mit einer Handbewegung weiter. »*Aye*, alles klar, Mann.«

Cormac ließ der Gedanke an die Begegnung nicht los. Er fragte sich ernsthaft, ob der Grund für Robbies Abrutschen in die Obdachlosigkeit vielleicht auch der für seinen eigenen gefühlten Stillstand im Leben war.

Dabei trat er doch gar nicht mehr auf der Stelle, sagte

er sich wütend. Jetzt war er ja aktiv geworden, sprang hier für jemanden ein und machte sich nützlich, oder nicht?

Aber anders als bisher hatte er plötzlich kein offenes Ohr mehr für Lissa. Sie war schließlich von Menschen umgeben, die mit ihr darüber reden wollten, was sie durchgemacht hatte. Es wurde alles dafür getan, dass es ihr wieder besser ging.

Lissa war früh zu ihrem Termin erschienen. Sie sollte sich um jemanden kümmern, der aus der Psychiatrie entlassen worden war – normalerweise ging es in so einem Fall um versuchten Selbstmord. Nun sah sie sich am schäbigen Gartentor eines kleinen Bauernhauses einem ungepflegten Teenager und einem großen, laut bellenden Hund gegenüber, dem Sabber von den Lefzen tropfte. Der Anblick ekelte Lissa.

»Hallo!«, rief sie. »Ich komme vom Krankenhaus.«

»Maul, Bratze!«, lautete die Antwort. Der Junge sprach mit starkem Akzent.

Lissa starrte ihn an. »Ist deine Mutter zu Hause, oder vielleicht dein Vater? Ich bin wirklich nur hier, um deine Verbände zu wechseln.«

»Zieh Leine, Frutte!«, kam nun von ihm.

Lissa konnte ihn zwar kaum verstehen, nach einem freundlichen Willkommen klang das aber nicht.

»Lass mich einfach nur rein, damit ich mir das mal ansehen kann«, bat sie.

Ihr fiel auf, dass der Junge einen großen, schmutzigen Pullover mit langen Ärmeln trug, die er sich über die Handgelenke gezogen hatte.

»Leck mich!«, sagte er und wandte sich ab.

Der Hund rührte sich allerdings nicht von der Stelle und knurrte sie weiter an.

»Cormac weiß, dass ich hier bin«, startete Lissa einen weiteren verzweifelten Versuch.

Der Junge stieß etwas hervor, was wie »Der Penner kann mich mal!« klang, und verschwand dann in dem baufälligen alten Häuschen.

Lissa runzelte die Stirn. Sie war an betrunkene oder widerwillige Patienten gewöhnt, meist führten die sich aber nur am Anfang so auf.

In ihrem Einsatzgebiet in London kannten die Leute sie inzwischen und freuten sich für gewöhnlich, sie zu sehen.

So jemand wie – sie warf einen Blick in die Unterlagen – wie Cameron war eigentlich ein Fall für den Sozialarbeiter. Aber irgendwer musste sich auch um die Wunden an seinen Handgelenken kümmern, und das war nun mal sie.

Als Lissa ein paar Tage später zurückkehrte, war Camerons Mutter da, die jedoch auch keine große Hilfe war. Sie weigerte sich, die Tür aufzumachen, und rief nur, dass sie beschäftigt seien.

Lissa konnte von draußen jede Menge Rufen und Lärmen hören, Fernseher und Radio dröhnten in voller Lautstärke gegeneinander an, und der Hund bellte sich die Seele aus dem Leib. Seufzend dachte Lissa bei sich, dass sie dann eben auch nicht mehr ausrichten konnte. Wenn der Staat zu helfen versuchte, jemand diese Hilfe aber nicht annehmen wollte, na ja, dann stieß das System an seine Grenzen. Aber bei der Vorstellung, einen weiteren Jugendlichen zu verlieren, wurde sie ganz starr vor Angst. Und sie war auch wütend, weil dieser Teenager sich nicht von einer Frau untersuchen lassen wollte, nur von Cormac.

Lissa war klar, dass sie sich in falscher Sicherheit gewiegt hatte: Die meisten ihrer Patienten waren liebe, nette Leute, die ihr zum Abschied etwas zu essen aufdrängten – wie Mürbeplätzchen, selbst gebackenes Brot und Sahne. Bei einer denkwürdigen Gelegenheit – als sie die Schwangerschaft von Agnieszka aus dem Café bei Loch Ness bestätigt hatte – hatte man ihr sogar einen lebenden Hummer geschenkt. Lissa hatte ihn an Joan weitergegeben, die sich allerdings weigerte, ihn zu essen. Daher planschte er nun fröhlich im Aquarium in der Praxis herum und terrorisierte die Fische.

Langsam gewöhnte sich Lissa jedenfalls an die warmherzige Art der Menschen in der Gegend, daher nahm es sie auch so mit, hier auf diese Weise abgelehnt zu werden. Außerdem weckten diese Szenen, wenn sie ehrlich zu sich selbst war, erneut furchterregende Erinnerungen, wodurch die altbekannte Panik in ihr aufstieg. Sie dachte daran, was Anita ihr geraten hatte – dass sie den ganzen Vorfall im Kopf immer wieder durchgehen sollte.

Das hatte Lissa bisher nicht getan, was sich nun rächte. Denn eine unbedeutende, gewöhnliche Schwierigkeit blähte sich jetzt zu einem riesigen Problem auf.

Cormac,

hallo. Ich fürchte, dass ich den jungen Cameron Blaine nicht betreuen kann. Er hat mir auch beim dritten Mal nicht die Tür aufgemacht, reagiert nicht auf Bitten in Bezug auf die Behandlung und entzieht sich der Nachsorge komplett. Ich weiß einfach nicht, was ich noch machen soll, außer, mir widerrechtlich Zutritt zu verschaffen. Daher werde ich ihn aus der Patientenkartei streichen und dem Sozialamt Bescheid sagen.

Wütend starrte Cormac auf die Nachricht. Das ging gar nicht. Cameron Blaine hatte einen unglaublich schwierigen Background. Er war von der Schule geflogen, sein Vater war hinter Gittern, und seine Mutter saß nur aus einem einzigen Grund nicht ebenfalls ein: Es war für den Gemeinderat billiger, keine Unterbringung für ihre fünf Kinder suchen zu müssen. Dieser Junge brauchte unbedingt Hilfe und hatte sich in letzter Zeit … ja auch gar nicht schlecht geschlagen. Cormac hatte meistens einfach nur mit ihm abgehangen und ihn ein- oder zweimal sein Auto waschen lassen. Dafür hatte er ihm zwar viel zu viel bezahlt, ihm aber beigebracht, dass man so etwas sorgfältig machen musste und dass er ja nicht planen solle, später die Schlüssel für eine Spritztour zu stibitzen.

Cormac hatte auch mit Duncan gesprochen, dem freundlichen Polizisten aus dem Ort, dessen aktive Arbeit zu neunundneunzig Prozent mit Camerons Familie zu tun hatte, wenn man mal von Falschparkern absah. Sobald sie das Gefühl hatten, es könnten sich Probleme anbahnen, schlenderten beide gern betont lässig die Straßen entlang, an deren Ecken Cameron gern abhing.

Cormac hatte auch an einen alten Kumpel aus dem

Rekrutierungsbüro des Militärs gedacht, obwohl das für Cameron vielleicht ein bisschen zu weit ging, zumindest im Moment noch.

Jedenfalls waren ganze zwei Jahre Arbeit nötig gewesen, um ein Vertrauensverhältnis zu dem Jungen aufzubauen. Und das machte Lissa jetzt in nur zwei Minuten zunichte, weil sie sich genau wie eine dieser schnöseligen Schickimickitanten aufführte, denen Cameron sein Leben lang misstraut hatte.

Cormac war wütend, schrieb Lissa rasch eine pampige Nachricht und wies sie quasi an, Cameron erneut aufzusuchen und die Sache in Ordnung zu bringen.

»Er war echt grantig«, beklagte sich Lissa am nächsten Tag im Bücherwagen bei Nina.

Nina blickte skeptisch drein. »Cormac MacPherson?«

Cormac hatte bei John die Vorsorgeuntersuchungen übernommen, als er ganz klein gewesen war. Der Krankenpfleger hatte den Säugling auf dem Schoß auf und ab hopsen lassen und ihn an den Händchen in eine aufrechte Haltung hochgezogen, während Nina entsetzt zugeschaut hatte. Dann hatte er John einmal umgedreht, um sich seinen Hintern anzusehen, und verkündet: »Jap, perfektes Baby, 1a!«, bevor er wieder verschwunden war.

Lennox hatte sich damals ein bisschen darüber amüsiert, was für ein Theater Nina um ihren Sohn gemacht hatte. Ständig hatte sie sich gefragt, ob es John auch gut ging, und bei jedem Schniefen mit seinem sicheren Tod gerechnet.

Lennox kannte sich mit Vieh aus, und obwohl sein einziger Sohn natürlich nicht unter diese Kategorie fiel, gehörte er auf dem Hof schon irgendwie zum lebenden Inventar. Na ja, Lennox erkannte es jedenfalls, wenn ein Lebewesen vor Gesundheit nur so strotzte.

»Ich weiß«, sagte Lissa nun wütend zu Nina. Das Ganze nahm sie mehr mit, als sie durchblicken ließ. Eigentlich hatte sie gedacht, dass sie langsam so etwas wie ... Na ja, dass sie Freunde wurden, konnte man wohl schlecht sagen. Aber vielleicht Brieffreunde?

Egal, gestern hatte sie jedenfalls darauf geachtet, dass jegliche weitere Kommunikation auf passiv-aggressive Art ganz professionell klang, und Cormac hatte ganz passiv-aggressiv überhaupt nicht mehr geantwortet, was Lissa in ziemlich schlechte Laune versetzt hatte.

Als Nina ihr den neuen Roman von Kate Atkinson reichte, wurde ihre Miene aber augenblicklich sanfter.

»Vielleicht schlägt ihm ja London aufs Gemüt«, überlegte Nina, »und lässt ihn unleidlich werden. Ist Cormac denn glücklich da unten?«

Lissa sah sie nachdenklich an. »Das weiß ich nicht, es ist mir nie in den Sinn gekommen zu fragen. Ich habe keine Ahnung, wie es ihm dort ergeht.«

»Okay«, sagte Nina. »Na ja ... dann sollten Sie sich vielleicht mal danach erkundigen.«

»Hm«, machte Lissa. »Und was ist mit Cameron Blaine?«

Nina sah sich um. »Tja«, murmelte sie. »Ich weiß auch nicht. Meiner Meinung nach können Bücher ja fast alles wieder hinbiegen, aber ...« Plötzlich kam ihr ein Gedanke. »Vielleicht könnten Sie es mal damit versuchen?« Sie ging zum Regal mit den Klassikern und zog *Der Fänger im Roggen* hervor.

»Ich soll ihm ein Buch kaufen?«

»Ganz so sarkastisch müssen Sie ja nun auch nicht klingen.«

»Ich mache ihm doch kein Geschenk; viel lieber würde ich ihm ein paar hinter die Löffel geben!«

»Ich hoffe nur, so haben Sie das Cormac gegenüber nicht ausgedrückt!«

»Nein«, antwortete Lissa geknickt. »Aber er ignoriert mich sowieso.« Sie griff nach dem Buch. Es war die ihr vertraute Ausgabe mit dem roten Pferd auf dem Cover. »Meinen Sie wirklich? Das ist doch schon so alt.«

Nina zuckte mit den Achseln. »Meiner Erfahrung nach spricht es distanzierte Jugendliche besser an als alles andere.«

»Ja, da haben Sie vermutlich recht«, seufzte Lissa. »Gut, ich nehme es mit. Damit habe ich bei Cormac wirklich was gut, schließlich geht das weit über meine üblichen Pflichten hinaus.«

»Bringen Sie es einfach zurück, wenn er es nicht will«, sagte Nina.

»Und wenn er nicht lesen kann?«

»Dann auch.«

»Und wenn der Hund es frisst?«

»Ich glaube, Sie versuchen gerade, die Sache hinauszuzögern.«

Lissa dachte mit schlechtem Gewissen an all die Dinge, die sie eigentlich erledigen sollte, und spürte einen Anflug von Panik in sich aufsteigen. »Vielleicht«, gab sie zu.

»Das ist schon in Ordnung«, sagte Nina. »Bei einer Begegnung mit der Familie Blaine machen die meisten

Leute auf dem Absatz kehrt und nehmen Reißaus. Es hinauszuzögern, halte ich da schon für einen Schritt in die richtige Richtung.«

Lissa fuhr zu den Blaines, wo sie allerdings nur einen Zettel in das Buch steckte, es oben auf den Briefkasten legte und – wie sie zu ihrer eigenen Schande gestehen musste – die Flucht ergriff.

Eigentlich hätte sie Cormac gern davon erzählt, was sie getan hatte. Aber sie merkte, dass sie keine Lust dazu hatte, weil er sich immer noch nicht wieder gemeldet hatte. Und dann war sie verwirrt, weil es sie so sehr mitnahm, dass sie nichts von ihm hörte. Sie sollte wirklich damit aufhören, ständig aufs Handy zu gucken. Das war schließlich lästig, weil … na ja, es war eben lästig. Cormac war stur und nervig und beschuldigte sie, ihre Arbeit nicht richtig zu erledigen, deshalb war sie stinkwütend. Es wunderte sie genau wie ihn, dass sie sich gestritten hatten, und dann auch noch über jemanden, den Lissa praktisch nicht kannte.

Auch Cormac war stocksauer. Er hatte gedacht, dass Lissa doch am besten verstehen müsste, wie verletzlich angeschlagene junge Männer waren. Genau deshalb war sie ja in Kirrinfief gelandet, weil ihr Jugendliche so sehr am Herzen lagen. Eigentlich wollte sie sich doch um die kümmern und ihr Leben etwas besser machen. Okay, die Familie war vielleicht ein bisschen heftig, aber da hatte er bei Lissas Patienten schon Schlimmeres erlebt.

Wahrscheinlich war sie davon ausgegangen, dass in den Highlands alles so lieblich war wie auf einer Plätzchendose, einfach zauberhaft und perfekt. Nichts sollte ihr die Vorstellung von dieser schönen und bezaubernden Gegend verderben.

Das Problem bei der ganzen Sache war eindeutig sie. Denn auch in Schottland gab es Not und Entbehrung, genau wie überall sonst. Durch die isolierte Lage, die oft unzureichende Versorgung, niedrige Löhne und den schlechten öffentlichen Nahverkehr war es manchmal sogar noch schlimmer. Da konnte Lissa nicht einfach wegsehen, nur weil es kein schöner Anblick war, das musste ihr doch klar sein.

Cormac war unruhig, außerdem kam auch noch sein Helfersyndrom bei ihm durch, wie Jake es ausdrücken würde. Deshalb nagte die Sache mit Robbie ebenfalls an ihm.

Heute Abend nervte ihn London – es war heiß und laut, und Cormac konnte nicht schlafen. Er wünschte wirklich, er wäre wieder zu Hause, wo eine kühle Brise sein Häuschen umwehte und er durchs geöffnete Fenster nur das Rascheln von … ACH DU SCHEISSE! Plötzlich saß Cormac aufrecht im Bett.

Kapitel 39

Cormac war immer noch sauer auf Lissa, deshalb wollte er ihr nur ungern schreiben, vor allem nicht um diese Uhrzeit.

Aber er hatte Ned ganz vergessen! Wie konnte er nur? Verdammt, verdammt, verdammt, verdammt! London hatte ihn wirklich aus dem Lot gebracht.

Cormac griff nach seinem Laptop und klappte ihn auf. Vielleicht lag sie ja längst im Bett oder schlief sogar schon. Und er wollte wirklich nicht als Erster schreiben – das würde so aussehen, als wolle er sich entschuldigen.

Als er noch einmal seine letzte Nachricht überflog, verzog er jedoch gequält das Gesicht. Vielleicht war er ein bisschen zu harsch zu ihr gewesen. Aber das war ja auch eine ernste Angelegenheit.

In T-Shirt und Boxershorts hockte Cormac auf dem Rand des zu kleinen Einzelbettes, rieb sich mit der großen Hand den Nacken und überlegte, was er tun sollte. Schließlich begann er zu tippen:

Bist du noch auf?

Lissa konnte nicht verleugnen, dass sie sich freute. Andererseits ärgerte es sie, dass sie a) tatsächlich noch wach war und b) auf eine Nachricht von ihm gewartet, sich das aber nicht eingestanden hatte. Ein wenig frostig schrieb sie:

Kann ich dir irgendwie helfen?

Hast du draußen im Garten was gehört?

Wie bitte? Weshalb, was ist denn?
Ist da draußen etwa jemand?

Nein. Ja. Nein.

Mit klopfendem Herzen sprang Lissa auf. Handelte es sich womöglich um die Familie von vorhin, die gekommen war, um das Haus niederzubrennen? Lissa starrte hinaus in den Garten. Sie konnte nichts sehen, aber ein Rascheln hören. Ja, da war definitiv ein Rascheln. Ihr Herz begann wie wild zu rasen.

Muss ich etwa die Polizei rufen?

Cormac starrte ungläubig auf seinen Computer und begann zu lachen.

Gott, nein, BLOSS NICHT! Das ist doch nur Ned. Ich hab ganz vergessen, dass er um diese Jahreszeit hervorkommt, und wenn du ihn nicht fütterst, dann verschwindet er vielleicht.

?????

Im Frühling. Wenn er aufwacht.

Er ist ein Igel.

EIN IGEL?

Ja.

DU HAST MICH ZU TODE ERSCHRECKT WEGEN EINES VERDAMMTEN IGELS!

Er ist ein wirklich süßer Igel.

ICH WILL KEINEN VERDAMMTEN IGEL!

Ich bitte dich ja auch nicht darum, ihn zu adoptieren. Könntest du ihm vielleicht Wasser mit Honig rausstellen? Dass sie Milch brauchen, ist nur ein Gerücht.

Ich soll jetzt also aufstehen und in die Finsternis und Kälte rausgehen, nur um einem Igel Honig hinzustellen?

Falls das in Ordnung ist? Wenn er bei mir im Garten nichts findet, geht er womöglich auf Wanderschaft und wird überfahren oder so.

Lissa schaute noch einmal nach draußen. Sie konnte nichts erkennen, allerdings raschelte es wieder. Verdammt, sie musste wohl hinaus, sonst wäre sie wahrscheinlich nicht mehr nur eine »schlechte Krankenschwester«, sondern auch noch eine Igelmörderin. Sie verdrehte die Augen, ging nach unten und gab etwas Rohhonig mit Wasser in eine Untertasse.

Dann betrat sie vorsichtig den verzauberten mitternächtlichen Garten und wartete darauf, dass sich ihre Augen an die Dunkelheit gewöhnten.

Die Welt da draußen war beeindruckend. Es war keine Menschenseele zu sehen, und um diese Uhrzeit kamen auf der kleinen Straße auch keine Autos vorbei. Daher gab es außer der schwachen Küchenlampe des Häuschens weit und breit keine von Menschen gemachte Lichtquelle.

Am Himmel stand der fast volle Mond und erleuchtete die Landschaft mit seinem hellen Schein. Mit silbernem und goldenem Glitzern plätscherte der Fluss dahin, und über allem lag der schwere Duft der Glockenblumen. Das feuchte, kalte Gras unter Lissas Füßen hätte eigentlich mal gemäht werden müssen, was sie aber nicht weiter kümmerte.

Lissa ging so leise, wie sie nur konnte, zu dem raschelnden Busch und kniete sich hin. Sie holte ihr Handy hervor, machte die Taschenlampe daran an – und da war er!

Kurz leuchteten zwei winzige Augen auf, dann hatte sich das kleine Wesen auch schon zu einem wehrhaften Ball zusammengerollt.

»Ist ja gut«, gurrte Lissa. »Alles in Ordnung.« Schnell schaltete sie die Taschenlampe wieder aus, weil sie den Igel nicht erschrecken wollte. »Hier.«

Als sie die Untertasse hinstellte, leuchtete der Mond auf dem sauberen, kalten Wasser. Dann zog sich Lissa leise zurück, ging neben der Hintertür frierend in die Hocke und wartete ab.

Sie verharrte dort so lange, dass sie schließlich die Umrisse der Büsche und Bäume im Dunkeln perfekt erkennen konnte. Endlich ertönte wieder das Rascheln, und Lissa sah eine kleine Gestalt auf winzigen Füßchen zur Schale huschen. Beinahe wäre ihr bei diesem entzückenden Anblick ein Quieken entfahren, und sie hätte so gern ein Foto geschossen, wusste aber, dass das nicht ging.

Stattdessen saß sie einfach nur da, sah zu, wie das kleine Tierchen fröhlich das Schälchen leerschleckte, und kam sich dabei unglaublich privilegiert vor. Es fühlte sich an, als sei eine königliche Hoheit zum Tee gekommen, als hätte das Universum ihr ein großes, geheimes Geschenk gemacht.

Euphorisch wartete sie reglos, bis das Tier satt war, füllte die Untertasse noch einmal auf und kehrte dann durchgefroren, aber triumphierend ins Bett zurück.

Er ist hier!

Cool!

Warum heißt er denn Ned?

Alle Igel heißen doch Ned! Neddie Nadel!

Sein voller Name lautet also Neddie Nadel?

So steht es in seiner Geburtsurkunde.

Könnte schlimmer sein.

Finde ich auch.

Und warum bist du dir sicher, dass es immer derselbe Igel ist?

Weil ich ihm etwas Farbe auf die Stacheln gespritzt habe. Hast du das nicht gesehen?

Ist das nicht Tierquälerei?

Es ist doch nur ein ganz kleiner Fleck. So, ich gehe jetzt ins Bett. Du kannst mich gern bei der Königlichen Gesellschaft für farbbezogene Igelquälerei anzeigen.

Nach einer Pause schrieb Cormac dann noch:

Tut mir leid, dass ich wegen Cameron so biestig war. Ich hatte einen harten Tag.

Nein, du hattest ja recht, ich war bloß nicht darauf vorbereitet. Ich hab ihm ein Buch gekauft.

Du warst wohl bei Nina, was?

Vielleicht.

Sie hält Bücher ja für die Antwort auf alles.

Womöglich sind sie das auch.

Wenn er denn lesen kann.

Ich melde mich bald zurück.

Bis dann!

Okay, gute Nacht.

Gute Nacht.

Kurz darauf kam noch:

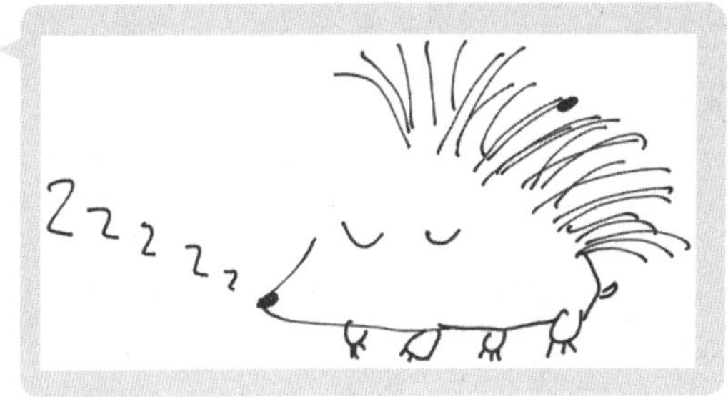

Teil 3

Kapitel 40

Obwohl Ned am nächsten Tag verschwunden war, füllte Lissa seine Untertasse wieder. Einerseits hätte sie so gern ein Foto von ihm gehabt, andererseits blieb ihr ja die Zeichnung.

Mit ihrer neuen Wasserflasche in der Hand marschierte Lissa hinaus und gelangte zu einer nahe gelegenen Wiese. Dort fand sie sich zwischen hüfthohem Gras voller Mädesüß wieder und atmete bewusst tief ein. Wenn es hier mal nicht wie aus Kübeln schüttete, war die Landschaft einfach atemberaubend, das musste sie wirklich zugeben. Vermutlich lag es an all dem Regen, dass das Grün so intensiv leuchtete. Überall blühten dichte Büschel von Wildblumen, zwischen deren großen lilafarbenen Blüten Bienen summten. Leider gediehen auch Brennnesseln hier ganz prächtig, wie Lissa bei ihrem Ausflug abseits der Wege feststellen musste. Zum Glück war sie nicht aufs Ganze gegangen, sondern hatte sich die Shorts heute Morgen verkniffen.

Im Wald entdeckte sie jenseits der Glockenblumen bald noch einen weiteren Fluss. Sie hatte ein bisschen Sorge, dass Schafe dort hineingemacht haben könnten und sie sich womöglich vergiften würde. Aber da sie kaum welche in der Nähe sah, füllte sie schließlich ihre Wasserflasche wieder und nahm einen tiefen Zug, während die Sonne ihr den Rücken wärmte.

Das kalte Wasser ließ Lissa aufkeuchen. Sie konnte spüren, wie es ihr sauber, rein und erfrischend die Kehle hinunterrann. Fast kam es ihr vor, als würde dieser eisige Strahl sie trunken machen und ihren Blick zum Leuchten bringen.

Als sie sich wieder aufrichtete, fand sie sich plötzlich Auge in Auge mit einem Hirsch am anderen Ufer wieder.

Lissa zwinkerte und griff zu ihrem Handy, fast so, als sei das Tier nicht echt, bevor sie nicht ein Foto davon geschossen hatte … Aber sobald sie den Arm bewegte, wandte sich der Hirsch ab und sprang davon, brach in erstaunlichem Tempo durch das Dickicht. Als er verschwunden war, hatte Lissa beinahe das Gefühl, die Begegnung nur geträumt zu haben.

Sie setzte sich wieder in Bewegung, ging ohne besondere Richtung weiter, am Ort vorbei. Als sie eine lange Straße im Schatten von Bäumen erreichte, wurde ihr klar, dass sie weiter gelaufen war als gedacht. Außerdem musste sie sich eingestehen, dass sie überhaupt nicht in Form war.

Sie hatte eben immer nur herumgesessen, dachte Lissa bei sich. Hatte dagesessen und sich gequält und in etwas hineingesteigert und mit ihrem Handy herumgespielt und sich Fotos von den Partys anderer Leute angeguckt, um … na ja, eigentlich ihr ganzes restliches Leben vor sich herzuschieben.

Das alles hatte als Ablenkung dienen sollen, aber nichts

gebracht. Anita hatte recht behalten: Mal eine Pause von den Social Media einzulegen, war wirklich das Beste gewesen.

Irgendwann erreichte Lissa die Hauptstraße und wollte bereits kehrtmachen, da näherte sich ein Lieferwagen. Am Steuer erkannte Lissa Zoe, die Frau mit all den Kindern, die heute allerdings allein zu sein schien. Auf ihr Winken hin hielt Zoe sofort an.

»Hallo! Soll ich Sie mitnehmen?«

Lissa musste fast lächeln: Es kam ihr vor, als hätte das Universum sie erhört.

»Äh, ja, bitte. Fahren Sie in den Ort?«

»Nein, zu Nina; die muss heute zu Hause Papierkram erledigen.«

»Es ist seltsam, Sie so ganz allein zu sehen.«

»Ich weiß! Beide Hände für mich selbst zu haben, fühlt sich immer komisch an.«

Als Lissa in den hohen Wagen geklettert war, reichte Zoe ihr eine Tüte mit Karamell.

»Was ist das denn?«

»Nervennahrung.«

Es handelte sich um hartes, zuckriges Zeug, das unglaublich lecker war, wenn man über den ersten Schock der unfassbaren Süße hinweggekommen war.

»O mein Gott«, stöhnte Lissa.

»Ich weiß«, sagte Zoe. »Das hat Shackleton selbst gemacht. Ich hab es konfisziert, damit bei uns nicht alle Diabetes bekommen.«

Lissa starrte die Tüte an.

»Ja, essen Sie bitte mehr davon«, sagte Zoe. »Im Ernst, sonst bringt mich das noch ins Grab. Uns alle.«

»Wir sollten uns jede ein einziges weiteres Stück nehmen und dann den Rest aus dem Fenster werfen«, schlug Lissa tapfer vor.

»Damit würden Sie den ersten Vogel auf dem Gewissen haben, der es findet«, wandte Zoe traurig ein. »Der würde mausetot umfallen, so viel Zucker kann nämlich kein Körper vertragen.«

Wieder wanderte ihrer beider Blick zur Tüte.

»Wenn wir das einfach alles aufessen, ist es aus dem Weg, und wir müssen uns nicht mehr den Kopf darüber zerbrechen«, überlegte Zoe.

»Wir könnten einen Teil davon für Nina aufbewahren.«

»Nein, Nina darf davon nichts essen. Es würde John umbringen, wenn er den Zucker über die Muttermilch aufnimmt.«

Laut kichernd schoben sie sich daher eins nach dem anderen die Stückchen mit Vanillegeschmack in den Mund, während der Lieferwagen die Landstraße entlangzuckelte.

Es war kein weiteres Auto in Sicht, und die Sonne fiel durch die offenen Fenster des Wagens herein, während im Radio ein fröhliches Lied mit Fiddeln lief, dessen Text Lissa nicht verstand.

Als sie auf den Vorplatz des Bauernhofes fuhren, freute Nina sich, sie zu sehen.

»Passen Sie bloß mit dem Huhn auf«, warnte Zoe Lissa beim Aussteigen.

Ein Exemplar mit besonders stechenden Knopfaugen lauerte am Rand des Platzes und trat dort von einem Bein aufs andere.

»Das ist ein absoluter Albtraum.«

Lissa sah zu dem Tier, das sie kurz anschaute und dann den Blick auf Zoe richtete. Es wirkte fast so, als würde der Vogel Zoe auf bedrohliche Art und Weise fixieren, aber das konnte ja wohl nicht sein.

Wie auch immer, jedenfalls saß Nina fröhlich auf den Stufen ihres eigenen Lieferwagens und winkte sie heran. »Ich hab gerade Wasser aufgesetzt.«

»Wo ist denn John?«

»Draußen mit Lennox unterwegs«, sagte Nina und rollte mit den Augen, sah aber auch stolz aus.

Ihr prächtiger Junge und sein Vater waren eben unzertrennlich.

»Und, ist der Vormittag gut gelaufen?«

»Ja«, antwortete Zoe. »Diese Plüsch-Nessies verkaufen sich wie geschnitten Brot.«

Wieder verdrehte Nina die Augen.

Manchmal kam es noch zu Spannungen, weil sie selbst die Ware für ihre Buchhandlung unter strengen Kriterien auswählte, während Zoes Wagen eher ein Touristenshop war. Da sich inzwischen beide mit ihrem jeweiligen Geschäft den Lebensunterhalt verdienten, machte das aber eigentlich nichts.

Jetzt hockten die drei Frauen, jede mit einer großen Tasse Tee, in der Sonne vor dem wunderschönen Bauernhaus. Lissa genoss die Unterhaltung mit ihren neuen Bekannten, mit denen sie schnell per Du war. Sie tauschten sich vor allem über den Umzug von einer englischen Großstadt in diese abgelegene Gegend aus.

»Meine Mutter dachte ja, dass ich auf den Mond ziehe«, erzählte Zoe. »Und auch, dass mich mein neuer Chef hier gefangen halten würde.«

Nina lächelte. »Immerhin warst du nicht die erste Engländerin, die einen Fuß ins Dorf gesetzt hat. Wie entsetzt Wullie mich damals im Pub angestarrt hat!«

Zoe lachte. »Ich glaube, er hatte Angst, du würdest ihn verführen. Die raffinierte englische Femme fatale.«

»Also, was meinst du?«, fragte Nina jetzt Lissa. »Wirst du auch für länger bleiben?«

»Das kann ich gar nicht«, antwortete Lissa. »Es ist ja nur ein vorübergehender Einsatz.«

»Und warum hast du dir dafür ausgerechnet Kirrinfief ausgesucht?«, erkundigte sich Nina neugierig. »Ich meine, ich bin hier ja quasi hängen geblieben.«

Lissa zuckte mit den Achseln. »Also … Also, das hat sich halt so ergeben. Durch Cormac.«

»Der gute alte Cormac«, sagte Nina. »Ich wette, der hat da unten einen Heidenspaß.«

Lissa fragte sich, was sie damit wohl meinte, hakte jedoch lieber nicht nach. Womöglich wollte Nina nämlich andeuten, dass er in London jede Menge Frauen aufriss, vielleicht sogar einige ihrer Freundinnen. Dann musste sie lächeln, weil ihr die Igelzeichnung wieder in den Sinn kam, sie verdrängte den Gedanken aber schnell. So etwas schickte er bestimmt allen.

Lissa lehnte sich vor. Inzwischen war sie froh über ihre Pause von den Social Media, das persönliche Gespräch mit anderen Leuten fehlte ihr aber. Und sie hatte auch das Gefühl, dass sie vor diesen Frauen jetzt mal ein wenig mutiger sein sollte. Als Zugezogene saßen sie schließlich im selben Boot. »Ich … Ich wurde gewissermaßen hierhergeschickt …«

Die anderen beiden verstummten, weil sie zu ahnen

schienen, dass Lissa ihnen jetzt etwas anvertrauen wollte.

»Mir ging es in London echt dreckig«, gab sie zu. »Ich war nämlich Zeugin bei einem Autounfall, und … danach wurde mir alles irgendwie zu viel.«

Niemand sagte etwas.

»Deshalb hat man mich vorübergehend in eine ruhigere Gegend versetzt. Das entspricht beim National Health Service wohl dem Körbeflechten.« Sie versuchte zu lächeln, aber das wollte nicht recht gelingen.

Zoe lehnte sich vor. »War es sehr schlimm?«, fragte sie sanft.

Lissa hatte das furchtbare Gefühl, dass sie gleich wieder anfangen würde zu heulen. Weil sie kein Wort herausbekam, nickte sie bloß.

Nina, die neben ihr saß, tätschelte ihr freundlich die Hand. »Gott, das muss schrecklich sein. Ich hatte auch mal einen Beinahe-Unfall mit dem Bücherwagen, das war übel.«

Lissa brachte ein schiefes Lächeln zustande.

»Hilft es denn?«, fragte Zoe. »Ich selbst war … Ich meine, ich war jetzt nicht traumatisiert oder so. Allerdings war ich vorher auch gestresst und unglücklich, aber nach dem Umzug hierher …«

Auf einem fernen Feld jenseits der Straße stieg ein großer Schwarm Schwalben auf.

Lissa blickte ihnen hinterher. »Ich denke schon.«

»Warte mal«, sagte Nina, stand auf und verschwand im Lieferwagen. Sie kehrte mit einem Büchlein zurück, auf dessen Titelbild eine Frau zu sehen war. »Hier«, sagte sie.

Lissa nahm das Buch entgegen.

»Davon hab ich aus Versehen zwei bestellt«, sagte Nina. »Das kannst du gern haben.«

»*Die Reisen des Mr. Leary*«, las Lissa. »Worum geht es da?«

»Um Heilung«, antwortete Nina. »Das beste Buch, das je über dieses Thema geschrieben wurde.«

Unendlich gerührt schaute Lissa zu ihr hoch. »Danke.«

»Gern geschehen. Oh!« Ninas Gesichtsausdruck veränderte sich. »Da sind sie ja!«

Lennox kam zum Mittagessen von den Feldern und ließ John auf seinen Schultern hopsen. Früher hatte er sich immer nur ein Sandwich mitgenommen und es sich in der Scheune reingeschoben.

Inzwischen konnte er sich aber sicher sein, dass in der Küche nicht nur warmes Brot vom Bäcker auf ihn wartete, sondern auch guter Käse und reife Tomaten. Und wenn er nicht völlig falsch lag, hatte Nina auch ein paar Flaschen Ingwerlimonade gekauft, die für die meisten Leute eine ironische Enid Blyton-Hommage war, die sie selbst aber ganz unironisch gern tranken.

Als Lennox sah, dass Nina nicht allein war, zog er sich, wie meist am Anfang, erst einmal in sich zurück.

Aber die Frauen redeten ja ohnehin genug, und so saßen sie an diesem ersten klaren, warmen Tag des Jahres draußen, während John auf einer Decke herumzukrabbeln versuchte und das Huhn an der Ecke der Scheune unheilvoll herumpickte.

Als es Zeit zum Aufbruch war, umklammerte Lissa ihr Buch wie einen Schatz.

»Oh«, sagte Lennox zu ihr, »stehst du eigentlich mit Cormac in Kontakt?«

Lissa errötete. »Äh … nur in beruflicher Hinsicht. Wir tauschen Informationen über Patienten aus, und so.«

Das interessierte Lennox überhaupt nicht. »Sag ihm, dass ich Erntehelfer brauche. Ganz im Ernst, und die Scheune steht schon für sie bereit. In London gibt es doch neunzig Squillionen Menschen, da könnt ihr bestimmt ein paar entbehren.«

Lissa sah ihn aus zusammengekniffenen Augen an und nickte, bevor Zoe und sie aufbrachen.

Kapitel 41

Cormac ging nach draußen, um Robbie Frühstück zu bringen. Normalerweise war Robbie um diese Zeit nicht ansprechbar, und Cormac stellte ihm dann etwas für später hin. Heute jedoch saß Robbie zu Cormacs Überraschung aufrecht da und schaute in die Ferne.

»Morgen!«, sagte Cormac.

Robbie sah ihn an, aber nicht mit seinem üblichen stumpfen Blick.

Die Sonne war bereits aufgegangen, und man konnte ihre Strahlen zwischen den Wänden der Unterführung gerade eben so erahnen.

Robbie kratzte sich am Kopf. »Sag mal, kann ich dich um etwas bitten?«

»Klar«, sagte Cormac.

Robbie wirkte verlegen. »Könnte ich … vielleicht mal bei dir duschen?«

Cormac überlegte. Sicher, das würde wohl niemanden stören. Der Einzige, mit dem er das klären müsste, war …

»Morgen!«, sagte Cormac.

Der knurrige Pförtner schaute auf und nahm übel gelaunt Robbie ins Visier, von dem – man konnte es nicht leugnen – ein ordentlicher Mief ausging.

»Die hab ich Ihnen mitgebracht«, sagte Cormac. »Ich hatte viel zu viele.« Und er reichte dem Mann eine Tüte mit frischen Rosinenbrötchen. Dass er zu jedem beliebigen Zeitpunkt einfach losziehen und kaufen konnte, was das Herz begehrte, hatte für Cormac den Reiz des Neuen immer noch nicht verloren, und er genoss diese Möglichkeit.

»Probieren Sie die mal«, sagte er. »Die haben eine Cremefüllung. Das ist was Französisches, glaube ich.«

Der Pförtner schniefte und nahm ohne ein Wort die Tüte von Cormac entgegen, der Robbie rasch ins Gebäude schob.

Mit einem frischen Handtuch und ein paar von seinen eigenen Anziehsachen brachte Cormac Robbie ins Bad und erklärte ihm, dass er so lange unter der Dusche bleiben konnte, wie er wollte. Die Kacheln mochten Risse haben, heißes Wasser gab es hier aber unbegrenzt.

Kim-Ange fing Cormac an der Tür zur Waschküche im Keller ab und baute sich mit verschränkten Armen vor ihm auf. »Wer ist das da oben in der Dusche?«

»Ein … Freund«, antwortete Cormac.

Kim-Ange strahlte. »Ein Liebhaber?«

»Nein!«

Angesichts seiner Reaktion runzelte sie die Stirn, und Cormac wurde klar, dass er es schon wieder vermasselt hatte. Er lernte hier in London wirklich so einiges. »Ich meine, das wäre natürlich völlig in Ordnung, *aye* …«

Kim-Ange nickte ein wenig versöhnlicher. »Aber er ist nicht …«

»Dieses Mal nicht, nein«, murmelte Cormac, der sich immer dämlicher vorkam.

»Okay«, sagte Kim-Ange. »Es handelt sich also um einen Freund von dir.«

Cormac erklärte ihr die Sache.

Kim-Ange zog die Augenbrauen hoch. »Du hast einen Obdachlosen in ein Schwesternwohnheim gelassen?«

»Ich dachte eigentlich, du wärst von uns beiden die Tolerantere.«

»Liegt dein Portemonnaie etwa bei dir im Zimmer?«

Natürlich tat es das. Cormac wandte sich ab, drehte sich dann aber wieder zu Kim-Ange um. »Ich bin mir sicher, das ist kein Problem.«

»Ja, klar, du Landei«, schnaubte Kim-Ange.

»Himmel!«, stöhnte Cormac, während sie ihm nach oben folgte.

In seinem Zimmer war niemand, und auch im Bad nicht. Cormac rief Robbie, bekam jedoch keine Antwort, denn der Obdachlose war einfach verschwunden. Er hatte Cormacs saubere Klamotten mitgenommen und seine schmutzigen dagelassen, die man nur noch entsorgen konnte.

Cormac tastete nach seinem Handy, fand es aber in seiner Tasche. Er hatte eine neue Nachricht von Lissa, in der sie irgendetwas darüber schrieb, dass Lennox nach Erntehelfern suchte. Na ja, da konnte Cormac wohl nicht viel ausrichten.

Als er noch einmal zu seinem Zimmer hinüberging,

versuchte er, sich Kim-Ange gegenüber seine Besorgnis nicht anmerken zu lassen. Und dann auch seine unendliche Erleichterung nicht, als auf seinem Schreibtisch unberührt sein Portemonnaie lag, direkt neben seiner Uhr. Augenblicklich stiegen sowohl Schuldgefühle als auch unendliches Mitleid für Robbie in ihm auf. Niedergeschlagen ließ sich Cormac aufs Bett sinken.

Kim-Ange traf eine Entscheidung. »Komm, lass uns mal einen Spaziergang machen«, sagte sie. Sie trug eine Weste in leuchtendem Gold, deren breiter Rücken mit Fell besetzt war, dazu enge, schwarze Leggings und goldene Timberlands mit hohem Absatz. Ihr goldener Lidschatten war farblich darauf abgestimmt.

Für jemanden, der nicht daran gewöhnt war, war ihr Anblick ein wenig beunruhigend.

»Wie viel Uhr ist es denn?«, fragte Cormac.

»Spaziergehzeit«, antwortete Kim-Ange.

Cormac seufzte und ging zu dem kleinen Waschbecken hinüber, um sich das Gesicht zu waschen. »Bist du dir sicher?«, fragte er. »Du willst mich wahrscheinlich nur dabeihaben, um dich auf mich zu stützen, wenn dir in diesen dämlichen Schuhen die Füße wehtun!«

Die Stiefel mit dem Stöckelabsatz waren wirklich furchtbar albern und sahen geradezu gefährlich aus.

»Stimmt«, behauptete Kim-Ange. »Und damit du den Leuten, die mir was hinterherrufen, die Zähne zeigst.«

»Wer sollte dir denn was hinterherrufen?«, fragte Cormac und trocknete sich das stoppelige Kinn ab. »Außerdem würdest du das da oben sowieso nicht mitkriegen – mit den Dingern bist du doch ungefähr drei Meter groß.«

»Laufsteg-Schuhe«, sagte Kim-Ange weise. »Komm, wir gehen rüber zur Tate Modern. Da drücken sich lauter künstlerische Typen rum, und man weiß mich *zu würdigen.*« Sie lächelte ihn an. »Gut gemacht vorhin. Riskant, aber gelungen.«

Trotzdem fühlte sich Cormac nicht viel besser.

Sie traten hinaus in das, was für Cormac eine fürchterliche Hitzewelle war, für alle anderen dagegen ein ganz normaler Tag. Und dann wurde Cormac klar, dass sich für ihn inzwischen etwas verändert hatte.

Wenn er hier am Anfang in ein Bekleidungsgeschäft gegangen oder durch Soho gelaufen war und über die Klamotten, die Mode, all die unterschiedlichen Arten von Menschen gestaunt hatte – Frauen, Männer und alles, was dazwischen lag –, dann war ihm das irgendwie unangenehm gewesen. Warum zogen die sich bloß so an? Wieso wollte jemand auffallen, sodass andere ihn anstarrten, über ihn lachten und mit dem Finger auf ihn zeigten?

Doch allmählich hatte er sich an das bunte Treiben im Zentrum von London gewöhnt und musste sich etwas eingestehen, was ihn selbst überraschte: Es gefiel ihm.

Ihm gefiel, wie individuell sich die Leute hier kleideten. Er mochte es, dass die Menschen sich die Mühe machten, sich die Haare silbern zu färben oder eine Perücke aufzusetzen oder etwas unglaublich Unbequemes zu tragen, damit nicht jeder ständig die gleichen langweiligen Jeans und Fleecepullis vor sich hatte.

Cormac hatte dazu auch eine Theorie: In Schottland änderte sich die Welt um einen herum mit ihren Farben täglich, manchmal sogar stündlich: das Rosa üppiger

Blüten, das Gold der Narzissen, die tiefen Grüntöne des Grases nach dem Regen, das sanfte Lila des Heidekrauts auf den Hügeln, das leuchtende Gelb der Rapsfelder, die reinen weißen Lämmer, die überall wie Wölkchen verteilt waren, eine riesige, untergehende Sonne am Horizont.

Hier hingegen gab es graue Gehsteige, graue Gebäude, grauen Asphalt und überall, wo man hinging, braune Häuser. Es war immer dasselbe und änderte sich nie. Und wo man auch hinsah, leuchteten grellgelbe Lampen. In London konnte man den Himmel kaum von den Straßen unterscheiden, nie erwachte irgendetwas voll strahlender Farben zum Leben, wandelte sich von Tag zu Tag. Es änderte sich einfach nichts. Immer herrschte dieselbe Temperatur, alles war bebaut, und auf den wenigen freien Flächen thronte bereits ein Kran.

Und deshalb kleideten sich die Leute farbenfroh – trugen eine gelbe Brille oder einen Anzug in leuchtendem Türkis oder spitze, rote Schuhe. Damit fügten sie ein buntes Element zur steinernen Landschaft der Stadt hinzu, boten ihren Mitmenschen einen schönen und interessanten Anblick. Und das taten sie Cormacs Meinung nach, weil sie an ihrem Wohnort nicht das Glück hatten, See und Bäume und Himmel sehen zu können.

Cormac und Kim-Ange liefen am Ufer der verschlammten Themse entlang. Da Wochenende war, drängten sich die Massen – es waren Familien unterwegs, Leute auf Fahrrädern und Rollern, lächerliche erwachsene Männer mit seltsamen Bärtchen, bunte Gruppen junger Italiener mit riesigen Rucksäcken sowie selbstzufriedene Besucher, die gerade aus dem eigentümlichen Globe Theatre kamen.

Nachdem sie am Oxo Tower vorbei waren, wurde es wirklich eng. Hier gab es so viele Leute!

Wie konnte man sich nur je daran gewöhnen, fragte sich Cormac. Inzwischen verstand er nur zu gut, warum man Passanten hier nicht grüßte, nicht einmal Blickkontakt mit ihnen aufnahm. Es wäre viel zu anstrengend und schlicht unmöglich.

Während sie sich von der Menge mitziehen ließen, kam ihm ein Gedanke: Wenn mich jetzt jemand anschaut, kann er nicht erkennen, dass ich aus einem winzigen Dorf stamme und noch nie länger in einer Großstadt gewesen bin. Wer mich vorbeigehen sieht, denkt sich nichts Besonderes dabei und nimmt vielleicht an, dass ich mein ganzes Leben hier verbracht habe. Zu seiner Überraschung merkte er, dass ihm diese Vorstellung gefiel.

»Jetzt gucken wir uns ein bisschen Kunst an!«, verkündete Kim-Ange.

»Von Kunst hab ich aber keine Ahnung!«, protestierte Cormac.

»Du kritzelst doch den ganzen Tag rum!«

»Das ist etwas ganz anderes, und moderne Kunst ist irgendwie komisch. Die Bilder sehen aus, als hätte sie ein Kind gemalt.«

»Was für eine originelle und wertvolle Analyse«, seufzte Kim-Ange. »Du bist hier in einer der wichtigsten Städte weltweit, was Kunst angeht. Aber du willst nur eins, dich nämlich am Leicester Square in einem Steakhaus ans Fenster zu setzen.«

Cormac wünschte, er hätte ihr nie davon erzählt. »Jetzt sei schon still!«

»Nein, sei du mal still! Vielleicht kannst du sogar noch was lernen!«

Widerwillig wie ein Kind stapfte Cormac hinter Kim-Ange her, als sie ein riesiges Gebäude am Flussufer erreichten, das mit seinem hohen braunen Schornstein wie eine Fabrik aussah. Auf der hinteren Seite gab es eine Reihe breiter Glastüren und davor einen weitläufigen Bereich, über den kleine Kinder mit Rollern und Dreirädern sausten.

Im Inneren, in das kein Sonnenlicht fiel, war es finster und kühl. Der schräg abfallende Fußboden führte zu einem riesigen unterirdischen Saal voll seltsamer Objekte unterschiedlichster Form und Größe.

Cormac verschränkte die Arme vor der Brust und verkündete, dass er hier eine Skulptur nicht von einem Toilettenschild unterscheiden könne.

Kim-Ange hingegen gurrte und jauchzte begeistert.

Während Cormac geduldig nickte, fragte er sich insgeheim, ob es hier in der Nähe wohl ein Fast-Food-Restaurant gab. In Kirrinfief lebte er achtzig Kilometer vom nächsten McDonald's entfernt, und ein Besuch dort war für ihn immer etwas ganz Besonderes. Der erinnerte ihn an die Geburtstage in seiner Kindheit, an denen die ganze Familie einen Ausflug dorthin unternommen hatte.

Außerdem hatte Jake ihn gedrängt herauszufinden, wie die Sachen bei KFC schmeckten.

»Komm, wir gucken uns was anderes an«, sagte Kim-Ange, die natürlich bemerkt hatte, wie sehr er sich langweilte. »Echt coole Bilder. Die sind von einem Typen, der verrückt geworden ist und seinen Wahnsinn auf der Leinwand festgehalten hat. Ich glaube, seine Werke bieten uns die beste Einsicht in unsere Traumata.«

Cormac rechnete mit irgendetwas Seltsamem und Surrealem, vielleicht schmelzenden Uhren. Was ihn tatsächlich erwartete, hatte jedoch mit seinen Erwartungen nichts zu tun. Die Ausstellungsräume im oberen Bereich waren nur schwach beleuchtet, beinahe dunkel, und Cormac fand sich in einem kleinen, fünfeckigen Raum wieder, an dessen mit Filz bedeckten Wänden riesige Leinwände hingen. Das erzeugte ein Gefühl von Enge und Klaustrophobie.

Zunächst schien es ihm, als ob auf den Bildern gar nichts zu sehen sei. Sie zeigten keine Zeichnungen oder Gebilde – über Cormac türmten sich lediglich riesige einfarbige Rechtecke. Was um alles in der Welt sollte das bloß sein? So eine Zeitverschwendung! Er verstand moderne Kunst einfach nicht, und damit hatte es sich.

Kim-Ange war ein Stück weiter gegangen und starrte verzückt hinauf.

Cormac sah genauer hin und trat einen Schritt zurück, um die ganze Leinwand im Blick zu haben. Es waren bloß drei Farbblöcke, man konnte darin aber auch Land, Meer und Himmel erkennen. Ja, genau, so sah das aus.

Der Bereich des Himmels bestand aus unheilvollem, dunklem Rostrot, wie getrocknetes Blut oder irgendetwas Verhängnisvolles, der blaue Teil darunter wirkte abgewetzt und rau, als würde der Himmel das Meer aufwühlen, weil sich irgendetwas Schreckliches näherte. Die Erde war braun und trocken, hatte etwas Hoffnungsloses an sich. Das Bild war unsäglich trostlos und zugleich unfassbar schön.

Aber wie bloß, fragte sich Cormac. Das war doch nur ein bisschen Farbe an der Wand, aber sie erfüllte ihn mit tiefen, intensiven Gefühlen. »O mein Gott!«, stieß er schließlich hervor.

»Ich weiß«, sagte Kim-Ange mit einem Gesichtsausdruck inniger Ehrfurcht, als durchlebe sie gerade eine religiöse Erfahrung. »Sind die nicht unglaublich?«

Cormac sah sich das nächste Bild an. Hier hatte er ein kränkliches Gelb vor sich. Die Farbe, die Pigmente allein bereits ein Aufschrei von Ekel und Qual. Sie vermochte es, Cormacs Gemüt quasi zu durchbohren, ihn mitten ins Herz zu treffen. Er hatte den Eindruck, als würde der Künstler nach Hilfe rufen und dabei direkt ihn ansprechen.

»Wie heißt denn der Maler?«, fragte Cormac.

»Mark« antwortete Kim-Ange respektvoll. »Mark Rothko.«

»Und lebt der noch? Was ist mit ihm passiert?«

Als Kim-Ange ihn nur ansah, wusste Cormac es sofort. »Selbstmord«, sagte er. »Das steht hier ja quasi geschrieben.«

»Sonnenklar«, bestätigte Kim-Ange mit untypisch grimmigem Tonfall.

Plötzlich musste Cormac an Robbie denken – und auch an Lissa. Fühlte die sich etwa auch so? Hatte sie deshalb einen Ortswechsel gebraucht?

»Unfassbar«, sagte er und starrte die Bilder an.

Dann schlenderten sie durch die Räume mit Werken der klassischen Moderne, deren Vertreter die Welt zerstückelt und verdreht hatten.

»Wie sind die bloß auf so etwas gekommen?«, fragte Cormac.

»Was glaubst du denn?«, entgegnete Kim-Ange und deutete auf die Werke von Braque. »Guck doch mal, wann es damit losging: vor hundert Jahren.«

Cormac kniff die Augen zusammen. »Nach dem Ersten Weltkrieg.«

»Genau«, nickte Kim-Ange. »Als die Welt zerfiel. Nach Hiroshima ist sie ein weiteres Mal zerbrochen und war danach nicht mehr wie zuvor.«

Jetzt konnte Cormac gar nicht genug davon kriegen. Mit offenem Mund lief er durch die Galerien mit Bildern von Picasso und Dalí. »Das sind ja alles Soldaten!«

»Wir sind alle Soldaten«, bemerkte Kim-Ange, und zog ihn irgendwann wieder mit. »Kunst ist wirklich unglaublich, und am Ende bekommt man ein Stück Kuchen. Wie wär's?«

Cormac wollte gerade begeistert zustimmen und einräumen, dass – na gut – London vielleicht doch mehr zu bieten hatte, als er ursprünglich gedacht hatte. Doch in diesem Moment summte sein Handy, er holte es hervor und las mit kläglicher Miene die Nachricht.

»Oh, Mist!«, stöhnte er.

Kapitel 42

Warum hast du mich denn nicht angerufen?«, brüllte Cormac geradezu ins Handy.

»Es ist doch nur ein gebrochenes Handgelenk«, protestierte seine Mutter ebenso wütend. »Jemand hat mich ins Krankenhaus gefahren – im Ernst, du brauchst dir wirklich keine Sorgen zu machen.«

»Wie ist das denn passiert?«

»Beim Turnen am Trapez.«

»Maaa-maaa!«

»Mit dem blöden Fahrrad. Und, wie läuft es in London?«

»Also, wer hat dir den Bruch gerichtet?«

»So ein Neunjähriger drüben im Krankenhaus.«

»Mum, am besten komm ich zu dir hoch.«

»Nein, du kommst bestimmt nicht ›zu mir hoch‹«, widersprach Bridie. »Es geht mir gut, und Nadia schaut auch gleich vorbei.«

Nadia lebte in Inverness zusammen mit Lewis, ihrem mittleren Sohn.

Cormac seufzte. »Ich kann doch fliegen.«

»Nichts da! Du musst schließlich arbeiten. Es geht mir wunderbar.«

Diese Worte ließen Cormac, wie jedes Mal, aufhorchen. Seit dem Tod seines Vaters war »Es geht mir wunderbar« der Standardspruch seiner Mutter. Jede Andeutung, dem könne vielleicht nicht so sein, fasste sie als schlimme Beleidigung auf.

»Okay«, sagte Cormac. »Na ja, immerhin ist ja jemand da, der sich das für dich ansehen kann. Ich hätte sowieso nicht gedurft.«

»Es ist wirklich alles wunderbar!«

»Ich meine, natürlich hätte ich trotzdem …«

»Alles in Ordnung! Ich hab ohnehin zu tun.«

»Welches Handgelenk ist es denn?«

»Das rechte«, musste Bridie zugeben.

»Mum!«, entrüstete sich Cormac. »Okay, ich sage meiner Vertretung, dass sie dir einen Besuch abstatten soll.«

»Die hab ich schon gesehen«, murmelte Bridie. »Deren Haare sind ja außer Rand und Band.«

»Ja, das hab ich gehört.«

»Außerdem ist sie ziemlich unnahbar.«

»Du hältst doch jeden für unnahbar, der nicht aus Kirrinfief stammt! Weißt du noch, was du über die Frau aus dem Bücherwagen gesagt hast?«, fragte Cormac.

»*Aye*, aber Nina ist schon in Ordnung.«

»Natürlich! Und Lissa bestimmt auch, da bin ich mir ziemlich sicher.«

»Hm«, machte Bridie.

Am Montagmorgen schrieb Cormac eine Nachricht, in der er Lissa so höflich wie möglich fragte, ob sie vielleicht so nett sein und seine Mutter besuchen könnte.

Lissa kam nicht dagegen an – sie war neugierig.

Cormac schickte ihr zwar alberne kleine Zeichnungen, über sich selbst gab er aber wenig preis.

Nicht, dass sie dauernd über ihn nachdenken würde. Aber da sie bei ihm zu Hause wohnte, machte sie sich schon Gedanken, und ein bisschen Neugier kam da natürlich auf. Selbst in diesem ordentlichen kleinen Häuschen war sie sich der Gerüche eines fremden Menschen bewusst, es roch nach Aftershave und Shampoo, dem Kopfkissenbezug haftete ein bestimmter Duft an.

Nein, sie hatte nicht herumgeschnüffelt. Aber sie hatte es in Erwägung gezogen.

Nachdem sie die E-Mail gelesen hatte, holte sie sich von Joan die Patientenakte von Cormacs Mutter, obwohl darin nicht viel stand: Eine vor Gesundheit strotzende Vierundsechzigjährige hatte sich bei einem Sturz vom Fahrrad das Handgelenk gebrochen.

Dann machte sich Lissa ein wenig aufgeregt auf den Weg. Als sie das saubere kleine viktorianische Steinhaus mit hübschem Zugangsweg und Säulenveranda erreichte und klingelte, machte allerdings niemand auf.

Irgendwann durchschritt Lissa den kleinen eingezäunten Bereich neben dem Haus und erreichte dahinter einen untadeligen Garten mit ordentlichen Reihen von Narzissen und Glockenblumen. Rhododendronbüsche standen in Reih und Glied, und der Rasen war so makellos, als hätte man ihn mit der Nagelschere gestutzt.

Dort entdeckte sie eine Frau, die mit nur einer Hand Unkraut zu jäten versuchte, weil sie die andere in einer Schlinge trug. Es sah so aus, als könnte sie jeden Moment das Gleichgewicht verlieren.

Um sie nicht zu erschrecken, sagte Lissa ganz vorsichtig: »Äh, hallo?«

Mrs MacPherson zuckte zusammen und richtete sich auf. »Hallo?«

»Ich bin Lissa Westcott ... Die Schwester vom ambulanten Pflegedienst. Ich komme, um mal nach Ihnen zu sehen.«

Die kleine Frau mit äußerst kurz geschnittenen stahlgrauen Haaren – die keinerlei Zugeständnisse an Eitelkeit machten – blickte sie aus stechenden Augen an. »Ja, ich weiß, wer Sie sind. Sie machen die Arbeit von meinem Sohn. Warum sind Sie gekommen?«

»Na ja ... Es ist das übliche Verfahren.«

»Ich hab ein gebrochenes Handgelenk! Sind Sie hier, um mir einen Lutscher zu geben?«

»Nein. Obwohl, wenn Sie gern einen hätten ...«

»Oder vielleicht falle ich ja jetzt unter Altenpflege, und Sie wollen mich in ein Heim verfrachten, wo man zur Sicherheit nicht einmal heiß baden darf!«

Lissa schüttelte den Kopf. »Cormac hat mich gebeten, mal nach Ihnen zu sehen«, gab sie ehrlich zu. »Er macht sich einfach Sorgen um Sie.«

»Und deshalb schickt er mir eine Spionin?«

Bridie betrat durch eine kleine doppelte Glastür auf der Rückseite ihr Häuschen.

Einen Moment später setzte sich auch Lissa in Bewegung. »Was für ein schöner Garten«, bemerkte sie noch.

»Verschwenden Sie hier nicht gerade die Mittel des NHS?«, grummelte Bridie.

Lissa entging nicht, dass sie Schwierigkeiten damit hatte, den Kessel zu füllen.

Als der schließlich auf dem Herd stand, schaute sich die Krankenschwester um. Überall standen Fotos von kleinen Jungen – sie hatte nicht gewusst, dass Cormac Brüder hatte. Man konnte beim Anblick der drei hellbraunen Schöpfe und zahnlos grinsenden Münder unmöglich sagen, welcher von ihnen Cormac war, und plötzlich genierte sich Lissa davor, zu fragen.

Es fühlte sich tatsächlich so an, als würde sie jemandem hinterherspionieren, allerdings nicht Bridie.

Nachdem Bridie für beide Tee gemacht hatte, nahm Lissa ihre Hand: »Könnten Sie bitte die Finger für mich bewegen? Und dann drücken Sie mir mal die Hand hier … und hier … gut. Gut.«

Sie beugte sich vor, denn jetzt stand der peinliche Teil des Ganzen an: Auf der Suche nach Fäulnis und schlecht verheilender Haut musste sie am Verband riechen, ohne dass es so aussah.

»Schnüffeln Sie etwa an mir?«, knurrte Bridie wütend.

»Und, hat Cormac Spaß in London?«, fragte Lissa rasch.

Bridie zuckte mit den Achseln. »Das weiß ich nicht. Kommt er bei Ihnen im Haus unter?«

»Na ja, bei mir im Zimmer«, sagte Lissa. »Ich wohne nämlich in einem Schwesternwohnheim. So schön wie hier ist es da nicht.«

»In einem Schwesternwohnheim? Na, so etwas macht eine Mutter wirklich stolz«, schnaubte Bridie.

Lissa entdeckte ein Foto von einem gut aussehenden jungen Mann in einer Militäruniform mit kunstvoller Mütze inklusive Kinnriemen. Links und rechts von ihm standen eine jüngere Bridie und ein gebückter Mann.

»Ist er das?«

»Nein«, antwortete Bridie, deren Stimme jetzt etwas sanfter wurde. »Das ist Rawdon.«

»Er ist beim Militär?«

»Wie Cormac früher auch. Aber jetzt hat er ja offensichtlich was Besseres zu tun … in einem Schwesternwohnheim«, versetzte sie in beißendem Tonfall.

»Hat es ihm da nicht gefallen?«, wagte Lissa zu fragen.

»Nicht jeder ist fürs Militär gemacht«, sagte Bridie scharf. »Er ist genau wie sein Vater. Egal.« Schnell wechselte sie das Thema: »So weit, so gut. Ich hab ein gebrochenes Handgelenk, wunderbar. Könnten Sie jetzt bitte Ihre fünfundneunzig Kästchen ankreuzen, mir irgendeinen albernen Bewertungsbogen dalassen und sich wieder auf den Weg machen, Mädchen? Ich hab nämlich zu tun.«

Das sah für Lissas geübtes Auge überhaupt nicht so aus, da alles picobello schien. »Geht Ihnen denn im Haushalt jemand zur Hand?«

»*Aye*«, antwortete Bridie. »Machen Sie sich um mich mal keine Sorgen, hier in Kirrinfief helfen wir uns gegenseitig. Ich weiß schon, dass ihr Engländer eigentlich nicht an Freundschaft glaubt, wir aber schon.«

»Okay«, murmelte Lissa. Sie wusste, wann sie sich besser geschlagen gab. »In Ordnung, ich werde Cormac sagen, dass es Ihnen gut geht.«

Bridie schniefte. »Na ja, passen Sie lieber auf, dass Sie ihn nicht stören. Sicher ist er in Ihrem Schwesternwohnheim vollauf damit beschäftigt, irgendwelche Formulare auszufüllen.«

Lissa schaute durchs Fenster hinaus in Bridies beeindruckenden Garten, wo zwei Stare auf dem Rasen herumpickten. Dann stand sie auf. »Ihnen fehlt wirklich nichts – das verheilt gut«, sagte sie. »Möchten Sie gern, dass ich Cormac gegenüber behaupte, ich würde jeden Tag bei Ihnen vorbeischauen, und dann in Wirklichkeit nicht komme?«

Bridie lächelte. »Das wäre perfekt.«

Obwohl sie gar nichts über Cormac erfahren hatte, war Lissa auf seltsame Art und Weise froh. Wenn man selbst schwere Zeiten durchmachte, kam einem das Leben anderer manchmal perfekt vor, als würde bei ihnen immer alles glatt laufen. Deshalb war es ja auch so eine gute Idee gewesen, bei Instagram mal eine Pause einzulegen.

Und einerseits tat Cormac ihr wegen seiner griesgrämigen Mutter durchaus leid. Lissa hatte Mitgefühl mit ihm, weil ihre Mum auch so hohe Ansprüche an sie stellte. Andererseits tröstete die Situation sie aber ein wenig.

Daher schrieb sie Cormac:

Es geht ihr gut. Sie ist ja wirklich eine glühende Verehrerin des Militärs.

Allerdings.

Mehr kam dazu nicht. Daher tippte Lissa:

Warst du lange in der Armee?

Acht Jahre.

Oh, ganz schön lange! Und warum hast du aufgehört?

Warum hast du in der Notaufnahme aufgehört?

Woher weißt du denn, dass ich mal in der Notaufnahme gearbeitet habe?

Kim-Ange hat es mir erzählt.

Das ist echt unfair.

Du warst doch bei meiner Mutter zu Hause!

Weil du mich darum gebeten hattest!

Das Ganze glitt gerade stark in Richtung einer persönlichen Unterhaltung ab, und plötzlich fürchtete Lissa, dass sie zu weit gegangen war. Denn es stimmte ja – sie hockte hier bei ihm zu Hause. Und da es sich nur um einen beruflichen Austausch handelte, waren solche Fragen wirklich nicht fair.

Weil sie ihn auf keinen Fall verärgern wollte, wechselte sie das Thema.

Wie ist es bei den Lindells gelaufen?

Innerlich stöhnte Cormac auf, obwohl sie sich jetzt wenigstens nicht mehr auf so dünnem Eis bewegten. Die ganze Unterhaltung war ihm unangenehm gewesen, und er fragte sich, was seine Mutter Lissa wohl erzählt hatte. Ehrlich gesagt, wüsste er auch gern, was seine Mum den Dorfbewohnern erzählt hatte. Sie hatte ja keine Ahnung, was er da draußen alles erlebt hatte, genauso wenig wie Lissa oder Emer. Das wusste niemand.

Cormac zwang sich zurück in die Gegenwart und dachte an seinen unerfreulichen Nachmittag.

Es war schlimm mit anzusehen.

Das glaub ich gern.

Cormac dachte darüber nach, wie sehr London ihn überraschte. Die Stadt war überhaupt nicht so, wie er sich das vorgestellt hatte. Wenn man nach dem ging, was in der Zeitung stand, dann gab es hier nichts als Luftverschmutzung und Verbrechen, in Wirklichkeit aber war er jeden Tag aufs Neue von den großen Gegensätzen beeindruckt.

In London gab es ein Nebeneinander unterschiedlichster geschichtlicher Perioden. Das begann bei den römischen Stadtmauern und den Schatzsuchern, die heutzutage an der Themse mit Metalldetektoren auf der Jagd nach alten Münzen und Kostbarkeiten waren. Sie hielten Ausschau nach Objekten von all den Booten und Schiffen, die in den vergangenen zweitausend Jahren den Fluss hinauf- und hinuntergefahren waren. Und es reichte über die wunderbar erhaltenen alten georgianischen Gebäude aus der Zeit der Weber und Kunsthandwerker – wie zum Beispiel in der Gegend, in der Cormac wohnte –, bis zu den glänzenden Glastürmen multinationaler Konzerne.

Auf seinem Weg zum nächsten Termin kam Cormac an einem historischen Gebäude vorbei, in dem einst Wappen für die großen Handelsfirmen der Stadt hergestellt wurden.

Weil er wie üblich recht früh dran war, machte er noch einen Umweg und passierte die Inns of Chancery, wo es Brunnen und Gärten und geheimnisvolle Läden zu bewundern gab, die Perücken und Stifte verkauften, und Schilder mit der Aufschrift »Yeoman-Wache«.

Cormac sah unterwegs auch die Middle Temple Hall, ein Gebäude aus rötlichem Backstein. Obgleich er kein Akademiker war, beeindruckte selbst ihn eine bescheidene kleine Plakette mit der Information, dass hinter diesen Mauern Shakespeares Stück *Was ihr wollt* uraufgeführt worden war.

Dann lief er noch an der berühmten runden Temple Church vorbei, in der Ritter unter ihren grauen Abbildern aus Stein zur ewigen Ruhe gebettet waren.

Das alles war eine so völlig andere Welt im Vergleich zu dem, was Cormac bisher gekannt hatte. In London hatte er das Gefühl, dass hinter jeder Ecke eine Überraschung auf ihn wartete.

Von hier aus waren junge Kerle aus kleinen Städtchen weit, weit weg von Westminster in eine ferne Wüste geschickt worden, damit sie dort kämpften und starben. Aber man gewann fast den Eindruck, dass solche Entscheidungen unter dieser schweren Last von Pracht und Wirtschaftsmacht leicht fallen oder sogar nötig erscheinen mussten.

Wegen all dieser Dinge war Cormac bei seinem nächsten Termin ziemlich nachdenklich gestimmt, und was dort passieren würde, sollte seine Gemütslage auch nicht ändern.

Das Haus selbst war wunderschön: Es befand sich etwas abgelegen in ruhiger Wohnlage, dort, wo riesige stählerne Türme auf die georgianischen Seitenstraßen von Shoreditch trafen.

Vor den großen Fenstern standen ordentlich bepflanzte Blumenkübel mit Lavendel und kleinen Orangenbäumchen. Die Rahmen der Fenster waren aus frisch gestrichenem hellgrünem Holz, und die Elemente aus uraltem Glas zwischen den vielen Sprossen waren auf Hochglanz poliert.

Das Haus war tadellos restauriert, und Cormac dachte bei sich, dass wohl unendlich viel Geld in dieses Projekt gesteckt worden war. Vorsichtshalber warf er noch einmal einen Blick auf die Adresse, aber sie stimmte, er war hier richtig.

Auf sein Klingeln hin kam eine unglaublich attraktive Frau an die Tür. Ihre Haut war gebräunt, und ihre blonde Mähne ergoss sich über ein hübsches, langes Kleid. Es war ein sonniger Tag, und die Frau leuchtete geradezu im gelben Licht der Sonnenflecken auf der Straße.

»Kommen Sie vom Krankenhaus?«

Cormac zeigte ihr seinen Dienstausweis.

»Nicht vom Sozialamt?«

Diese Frage klang seltsam mit ihrem vornehmen Akzent. So etwas sagten Frauen, die so aussahen und in Häusern dieser Art lebten, die Millionen wert waren, Cormacs Erfahrung nach eigentlich nicht. Die kamen normalerweise nie mit dem Sozialamt in Berührung.

»Ich bin bloß der Krankenpfleger«, erklärte er und

hätte beinahe noch »*Madam*«, hinzugefügt, weil ihr Tonfall so gebieterisch war.

Sie seufzte. »Ja, ja, ich bin sicher, auch Sie werden Ihrem Spionagenetzwerk Rückmeldung geben.«

Cormac runzelte die Stirn und fragte sich, was sie bloß meinte. »Entschuldigung«, sagte er, »ist das jetzt ein ungünstiger Zeitpunkt?«

Sie zuckte ungnädig mit den Schultern und ließ ihn herein.

Das Innere des Hauses war sogar noch schöner, von einem Architekten durchdesignt, voller Licht und in klaren Linien gestaltet. Teure Kunstbildbände stapelten sich schwer auf Tischchen, und an den Wänden hingen abstrakte Bilder, die Cormac mit neu erwachtem Interesse betrachtete. Es war eine Wohlfühloase, die dem Fotoshooting einer Zeitschrift zu entstammen schien.

Die riesige, helle Küche war in den prachtvollen Garten hinaus erweitert worden und mit ihm durch Falttüren verbunden. Da man sie heute beiseitegeschoben hatte, mischten sich Innen und Außen miteinander, und das Zwitschern der Vögel sowie das Summen von Bienen drang herein.

Mit Schrecken stellte Cormac fest, dass er diese Dinge seit seiner Abreise aus Kirrinfief nicht mehr gehört hatte.

In der Küche machte sich ein großer, atemberaubend gut aussehender Mann mit Schildpattbrille und einem perfekt gebügelten Leinenhemd gerade einen grünen Saft. Als er den Mixer ausstellte, schenkte er Cormac ein abwesendes Lächeln.

Diese beiden großen, schönen Menschen schienen

einem Werbespot entsprungen zu sein und hätten durchaus auch Zwillinge sein können.

»Okay«, sagte Cormac. »Und … die Patientin?«

Die Frau verdrehte die Augen. »Es geht ihr gut.« Dann führte sie ihn nach oben, vorbei an noch mehr Bildern und Bücherregalen, teuren Lampen und poliertem Holz, alles gehüllt in den Duft edler Kerzen.

Im zweiten Stock betraten sie ein wunderschönes Kinderzimmer mit einem großen Sessel und weichem, hellem Teppichboden. Von Hand gemalte Friese mit Blumen und tanzenden Elfen zierten die Wände, es gab jede Menge Spielzeug und Bücher, und unter dem Fenster entdeckte Cormac ein großes Puppenhaus. Dieses Zimmer war ein absoluter Mädchentraum.

Auf dem Bett lag allerdings eine bedauernswerte Gestalt, ein schweißgebadetes, etwa acht oder neun Jahre altes Kind mit glühenden Wangen. Die Kleine war mit roten Punkten übersät.

Cormac versuchte, sich bei ihrem Anblick das Entsetzen nicht anmerken zu lassen.

Am Kopfende saß eine Filipina, machte einen Lappen in einer Schale mit Eiswürfelwasser nass und tupfte dem Mädchen damit das Gesicht ab.

Cormac trat näher. »Hallo … Titania«, sagte er und hatte Sorge, dass er den Namen womöglich falsch aussprach. »Hallo, ich bin Cormac. Ich bin Krankenpfleger und möchte sehen, wie es dir geht.«

Als Antwort brach die kleine Patientin in Tränen aus.

Cormac maß Fieber und schaute dann die Mutter an. »Haben Sie ihr Ibuprofen gegeben?«, fragte er so behutsam, wie er konnte.

»Nein!«, entgegnete die Frau. »Ich weiß doch wohl am besten, was mein Kind braucht! Sie ist meine Tochter und wird von mir homöopathisch behandelt.«

»Ich denke, das kann sehr nützlich sein«, behauptete Cormac, der nichts in der Art dachte. »Wenn man diese Mittel in Kombination mit anderen Medikamenten verwendet. Bei der Bekämpfung von Fieber ist Ibuprofen wirklich sehr effektiv.«

»Ja, was sollen Sie auch anderes sagen?«, zischte die Frau. »Sie stehen doch im Dienste der großen Pharmaunternehmen.«

Wenn es doch nur so wäre, dachte Cormac. Dann würden die großen Pharmaunternehmen vielleicht von Zeit zu Zeit sein Gehalt etwas aufstocken.

Der ruhige Ausdruck auf dem schönen Gesicht der Frau war jetzt wie weggewischt, plötzlich wirkte sie angespannt und verkniffen.

»Bekommt sie denn genug Flüssigkeit?«

»Ja!«, rief die Frau triumphierend aus und hielt eine Flasche mit einem äußerst komplizierten Etikett hoch. »Das hier ist Kona Nigari, Wasser von einer Quelle auf Hawaii, das reinste der Welt. Wir lassen es extra einfliegen. Für unsere geliebte Titania würden wir alles tun.« Verzückt lächelte sie zu ihrer Tochter hinunter, ohne sie dabei allerdings zu berühren.

Cormac wischte mit einem Tuch über die Stirn der Patientin und setzte sie ein wenig aufrechter hin. »Du wirst wieder gesund«, versprach er dem ächzenden Kind. »Nur wird es dir bis dahin leider gar nicht gut gehen. Aber bald kannst du wieder *CBeebies* gucken.«

»Unserer Auffassung nach ist Bildschirmstrahlung gefährlich für Kinder«, warf die Mutter in scharfem Tonfall ein. »Davon halten wir nichts.«

Cormac war sich ziemlich sicher, dass er den Vater unten mit einem Handy gesehen hatte, sagte dazu aber nichts und griff nach seinem Formular. Zum Glück war Titanias Fieber etwas gesunken, und die Kleine schien auf dem Weg der Besserung zu sein. Aber es war ihm einfach unerträglich, ein Kind ohne jeden Grund so leiden zu sehen.

Als er fertig war, konnte Cormac sich die Frage nicht verkneifen (die er von Berufs wegen ja auch stellen *musste*): »Ziehen Sie denn in Erwägung, sie nach ihrer Genesung gegen andere Krankheiten impfen zu lassen?«

»Also, die Masern kann sie ja nicht noch einmal bekommen«, sagte die Mutter, als wäre Cormac ein bisschen beschränkt.

»Nein«, bestätigte er. »Aber wie sieht es zum Beispiel mit Röteln aus?«

»Gott weiß, was die von der Regierung in den Impfstoff tun!«, kreischte die Mutter beinahe. »Haben Sie schon mal ein autistisches Kind gesehen?«

Ja, das hatte Cormac, mehr als eins.

»Wenn Sie wirklich glauben, dass ich meine perfekte Tochter irgendeiner Tortur aussetze, die die Regierung – die Regierung! – für angemessen hält, dann sind Sie aber auf dem Holzweg!«

Inzwischen war die Frau krebsrot im Gesicht, und Cormac fand sie längst nicht mehr so schön wie im ersten Moment.

»Es geschieht auch zum Schutz anderer Menschen, die sich selbst nicht impfen lassen können«, wandte er sanft ein.

Die Frau starrte ihn an. »Sie sind das Opfer absoluter Gehirnwäsche«, sagte sie leise, während das Kind auf dem Bett stöhnte.

Cormac hob beide Hände. »Ich glaube, Titania braucht jetzt vor allem Ruhe. Sie wird wieder gesund.«

»Natürlich wird sie wieder gesund«, schnaubte die Frau, »weil ich sie behandle, auf ganz natürliche Art und Weise!«

Auf dem Weg zurück zum Wohnheim hatte die große Stadt für Cormac plötzlich etwas von ihrem Glanz verloren.

Eine Bekloppte, die glaubt, dass sie es besser weiß als Hunderte Jahre medizinischer Forschung! Diese dumme, verwöhnte, verwöhnte, verwöhnte Zicke!

Zehn Sekunden später starrte er seine Nachricht entsetzt an.

Verdammt, das ist ja unser offizieller NHS-Mail-Account!

Ich weiß.

Mist! Kannst du das löschen? Bitte? Schnell?!

Wenn dir die Informatiker des NHS Sorgen machen – die wissen doch sowieso nicht, wo hinten und vorn ist.

Weiß ich. Trotzdem!

In Ordnung.

Und so tauschten sie Telefonnummern aus, um sich von jetzt an Nachrichten direkt aufs Handy zu schicken.

Kapitel 43

Bevor der Rummel in den Ort kam, fand in Kirrinfief immer ein Bauerntanz statt, und Jake beschloss irgendwann todesmutig, dass er Lissa dazu einladen würde. Leider war er so unklug, seine Absichten nach ein paar Bierchen zu viel im Pub auszuplaudern.

Dies führte zu großer Enttäuschung bei Friseurin Ginty McGhie, die später in ihrem Salon wenig schmeichelhafte Bemerkungen dazu machte. Diese neue Krankenschwester sollte bloß nicht glauben, dass sie, Ginty McGhie, ihr für den großen Tag auch noch die Haare machen würde.

Mit dem typischen unausgewogenen Verhältnis von Männern zu Frauen in den Highlands war Ginty McGhie selbst bereits von vier oder fünf schüchternen, strammen jungen Burschen mit roten Wangen gefragt worden. Aber das war egal – die reizten sie überhaupt nicht, weil ihr Interesse allein Jake Inglis und seinen blitzenden dunklen Augen galt. Und sie hatten im vergangenen Sommer doch durchaus zusammen Spaß gehabt, aber in letzter Zeit schien er ja nur noch für diese exotisch aussehende Neue Zeit zu haben. Typisch Mann!

Im Allgemeinen waren Gintys Kunden ganz ihrer Meinung, denn in einem so kleinen Ort sollte man es sich besser nicht mit der einzigen Friseurin verscherzen. Tatsächlich fanden die Dorfbewohner Lissa noch immer etwas seltsam und distanziert. Ständig schien sie in Eile zu sein, sauste hierhin und dorthin, wie Engländer das eben so taten. Und jetzt schnappte sie sich auch noch den (seit Cormacs Weggang) begehrtesten Junggesellen von Kirrinfief. Die konnte wirklich den Hals nicht voll kriegen!

Cormac hatte kein gutes Gefühl dabei, Lissas Nummer weiterzugeben, als Jake ihn darum bat.

Jake hätte gern deine Telefonnummer von mir.

Ich weiß.

Ich wollte dich fragen, ob es in Ordnung ist, wenn ich sie ihm gebe.

Natürlich.

Natürlich?, dachte Cormac.

Mrs Murray und eine ziemlich wütende Friseurin haben mir sowieso schon gesagt, dass er mit mir zum Tanzabend will. Diese Friseurin ist ganz schön Furcht einflößend.

Stimmt. Und, gehst du mit ihm hin?

Cormac liebte den Bauerntanzabend, dachte allerdings etwas reumütig an den des Vorjahres zurück. Damals hatte er viel zu viel Cider getrunken und dann Emer tun lassen, worauf sie wohl schon seit Monaten scharf gewesen war. Zumindest war sie in dieser Zeit etliche Male mit vollem Make-up an seinem Häuschen vorbeistolziert.

Er war wirklich nicht der Traum aller Frauen, musste Cormac zugeben. Aber wenn ihn eine mochte, dann so richtig.

Ich weiß nicht. Sollte ich?

Auf jeden Fall. Die Veranstaltung findet auf Lennox' Farm statt, und da wird immer ordentlich was auf die Beine gestellt. Was willst du denn sonst machen, um dich zu amüsieren?

Willst du jetzt wieder mit deinen Eskapaden in exklusiven Privatclubs angeben?

Tatsächlich hatte Larissa ihm geschrieben, Cormac ignorierte ihre Nachricht allerdings. Das war nicht wirklich seine Szene, was er Lissa aber nicht unter die Nase reiben würde.

Vielleicht. Du musst dich eben etwas mehr anstrengen, wenn du hier gewinnen willst.

Wobei denn gewinnen?

Bei unserem »Wer nutzt den Austausch besser«-Spiel?

Das ist doch kein Spiel!

Genau so einen Spruch würde ich vom Verlierer auch erwarten.

Zugleich genervt und amüsiert blickte Lissa auf das Display. Insgeheim hatte sie ja ein kleines bisschen darauf gehofft, dass Cormac vielleicht eifersüchtig werden würde.

Okay, ich gehe zu eurem blöden Tanz. Und was soll ich da anziehen?

Kommt überhaupt nicht infrage! Außerdem sehe ich gar nicht so aus!

Ich bin erleichtert, das zu hören.

Was für Musik gibt's denn da?
Lauter so Dideldum-Didelda-Zeug
wie »I Would Walk 500 Miles«?

Cormac antwortete nicht, und Lissa befürchtete, dass sie ihn vielleicht beleidigt hatte. Und das hatte sie in der Tat.

Als von Cormac keine Antwort kam, sah sich Lissa im Wohnzimmer um und entdeckte eine kleine Stereoanlage, die ihr vorher noch nicht aufgefallen war. Es war genau so eine, wie wohlmeinende, aber unbedarfte Tanten sie früher gern zum vierzehnten Geburtstag verschenkt hatten.

Lissa hatte dasselbe Modell, das allerdings bei ihrer Mutter zu Hause auf dem Dachboden verstaubte.

Neben Cormacs Anlage standen jedenfalls alle möglichen Alben, allerdings CDs, keine coolen Schallplatten. Lissa dachte an ihre Londoner Hipsterfreunde mit ihren geliebten Vinylscheiben und Indieplattenläden.

Wer kaufte denn noch CDs? Sie ging die Sammlung durch. Runrig, Orange Juice, Deacon Blue, Biffy Clyro, Del Amitri, Belle & Sebastian. Zum Schluss zog sie eine Scheibe hervor, auf deren Cover zwei gleich aussehende Männer mit Brille Gitarre spielten. Aha, dachte sie bei sich.

Darf ich mir was von deiner Musik anhören?

Ist das für deinen Geschmack nicht
zu viel Dideldum-Didelda?

Er war also wirklich beleidigt! O nein! Männer und ihre Mucke. Sie selbst hätte überhaupt kein Problem damit, wenn ihm zum Beispiel die Calypsomusik ihrer Mutter nicht gefallen würde. (Das war eine glatte Lüge. Lissa wäre tief gekränkt gewesen.)

Ich kann's ja mal probieren.

Tu dir keinen Zwang an.

Lissa lächelte in sich hinein. Ihr schoss durch den Kopf, dass sie ihn später damit aufziehen würde, wenn sie sich sahen … Aber dann fiel ihr wieder ein, dass er ja in London war und sie hier, und dass es sich um einen rein beruflichen Austausch handelte. Sie verdrehte die Augen über sich selbst und machte sich dann daran, ihre ziemlich begrenzte Garderobe durchzusehen.

Jake freute sich riesig darüber, dass Lissa mit ihm ausgehen würde, auch wenn er deshalb für den Rest seines Lebens unvorteilhafte Haarschnitte in Kauf nehmen müsste.

Cormac hörte seinen Kumpel mit seiner Verabredung prahlen und verriet ihm lieber nicht, dass er da ein bisschen nachgeholfen hatte. Und er erwähnte auch nicht, wie gern er selbst dabei gewesen wäre. Das gab er ja noch nicht einmal sich selbst gegenüber zu.

Lissa schickte Zoe eine SMS wegen des Festes, allerdings etwas zögerlich, denn es kam ihr seltsam vor, sich um eine neue Freundschaft zu bemühen, und sie fühlte sich dabei wie eine Vierzehnjährige, die einen Jungen um eine Verabredung bat. Eigentlich rechnete sie auch nicht mit einer Antwort.

Tatsächlich aber schrieb Zoe sofort zurück und fragte, ob Lissa nicht bei ihr vorbeikommen wolle, damit sie sich zusammen fertig machen könnten.

Ramsay könnte sie fahren, weil er selbst nicht mitkommen würde. Bei einem Tanzabend mit viel mehr Männern als Frauen würde er sowieso keine ruhigen fünf Minuten mit seiner Freundin haben, weil ständig jemand sie zum Tanzen auffordern würde. Außerdem graute ihm davor, vor aller Augen gemeinsam auf der Feier aufzutauchen. Denn es würden bestimmt entweder alle über ihn tratschen oder ihn zumindest in ihre Tratscherei mit einbeziehen wollen. Und dann musste er sich auch immer so weit hinunterbeugen, um die Leute zu verstehen, wovon er Rückenschmerzen bekam. Und Tanzen machte ihm ohnehin nur mit Zoe Spaß, die so klein war, dass er sie dabei hochheben konnte. Meistens lief es dann so, dass sie die Beine um seine Hüfte schlang und er sie direkt nach Hause trug, was man wohl auch nicht gerne sah.

Als Zoe ihm von Lissa erzählte, musste Ramsay jedoch über seine stets geschäftige Freundin lächeln, die immer gern neue Menschen in ihr Leben ließ.

Da war sie das ganze Gegenteil von ihm selbst, aber wahrscheinlich liebte er sie genau deshalb.

Kapitel 44

»Was ist denn mit deiner fröhlichen Miene passiert?«, fragte Kim-Ange laut, als sie Cormac am Abend im Wohnheim traf.

»Ach«, seufzte Cormac. »Bei uns im Ort findet bald ein Dorftanz statt, daran musste ich gerade denken.«

»Ha, ich kann mir wirklich nicht vorstellen, dass Lissa an so einer Veranstaltung teilnimmt.«

»O doch!«, entgegnete Cormac. »Ich hab sie dazu überredet.«

»Im Ernst? Lissa?«

»Ja.«

»Lissa bei einem Dorftanz?« Kim-Ange brach in schallendes Gelächter aus.

»So komisch ist das nun auch wieder nicht«, wandte Cormac ein.

Kim-Ange schüttelte den Kopf. »Ich weiß. Es ist nur … dass Lissa erst einmal ein paar intus haben muss, bevor sie sich auf die Tanzfläche wagt. Sonst ist sie viel zu schüchtern.«

Cormac schaute sie an. Es wäre ihm nie in den Sinn gekommen, dass Lissa schüchtern sein könnte. So wirkte sie gar nicht auf ihn. Aber sie waren einander ja auch nie persönlich begegnet.

Sie betraten den schmuddeligen Gemeinschaftsraum, und Kim-Ange schaute sich darin um. »Na ja«, sagte sie, »warum veranstalten *wir* denn keinen Dorftanz?«

Cormac schielte aus den Augenwinkeln zu ihr hinüber.

»Das könnten wir doch hier machen! Wenn man vorher reserviert, darf man diesen Raum benutzen. Wir können Karten verkaufen, eine Getränketheke und eine Band organisieren, und du könntest den Leuten das Tanzen beibringen.«

»Wer würde denn zu einem Ceilidh in einem Schwesternwohnheim kommen?«

»Jeder betrunkene Schotte in ganz London! Und davon gibt es so einige.«

Cormac ließ es sich durch den Kopf gehen. »Ich denke mal, ich könnte ein Plakat dafür entwerfen.«

»Wenn du mir ein paar davon gibst«, sagte Kim-Ange, »nehme ich sie mit ins Krankenhaus.«

Die Resonanz war riesig, was zum Teil auch damit zu tun hatte, dass man bei Kim-Anges verrückten Ideen am besten einfach mitmachte. Da alle Tickets in kürzester Zeit verkauft waren, konnte Cormac eine kleine Ceilidh-Musikgruppe inklusive Ansagerin engagieren, die die Leute durch die Tänze führen würde. Für die Theke besorgten sie neben Getränken auch jede Menge Schaumküsse und Karamell-Riegel von Tunnock's.

Kim-Ange kümmerte sich um die Deko und schaffte es, den heruntergekommenen Saal mit den angeschlagenen Tischen durch ein paar Meter Karostoff, Bänder und jede Menge Teelichter von IKEA in einen geradezu magischen Ort zu verwandeln.

Gegen sieben Uhr strömten dann die Scharen herein.

Cormac hatte keine Ahnung gehabt, dass es in London so viele Schotten gab. Obwohl die meisten aus Glasgow oder Edinburgh stammten, fand er es trotzdem tröstlich, von vertrauten Stimmen umgeben zu sein, ebenso wie von roten Haaren, Sommersprossen, lautem Lachen und den als liebevolle Anrede benutzten Schimpfwörtern.

Aber es nahmen auch die ganzen Krankenschwestern aus dem Wohnheim teil, die aus aller Welt stammten. Eine nach der anderen kamen sie begeistert kichernd zu Cormac herüber und erzählten ihm oft von traditionellen Tanzveranstaltungen in ihrer Heimat.

Die Musikgruppe spielte in einer Ecke des Raumes auf, und die Ansagerin war ausgezeichnet. Ihr gelang der Balanceakt, die tanzunerfahrenen Frauen aus dem Wohnheim mit den Schotten zusammenzubringen, die alle Schritte in der Schule gelernt hatten und sie in- und auswendig kannten.

Während Lichter flackerten, legte Nadeeka aus Sri Lanka beim *Eightsome Reel* ihre zarten Hände in die fleischigen Pranken des stolzen Govan-Glasgowers Tam Lickwood, der im Krankenhaus als Hilfskraft arbeitete.

Es waren auch Fachchirurgen aus der Klinik gekommen, sehnige, asketische Männer, die ihr Handwerk, umweht von kaltem Seewind, in Aberdeen und St Andrews gelernt hatten, und ein junger Röntgenassistent aus Elgin, der sein gesamtes Team mitgebracht hatte.

Irgendwann fand sich Cormac inmitten einer Clique von Schwestern aus Glasgow wieder, die zusammen die

Ausbildung gemacht hatten und dann gemeinsam nach London gezogen waren. Sie machten einen Wirbel um den Krankenpfleger wie um ein kleines Hündchen – und er dachte bei sich, dass sie ihren Patienten bestimmt ein großer Trost waren.

Unter den Gästen befand sich auch eine junge Frau namens Yasmin oder Yazzie, die Cormac schon einmal auf dem Flur aufgefallen war. Sie schien ständig an seiner Seite zu kleben, sobald er eine Tanzpartnerin brauchte.

Was Kim-Ange anging, so trug sie heute Abend ein gelbes Kleid mit dem Schottenkaro des Buchanan-Klans. Sein Muster war so grell, dass viele Buchanan-Nachfahren, die zwecks Ahnenforschung nach Schottland gekommen waren, sich beim Anblick ihres Tartans geschlagen gaben und die Sache lieber auf sich beruhen ließen.

Kim-Ange hatte sich außerdem große Schleifen aus demselben Material ins Haar gebunden, sodass Cormac sie von jeder Stelle im Raum aus problemlos entdecken konnte. Mit einer leicht überfordert dreinblickenden Krankenhaus-Hilfskraft namens Piotr wirbelte sie begeistert über die Tanzfläche und amüsierte sich offenbar köstlich.

Cormac lächelte in sich hinein und erklärte sich dann bereit, bei *The Dashing White Sergeant* als Dritter zu einer Gruppe dazuzustoßen. Eine der beiden anderen Tänzer war Chi-Li, die auf demselben Flur wie er wohnte. Bisher hatten sich die beiden noch nicht einmal zum Gruß zugenickt. Heute Abend jedoch fand er sie wunderschön in ihrem leuchtend roten Kleid mit Karobordüre, und sie tanzte voller Anmut mit ihren zierlichen Füßen.

Cormac beobachtete die Feiernden zufrieden und

prägte sich die Szenen ein, um später ein paar Zeichnungen davon an … Wie seltsam! Warum musste er ausgerechnet jetzt an Lissa denken?

Wie es ihr wohl bei ihrem Tanzabend erging?

Kapitel 45

Lissa war mit wehendem Rock auf dem Hintern gelandet und brüllte vor Lachen. Man muss dazusagen, dass sie schlicht nicht wusste, wie unglaublich stark der Holunderwein war – der ja wie Sirup schmeckte –, obwohl Zoe ihr mehrmals besorgte Blicke zuwarf.

Schon seit Ewigkeiten war es Lissa nicht mehr gelungen, sich mal so richtig gehen zu lassen, und trotz der Schwärme winziger Insekten war es einfach ein prachtvoller Abend. Lissa konnte kaum glauben, wie hell es draußen immer noch war; es fühlte sich wie sechs Uhr abends an, dabei war es schon spät in der Nacht.

Alle Dorfbewohner waren gekommen und lachten fröhlich inmitten dieses Meeres aus unterschiedlichen Farben und Kilts. Wie oft hatte der Ceilidh schon in einer der Scheunen auf Lennox' Farm stattfinden müssen, wo man am Ende im Matsch herumhüpfte. Daran war dann nichts zu ändern, und man musste eben akzeptieren, dass man am Ende von Kopf bis Fuß schlammverschmiert sein würde.

Heute Abend jedoch hing die Sonne schwer wie Sirup am Himmel und sank nur ganz langsam und geduldig, während Mücken kaum merklich summten und zuckten. Die Feiernden standen bis zu den Knöcheln im hohen Gras, die Fiddeln spielten immer wilder, und der Holunderwein schmeckte wie Nektar.

Wie Lissa jedem erklärte, der es hören wollte, konnten diese Umstände sogar eine nervöse, ein wenig zugeknöpfte Londonerin auf die Tanzfläche locken.

Auf dem mit Stroh bestreuten Bereich vor der Scheune hüpfte Joan fröhlich mit Tierarzt Kyle herum. (Dabei waren sie ja eigentlich Erzfeinde, weil Joan ständig Kyles Diagnosen infrage stellte und damit seine Kunden in den Wahnsinn trieb.) Nun aber galoppierten sie zu demselben *Reel* durch die Gegend, der etwa neunhundert Kilometer weiter südlich auch erklang, dort allerdings in weitaus beengteren Räumlichkeiten.

Der Gegensatz hätte kaum größer sein können.

Dort unten probierten unterschiedlichste Menschen verschiedener Herkunft mal etwas Neues aus, brachten sich voll ein und hatten dabei einen Riesenspaß.

Hier oben gingen die Leute das Ganze eher mit sportlichem Ehrgeiz an. Die Fiddeln spielten laut und schnell, es gab keinen Ansager, nur kurze Hinweise: »*Flying Scotsman! Cumberland Square Eight!*« Daraufhin lösten sich die Tanzenden sofort von ihrem Partner oder fanden sich zu Grüppchen zusammen. Dazu schnappten sie sich sogar die verlegen an der Wand lehnenden Teenager.

Und Lissa war bei jedem einzelnen Tanz mit dabei.

Lennox hingegen schaute bei dem fröhlichen Treiben bloß gut gelaunt zu. Mit dem kleinen John auf den Schultern lehnte er an einem Tor, weil er fürs Tanzen nicht viel übrig hatte.

Zoe hatte versucht, Lissa bei einem Gespräch mit ihren Freunden Agnieszka und Murdo mit einzubeziehen.

Doch Lissa, von der Musik aufgeputscht, wollte keinen Tanz auslassen. Sie hatte einfach einen Riesenspaß dabei, denn ausnahmsweise ging es mal nicht darum, sich gegenseitig auszustechen oder jede Menge Geld auszugeben. (Der Eintritt kostete fünf Pfund und jedes Getränk ein Pfund.) Lissa brauchte für diese Veranstaltung auch keine Klamotten, die sie sich nicht leisten konnte und am Morgen wieder zurückgeben würde. Sie musste nicht im Regen vor einem hippen Restaurant Schlange stehen, um sich dann an einen winzigen Tisch zu quetschen und viel Geld für Bao hinzublättern.

Und ja, auch hier wurden Fotos gemacht, aber nur ein paar Schnappschüsse, auf denen jeder lachte. Es posierten nicht alle mit schmolllippiger Schnute für Instagram oder machten ein und dasselbe Bild tausendmal. Dafür hatten sie gar keine Zeit – sie waren viel zu sehr damit beschäftigt, in dem dunstig sickernden, goldenen Licht zum Klang von Trommel, Fiddel und Kontrabass Spaß zu haben.

Jetzt fiel ein Schatten aufs Gras, und Jake kam herbei. Er trug ein weißes Hemd aus schwerem Baumwollstoff mit offenem Kragen und einen Kilt in hellem Grün und Grau.

Lissa wünschte sich mehr als alles andere auf der Welt, Kim-Ange wäre jetzt dabei. Die wäre glatt in Ohnmacht gefallen, dabei war so ein Aufzug hier ganz normal. Trotzdem sah Jake echt heiß aus.

»Bleib genau da stehen!«, befahl Lissa. »Ich will ein Foto von dir machen. Du siehst ja aus wie aus *Outlander.*«

Jake lächelte verschämt, freute sich aber insgeheim und hätte am liebsten laut gejubelt. Dann entdeckte er das inzwischen leere Glas Holunderwein an ihrer Seite. Was den Wein anging, sollte er sie wohl besser warnen.

»Okay«, sagte Lissa. »Das verschicke ich jetzt.«

»Willst du nicht auch mit drauf?«, fragte Jake. »Hey, hi, Ginty, kannst du vielleicht ein Foto von uns machen?«

Obwohl Ginty ihm einen finsteren Blick zuwarf, kam sie näher. Sie wollte eigentlich ein unvorteilhaftes Foto von Lissa schießen, aber Lissa war ausnahmsweise glücklich und unbeschwert und selbst erstaunt, wie gut sie sich fühlte, sodass sie nicht zu grinsen aufhören konnte. Die Sonne schien durch ihr dünnes Blümchenkleid, während sich Jake mit demselben Grinsen neben sie stellte und den Arm um sie legte, wodurch er auf der anderen Seite ihren Ellbogen berührte.

Am liebsten hätte Ginty den beiden das Handy entgegengeschleudert.

»Ooh!«, rief Lissa aus und schickte das Foto augenblicklich Kim-Ange.

»Ah, guck mal«, sagte Kim-Ange, die nach all dem Tanzen glühte und ganz verschwitzt war. Als sie ihr Handy an Cormac weiterreichte, hatte sie keine Ahnung, dass er noch nie ein Bild von Lissa gesehen hatte. Von allem und jedem Fotos zu machen war schließlich einer der Grundpfeiler in Kim-Anges Leben.

Cormac betrachtete das Bild. Er hatte recht gehabt, was ihre Löckchen anging. Jake und sie wirkten unglaublich glücklich, wie er mit etwas gequälter Miene zur Kenntnis nahm. Na ja, schön für Jake.

»Ich sehe sie gerade zum ersten Mal«, erklärte Cormac.

Damit erntete er einen fassungslosen Blick. »Folgst du ihr denn nicht auf Instagram? Zugegeben, ihr Insta ist ziemlich langweilig«, sagte Kim-Ange, deren Insta alles andere als langweilig war.

»*Och*, mit solchen Sachen hab ich einfach nicht viel am Hut«, erwiderte Cormac schüchtern.

»Aber du schläfst doch in ihrem Bett!«

»Ich weiß«, sagte Cormac und starrte wieder das Bild an.

Lissa strahlte und hatte die Augen zu, weil ihr die Sonne direkt ins Gesicht schien.

Als das Display langsam dunkel wurde, gab er Kim-Ange das Handy ein wenig widerwillig zurück. Durch Jakes Beschreibung hatte er ja ungefähr gewusst, wie Lissa aussah. Aber aufgrund ihrer – recht kurzen, manchmal sogar sarkastischen – Nachrichten hatte er jemanden erwartet, der ein wenig … verkrampfter war.

Auf diesem Foto war allerdings … eine absolut strahlende junge Frau zu sehen gewesen.

»Sie sieht glücklich aus«, sagte Kim-Ange. »Gut so. Das konnte man von ihr schon lange nicht mehr sagen.«

»Ja«, murmelte Cormac. »Gut.«

Eigentlich wollten sie jetzt ein Foto zurückschicken, aber Kim-Ange war mit dem Winkel nicht zufrieden und probierte es noch geschlagene neun Mal. Dann wurde Cormac gerufen, weil er die Kellner bezahlen musste, und am Ende wurde aus der ganzen Sache nichts mehr.

Kapitel 46

Lissa fiel hin, stand wieder auf und tanzte weiter. Es lief alles wunderbar, schließlich war es draußen immer noch hell. Selbst dann, als die anderen nach und nach aufbrachen, wollte sie einfach nur weitermachen. Die Befreiung, die sie empfand, war fast grenzenlos.

Irgendwann wurde in einem großen Kreis *Auld lang syne* angestimmt, und als die Musik verstummte, konnte man doch allmählich spüren, wie die Kälte der Frühlingsnacht herankroch.

Lissa überkam ein Schaudern, und sofort holte Jake von einem Heuballen eine Decke und legte sie ihr um die Schultern.

»Danke«, sagte sie lächelnd und schaute sich um.

Neben der Scheune knutschten die zuvor so schüchternen Teenager inzwischen um ihr Leben. Die Autos, die vorher auf den Weiden gestanden hatten, waren verschwunden, und aus der Ferne erklang das Muhen von Kühen, die sich durch das ganze Theater gestört fühlten.

Nun brachte Jake ihr auch noch ein großes Glas Wasser, das sie in einem Zug austrank.

»Danke«, seufzte sie. »Das hab ich echt gebraucht.«

»Dieses Holunderzeug ist ganz schön heftig«, sagte Jake.

»Hmhm.«

»Komm, ich begleite dich nach Hause.«

Auf der Straße trat Lissa bei ihrem ersten Schritt gleich in eine schlammige Spurrille und geriet ins Straucheln.

Jake streckte den Arm aus, um sie zu stützen, und zog ihn dann nicht mehr zurück. »So«, sagte er. »Du hattest also Spaß.«

Lissas Zunge fühlte sich ganz schwer an, so wie das manchmal war, wenn man unbedingt etwas total Wichtiges erklären wollte, sich dazu aber eigentlich nicht mehr in der Lage fühlte. Mit anderen Worten: Sie war ein wenig betrunken.

Am Himmel blitzten hier und da ein paar Sterne auf.

»*O ja*«, sagte sie. »Weißt du, das hatte ich wirklich. Und zum ersten Mal … zum ersten Mal …«, sie holte tief Luft, »hab ich nicht … Ich komme mir viel leichter vor. So, als könnte ich einfach in den Tag hinein leben, ohne Panik, ohne auch nur eine Sekunde lang Angst zu haben. Ich hab mir ausnahmsweise mal keine Sorgen um meine Sicherheit gemacht.«

»Aber bestimmt nur, weil du einen Schwips hast, oder?«, fragte Jake lächelnd.

»Ja … Nein!«, rief Lissa mit Nachdruck. »Es liegt wohl daran, dass man sich beim Tanzen auf nichts anderes konzentrieren kann. Jedenfalls nicht, wenn man sich die Schritte und Figuren merken will.«

Jake war so nett und erwähnte nicht, dass Lissa es ja nicht ein einziges Mal geschafft hatte, sich die Schritte und Figuren zu merken.

»Man tanzt eben immer weiter, bis man es hinbekommt. Und das macht solchen Spaß, dass alles andere, der komplette Rest, auf einmal außen vor bleibt. Dann tut man nichts weiter, als einfach nur zu tanzen.«

Als sie mitten auf dem Weg eine Pirouette probierte, musste Jake sie schon wieder festhalten.

»Oh! Sorry!«, stieß sie aus, als sie merkte, wie sie herumstolperte. »Aber«, fuhr sie fort, »ich hab eine echt harte Zeit hinter mir …«

»Ja, das hat Cormac erwähnt«, sagte Jake.

Und während Lissa Jake so anschaute, wurde ihr plötzlich klar, wie gern sie jetzt Cormac schreiben würde. Sie wollte ihm erzählen, dass sie nicht mehr so üble Laune hatte, jetzt nicht mehr alles sie so mitnahm. Sie griff nach ihrem Handy. Aber als sie ein Auge zukneifen musste, um überhaupt etwas darauf lesen zu können, steckte sie es doch lieber wieder weg.

»Also«, lallte sie, als sie das kleine Häuschen erreichten. »Danke. Das wollte ich sagen. Danke.«

Sie schaute zu ihm hoch, aber Jake sah, dass sie in Gedanken ganz woanders war. Und sie hatte ja wirklich ziemlich gebechert. Deshalb war es einfach nicht der richtige Moment, um jetzt zu versuchen, sie zu küssen, dachte er. Obwohl sie ja strahlend lächelte und ihre Augen nur so sprühten … Aber morgen würde sie es bereuen, da war er sich sicher. Und er wollte sie so gern morgen wiedersehen, und auch danach noch, wenn das denn möglich war.

»Trink Wasser!«, riet er ihr, während er die Decke entgegennahm, die er morgen zurückbringen würde. »Viel Wasser. Und nimm ein Aspirin.«

Es stimmte schon – in diesem Moment hatte für Lissa durchaus ein kleiner Zauber in der Luft gelegen, das Gefühl, dass sie vielleicht gleich sagen würde: »Pfeif drauf! Her damit! Gib mir doch ein kleines bisschen das Gefühl, jung zu sein, etwas von der alten Furchtlosigkeit, die mir mit Gewalt entrissen wurde. Gönn mir ein paar Stunden Sorglosigkeit, in denen ich nicht bang und verängstigt bin und den Leuten zu gefallen versuche. Schenk mir diesen Augenblick mit einem gut aussehenden Mann im Kilt an meiner Seite, diese kurze Nacht voll schwerer Wärme mit ein paar Fiddeln und einem Glas süßem Holunderwein, und lass mich tanzen!«

Jake konnte das alles in ihren Augen lesen. Aber er wusste – oder ahnte zumindest –, dass ihr dabei heute jeder recht wäre, dass ihre Zügellosigkeit gefährlich war.

Und er, so musste er sich eingestehen, hatte sie gern. Er hatte sie wirklich gern. Er wollte nicht, dass sie morgen mit schwerem Kopf voller Bedauern aufwachte und ihm nicht mehr gegenübertreten wollte, weil ihr die wilde Nacht aus einer bloßen Laune heraus so peinlich war.

»Geh ins Bett«, sagte er. »Und lass uns nächste Woche mal zusammen einen Kaffee trinken.«

Sie lächelte ihn kokett an, und Jake wandte sich schnell ab, bevor er seine Meinung noch änderte und ihr doch ins Haus folgte – in Cormacs Haus, wie er sich in Erinnerung rief.

Ach, na ja, dachte Lissa, die ganz schön ins Schleudern geriet, als sie sich die Zähne zu putzen versuchte. Offensichtlich hatte sie bei den Männern wohl keinen Schlag mehr. Aber ansonsten … Sie trank ein riesiges Glas des eisigen, frischen schottischen Wassers, durch das sie jedes

Mal keuchen und prusten musste. Abgesehen davon war es toll gewesen. Obwohl es sich nur um eine kleine Tanzveranstaltung neben einer Scheune in einem winzigen Dorf am Ufer von Loch Ness gehandelt hatte, hatte dieser Abend für Lissa eine viel tiefere Bedeutung gehabt.

Neunhundert Kilometer weiter südlich räumte Cormac den Gemeinschaftsraum zu Ende auf, dessen leere Wände ohne die Bänder und Kerzen öder denn je wirkten.

Dabei wurde der Krankenpfleger immer wieder von Partygästen bestürmt, die ihm versicherten, was für ein toller Abend es gewesen war. Zig Leute wollten Cormac auf einen Drink einladen, und er bekam mehrmals das Angebot, doch mit aufs Zimmer zu kommen – sowohl von Yazzie, die schon den ganzen Abend um seine Aufmerksamkeit gebuhlt hatte, als auch von einer fröhlichen Gruppe spanischer Schwestern, die sich ohne OP-Kittel als atemberaubende Schönheiten herausgestellt hatten.

Cormac schenkte allen nur ein ausdrucksloses Lächeln, ging nach oben und legte sich ins Bett, während ihm die Trommeln noch in den Ohren dröhnten.

Beim Einschlafen sah er vor seinem inneren Auge auch noch undeutlich jenes Foto vor sich – das er vergebens zu zeichnen versucht hatte.

Jetzt wurde schüchtern bei ihm angeklopft. Benommen machte Cormac Yazzie auf und fühlte sich plötzlich so verloren und leer und traurig und von Heimweh erfüllt und verwirrt, dass er sie hereinließ.

Kapitel 47

Cormac konnte einfach nicht fassen, wie heiß es war. Wie verrückt, das war hier ja schlimmer als in Spanien! Beinahe so schlimm wie in … Na ja, über seine alte Arbeit dachte er jetzt besser nicht nach. Aber er mochte die Hitze nicht, misstraute ihr.

Und London hatte bei so einem Wetter etwas seltsam Ungezähmtes an sich. Die Menschen verbrachten mehr Zeit auf der Straße, wo die Mülltonnen stanken und man deutlich spürte, wie vollgestopft die Stadt war. Und so brodelte das Leben zwar mehr oder weniger gleichbleibend vor sich hin, doch manchmal drohte es überzukochen.

Aus offenen Autofenstern ertönte laute Musik mit so dröhnendem Bass, dass man ihn meilenweit hören konnte, und Gruppen junger Leute hockten sich vor Kneipen mit ihrem Pint auf den Bürgersteig. Weil sie vergeblich nach einem Platz an einem Tisch gesucht hatten, wurden manche von ihnen aggressiv und brüllten den Autofahrern hinterher, die Runden drehten und Mädchen etwas zuriefen.

So einen Sommer hatte Cormac noch nie erlebt. Es war wirklich beklemmend, und weil es im Schwesternwohnheim keine Klimaanlage gab, schlief er bei offenem Fenster. Das bedeutete allerdings auch, dass Cormac das Schrillen von Polizeisirenen hörte, Hubschrauber, Stimmen und Musik, während der Geruch von Grillgut zu ihm herauf waberte. Wie konnte man bloß so leben?, fragte sich Cormac. Wie hielten die Menschen es aus, ständig aufeinander zu hocken, ohne dabei verrückt zu werden?

Er war von Natur aus ein entspannter Typ, aber diese Situation machte selbst ihn ganz nervös und empfindlich.

Auch seine Patienten waren quengelig, beschwerten sich über die Klinik oder klagten über ihre Verletzungen und Krankheiten.

Wer ans Haus gefesselt war, für den war es sehr unangenehm, sich in den stickigen Räumen stickiger Wohnungen aufhalten zu müssen, und alle träumten von frischer Luft, die es im Moment ja nirgendwo gab.

Cormac versuchte, jetzt besonders freundlich zu sein und nicht gereizt zu werden, wenn der Teer quasi auf der Straße schmolz oder sich Autofahrer anschrien und bei Staus oder Unfällen aneinandergerieten, während der Frust immer in Reichweite schien.

Zum ersten Mal litt Cormac an Heimweh, und sein Interesse, sich auf all die neuen Erfahrungen einzulassen, die London ihm zu bieten hatte, ließ nach. Inzwischen schlenderte er ohnehin ganz unbeeindruckt die South Bank entlang und über die Tower Bridge.

Eine ganze Woche lang sah Cormac Robbie nicht wieder, obwohl er jeden Tag nach ihm Ausschau hielt. Dann bemerkte er eines Tages seine alten Turnschuhe in einer Unterführung.

»Hey!«, sagte er.

»Hey zurück!«, sagte Robbie.

»Wie sieht's aus?« Cormac ging einfach nicht aus dem Kopf, dass Robbie sein Portemonnaie nicht mitgenommen hatte. Wie schwierig es für ihn, der überhaupt nichts hatte, gewesen sein musste, seine Sachen nicht anzurühren! Aber natürlich durfte er nicht einmal daran denken, dies auch nur anzudeuten.

Robbie zuckte mit den Achseln.

»Hör mal«, sagte Cormac. Er hatte sich da was überlegt, würde aber seinen Kumpel Lennox noch fragen müssen. Einen Versuch war es wohl wert, immerhin war der Bauer so einiges gewöhnt, was die Typen anging, die auf seinem Hof bei der Ernte halfen. »Wenn ich dir einen Job verschaffen könnte, hättest du Interesse?«

Robbie zuckte mit den Achseln. »Ich bin vorbestraft«, sagte er. Mit wildem, gehetztem Blick schaute er zu Cormac hoch. »Nicht für irgendwas Schlimmes! Nur für Trinken auf der Straße und so …« Seine Stimme wurde leiser. »Für nichts Schlimmes, das kannst du überprüfen.«

Cormac glaubte ihm. »Es wäre eine ziemliche Schufterei, bei der Ernte. Aber dazu gäbe es auch ein Bett und drei Mahlzeiten am Tag.«

»Ich würde gern mal wieder hart arbeiten«, murmelte Robbie.

»Dann werd ich mich erkundigen«, versprach Cormac.

Zurück im Schwesternheim, musste er sich dem Problem stellen, dass Yazzie zwar zauberhaft, aber nur schwer zu meiden war, da sie ja im selben Gebäude lebte. Gut, okay, er freute sich, sie zu sehen, aber die Sache schien sich in eine Richtung zu entwickeln, die ihm eigentlich nicht passte. Deshalb war er ziemlich froh, als sie zur Nachtschicht eingeteilt wurde.

Als Jake von der Geschichte mit Yazzie hörte, war er erstaunlicherweise stinksauer.

»Was denn?«, fragte Cormac. »Ich dachte, du wärst begeistert darüber, dass ich mehr oder weniger eine Beziehung habe.«

»Nein!«, widersprach Jake. »Das machst du ständig! Du betätigst dich wieder mal als Gutmensch!«

(Cormac hatte ihm auch von Robbie erzählt.)

»Und das benutzt du als Vorwand, um selbst keinen Finger krumm machen zu müssen. Du wartest einfach, bis sie den ersten Schritt macht, schwimmst mit dem Strom, weil du ein fauler Sack bist. Und am Ende geht es den Frauen dann dreckig. Du solltest mal sehen, mit was für einer Miene Emer durchs Dorf läuft.«

»Äh!«, machte Cormac, überrumpelt davon, dass ihm ausgerechnet Jake zu diesem Thema eine Standpauke hielt.

»Also, ich bin wirklich nicht begeistert«, sagte Jake. »Es gibt auf dieser Welt so viele wunderbare Frauen … und viele von ihnen sind Krankenschwestern …« Plötzlich klang seine Stimme ein wenig verträumt. »… auch sie wollen Gutes tun und helfen, schließen deshalb aber nicht andere aus ihrem Leben aus … Diese Frauen verdienen wirklich jemanden, der absolut verrückt nach ihnen ist.«

Cormac zögerte. »Über wen reden wir hier gerade genau?«, fragte er. So romantische Töne waren bei seinem Kumpel ja ganz was Neues!

»Über niemanden!«, behauptete Jake knurrig. »Was ich damit sagen möchte: Wenn du etwas von ihr willst, dann solltest du sie auch vernünftig behandeln. Wenn nicht, dann gib ihr höflich den Laufpass. Sonst ist das doch nicht fair.«

»Klar!«, schnaubte Cormac. »Und können Sie mir bitte auch noch sagen, wie viel Lösegeld Sie für Jake verlangen?«

»Ich mein ja nur!«

»Jake, wenn mir der Sinn nach missbilligenden Worten steht, rufe ich meine Mutter an.«

»Übrigens solltest du dich wirklich mal bei ihr melden«, mahnte Jake. »Ich hab sie letztens gesehen.«

»Ich rufe sie doch an, und zwar ständig! Dann behauptet sie immer, dass sie zu beschäftigt ist, und macht sarkastische Bemerkungen!«

»Sie ist eine alte Frau, die den Arm in einer Schlinge trägt«, wandte Jake ein.

Cormac seufzte. Bei dem sonnigen Wetter heizte sich sein Zimmer unangenehm auf. »Meinst du, ich sollte besser zurückkommen?«, fragte er. »Dieses Wochenende ist doch der Fordell-Rummel.«

»Nein«, antwortete Jake schnell. »Nein, das ist schon in Ordnung.«

»Jake«, sagte Cormac, dessen Stimme man jetzt anmerkte, dass er lächelte. »Hast du etwa eine ganz untypische Schwäche für eine gewisse Krankenschwester, die in meinem Haus lebt und meine Arbeit erledigt? Willst du mich deshalb aus dem Weg haben?«

»Nichts könnte weiter entfernt sein von der Wahrheit«, entgegnete Jake steif.

Aber Cormac schmunzelte immer noch vor sich hin, als sie das Gespräch beendeten. Es hatte ihn wirklich aufgemuntert. Allerdings hatte Jake wohl leider recht, was Yazzie anging. Daher gelobte Cormac Besserung.

Lennox brachte gescheiterten Existenzen ein gewisses Verständnis entgegen, und so erklärte er sich bereit, es mit Robbie zu versuchen, obwohl ihm das Thema Alkohol Sorgen bereitete.

Cormac kaufte Robbie eine Zahnbürste und einen Waschlappen sowie ein paar neue Klamotten von Primark. Dann blieb ihm nur noch, Robbie zum Busbahnhof Victoria Station zu bringen und ihm das Beste zu wünschen.

»*Nemo me impune lacessit*«, sagte Cormac, als Robbie sich abwandte.

»Black Laddies«, antwortete Robbie. Dann fügte er zögerlich hinzu: »Ich werde mein Bestes geben.«

»Das sind gute Menschen«, versicherte Cormac. »Viel Glück!«

Kapitel 48

Nina rief Lissa an und erzählte ihr von Robbie.

»Er wird drüben in der Scheune wohnen«, erklärte Nina. »Könntest du ihn vielleicht kurz durchchecken?«

»Wenn er Alkoholiker ist, sollte er nicht von einem Tag auf den anderen mit dem Trinken aufhören«, sagte Lissa. »Das würde es nur noch schlimmer machen. Ich sehe ihn mir mal an, klar.« Sie bemühte sich um einen neutralen Ton. »Er ist also ein Freund von Cormac?«

»Ja, ich glaube.«

Als der Tag dann da war, ließ Nina den kleinen John auf dem Bauernhof zurück und fuhr mit Lissa zusammen aufgeregt zum Busbahnhof in Inverness.

Als der Bus eintraf, musste Nina über die ganzen zerknitterten Gestalten lächeln, die nach der langen Fahrt ausstiegen. »Das letzte Mal war ich hier, um Zoe und Hari abzuholen.«

»Wirklich?«, fragte Lissa. »Und, wie war dein erster Eindruck?«

»Zoe war furchtbar dreckig«, erzählte Nina. »Himmel,

ich hab gedacht, dass das bestimmt schiefläuft. Ihr ging's in dem Moment wirklich schlecht.«

Lissa hatte oft bei sich gedacht, dass sie noch nie zuvor einen Menschen getroffen hatte, der auf sie so glücklich und zufrieden wirkte wie Zoe. Aber offensichtlich war selbst Zoe hier einst vom Leben gebeutelt aufgetaucht.

»Vielleicht liegt über Kirrinfief ja ein Zauber«, überlegte Lissa.

Es war keine gute Idee, so einen Kommentar bei einer verträumten Leseratte wie Nina vom Stapel zu lassen, die sofort einen abwesenden Gesichtsausdruck aufsetzte und von *Brigadoon* zu schwärmen begann.

Ringsumher nahmen fröhliche Familien heimkommende Studenten oder Großmütter in Empfang, die von einem Ausflug in die große Stadt zurückkehrten.

Robbie stieg als Letzter aus und hob dabei kaum den Blick, als rechnete er nicht damit, von jemandem abgeholt zu werden. In einer Segeltuchtasche vom Militär hatte er seine wenigen Habseligkeiten dabei.

»Äh, hallo«, sprach Nina ihn an.

Lissa beäugte ihn neugierig. Ob Cormac wohl auch so aussah? Ein Kerl mit rauer Schale, übersät mit selbst gestochenen Tätowierungen, eben ein alter Soldat. Furcht einflößend oder gewalttätig wirkte Robbie aber nicht. Sein Blick hatte etwas Gehetztes an sich, und er sah sehr, sehr müde aus.

»Konnten Sie unterwegs ein bisschen schlafen?«, fragte Nina sanft, und er schüttelte den Kopf.

Als die Frauen ihn mit zum Bücherwagen nahmen, der vor dem Bahnhof stand, betrachtete Robbie das Gefährt zwar neugierig, stellte aber keine Fragen.

»Sie haben eine schwere Zeit hinter sich?«, wandte sich nun Lissa an ihn, und er nickte traurig.

Als sie ihn sich so ansah, war ihr ihr eigenes Problem plötzlich peinlich, während sie zugleich von dringlicher Entschlossenheit erfasst wurde, es zu überwinden.

Gelang das nicht, konnte so ein Trauma einen Menschen auffressen. Lissa konnte sich ja glücklich schätzen: Sie hatte eine liebevolle Familie, Freunde und eine Arbeit, bei der man ihr die unglaubliche Gelegenheit geboten hatte, noch einmal ganz von vorn anzufangen.

Robbie war das nicht vergönnt gewesen. Aber vielleicht bot Schottland ja jedem eine zweite Chance.

»Dann fahren wir mal, und wenn wir da sind, checken wir Sie durch.«

In der Scheune angekommen, wusch sich Robbie und war dann mucksmäuschenstill, während Lissa ihn untersuchte. Er hatte die Krätze, aber das würde mit Permethrin bald besser werden. Dass er sich vorher selbst den Kopf kahl geschoren hatte, half natürlich beim Thema Läuse. Und seine Haut war auch gar nicht so gelblich, wie Lissa befürchtet hatte. Hoffentlich würden sich keine Leberprobleme bei ihm zeigen, obwohl es selbstverständlich noch zu früh war, um das zu sagen.

Am Schluss redete sie mit ihm über Entwöhnung und Entzugserscheinungen. Wie oft sie dieses Gespräch schon in der Notaufnahme geführt hatte! Manchmal hatte sie das Gefühl, dass es tatsächlich etwas bringen könnte. Und vielleicht gehörte Robbie ja zu den Glücklichen.

Lissa gab ihm Informationen über die nächstgelegene AA-Gruppe, ließ ihm jede Broschüre da, die Joan zu dem

Thema hatte, und setzte ihn für zwei Kontrolluntersuchungen pro Woche auf ihre Liste.

»Und ich glaube«, sagte Lissa am Ende mit einem kleinen Lächeln, »jetzt können Sie sich direkt an die Arbeit machen.«

Lennox stand bereits wartend im Türrahmen. Wie üblich hatte er in einer Trage auf dem Rücken den kleinen John mit dabei, außerdem hatte er zwei Handschaufeln in den Taschen und trug zwei Tassen Tee.

»Drei Stück Zucker«, grunzte er. »Am oberen Feld müssen ein paar Sträucher mit giftigen Beeren rausgerissen werden. Wenn das Vieh da zu knabbern anfängt, haben wir ein echtes Problem. Sind Sie mit dabei?«

Beim Anblick des Babys veränderte sich Robbies Gesichtsausdruck völlig. »*Aye*, seht euch mal den Kleinen an«, sagte er und entblößte bei einem kleinen Lächeln faulige Zähne.

Lissa nahm sich vor, ihn auch auf die Warteliste für einen Zahnarzttermin zu setzen.

John strahlte ihn an und winkte als Antwort.

»Der ist ja wirklich prächtig«, sagte Robbie und trat näher heran. Als er John einen gelblichen Finger hinhielt, griff der kleine Junge begeistert danach.

Dann nickte Robbie Lennox zu. »*Aye*«, sagte er und folgte dem Bauern hinaus auf den sonnenbeschienenen Vorplatz, wo Hühner vor ihnen auseinanderstoben.

Lissa schaute ihnen hinterher und drückte Robbie die Daumen.

Bis zum nächsten Termin hatte Lissa eine Stunde Zeit; nachdenklich kehrte sie in ihr Häuschen zurück. Sie wollte gern etwas Musik hören, während sie fürs Mittagessen kochte, und ging Cormacs CDs durch. Lächelnd dachte sie daran zurück, wie eingeschnappt er gewesen war, und legte das Album der Proclaimers in den CD-Player.

Eigentlich hatte sie jetzt mit dem lebhaften Song gerechnet, den sie noch mehr oder weniger im Ohr hatte, stattdessen stimmte ein langsames altes Klavier einen Walzer an.

Eine sanfte, klagende Stimme begann zu singen, und dann kam eine weitere hinzu:

My heart was broken … my heart was broken …

Mir wurde das Herz gebrochen … Mir wurde das Herz gebrochen …

Danach wiederholte sich immer wieder nur ein einziges Wort:

Sorrow

Leid

Mit erstarrter Miene drehte sich Lissa zur Stereoanlage um. Das klang … Das klang ja so, als würde da jemand in Worte fassen, was sie selbst schon so lange fühlte.

My tears are drying … my tears are drying …

Meine Tränen trocknen … Meine Tränen trocknen …

Als schließlich der ungestüme, emotionale, hoffnungsvolle Refrain einsetzte, war Lissa fix und fertig. Es kam ihr vor, als sei dieses Lied ein winziger Schlüssel, der eine Tür zu einem verborgenen Winkel ihrer Seele aufgeschlossen hatte.

Das Mittagessen war jetzt vergessen, und sie hörte sich den Song wieder und wieder an.

Am Ende schrieb sie Cormac:

Vielleicht lag ich ja doch falsch, was diese Band angeht, die du magst.

Blitzschnell kam die Antwort zurück:

Kann man wohl sagen!

Kapitel 49

Du wirst es nicht glauben!«, keuchte Kim-Ange ins Telefon.

Während Lissa heute an einem kühlen, nebligen Morgen aufgewacht war und sich gerade am glimmenden Torffeuer wärmte, schwitzte Kim-Ange in London vor sich hin.

Lissa konnte nicht fassen, dass sie sich tatsächlich auf derselben Landmasse befanden, und sie waren beide äußerst neidisch auf das Wetter der anderen. Kim-Ange vertrug Hitze nämlich nicht gut, und ihre so langwierige wie technisch anspruchsvolle Make-up-Routine litt auch darunter.

»Du wüsstest Bescheid, wenn du noch auf Instagram und Facebook wärst«, knurrte Kim-Ange jetzt.

»Das hab ich dir doch erklärt«, sagte Lissa geduldig. Sie fühlte sich viel ausgeglichener, seit sie bei den Social Media eine Pause eingelegt hatte, und stellte verblüfft fest, wie angenehm kleine Freuden wie ein heißes Bad und ein Buch sein konnten. Außerdem konnte sie sich ja darauf verlassen, dass Kim-Ange sie immer auf dem Laufenden halten würde. So wie eben jetzt.

»Tja, Yazzie ist ganz scharf darauf. Also, auf *IHN*! Auf ES! Dabei hat er doch schon mal einen Mann mit hierhergebracht!«

»Wovon redest du bloß?«

»Von deinem kleinen Schotten!«

»Er ist doch nicht MEIN kleiner Schotte!«, protestierte Lissa, der die Sache ein wenig unangenehm war. »Schließlich bin ich ihm nie begegnet. Ich weiß ja noch nicht einmal, wie er aussieht!«

»Auf Yazzies Instagram könntest du seinen halben Hintern bewundern. Ich glaube, sie hat ein Foto von ihm gemacht, als er geschlafen hat«, sagte Kim-Ange.

»Hm, das klingt aber nicht sehr nett … Moment mal, sind die beiden etwa zusammen?«

»Tja, sie hat ihren Facebook-Status nicht geändert, und er hat keinen, also …«

»Noch nicht einmal ›Es ist kompliziert‹?«

»Nö.«

Es ärgerte Lissa, dass sie eine gewisse Erleichterung verspürte. »Vielleicht ist es ja nichts Festes.«

Trotzdem war sie enttäuscht, was Cormac anging. Sie hatte ihn eigentlich nicht für einen Aufreißer gehalten. Tja, aber genau das war doch das Problem bei Aufreißern, oder nicht? Sie waren wirklich lustig und lieb – deshalb fiel man ja auch jedes Mal auf sie rein. Aber von Cormac hätte sie so etwas wirklich nicht erwartet.

»Yazzie ist ein geiles Luder!«, machte Kim-Ange weiter. »Was ich natürlich absolut gutheiße.«

»Und sie sieht toll aus!«, warf Lissa ein.

»Was schert es dich denn?«, fragte Kim-Ange. »Du hast für Samstag doch ein Date, oder nicht?«

Lissa dachte an den niedlichen Jake. »Allerdings«, sagte sie mit schiefem Lächeln. »Und du?«

»Ich auch!«, rief Kim-Ange. »Mann, das sind ganz schön viele Neuigkeiten. Es macht Spaß, mal persönlich zu quatschen.«

»Das ist fast so gut, als wärst du hier«, fand Lissa. »Aber nicht ganz.«

»Versprüh einfach eine Ladung Jo-Malone-Parfüm, dann ist es noch authentischer.«

»Vielleicht ein bisschen zu sehr.«

»Was?«

»Nein, du wirst mir doch nie zu viel! Mit wem hast du dich denn verabredet?«

»Mit Piotr.«

Bei diesem Namen musste Lissa erst einmal überlegen. Im Florence Nightingale House lebten nicht nur Krankenschwestern. Es war mehr eine allgemeine Wohnanlage für alle Mitarbeiter des Krankenhauses, die mit dem dort gezahlten Gehalt nicht über die Runden kamen.

»Hilfskraft Piotr? Cool!«

Es handelte sich tatsächlich um den kleinen Krankenhausmitarbeiter, mit dem Kim-Ange den ganzen Abend beim Ceilidh getanzt hatte und der von ihr völlig überwältigt war.

»Ist er nett?«

»Das ist mir egal!«, verkündete Kim-Ange. »In dieser Stadt gibt es einfach keine Männer, und ich hatte schon seit Monaten keine Verabredung mehr! Solange er keine Wiesel isst, lasse ich mich wahrscheinlich auf ein bisschen Fummeln ein.«

»Und wenn er an Wieseln leckt?«

»Dann muss er sich mit Knutschen zufriedengeben.«

Lissa lächelte. »Ich kann nicht fassen, dass wir alle Dates haben!«

»Ich weiß«, sagte Kim-Ange. »Meld dich am Samstag per Skype, damit ich dir erklären kann, was an deinem Outfit alles nicht stimmt!«

Als Cormac Lissa die letzten Anmerkungen zu den Terminen der Woche schickte, konnte er es sich nicht verkneifen und fügte unten scheinbar ganz unschuldig hinzu:

Gehst du eigentlich zum Fordell-Rummel?

Lissa las die letzte Zeile der Nachricht und lächelte, bevor sie die Stirn runzelte. Das sprach sich offensichtlich rum. Sie biss noch einmal in ihren Boskop.

Vielleicht. Und was ist mit dir? Du bist ziemlich beschäftigt, glaub ich, oder?

Cormac starrte die Nachricht an. Lissa schien ja bestens informiert zu sein. Wahrscheinlich hatte sich Kim-Ange bei ihr über ihn ausgelassen, was er irgendwie seltsam fand. Waren sie jetzt etwa … Freunde?

Er warf das Kerngehäuse des Boskops, den er gerade gegessen hatte, in den Mülleimer und schrieb:

Hey!

Du klingst schon ganz wie ein unhöflicher Engländer. Wohin geht ihr denn?

In irgendein neues Restaurant, das total in ist.

Dann stell dich mal auf stundenlanges Schlangestehen und ein überlaufenes Lokal voll mit arroganten Typen ein, die ihr Essen fotografieren. Ihr werdet viel Geld für winzige Portionen hinblättern und mit knurrendem Magen wieder aufbrechen.

Na ja, und bei dir könnte es passieren, dass du auf der Walzerbahn zu kotzen anfängst.

Bestimmt nicht! Übrigens hat Kim-Ange auch eine Verabredung! Es muss Sommer sein.

Also haben wir alle ein Date.

Cormac schnappte sich einen weiteren Apfel aus der Tüte.

Gut!

Gut!

Lissa versuchte, ihre Verärgerung zu unterdrücken, während sie sich noch einen Apfel nahm und hineinbiss. Dann ging sie nach draußen, um Ned zu füttern.

Kapitel 50

An diesem Samstag verzog sich der Nebel über dem kleinen Örtchen Kirrinfief nach und nach, und gegen Mittag hatte man es mit einem der seltenen schönen Tage hier zu tun, auf die später mit dem Kommentar »Sie hätten mal letzte Woche hier sein sollen!« verwiesen wurde.

Bitte lasst euch durch das Wetter nicht davon abhalten, unser schönes Land zu besuchen. Wir würden uns wirklich freuen, euch zu sehen, versprochen. Aber es ist eben eine traurige und ziemlich unveränderliche Tatsache, dass in Schottland jegliche geplante Aktivität, sei es eine Hochzeit oder ein Grillabend, von den Wettergöttern als Anmaßung aufgefasst wird.

Solche Absichten beschwören den Zorn von Lugh mit dem tödlichen Auge herauf. Und dieser Gott vermag den Sturm zu rufen, aber zumindest muss man mit leichtem Tröpfeln und unheilvoll grauem Himmel rechnen.

Und falls ihr an einem Ort mit toller Aussicht seid, müsst ihr euch damit abfinden, dass die Leute die ganze Zeit davon schwärmen. Selbst sehen werdet ihr sie nämlich nicht.

Manchmal kann man Schottland aber überlisten und erwischt einen Tag, an dem die Sonne warm in jede Ecke, jeden Winkel, fällt. Zugleich streicht jedoch eine sanfte Brise über einen ruhig wie ein Spiegel daliegenden See, daher wird es nicht *zu* warm. In solchen Momenten kann man den Ruf von Vögeln in der stillen Luft noch lauter hören als sonst, und auch das Trappeln der Hufe von Rehen im Wald.

Heute zeigte sich der Himmel jedenfalls in frisch gewaschenem Blau, die Wiesen leuchteten derart grün, wie man es ohne stark verzerrenden Filter niemals erwartet hätte, dicke Bienen summten fröhlich zwischen Mädesüß und langem Gras herum, und der Abend schien endlos.

Und Lissa Westcott würde gleich zur Kirmes gehen.

Lissa hatte sich für ein blaues Kleid entschieden, das ganz schlicht war, aber gut zu ihr passte, und zu dem sie heute Abend ausnahmsweise keine Jacke oder Strickjacke brauchen würde. Abgesehen von etwas rosafarbenem Lippenstift, legte sie kein Make-up auf und trug ihre federnden Löckchen offen.

Als Kim-Ange auf dem Laptop in der Ecke des Raumes mit hochgerecktem Daumen ihre Zustimmung zum Look gab, fühlte Lissa sich eigentlich … nicht schlecht.

Es war doch nur Jake, rief sie sich in Erinnerung, es war bloß Jake.

Genau wie Lissa würden an diesem warmen britischen Abend, schön wie nur wenige, auch Kim-Ange und Cormac bald zu ihrem jeweiligen Rendezvous aufbrechen. Obwohl fast tausend Kilometer zwischen Kirrinfief und

London lagen, waren sie alle erfüllt von derselben Mischung aus Vorfreude und Schmetterlingen im Bauch einerseits, ein wenig Angst und der Überlegung, das Ganze vielleicht abzusagen und nie wieder zu erwähnen, andererseits. Dass sie sogar in Erwägung zogen, vielleicht lieber auszureißen und als Matrosen zur See zu gehen, war wohl typisch für diese Art von Verabredungen.

Aber sie waren ja alle (mehr oder weniger) jung, und an diesem wunderschönen Abend war ein gewisser Zauber zu spüren, daher braucht ihr euch um sie eigentlich keine Sorgen zu machen, jedenfalls nicht ernsthaft.

Heute Abend schienen selbst für Lissa die schlimmen Dinge ein wenig in die Ferne zu rücken. Sie trug ein neues Paar Stiefel, wurde von der magischen Süße des Abends schützend umfangen und spürte, was da alles in der Luft lag: der Duft von Zuckerwatte, so viele Erwartungen und Möglichkeiten, Aftershave, Blicke auf die Armbanduhr, Lieblingsohrringe und Kaugummi.

Kapitel 51

Wenn man die alte Landstraße entlangging, konnte man den Rummel schon von Weitem riechen. Normalerweise lagen hier die Aromen von Kiefern und Farn in der Luft, zusammen mit einer gewissen Kuh-Note, die Lissa am Anfang unangenehm gefunden hatte, inzwischen aber eigentlich mochte. Heute wurde all das von anderen Gerüchen überdeckt, zugleich altbekannt und doch fremd: von der typischen Kirmes-Mischung aus Zuckerwatte, Popcorn, Diesel und schmutzigen alten Motoren.

Lissa erinnerte sich noch genau daran, wie ihre Mutter sie in ihrer Kindheit in London immer schnell an Jahrmärkten dieser Art vorbeigezerrt hatte. Ihre Mum hatte an so etwas überhaupt kein Interesse und hatte Lissa nicht dort hingehen lassen. Deshalb hatte Lissa ganz bewusst nicht zu den wilderen Mädchen hinübergeschaut, damit man sie später nicht wegen der ganzen Sache aufzog. (Natürlich wurde sie deshalb trotzdem geärgert und als versnobt abgestempelt, und Lissa hatte dem leider nur wenig entgegenzusetzen. Ihre Mutter war bei solchen Sachen derart unnachgiebig, dass man natürlich genau diesen Eindruck bekommen musste.)

Als sie etwas älter war, tat Lissa eines Tages exakt das, wovor ihre Mutter immer solche Angst gehabt hatte: Eine Klassenkameradin und sie verabredeten sich »zum Lernen« und behaupteten bei der Freundin zu Hause, dass sie dazu in die Bücherei wollten. Dann rannten sie zum Kirmesplatz hinüber und legten ihr Geld zusammen, das genau für eine geteilte Zuckerwatte und eine gemeinsame Karussellfahrt reichte.

Der dürre Schaustellerjunge von der Walzerbahn kam zu ihnen herüber und hängte sich hinten an ihren Wagen, während sie nach Herzenslust kreischten. Ihm fehlte ein Zahn, womit er in ihren Augen aber noch exotischer aussah, wie ein Pirat.

Der Abend war dunkel und die Musik unglaublich laut. Während Lissa immer weiter im Kreis fuhr und ihr vom Druck der Nacken wehtat, fühlte sie sich so lebendig und verwegen wie noch nie zuvor.

Aber es war wohl absehbar, wie das ausgehen musste: Am Ende liefen sie einer Mitschülerin über den Weg, die zwar freundlich war, die Sache jedoch herumerzählte. Dann kam Lissas Mum bei Sainsbury ins Gespräch mit einer anderen Mutter, es kam zum Ärgsten, und Lissa hatte einen ganzen Monat Hausarrest. Aber das war es ihr wert gewesen.

Jake stand da und trug heute ein blaues Hemd mit offenem Kragen, dessen Farbe gut zu seinen Haaren passte. Die waren zur Feier des Tages frisch geschnitten, wie Lissa jetzt auffiel. Allerdings war die lächerlich akkurate, eng am Kopf anliegende Frisur mit viel Gel nicht gerade ihr Fall. (Da er Angst hatte, dass Ginty ihm aus Rache ins

Ohr schneiden würde, war Jake meilenweit zum nächsten Friseur gefahren, und dort hatte ihn natürlich jemand bedient, der ihn nicht schon sein Leben lang kannte.)

Aufgeregt grinste Jake Lissa an.

Mit ihren federnden Löckchen sah sie wirklich hübsch aus, und nun zeigte sich auch verzagt und zögerlich ihr Lächeln, das er tagsüber normalerweise nicht zu sehen bekam.

Verlegen versuchten sie sich an einem Begrüßungsküsschen, das irgendwie schiefging.

Normalerweise hätte Jake jetzt sofort nach ihrer Hand gegriffen, tat es aber aus Schüchternheit nicht. Stattdessen bot er ihr seinen Arm an, und sie hakte sich, ebenso befangen, bei ihm unter.

»Okay«, sagte er. »Womit fangen wir an? Was machst du am liebsten?«

»Ich weiß nicht«, sagte Lissa. »Ich war vorher noch nie so richtig auf der Kirmes. Nur die Walzerbahn, die gefällt mir, das weiß ich wohl.«

»Du warst noch nie auf dem Rummel?«, fragte Jake ungläubig. »Bist du etwa in einem Schrank unter der Treppe aufgewachsen?«

»Nein«, antwortete Lissa.

Plötzlich blieb er wie erstarrt stehen. »Sorry, hat das irgendwas … mit kulturellen Unterschieden zu tun?«

»Wie das denn?«

»Ich weiß auch nicht!«, stieß Jake aus und hob entsetzt die Hände aus Angst, dass er etwas Falsches gesagt hatte.

»Nein«, sagte Lissa langsam. »Es gibt auch in London solche Jahrmärkte. Allerdings hatte meine Mutter was dagegen.«

»Weil …?«

Lissa musste überlegen. »Oh … ich denke mal, weil sie ein kleiner Snob ist.« Das war so ein untypischer Spruch von ihr, dass sich Lissa die Hand vor den Mund schlug. »Himmel!«, hauchte sie. »Ich kann nicht fassen, dass ich das gerade über meine Mutter gesagt habe. Sie ist unglaublich, wirklich eine äußerst inspirierende Frau, sehr … na ja, das alles eben.«

Jake lächelte. »Sie klingt … Furcht einflößend. Und natürlich beeindruckend«, fügte er hastig hinzu. Er war entsetzt darüber, wie das hier gerade lief.

Lissa lächelte wieder. »O Gott.« Sie schluckte. »Okay, das ist sie beides.« Plötzlich fragte sie sich, warum sie sich eigentlich nicht mehr Unterstützung von ihrer Mutter geholt hatte. Hätte sie dann vielleicht gar nicht herzukommen brauchen? Oder wäre ihre Mutter womöglich von ihr enttäuscht gewesen?

Lissa dachte auch an Cormac und seine Mutter, die ständig an ihm herummeckerte. Manchmal war es schon komisch, was für seltsame Dinge sie gemeinsam hatten.

»Na gut«, sagte Jake nach einer langen Pause, um sie in die Gegenwart zurückzuholen. »Wo sollen wir anfangen? Ich muss wirklich eins von diesen großen Stofftieren für dich schießen.«

»So was brauche ich aber nicht.«

»*Brauchen* tust du es nicht«, sagte Jake, der, ehrlich gesagt, dafür geübt hatte. »Ich *möchte* es dir aber gern schenken. Stellvertretend für all die, die dir als Kind entgangen sind.«

Er kaufte Lissa auch eine große Wolke Zuckerwatte, die sofort in ihren Haaren kleben blieb. Beide lachten, weil das Zeug als Konzept wie auch als Lebensmittel einfach nur albern war, genau wie in Lissas Erinnerung an jenen heimlichen Ausflug.

Außerdem war danach von ihrem Lippenstift nicht mehr viel übrig, was sie aber nicht scherte. Ganz kurz fragte sie sich, ob es sie aufgrund der entspannten Situation nicht störte oder vielmehr, weil ihr Interesse an ihrem Begleiter einfach nicht so groß war.

Am Ende beschloss sie, sich darüber keine Gedanken mehr zu machen und einfach den Moment zu genießen. Und genau das tat sie.

Irgendwann kamen Jake und Lissa an Ramsay und Zoe mit ihrer Kinderschar vorbei. Die beiden kleinen Jungen trugen identische Spiderman-Verkleidungen, hielten sich an der Hand und sahen völlig panisch aus.

»Und was ist mit der Geisterbahn?«, fragte Zoe gerade.

Der größere von beiden sagte: »Nein, wir wollen auf keinen Fall noch mehr Gespenstern begegnen, Nanny Sieben«, während der kleinere voller Angst den Kopf schüttelte.

»*Noch mehr* Gespenstern? Was soll das denn heißen?«, fragte Zoe ein wenig nervös.

Patrick und Hari tauschten Blicke.

»Hallo, ihr beiden!«, grüßte Zoe nun.

Lissa fand es komisch, dass man sie so ansprach, wie ein Paar. »Hallo!«, erwiderte sie lächelnd.

»LUTSCHER!«, rief Patrick laut. »Sie sind die Frau mit den ganzen Lutschern! Und Spritzen. Und Lutschern.« Er kniff die Augen zusammen und schien zu überlegen, ob diese Begegnung Gutes oder Schlechtes mit sich bringen würde.

»Heute hab ich keine Lutscher dabei. Aber auch keine Spritzen«, sagte Lissa beruhigend. »Und, habt ihr Spaß auf dem Rummel?«

Patrick und Hari schüttelten heftig den Kopf.

»Die wollen auf keins der Karussells«, erklärte Zoe verzweifelt, »weil sie die ganze Sache für einen Mordkomplott gegen sie halten.«

»Das hat Mary uns gesagt!«, entfuhr es Patrick.

»Oh, Mary«, seufzte Ramsay und drückte das Mädchen an sich. »Na ja, wenigstens kommen wir auf diese Weise billig davon.«

Zoe nickte mit Nachdruck.

»Ich will nicht sterben!«, rief der kleinste Junge, Hari.

»Und du *wirst auch nicht* sterben!«

Genau in diesem Moment kippte ein Karussell seine Gäste in vierzig Metern Höhe so, dass sie mit dem Kopf nach unten hingen, und Gekreische erfüllte die Luft.

Wieder legte sich Angst über die Miene der kleinen Jungen.

Zoe zog eine Grimasse und schlug vor: »Vielleicht könnten wir es mal mit den sich drehenden Teetassen versuchen.«

»HEISSER TEE? NEIN, DANKE!«, war das Letzte, was Lissa noch von Patrick hörte, während die ungewöhnliche Familie in der Menge verschwand.

»Wahrscheinlich gehen die jetzt wirklich dabei drauf«, prophezeite Jake. »Ironie des Lebens.«

»Deine Notfallausrüstung hast du aber nicht mitgebracht.«

»Nein, theoretisch hab ich ja keinen Dienst«, erwiderte

Jake. »Und lass mich besser auch nicht in die Nähe des St-John-Sanitätszelts, die sind da nämlich alle in mich verknallt.«

»Du bildest dir aber ganz schön was ein«, sagte Lissa.

Doch als sie und der ein wenig eingeschnappte Jake dann tatsächlich am besagten Zelt vorbeikamen, musste sie diesen Spruch zurücknehmen.

Es kam nämlich auf winzigen Füßen in für diesen matschigen Boden ziemlich hohen Absätzen eine korpulente ältere Dame herausgeflattert. »DA IST JA MEIN LIEBLINGS-SANITÄTER!«, zwitscherte sie, während andere Frauen in den vertrauteren grünen Uniformen zu ihnen herüberschauten.

Eine von ihnen schien damit beschäftigt zu sein, einem kleinen Kind Zuckerwatte aus den Haaren zu schneiden, eine andere versuchte, eins zu beruhigen, das sich geradezu die Augen ausheulte.

»Was ist denn los?«, fragte Lissa sofort.

»*Och*«, sagte die Frau nachdenklich. »Ich weiß nicht, ob die Geisterbahn schlimmer wird oder ob einfach die Kinder heutzutage empfindlicher sind.«

»Die Welt wird schlimmer«, meinte Lissa. »Wahrscheinlich brauchen wir da nicht auch noch Geisterbahnen.«

»*AYE!*«, stieß der kleine Junge aus, dessen Schultern bebten.

Die Sanitäterinnen hatten sich derweil Jake geschnappt, um ihn ein wenig zu päppeln.

»Sie wissen ja, wie er ist, immer allen gegenüber so hilfsbereit«, schwärmte die erste Frau und reichte ihm einen Teller, auf dem sich Eibrötchen und Schokoladenplätzchen stapelten.

»Na ja, das ist schließlich seine Arbeit«, wandte Lissa ein und betrachtete ihn amüsiert.

»Hier, Jakie, dein Tee, genau so, wie du ihn magst«, sagte eine andere Frau und reichte ihm einen großen Emaillebecher, in den sie etliche Würfel Zucker gegeben hatte.

Verlegen schaute Jake Lissa an.

»Möchten Sie auch ein Brötchen?«, fragte eine der Frauen Lissa nicht übermäßig freundlich. »Obwohl die ja eigentlich nur für die Freiwilligen sind.«

»Nein, danke, ich hab keinen Hunger«, lächelte Lissa. »Das ist schon in Ordnung. Greif du ruhig zu, Jake.«

Kapitel 52

Cormac befand sich in seinem Zimmer, als von der anderen Seite laut gegen die dünne Wand gebollert wurde. Da es sich wie eine Aufforderung anhörte, ging er hinüber und steckte den Kopf zur Tür hinein.

Kim-Ange stand, eine Hand hinter der Schulter, da und wedelte vergeblich damit herum. »Kannst du mir mit dem Reißverschluss helfen?« Sie trug ein Chiffonkleid in leuchtendem Lila mit einem Kettchengürtel auf Hüfthöhe.

Cormac trat heran und blieb hinter Kim-Ange stehen, während sie sich im Spiegel betrachtete. Ihr Lidschatten in Lila passte farblich perfekt zum Kleid, genau wie ihre hohen Samtstiefel.

»Und?«, fragte sie. Aufgeregt drehte sie sich zu ihm um.

»Toll siehst du aus«, sagte Cormac, und das meinte er ernst. »Du wirst ihn echt umhauen.«

»Hoffentlich nicht wortwörtlich, aus Versehen oder so …« Kim-Ange klang untypisch besorgt.

»Nein«, sagte Cormac, »einfach mit deiner umwerfenden Persönlichkeit.«

Kim-Ange hätte beinahe etwas Sarkastisches gesagt, griff stattdessen aber nach ihrer lilafarbenen Handtasche, küsste ihn auf die Wange und ging.

»Du hast mir ja gar kein Glück bei *meiner* Verabredung gewünscht!«, rief Cormac ihr hinterher.

»Nein, hab ich nicht«, knurrte Kim-Ange, die Yazzie gegenüber wenig schwesterliche Gefühle hegte.

Aber es war zu spät, denn Yazzie stand bereits da und schaute mit großen Augen erbebend zu Kim-Ange.

Die beschloss plötzlich, die Treppe zu nehmen, was auch äußerst untypisch war.

London war immer noch irrwitzig klimawandelheiß, und überall liefen rotgesichtige Leute mit Shorts durch die Gegend; es lag unterschwellige Aggressivität in der Luft.

Als Cormac und Yazzie an den laut johlenden Skateboardern unterhalb der Royal Festival Hall und ihrem Publikum aus verzückten Kindern vorbeikamen, waren auch teuer gekleidete ältere Menschen auf dem Weg zu Theater und Konzerten unterwegs.

Mitten auf der Straße waren lebende Statuen zu sehen, die zum Teil oben auf Pfählen hockten und generell im Weg waren. Kunst wurde zum Verkauf angeboten, und überall drängten sich Straßenhändler, Jongleure, Bücherverkäufer und laut missionierende Leute mit Handzetteln.

In den Straßen hing der ganze laute Missklang des Lebens, während Smog über dem Fluss waberte und die großen Türme im Osten jetzt, am frühen Abend, rosafarben schimmerten. Die Luft roch nach Imbisswagen und Müll und Benzin.

Was Cormacs bestes Karohemd anging, so hatte Kim-

Ange zuvor so getan, als würde es sie zum Würgen bringen, es dann aber doch als akzeptabel erachtet. Inzwischen war ihm darin allerdings warm. Außerdem fiel ihm jetzt erst auf, dass ihm Kim-Ange heute keins ihrer Designerstücke angeboten hatte.

Yazzie plapperte über jemanden, den sie bei ihrer Schicht im Krankenhaus gesehen hatte. Cormac hörte ihr gut gelaunt, aber unkonzentriert zu, während sie auf dem Weg zur Charing Cross Station die schmale Brücke überquerten und sich dabei zwischen Hunderten von anderen Menschen hindurchschoben und -schlängelten. Gleich neben ihnen donnerten Züge über die Gleise, und unter ihnen lagen eine Rettungsstation der Royal National Lifeboat Institution und das graue Wasser. Es war voll von Ausflugsbooten und Baggerschiffen, diesen seltsam flachen Gebilden voller Zement. Die Wolken schienen die Hitze im Boden zu versiegeln.

Cormac stieß aus Versehen mit einer Gruppe Touristen zusammen, taumelte nach hinten und rempelte dadurch einen großen Mann an, der stinkwütend aussah und leise vor sich hin fluchte.

Cormacs neu entdeckte Begeisterung für die große Stadt wurde durch all dies ziemlich gedämpft. Er musste daran denken, wie viel Spaß er in Kirrinfief immer auf dem Rummel hatte, wo er normalerweise ein paarmal hinging. Jake schaute dann bei den Damen aus dem St-John-Sanitätszelt vorbei, die umsonst Chips für die Karussells bekamen, sie aber nicht benutzten. Die abzustauben, war natürlich ganz schön frech von ihnen, da andere Leute die Freifahrten viel eher verdient hätten.

Aber der redegewandte Jake konnte eigentlich jedem

abschwatzen, was auch immer er wollte, so sah es nun mal aus.

Cormac hoffte, dass Jake nett zu Lissa war. Da oben war es heute Abend sicher kühl und auch hell, da die Sonne um diese Jahreszeit dort erst lange nach zehn Uhr unterging. Vermutlich wehte ein leichter Wind, gerade so, dass es angenehm war, auch wenn man bloß ein Hemd und einen Pullover trug. Und es lag etwas Frisches in der nach den letzten Glockenblumen duftenden Luft, zusammen mit dem Aroma von Ginster, der den ganzen Tag von der Sonne gewärmt worden war … Dann stieg einem der Geruch von Zuckerwatte in die Nase … und man konnte glücklicher kaum sein.

»Na ja, jedenfalls haben wir bei ihm etwa einen Liter Gallenflüssigkeit aus dem Bauchraum abgeleitet«, sagte Yazzie gerade.

Cormac schaute sie an. »Ach, tatsächlich?«

Besorgt erwiderte sie seinen Blick. »Sorry, ist das vielleicht eklig? So kurz vor dem Essen?«

»Nein, nein, gar nicht«, behauptete Cormac.

Und in Wirklichkeit war es auch gar nicht »kurz vor dem Essen«. Was das Anstehen anging, sollte Lissa nämlich recht behalten. Allerdings hatte sie mit der von ihr prophezeiten Stunde noch zu kurz gegriffen, es lagen nämlich mindestens neunzig Minuten vor ihnen. Und irgendwie veränderte sich die Stimmung, während sie hier warteten.

Ewiges Schlangestehen war einfach nicht sehr förderlich für eine harmonische Verabredung, so toll Yazzie auch aussehen mochte. Und das tat sie wirklich in ihrem orangefarbenen Kleid, das ihre dunklen Zöpfe und großen, dunklen Augen perfekt zur Geltung brachte.

Cormac betrachtete die Umstehenden, von denen die meisten mit ihrem Handy beschäftigt waren. Einige waren wohl zum Warten abkommandiert worden, während ihre angesagteren Kumpel es sich vermutlich in irgendeiner Kneipe gut gehen ließen.

Hier und da sah Cormac auch ein Paar, das in ein Gespräch vertieft war und dem es egal zu sein schien, ob es diese Unterhaltung in einer Schlange oder sonst wo führte. Gruppen von Freunden zeigten das typische ein wenig laute und nervöse Benehmen zu Anfang des Abends, bevor endlich alle etwas zu trinken hatten und es sich gemütlich machen konnten. Laut und demonstrativ riefen und grölten sie. Während immer mehr Leute zu diesen Cliquen dazustießen, fragte sich Cormac schließlich, ob Yazzie und er überhaupt je bis zum Restaurant vordringen würden.

Hier standen sie nun schweigend zusammen auf dem Bürgersteig. Obwohl sie sich doch kaum kannten, wirkten sie nach der Geschichte mit der drainierten Zyste jetzt schon wie eins dieser Paare, die sich nichts mehr zu sagen hatten.

Cormac versuchte, ihre schleppende Unterhaltung wieder in Gang zu bringen: »Was gibt es hier eigentlich?«

»So eine Art Brötchen«, antwortete Yazzie und deutete auf die Speisekarte im Fenster.

»Brötchen?« Cormac verzog das Gesicht. Er wollte keine Brötchen, er hatte richtig Hunger.

»Die Dinger heißen Bao«, erklärte Yazzie, »und sind mit Fleisch und so gefüllt. Das ist koreanisches Streetfood.«

»Frikadellenbrötchen also«, fasste Cormac zusammen.

Er wartete jetzt schon seit fünfundvierzig Minuten. Das Hemd klebte ihm am Rücken, und sein Nacken fühlte sich schmutzig an vom Abgas der Taxis und Lkws, die im Sekundentakt an ihnen vorbeirauschten, während sie auf dem schmalen Bürgersteig herumstanden.

»Die sollen wirklich köstlich sein«, wandte Yazzie mit Schmollmiene ein. Sie hatte sich für diesen Abend extra ein neues orangefarbenes Kleid gekauft. Wie sie vor ihren Freundinnen damit geprahlt hatte, dass sie den sexy Pfleger aus Schottland an Land gezogen hatte, auf den ja alle scharf waren! Und jetzt stand sie hier auf einem Gehsteig mit einem Typen, der aussah, als wäre er lieber auf dem Mond als bei ihr.

Wenn es in Kirrinfief warm war, konnte man sich unten am *Loch* in eine versteckte kleine Bucht zurückziehen, die nur zu Fuß erreichbar war. Die Leute entzündeten dort gern ein Feuer, und solange nur alle ihren Müll wieder mitnahmen, drückte die Polizei (also Duncan von Hart's Farm, der jeden aus der gemeinsamen Schulzeit kannte) ein Auge zu.

Dann saßen alle rund ums Lagerfeuer, tranken Cider und blickten zum Himmel hoch, der erst gegen Mitternacht langsam dunkel wurde. Man konnte so laut Musik hören, wie man wollte, weil es meilenweit keinen Menschen gab, den es stören würde. Vor den Augen der dort Versammelten erblühten am Himmel einer nach dem anderen langsam die Sterne. Besonders hell leuchteten sie nicht, dazu reichte die kurze Nacht nicht. Sterne gehörten zu einer anderen Jahreszeit, diese hier war die Zeit des Lichtes.

Manchmal brachte jemand eine Gitarre mit, woraufhin alle anderen stöhnten, ihn mit Steinchen bewarfen und ihn eine James-Blunt-Tante nannten.

Wenn dann die sanften Akkorde von *Caledonia* oder *Sunshine on Leith* erklangen, na ja, dann war es allerdings unmöglich, da nicht mitzusingen, oder?

Der Mond glänzte auf den ruhigen Wassern des Sees in seiner endlosen Pracht, über der an einer Seite die Berge aufragten. Und sobald die Sonne untergegangen war, erschien auch schon ein ganz zarter Schimmer der Morgendämmerung am Horizont. Was waren das immer für schöne Nächte gewesen!

Cormac fragte sich, ob Jake Lissa wohl dorthin mitnehmen und ob es ihr gefallen würde. Nur ein Lagerfeuer, ein paar Flaschen Cider, ein bisschen Musik, Hamburger und Marshmallows. Nichts Schickes.

Einmal hatte Gordon Lowrie ein Stofftier, das er auf dem Rummel gewonnen hatte, als Guy-Fawkes-Puppe ins Feuer geworfen. Das Nylonmaterial hatte angefangen, Funken zu sprühen, und war auf gruselige Art und Weise geschmolzen. Als der rosafarbene Bär dann auch noch seine Plastikaugen verloren hatte, hatten die Frauen alle angefangen zu kreischen. Seitdem hatten solche Stofftiere dort einen Ehrenplatz und wurden manchmal sogar auf einen Thron aus Stöcken gesetzt.

Als Cormac in sich hineinlächelte, räusperte Yazzie sich wütend.

»Äh, wo waren wir gerade?«, fragte er und schaute auf. Die Schlange hatte sich überhaupt nicht bewegt.

»Bei Frikadellenbrötchen«, sagte sie.

Kapitel 53

Etwa fünf Kilometer weiter hatten zwei Menschen auf der anderen Seite der Stadt verblüffenderweise ein ruhiges Plätzchen für sich allein.

Piotr war einst völlig pleite in London angekommen und hatte nur gerade eben genug Geld für seine Busfahrkarte zur Victoria Station gehabt.

Deshalb hatte er sich während der ersten sechs Monate nicht einmal ein Bier im polnischen Kulturzentrum leisten können und war einfach nur Kilometer um Kilometer in dieser riesigen, Furcht einflößenden, teuren Stadt herumgelaufen. Er war über unbekannte Bürgersteige mit fremden Schildern marschiert, an beeindruckenden Sehenswürdigkeiten und merkwürdigen Dingen vorbei.

Aber man blieb nicht ewig Tourist, sondern fing irgendwann unweigerlich an, eine tiefere Verbindung zu seiner Umgebung einzugehen, und so konnte Piotr Kim-Ange jetzt an einen Ort mitnehmen, den er wirklich liebte.

Einer seiner endlosen Spaziergänge an regnerischen Nachmittagen hatte ihn an diesen verzauberten Ort geführt, und Piotr hatte gehofft, Kim-Ange würde es hier vielleicht auch gefallen. Das tat es.

Es handelte sich um den Kyoto Garden, der voll von exotischen Pflanzen, knorrigen Bäumen und Bächen mit kleinen Brücken versteckt mitten in den Holland Gardens lag. Er war so weit weg von den üblichen Durchgangswegen, dass man ihn nur fand, wenn man wusste, wo man suchen musste. An diesem Abend in Westlondon erstrahlten seine Farben glänzend und leuchtend. Abgesehen von einem Kranichpaar in einem Nest am Ufer, direkt unter einem Wasserfall, waren Piotr und Kim-Ange ganz allein. Es war einfach wunderschön.

Piotr machte den Rucksack auf, den er von der U-Bahn-Station hergeschleppt hatte, und holte eine große Flasche dunkles Bier und eine kleinere Flasche Wodka hervor. Außerdem hatte er eine große Tüte mit Teigtaschen dabei, die eine seiner Ersatztanten im polnischen Kulturzentrum für ihn gemacht hatte, und für alle Fälle auch noch eine Schachtel Sushi und eine große Tafel Milchschokolade.

Mit breitem Grinsen schnappte sich Kim-Ange Schokolade und Wodka. Sie betrachtete die ruhige Landschaft: Das rinnende Wasser schmiegte sich an die Windungen der zauberhaft angelegten Bäche mit ihren hölzernen Brücken, glatten Steinen und Karpfen.

»Normalerweise«, sagte sie, »hasse ich Picknicks ja. Für dich mache ich aber eine Ausnahme.«

Etwas später saß Piotr da und fütterte die Fische mit Krümeln der Teigtaschen, hörte jedoch auf, als er Kim-Anges Blick bemerkte.

Ihre Hände fanden zueinander, und ihre Köpfe rückten noch näher zusammen. Über ihnen plätscherte der Wasserfall, die Fische schickten Luftbläschen an die Wasseroberfläche, und die perfekt gestutzten Farnwedel rauschten leise, aber andere Besucher gab es im Park um diese Zeit nicht. Und als sie sich küssten, waren sie sich keiner Menschenseele außer einander bewusst, obwohl sie doch von ganz London mit seinen neun Millionen Einwohnern umgeben waren.

Als sie später Hand in Hand und kichernd zur U-Bahn-Station zurückstolperten, flüsterte Kim-Ange Piotr etwas ins Ohr.

Er schüttelte den Kopf. »Für mich bist du einfach nur du«, versetzte er mit Nachdruck, denn in diesem kleinen Mann mit den schmalen Hüften steckte das Herz eines Löwen. »Nur du selbst.«

Kapitel 54

Lissa nahm an, dass die Leute Achterbahn und Co. aus dem gleichen Grund mochten wie gruselige Filme: wegen der befreienden Erkenntnis, dass sie zwar ein wenig Angst einflößend, jedoch nicht wirklich gefährlich waren.

Aber hier mit solchen Karussellen zu fahren – das hatte eine ganz andere Bedeutung für sie als das Betrachten eines Horrorfilms! Es war vielleicht albern, doch vermutlich wollte sie damit nur all das in ihrer Kindheit Verpasste aufholen. Es hatte wohl mit dem Wind in den Haaren zu tun und der tollen Aussicht in dem Moment, in dem man ganz oben kurz stillstand.

Dieser Augenblick war ein zweischneidiges Schwert: Alle anderen kreischten begeistert oder entsetzt auf, Lissa hingegen hätte ihn sich gern tief eingeprägt: In diesem Moment hatte sie die tollste Aussicht auf die Weiten von Loch Ness.

Der See schien sich endlos zu erstrecken, und obgleich es immer noch taghell war, sah er in der Mitte pechschwarz aus.

Kein Wunder, dachte Lissa bei sich, dass die Leute an

ein Ungeheuer in seinen Tiefen glaubten. Das war ein magischer Ort.

Sie vergaß beinahe zu schreien, als sie so schnell nach unten sausten, als würden sie gleich am Boden aufschlagen. Am Ende zischten sie daran vorbei und stiegen wieder auf, während sich die Aussicht einem prachtvollen Teppich gleich vor ihnen entfaltete. Lissa schaute zu allen Seiten und konnte immer weiter in die Ferne blicken. Sie sah die windschiefen Dächer bunt zusammengewürfelter kleiner Dörfer in karger, fast baumloser Landschaft, die weitläufigen, sauber angeordneten Felder, die sich in der Ferne verlierenden Schienen, über die ein dunkelroter Zug ratterte, und dann die riesige Wasseroberfläche.

Lissa kam es vor, als könne sie die Wolken berühren. Am liebsten wäre sie für immer hier oben geblieben.

Jake erwog, vielleicht den Arm um Lissa zu legen – er fand die Fahrt nämlich ganz schön heftig, vor allem, nachdem er gerade von den freundlichen St-John-Sanitäterinnen zu drei Eibrötchen und vier Schokoladenplätzchen genötigt worden war. Ihm war gar nicht gut im Magen, und er wünschte, diese verdammte Fahrt wäre endlich zu Ende. Damit es schneller vorbeiging, machte er die Augen zu.

Lissa hingegen hatte überhaupt keine Angst und hätte das Ganze kaum mehr genießen können. Sie fühlte sich wie auf den Gipfeln der Berge, den Vögeln ganz nahe. Eine Empfindung, die gefährlich an Glück erinnerte und sie aufseufzen ließ.

»Das war super«, sagte sie, als sie sich schließlich abschnallten und zurück am Boden wieder von Musik, blitzenden Lichtern und dem allgemeinen Trubel in Empfang genommen wurden. »Am liebsten würde ich mein ganzes Leben da oben verbringen!«

Jake konnte nicht antworten; angestrengt kämpfte er gegen den Brechreiz an, während er sich den Schweiß von der Stirn wischte.

»Alles in Ordnung?«, fragte Lissa.

Er nickte und wünschte, er könnte sich kurz setzen.

»Brauchst du vielleicht …?« Lissa lächelte. »Sollen wir zurück zum Sanitätszelt?«

Der Gedanke an noch mehr Eibrötchen gab Jake den Rest. Er hob einen Finger und stürzte davon, in den nahen Wald.

Überrascht lachte Lissa leise in sich hinein. Dann schaute sie auf ihr Handy. Nicht, weil sie davon ausging, dass sich jemand gemeldet hätte, sondern eher aus Gewohnheit. Instagram und Facebook vermisste sie zwar kaum, aber sie hätte gern ein Foto von dieser Wahnsinnsaussicht gepostet.

Natürlich bekam sie von den Social Media keine Benachrichtigungen mehr, aber sie hatte eine von WhatsApp.

Als sie die Nachricht öffnete, war ein Foto von drei weißen runden Gegenständen zu sehen, die man nur schlecht identifizieren konnte.

Frikadellenbrötchen, las sie.

Für die wir neunzig Minuten gewartet haben. Super!

Lächelnd steckte sie das Handy wieder weg. Also, er schien bei seinem Date ja Spaß zu haben.

Cormac konnte einfach nicht anders, er war abgelenkt, und das war nicht fair. Wie ironisch, dass ausgerechnet Jake ihm diesbezüglich bereits ins Gewissen geredet hatte: Sei nicht so dösig, schwimm nicht einfach mit dem Strom mit, denk an die Person, mit der du zusammen bist!

Cormac schaute zu Yazzie auf, die ihn aufgeregt anlächelte.

Ihr war natürlich bewusst, dass es gerade nicht gut lief. Sie setzte zu einer langen Geschichte über die schrecklichste Wunde an, die sie je gesehen hatte, und wünschte schnell, sie hätte nie damit angefangen. Wegen des ohrenbetäubenden Lärms im Restaurant musste sie brüllen, und sie saßen hier ja auch zusammengequetscht in einer winzigen Ecke. Immerhin, dachte sie, war das Essen köstlich.

Das konnte man wirklich nicht anders sagen. So etwas hatte Cormac im Leben noch nicht probiert – jedes einzelne der Kräuter, jede Geschmacksnuance, war perfekt ausbalanciert, einfach beeindruckend!

»Wahnsinn!«, befand er. Dann ertappte er sich jedoch erneut dabei, dass seine Gedanken gen Norden abschweiften. Cormac fragte sich, ob es auf dem Rummel wohl wieder den Hotdogstand gab und ob Lissa sich gut amüsierte. Er widerstand der Versuchung, einen Blick aufs Handy zu werfen. Das war ja schlimm, er führte sich unmöglich auf!

»Also, Wunden, hm?«, hörte er sich sagen, während Yazzie unglücklich an dem wunderbaren Essen herumknabberte.

»Wolltest du immer schon Krankenpfleger werden?«, fragte sie jetzt.

Cormac lächelte ein wenig in sich hinein. »Ach, eigentlich nicht«, sagte er. »In meiner Familie waren alle Soldaten, deshalb bin ich auch zum Militär gegangen. Und da war ich Sanitäter.«

»Ooh«, sagte Yazzie. »Wie interessant!«

Cormac zuckte mit den Achseln. »Manchmal ein bisschen *zu* interessant.«

»Wurde mal auf dich geschossen?«

Cormac kniff die Augen zusammen. Das war doch lächerlich! Plötzlich wurde ihm klar, dass er beinahe eine Antwort gegeben hätte, sich aber im letzten Moment zurückgehalten hatte. Warum nur ... warum? Warum war er plötzlich *fast* dazu bereit, jemandem davon zu erzählen? Und tat es dann doch nicht?

Das musste wohl an den vielen Entdeckungen liegen, die er im Moment machte. Es war ja alles neu für ihn. Zum ersten Mal sah er die Vorteile des Lebens in der großen Stadt. Hier konnte man seine Identität hinter sich lassen, abschütteln woher man stammte und was man mitbrachte – die ganzen Altlasten. Man hatte die Freiheit, all das abzustreifen und ganz neu anzufangen.

Cormac zuckte mit den Achseln.

Die Menschen draußen in der Schlange taten genau dasselbe, was er zuvor getan hatte. Grimmig starrten sie diejenigen an, die bereits bis ins Restaurant vorgedrungen waren und etwas Essbares ergattert hatten, und so spürte jetzt er ihren hungrigen Blick im Nacken.

»Nein, es war schon okay«, antwortete er nun kurz angebunden auf Yazzies Frage. »Wollen wir los?«

Das war das Problem mit dem Essen hier: Man hatte es ihnen in winzigen Körbchen serviert, von denen jedes himmlisch dampfende Perfektion gewesen war. Aber die Gerichte waren schnell serviert worden, die beiden hatten sie schnell verzehrt, und jetzt spähte die Kellnerin zu ihnen herüber. Ihre Miene machte ziemlich deutlich, dass es für den Laden ein Verlustgeschäft war, wenn sie hier herumsaßen und nichts nachbestellten. Deshalb versuchte man, sie jetzt möglichst schnell loszuwerden.

Cormac bezahlte die horrende Rechnung, und sie waren noch nicht einmal aufgestanden, da nahm bereits ein Hipsterpärchen ihren Tisch in Beschlag. Die Neuankömmlinge schossen Selfies und luden sie hoch, bevor sie auch nur saßen.

Als Cormac und Yazzie auf die laute Straße hinaustraten, war es draußen immer noch hell.

»Wir könnten noch irgendwo anders hingehen«, schlug Yazzie vor, aber sie wussten beide nicht so recht, wohin; zudem platzten die Kneipen und Bars aus allen Nähten, sodass sich die Gäste sogar auf den Gehsteigen davor drängten.

An einem warmen Samstagabend war das Zentrum von London kein guter Ort, um in Ruhe zu plaudern. Selbst wenn Cormac etwas eingefallen wäre, worüber er sich mit Yazzie hätte unterhalten können. Und so liefen sie am Ende schweigend in Richtung Wohnheim.

Dabei wurde Yazzie immer gereizter und dachte nur noch daran, wie sie sich gleich bei ihren Freundinnen ausheulen würde. Sie würde allen erzählen, dass dieser schottische Kerl zwar sexy, aber bei Gott der größte

Langweiler auf Erden und damit eine absolute Zeitverschwendung war.

Sie würde nicht noch einmal mit ihm schlafen, schwor sie sich. Das führte ja zu nichts, und sie wollte einen festen Freund, nicht einen Kumpel mit gewissen Vorzügen auf der nächsten Etage. Die Sache mit dem Sex war allerdings echt gut gewesen. Oder noch besser als echt gut. Trotzdem, auf keinen Fall.

»Äh, ich bin mir nicht sicher, wo wir …«, sagte Cormac und betrachtete die Straße voll junger Londoner an ihrem Ausgehabend.

»Ehrlich gesagt,« murmelte Yazzie, »arbeite ich ja morgen. Da geh ich wohl besser mal früh ins Bett.«

Es war unmöglich, fast schon eine Beleidigung, wie schnell er zustimmte.

Kapitel 55

Als Jake wieder zwischen den Büschen hervorkam, sah er etwas grünlich aus, schien aber mehr oder weniger wiederhergestellt.

»Kaugummi?«, fragte er, Lissa lächelte jedoch nur und lehnte höflich ab. Schweigend setzten sie sich in Bewegung. Eigentlich hätte Lissa gern noch eins der anderen Karussells ausprobiert, fand es unter den gegebenen Umständen aber nicht sehr taktvoll.

Stattdessen bestand Jake darauf, dass sie zu der albernen Schießbude mit den sich bewegenden Enten gingen, weil er dort unbedingt einen riesigen Tiger für Lissa gewinnen wollte.

Lissa protestierte, da sie weder Interesse an einem riesigen Tiger hatte noch Platz dafür. Was das anging, kamen sie aber zu keiner Einigung.

Das Zielen gestaltete sich für den leicht angeschlagenen Jake ohnehin schwieriger als erwartet, und er schoss immer wieder daneben.

Leider war er nicht wie Cormac, der in dieser Situation einfach lachend die Hände gehoben und es hätte gut sein lassen. Nicht, nachdem er einmal angefangen hatte. Während Lissa ein wenig verlegen danebenstand, händigte Jake dem Budenbesitzer immer mehr Geld aus und bekam immer rötere Ohren. Die Wut ließ ihn nur noch zittriger werden, und das Ganze entwickelte sich ziemlich schnell von witzig zu peinlich, vor allem, als wie aus dem Nichts ein Grüppchen Jungen erschien und anfing, sich über Jake lustig zu machen.

»*Aye*, versuchen Sie's noch mal, Mister! Sie sind wirklich ein guter Entenbeschützer!«, rief einer.

»*Aye*, das ist einer von diesen Umweltaktivisten«, ergänzte ein anderer. »Die schützen überall Tierarten.«

Jake verfluchte sie und schien kurz davor auszuflippen, bis er irgendwann endlich doch noch den weißen Tiger entgegennehmen konnte und ihn verschämt Lissa überreichte. Es handelte sich um ein billiges Stofftier aus Nylon, das mit Sicherheit weniger wert war, als er hier insgesamt hingeblättert hatte.

»Tja«, machte Lissa und lächelte, doch nicht zu offensichtlich, damit Jake sich nicht verspottet fühlte. »Danke, würde ich mal sagen.«

»Also, hör zu«, begann Jake stotternd. »Unten am *Loch* findet eine kleine Grillparty statt – hättest du vielleicht Lust? Es gibt da ein schönes Lagerfeuer und … äh … Musik, glaube ich …«

Genau in diesem Moment tauchten wie aus dem Nichts Ginty und ihre Freundinnen auf. Lissa hatte immer noch keine Ahnung, welche Rolle Ginty hier eigentlich spielte.

Mit hautengen, schwarzen Lederleggings, riesigen Keilabsätzen und einem pinkfarbenen schulterfreien Crop-Top, das ihren hübsch gerundeten Bauch und ihre riesigen Brüste gut zur Schau stellte, sah die Friseurin heute wirklich beeindruckend aus, das musste man ihr lassen.

Außerdem dachte Lissa wieder einmal, dass Ginty mehr Haare hatte, als Lissa je bei irgendeinem Menschen gesehen hatte. Gintys Mähne wogte in blonden Wellen bis zum Po hinunter, schien kein Ende zu nehmen und aus genug Haaren für vier zu bestehen.

Hier im Ort, wo sich normalerweise alle leger kleideten, fiel sie mit ihren (naturgegebenen) Brüsten und (weniger naturgegebenen) Lippen auf wie ein bunter Hund, vor allem abends, wenn es in den Highlands doch selbst am sonnigsten Tag frisch werden musste.

So einen Look würde Lissa selbst nie tragen, sie war aber durchaus beeindruckt davon, wie konsequent die Friseurin die Sache durchzog.

Ihre Schlauchlippen waren auf Hochglanz poliert, und ihre tadellos geometrischen Augenbrauen in perfekt ausgewähltem Braun sahen ein bisschen so aus, als wären sie in ihre Stirn gemeißelt. Und dann waren da überall diese Haare.

»Hi, Jake«, sagte sie verführerisch und warf sich die Mähne über die Schulter.

Lissa lächelte.

Offenbar erwartete diese Frau, dass sich jetzt seine Zunge entrollte wie ein Zeichentrickfuchs.

Für Jake war der ganze bisherige Abend eine Enttäuschung gewesen. Seinen Plänen zufolge hätte Lissa zu diesem Zeitpunkt bereits äußerst beeindruckt davon gewesen sein sollen, dass er hier einfach jeden kannte. Bei der Karussellfahrt hatte er eigentlich darauf spekuliert, dass sie es oben mit der Angst zu tun bekommen würde, sodass er tröstlich den Arm um sie legen könnte. Sie hätte ihm auch um den Hals fallen sollen, nachdem er für sie problemlos das größte Plüschtier auf dem Rummel geschossen hatte, na ja, und von da aus wäre es nur ein kurzer Weg bis nach Hause gewesen, hatte er sich überlegt.

Und schlimmer noch: Sein sonstiger Witz und Esprit schienen ihn komplett verlassen zu haben. Jake war bei Frauen immer beliebt gewesen und hatte ein Händchen fürs Flirten. Normalerweise lief all das super bei ihm, war wie ein Spiel.

Aber bei Lissa fühlte es sich überhaupt nicht wie ein Spiel an, und deshalb klappte plötzlich gar nichts mehr. Er konnte nicht einmal mehr klar denken.

Und jetzt legte ihm auch noch Ginty McGhie Steine in den Weg.

»Hi, Ginty«, grüßte er in resigniertem Tonfall.

»Wer ist das?«, fragte Ginty, als wüsste sie das nicht.

»Oh, du weißt schon … das ist Lissa. Die, die Cormacs Job übernimmt?«

»Und woher kommen Sie?«, wandte sich Ginty nun direkt an Lissa.

»Aus London«, antwortete die und wollte Ginty die Hand reichen.

»Nein, ich meine, woher kommen Sie wirklich?«, beharrte Ginty.

»Aus London«, wiederholte Lissa gereizt.

Der Abend, der so vielversprechend begonnen hatte, lief in die falsche Richtung. Und plötzlich sahen in dem grellen Licht selbst die bunt bemalten Karusselle und

Buden der Kirmes schäbig und zerkratzt aus, schmuddelig und billig.

»Hm«, machte Ginty unverdrossen. Sie sah sich selbst als Menschen, der anderen geradeheraus seine Meinung sagte. Nicht jeder hielt das für eine ebenso große Tugend wie sie.

»Also, Jake, kommst du dieses Jahr wieder mit zum Lagerfeuer? Es sind alle dabei.«

Erst jetzt fiel Jake viel zu spät wieder ein, dass er im Vorjahr während der Kirmes ja einen Abend mit Ginty verbracht hatte. Oder, ehrlich gesagt, sogar mehrere – wenn in Kirrinfief schon mal was los war, ging man da nicht bloß einmal hin. Und danach waren sie sich in den Sanddünen nahegekommen. Äußerst nahe.

»Äh …«

»Was ist denn los? Hattest du letztes Jahr etwa keinen Spaß? Erinnerst du dich gar nicht mehr daran?« Inzwischen hatte Ginty einen Schmollmund aufgesetzt. Sie wandte sich an Lissa. »Jake und ich waren immer schon … gute Freunde …«

Ihre Begleiterinnen kicherten.

»Das Lagerfeuer brennt schon«, fuhr Ginty fort und biss sich verführerisch auf die Lippe. »Da unten ist es ganz schön heiß.«

Jake war mittlerweile krebsrot angelaufen.

»Weißt du was?«, sagte Lissa. »Ich bin ziemlich müde.«

»Soll ich dich noch nach Hause bringen?«, fragte Jake verzweifelt.

»Aber dann verpasst du ja alles!«, rief Ginty.

Lissa schaute zu ihm hoch. »Lass mal, ist schon okay, geh du ruhig da hin.«

Kapitel 56

Cormac starrte lange auf die Lichter von London hinunter und schrieb schließlich Lennox eine Nachricht.

Der Bauer antwortete ihm, dass Robbie wohlbehalten angekommen war und sich mit Feuereifer an die Arbeit gemacht hatte. Hoffentlich würde es so bleiben!

Diese gute Nachricht machte Cormac glücklich, versetzte ihn aber zugleich in Sorge, und darüber wollte er gern mit jemandem sprechen. Mit einem ganz bestimmten Menschen.

Die Musik der Kirmes wurde langsam leiser, während Lissa an diesem immer noch hellen Abend die Straße entlangging. Einmal blieb sie stehen, um ein Kaninchenjunges zu beobachten, das direkt vor ihr panisch den Asphalt überquerte.

Lächelnd zog Lissa ihr Handy aus der Tasche, steckte es aber sofort wieder weg.

Er hatte schließlich ein Date. Mit Yazzie.

Und eigentlich sollte sie ja noch nicht einmal an ihn *denken*. Das war doch lächerlich, immerhin kannte sie ihn gar nicht. Sie befand sich hier an einem fremden Ort und musste sich in ihrem Leben mit so viel Mist herumschlagen. Da war es ja nur logisch, dass sie auf den Erstbesten ansprang, der ganz okay wirkte und nicht der totale Loser war. Aber in Wirklichkeit wusste sie rein gar nichts über Cormac, nicht einmal, wie er aussah. Er war bloß eine Fantasie in ihrem Kopf, mehr nicht. Und jetzt, an einem Samstagabend um zehn, mit ihm zu chatten, war einfach nicht … Na ja, es wäre albern. Man musste nur mal daran denken, dass sie mit diesen Unterhaltungen ursprünglich wegen der Schlange eines Patienten angefangen hatten.

Als Lissa das Telefon dann doch noch einmal hervorzog, wartete zu ihrer Verblüffung wieder eine Nachricht auf sie.

Hey?

Mit unbeholfenen Fingern begann sie zu tippen.

Hey.

Bist du noch unterwegs?

Fast zu Hause.

Cormac war erleichtert und stand mit einem Mal richtig unter Strom, weil sich Lissa zurückmeldete. Dabei war das echt lächerlich, immerhin kannte er diese junge Frau gar nicht. Aber er musste sich eingestehen, dass sie die Einzige war, mit der er jetzt reden wollte.

Und du?

Ich bin auch zurück. Unglaublich, wie warm es da draußen ist!

Was ist denn mit den köstlichen Frikadellen?

Es hat sich gezeigt, dass ich diese Dinger ziemlich schnell verdrücken kann.

Lissas Herz begann schneller zu schlagen, als sie das kleine Häuschen erreichte. Sie ging in den Garten, weil sie gern ein Foto von Ned gemacht hätte, der war aber noch nicht aufgetaucht. Also tippte sie die nächste Nachricht:

Und, was hast du auf dem Herzen?

In einem geheimen Eckchen fand sie ja, dass sie Cormac eigentlich anrufen sollte. Aber im tiefsten Schweigen dieser stillen Nacht kam ihr das irgendwie komisch vor, als würde sie damit eine Grenze überschreiten. Und sie wurde bei dieser Vorstellung auch viel zu aufgeregt. Das hier hingegen war sicher, und sie brauchte jetzt Sicherheit.

Also, weißt du, du warst doch in diesen Unfall verwickelt.

Ja?

Wie hast du dich da gefühlt?

Du klingst ja wie meine Therapeutin. Mist, mit der muss ich unbedingt skypen!

Hast du das vergessen?

Ja!

Ich frage mich, ob das vielleicht ein Zeichen ist.

Vermutlich dafür, dass ich ein Feigling bin.

Oder vielleicht dafür, dass es dir langsam besser geht.

Lissa schaute sich im Garten um, die Luft war vom schweren Duft des sich abkühlenden Rasens erfüllt. Inzwischen war alles furchtbar überwuchert, aber zugleich wunderschön, und der Fluss plätscherte hübsch.

Kirrinfief ist wirklich etwas Besonderes.

Allerdings. London aber auch.

Geht es jetzt schon wieder um Frikadellen?

Kann sein.

Na ja, egal – warum fragst du mich das?

Es ist nur … Ich hab überlegt, ob das vielleicht so ähnlich ist wie bei der Armee.

Darauf erwiderte Lissa nichts. Sie saß einfach nur da und wartete. In diesem Moment war das leuchtende kleine Telefon in ihrer Hand für sie das Zentrum der Welt.

Plötzlich brach alles aus Cormac heraus, und er tippte, als hinge sein Leben davon ab – so fieberhaft, dass er dabei jede Menge Fehler machte.

Er erzählte von den furchtbaren Verletzungen, dem sinnlosen Schmerz, den Kindern, die ins Kreuzfeuer gerieten, dem Wahnwitz des Ganzen. Wie er nachts nicht hatte schlafen können, weil es ihn so sehr gequält hatte. Wie sich nach seiner Rückkehr seine Mutter für ihn geschämt hatte, während er selbst sich wie ein Feigling vorgekommen war, weil er seine Kameraden im Stich gelassen hatte. Geduldig und aufmerksam las Lissa jedes einzelne Wort. Ihre Antwort war kurz:

Ich weiß.

Dann verabschiedete sie sich mit einem Küsschen.

Cormac presste sich das Handy gegen die Brust, während Lissa neunhundert Kilometer entfernt dasselbe tat, so als hielten sie das Herz des anderen in der Hand.

Kapitel 57

Oh, was für ein Luxus! Es war wirklich ein seltenes Vergnügen, an einem sonnigen Sonntagmorgen aufzuwachen und keine Pläne, aber einen anderen Menschen zu haben, an den man denken konnte.

Es hatte mal eine Zeit gegeben, in der diese Vorstellung Lissa in Panik versetzt hätte. Sie hätte sich einsam gefühlt und befürchtet, dass sie nicht das Beste daraus machte, in der tollsten Stadt der Welt zu leben. Damals hatte sie Angst gehabt, dass sie ihre Zeit verschwendete, und verzweifelt durch Instagram gescrollt, falls ihre Kumpel irgendetwas Cooles unternahmen, wo sie gern mit dabei sein würde. Schnell schickte sie dann allen Freundinnen Nachrichten, um zu fragen, ob jemand etwas vorhatte. Allerdings passte sie dabei gut auf, bloß nicht zu verzweifelt zu wirken. Dazu kam die Sorge, dass sich vielleicht ihre Mutter ankündigen könnte, nur um dann Lissas Haare oder Lebensumstände zu kritisieren.

In solchen Momenten musste sich Lissa immer wieder anhören: »Mein Schatz, warum schaust du dir nicht mal diese Broschüren zum Thema chemische Forschung an? In der Schule hattest du doch super Noten in Chemie, und es gibt in diesem Bereich inzwischen so viele interessante Berufe. Weißt du, da arbeitet man auch nicht nur im Labor, du könntest dann um die ganze Welt reisen …«

Na ja, durch das Leben in Kirrinfief hatte sich für Lissa jedenfalls so einiges geändert. Plötzlich schien sie sich in ihrer eigenen Gesellschaft viel wohler zu fühlen – dafür war wohl ein Landstrich in der Größe von London nötig gewesen, in dem aber statt neun Millionen bloß neuntausend Menschen lebten. Wenn man hier ein bisschen Abwechslung brauchte, konnte man einfach in den Ort schlendern und würde dort sofort einen Bekannten treffen. Man konnte zur Kirmes gehen oder zum Pub und sich dann eben dem überlassen, was sich so ergab.

Wenn irgendwas los war – eine Fiddel-Band auftrat, Dorfbewohner Theater spielten oder Nina eine Lesung veranstaltete –, dann ging jeder automatisch dorthin. Und wenn nichts los war, dann blieb man halt zu Hause und machte es sich dort gemütlich.

Lissa stellte fest, dass sie sich hier, am Ende der Welt, überhaupt nicht einsam fühlte. So weit weg von allem machte sie sich überhaupt keine Gedanken darüber, ob sie irgendetwas verpasste. Und hätte sie in Wirklichkeit überhaupt etwas verpasst?

Genüsslich rekelte sich Lissa im Bett, auf das die Sonne rechteckige Flecken malte. Lissa überlegte sich, ganz gemütlich in den Ort zu laufen, dort einzukaufen und sich dann etwas zu kochen. Sie würde ein paar von Lennox' köstlichen Eiern mitnehmen, sich bei Nina ein Buch holen und sich damit zum Lesen in die Sonne setzen. Vielleicht würde sie sogar gucken, was Zoe so vorhatte.

Zoe schien sich immer über Besuch von ihr zu freuen, obwohl es kaum einen Moment gab, in dem nicht fünf Leute gleichzeitig an ihr zogen und zerrten. Aber das schien ihr nichts auszumachen.

Lissa fragte sich manchmal schon, ob Zoe je die Menschen zählte, die sich bei ihr in der Küche so ansammelten.

Na ja, und heute Abend wollte Lissa eine Flasche Wein aufmachen, Kim-Ange anrufen und sie nach ihrer Verabredung fragen. Dann könnten sie zusammen darüber lachen, wie übel ihr eigenes Date gelaufen war, und vielleicht – vielleicht – würde Lissa ihrer Freundin auch von Cormac erzählen. Aber was genau sollte sie sagen? Dass sie sich oft schrieben?

Kim-Ange hatte es schon oft mit Männern zu tun gehabt, die gern mit ihr chatteten, bei denen die Sache aber ganz anders aussah, sobald sie ein Treffen vorschlug.

Nüchtern betrachtet konnte es durchaus sein, dass Cormac einfach nur irgendjemanden zum Quatschen brauchte.

Lissa ging in die ruhige Küche, die sie in ihrer Schlichtheit zu lieben gelernt hatte, und stellte den Kessel auf den Herd. Sie zuckte zusammen, als mit einem Rasseln etwas durch den Briefschlitz geworfen wurde. Abgesehen von ein paar Rechnungen und Rundschreiben für Cormac, kam hier nur wenig Post an. Während sie darüber nachdachte, fiel ihr ein, dass sie ihm noch die Behandlungsprotokolle schicken musste. Sie lächelte in sich hinein. Am besten ging sie gleich zur Post, die heute bis zum Mittag geöffnet hatte, und erledigte das. Sie mochte die Frauen, die dort arbeiteten, außerdem konnte man dort auch unglaublich leckeren Käse und Schinken aus der Gegend kaufen (in den Highlands hatte eigentlich niemand nur einen Job). Damit hatte Lissa auch schon eine Aufgabe für den Vormittag, sodass sie es sich am Nachmittag erlauben könnte, einfach nur rumzugammeln. Und vielleicht … *vielleicht* … würde sie auch mit Cormac chatten.

Sie hob die Briefe vom Boden auf. Zwei politische Wurfsendungen für Parteien, von denen sie noch nie gehört hatte, eine davon in einer Sprache, die sie nicht konnte. Zu ihrer großen Überraschung war allerdings auch ein Brief an sie mit dabei. Auf dem weißen Umschlag war ihre Londoner Adresse aufgedruckt, und Kim-Ange hatte in ihrer extravaganten Handschrift die Nachsendeadresse darübergeschrieben. Lissa runzelte die Stirn.

Als sie die Krone auf dem Kuvert bemerkte, wurde ihr augenblicklich klar, worum es sich handelte, und sie ließ den Umschlag so plötzlich auf den Tisch fallen, als hätte sie sich daran die Finger verbrannt. Lissa starrte das Schreiben an. Von der Staatsanwaltschaft. Sie spürte, wie sich jeder Muskel in ihr anspannte, sich selbst ihre Finger krümmten. All die lächerlichen Behauptungen von gestern Abend, dass sie sich besser fühle und langsam darüber hinwegkomme – das war alles Unsinn.

Nein, nein, sagte sie sich selbst. Nein. Sie wankte auf die Tür zu, machte sie weit auf und atmete so tief durch, wie sie nur konnte. Die frische, klare Luft brannte ihr in den Lungen, während sie sich gut zuredete und sich zu beruhigen versuchte. Beruhige dich. Dann stolperte sie zu dem kleinen Wäldchen hinüber.

Obwohl sie sich dabei ein wenig albern vorkam, klammerte sie sich an einen der Bäume, und das schien sie zu beruhigen. Der tiefe, schwere Duft von Rinde und das überwältigend leuchtende Grün der jungen Blätter erfüllten ihre Sinne. Der Schatten und die Höhe der großen Eiche vermittelten ihr ein seltsames Gefühl von Sicherheit.

Irgendwann lehnte sich Lissa, die Hände auf den Knien, an den Stamm, und atmete tief ein und aus, während ihr Herzschlag langsam zu seinem normalen Rhythmus zurückkehrte.

Sie hatte gewusst, dass so etwas kommen würde, die ganze Zeit. Anita hatte es ihr wieder und wieder erklärt, aber Lissa hatte es nicht wahrhaben wollen. Typisch: Leute vom Pflegepersonal waren selbst meistens schreckliche Patienten.

Sie war dumm und arrogant gewesen. Es hatte sie frustriert, dass man von ihr verlangte, sich mit Sachen auseinanderzusetzen, über die sie nicht nachdenken wollte. Und jetzt konnte sie nicht damit umgehen, und zwar überhaupt nicht. Dabei hatte sie doch gedacht, dass es ihr langsam besser ginge; das hatte sie wirklich und wahrhaftig geglaubt. Aber nun schien sie wieder ganz am Anfang zu stehen.

Cormac?

Ja?

Ich hab den Brief von der Staatsanwaltschaft bekommen. Ich muss aussagen.

Cormac kam nicht dagegen an: Sein Herz begann doch tatsächlich, ein bisschen schneller zu schlagen.

Du kommst hierher nach London?

Ja, ich muss da vor Gericht.

Wann?

Bald wahrscheinlich.

Und wie läuft das dann ab?

Ich muss mich da hinstellen und …
alles noch einmal durchleben.

Aber das ist womöglich sogar gut, oder?
Vielleicht hilft es dir, mit dem Kapitel abzuschließen. Und genau das sollst du doch, nicht wahr?

Ich werde da seiner Mutter begegnen.
Und dem Mann, der das getan hat.
Was ist, wenn ich mich nicht mehr an sein Gesicht erinnern kann?

Der Fahrer wird damit nicht davonkommen.
Er wird dir nicht nachstellen.

Aber seine Freunde vielleicht.

Lissa spürte, wie sie wieder zu keuchen anfing, fühlte Panik in sich aufsteigen.

Womöglich tut er dir am Ende sogar leid.

Ich kann jetzt wirklich nicht sagen,
was ich fühlen werde.

Du hast jedenfalls einen
Anwalt an deiner Seite.

O Gott!

Keine Panik. Du packst das ganz sicher.

Woher willst du das denn wissen?
Du kennst mich doch gar nicht!
Vielleicht bin ich auch eine absolute Niete.

Meinen Quellen zufolge nicht.

Darüber musste sie sogar ein wenig lächeln.

Hattest du schon mal mit einem
Gerichtsverfahren zu tun?

Es dauerte lange, bis er schließlich antwortete:

Ja.

Aus welchem Grund?

Eigenbeschuss.

Lissa starrte auf das Handy.

Hast du jemanden erschossen?

Nein. Es ging um einen Freund von mir, einen Übersetzer, der mit uns zusammengearbeitet hat. Der war mit seinen Freunden unterwegs, und ein paar von den einfachen Soldaten sind ein bisschen ... na ja ...

Er wurde erschossen?

Es wurden alle erschossen.

Diese letzte Nachricht löschte er schnell wieder, aber irgendwie machte diese Tatsache es nur noch schlimmer. Sie zeigte, wie sehr ihn das Ganze mitgenommen hatte, aber das war ja ohnehin nicht zu verleugnen.

Lissa schaute lange auf ihr Telefon. Dann stellte sie eine Reihe von Smileys mit total verrückten Gesichtsausdrücken zusammen und tippte:

Weißt du, was wir sind?

Cormac schaute auf den grauen Fluss und lächelte in sich hinein. Inmitten von neun Millionen Menschen fühlte er sich plötzlich einer Person, die sich so weit weg befand, ganz nahe. Er wandte seine Aufmerksamkeit wieder dem Handy zu.

Idioten!

Auch Lissa lächelte in sich hinein und schrieb zurück:

Absolute Idioten.

Das war der Moment, in dem Cormac sie fast angerufen hätte. Beinahe hätte er auf den Knopf gedrückt. Aber was, wenn er sie anrief und sie nicht dranging? Was würde er dann machen? Was, wenn der Kontakt auf diese Weise abbrach und er alles kaputt gemacht hätte?

Cormac dachte daran, dass Jake ihm vorgeworfen hatte, er verhalte sich Frauen gegenüber nicht korrekt. Ihm kam auch wieder in den Sinn, dass sein Kumpel ja auf eine sich anbahnende Beziehung mit Lissa hoffte. O Gott. Na ja. Cormac steckte das Handy lieber wieder weg, um nicht in Versuchung zu geraten. Aber er war wirklich drauf und dran.

Lissa starrte aufs Display. Vielleicht würde er sie auch einfach anrufen? Jede Vorsicht in den Wind schlagen? Anrufen und mit ihr reden und ihr alles erzählen? Sie fragte sich, ob Cormacs Stimme wohl wie die von Jake mit ihrem melodischen Highland-Singsang klang. Vielleicht war sie auch tiefer, Jake hatte nämlich erwähnt, dass Cormac größer war als er.

Lissa seufzte. Das war doch lächerlich, sie bauschte die ganze Sache hier viel zu sehr auf.

Der Wind säuselte in den Bäumen.

Aber irgendwie hatte der Kontakt zu einem anderen Menschen doch etwas gebracht. Cormac hatte sie beruhigt, und es ging ihr jetzt besser.

Lissa richtete sich wieder auf und schaute sich um.

Vögel zwitscherten hoch oben in der Luft. Ihr Tagesablauf sah immer gleich aus, nahm Lissa an. Sie war von einer wachen Welt umgeben, die weiter Bestand haben würde. Die Bäume harrten bereits seit Hunderten von Jahren hier aus. Der Wald hatte Kriege und große Veränderungen überstanden, war aber niemals verschwunden. Füchse und Rehe lebten ihr Leben, Forellen sprangen im Bach, Seehunde wedelten am Ufer von Loch Ness mit den Flossen.

Zum ersten Mal kam Lissa die Frage in den Sinn, ob sie sich hier womöglich ein neues Leben aufbauen könnte. Nicht mit Cormac – das war natürlich lächerlich! Sie waren einander ja nie begegnet, und Lissa wusste nicht einmal, wie er aussah. Und er würde sie bestimmt nicht mögen, wie auch? Das war nur eine verrückte Schwärmerei, mehr nicht, eine gute Ablenkung von Sorge und Schmerz. Außerdem erledigte Lissa ja hier *seine* Arbeit.

Aber auch ohne ihn … könnte Kirrinfief vielleicht der richtige Platz für sie sein? Sie dachte an Ninas freundliches Gesicht hinter den Stapeln von Büchern, die sie so kunstvoll zusammenstellte. Nina hatte an diesem Ort ein Zuhause gefunden.

Und Zoe auch, obwohl es so aussah, als sei sie immer von sechs oder sieben Kindern umringt. Und wenn Lissas professioneller Blick sie nicht täuschte, war da wohl ein weiteres unterwegs.

Die beiden Frauen waren hier also heimisch geworden. Ob Lissa das auch könnte?

Langsam ging sie zurück zum Haus. Sie würde diesen Brief lesen. Sie würde ihn lesen und sich der Sache stellen, und dann, wenn der Austausch vorbei war, würde sie weitersehen.

Traurig warf sie noch einen Blick auf ihr Handy. Sie vermisste Cormac jetzt schon. Als sie gerade wieder in das Häuschen trat, piepte das Telefon. Ob das wohl er war? Tatsächlich:

Also ...

Cormac hatte nachgedacht.

Jake hatte ihm von Ginty McGhie erzählt, die wie eine Naturgewalt über ihn hereingebrochen war, sodass Jake jetzt sowohl von fürchterlichen Kopfschmerzen als auch von Gewissensbissen geplagt wurde.

Cormac hatte nachgedacht und sich alles durch den Kopf gehen lassen, was er in London gelernt hatte, wo die Leute unerschrocken waren, nicht schüchtern. Sie kamen in diese Stadt, um sich zu nehmen, was sie haben wollten, um einfach alles auszuprobieren. Cormac wusste ja, dass er beim Thema Beziehungen bequem gewesen war. Ihm war es immer lieber gewesen, über die Menschheit im abstrakten Sinne nachzudenken, statt über eine bestimmte Person. Aber das wollte er jetzt ändern.

Hast du vielleicht Lust, dich in London mit mir zu treffen?

Kapitel 58

Der Schreiben war kurz und deutlich. Man teilte Lissa ein Datum in einer Woche und die Uhrzeit mit, zu der man sie am Southwark Crown Court erwartete. Allerdings wies man darauf hin, dass sich die Zeiten noch ändern könnten und sich Lissa auf eventuelles Warten einstellen müsse. Es lag auch ein Spesenformular bei.

Lissa versuchte, den Mut zu einem Anruf bei der ihr zugeteilten Anwältin aufzubringen, doch da meldete sich die Frau namens Roisin bereits bei ihr. Die beiden besprachen, was passiert war. Was den Unfall anging, würde man Lissa noch einmal ihre eigene Aussage bei der Polizei zum Lesen geben, damit sie sich wieder an die Details erinnern würde. Dann würde Roisin mit ihr im Zeugenstand alles Schritt für Schritt durchgehen, bevor ihr am Ende der Anwalt der Verteidigung ein paar Fragen stellen würde.

»Aber ganz ehrlich«, sagte Roisin, »Sie sind eine selbstlose, vertrauenswürdige Krankenschwester, die nur durch Zufall vorbeigekommen ist. In dieser Situation haben Sie Ihr Bestes gegeben, um das Leben eines Kindes zu retten. Es müsste schon mit dem Teufel zugehen, wenn es denen gelingen sollte, Sie vor der Jury schlecht dastehen zu lassen. Von daher würde es mich überraschen, wenn sie es auch nur versuchen sollten. Vermutlich wird man es darauf anlegen, dass Sie den Zeugenstand so schnell wie möglich wieder verlassen. Sie müssen nur noch einmal die Identifizierung aus der Gegenüberstellung bestätigen.«

»Und wenn ich mich nicht mehr an die Gesichter erinnern kann?«

»Ich werde Sie fragen, ob Sie den Mann wiedererkennen, der das Auto gefahren hat. Wenn das der Fall ist, sagen Sie Ja.«

»Aber was, wenn …«

»Alyssa«, sagte Roisin. »Keine Panik. Es ist in Ordnung, vorher aufgeregt zu sein. Er wird einen Anzug tragen, aber es ist derselbe Mann. Die Polizei hat ihn aus dem Auto holen müssen, wissen Sie noch? Als er von den Jungen aus der Siedlung umringt war?«

»… okay«, sagte Lissa mit einem Schlucken.

»Und die sind auch alle auf der Videoaufzeichnung, die man der Jury vorspielen wird.«

»Darf ich mir die ansehen?«

»Nein, ich meine ja nur. Machen Sie sich keine Sorgen.«

Lissa seufzte.

»Ist schon gut«, sagte die Anwältin. »Sie werden das prima hinkriegen. Im Ernst. Und Sie werden es doch sicher genießen, zurück in London zu sein!«

Lissa biss sich auf die Lippe. Tatsächlich gab es da etwas, worauf sie sich in London freute, einen winzigen grünen Trieb. Sie hatte Cormac geneckt, weil er ihr ausgerechnet vorgeschlagen hatte, zusammen zum Borough

Market zu gehen. Das machte ihn zu einem richtigen Londoner, hatte sie gesagt.

Beim Borough Market handelte es sich um einen unglaublich teuren Schickimickimarkt mit Essensständen an der South Bank, in der Nähe der London Bridge Station. Dort wurden alle möglichen Biolebensmittel und exotischen Zutaten zu horrenden Preisen angeboten.

Aber es war wirklich toll, über den Markt zu schlendern, wo einem die Aromen von Käse und Kaffeebohnen in die Nase stiegen und man kunstvolle Torten sowie stachelige Obstsorten bewundern konnte, die zumindest Cormac nicht hätte benennen können.

Dieser Markt war eine Oase der Schönheit inmitten der großen Stadt aus Granit, und Cormac hatte es dort sofort gefallen. Dabei ging es hier ganz anders zu als auf dem bodenständigen, respektablen Bauernmarkt in Kirrinfief, wo man die frischesten Eier mit großem, zart schmelzendem Eigelb von braunen Hennen aus der Gegend kaufen konnte, ein halbes Dutzend für ein Pfund.

Hier hingegen konnte man für sieben Pfund ein einzelnes Straußenei erstehen.

Auf dem Markt von Kirrinfief gab es Körbe um Körbe mit riesigen frischen Erdbeeren, von denen manche ein wenig zerquetscht waren. Sie stammten direkt von den Feldern, die sich kilometerweit rund um den Ort erstreckten.

Auf dem Borough Market wurden hingegen sechs sorgfältig ausgewählte, perfekte Erdbeeren in kunsthandwerklich angefertigten kleinen Körbchen angeboten, und jede davon kostete fast ein Pfund.

Trotzdem gefiel der Markt Cormac. Zwar war er etwas

schockiert gewesen, als man ihm hier einmal für einen Käsetoast acht Pfund abgeknöpft hatte. Aber das Ambiente erinnerte ihn ein wenig an zu Hause, und er respektierte Menschen, die Essen ernst nahmen.

Borough Market lag nur fünf Gehminuten vom Gericht entfernt. Beim Gedanken daran hatte Lissa Schmetterlinge im Bauch.

Lissa mahnte sich selbst, sich da nicht hineinzusteigern, daraus keine große Sache zu machen.

Am Tag vor dem Gerichtstermin schaute sie bei einem Patienten namens Joe Cahill vorbei, um sich seine frisch operierten Füße anzusehen.

»Sie wirken ganz schön abgelenkt«, bemerkte der Patient. Er hatte furchtbar krumme und verwachsene Hobbit-Zehennägel. Bei ihrer Rückkehr in die Gegenwart dachte Lissa bei sich, dass es genau der richtige Moment gewesen war, um in Gedanken abzuschweifen.

Sie richtete sich auf. »Alles verheilt gut, Mr Cahill«, sagte sie. »Aber hat man Sie denn nicht dazu angehalten, sich regelmäßig die Nägel zu schneiden?«

»Doch, doch, schon«, sagte er traurig und blickte auf seinen dicken Bauch hinunter. »*Och*, das ist aber nicht so einfach, ne?«, fügte er mit einem Seufzen hinzu.

»Hatten Sie keinen Termin zur Fußpflege?«

»Also, da ist jemand gekommen und hat es versucht, aber mit der Schere hat es nicht geklappt.«

Es stimmte schon, die Nägel sahen eher aus wie die Hufe eines Schafes.

»Lassen Sie es mich mal versuchen«, sagte Lissa. »Mit solchen Nägeln können Sie doch gar nicht laufen.«

Joe sollte recht behalten: Mit der Schere kamen sie nicht weiter.

Draußen funkelte und strahlte nach einem kurzen Schauer jetzt alles. Als Lissa die mümmelnden Schafe auf der leuchtend grünen Wiese sah, kam ihr eine Idee. »Ich werd mal gucken, ob Joan in der Nähe ist.«

Tatsächlich war die Ärztin mehr oder weniger in der Gegend (was sie selbst als ungefähren Umkreis von fünfundzwanzig Kilometern definierte) und schaute gern vorbei.

»Ich hab mich gefragt«, sagte Lissa zu ihr, »ob es vielleicht ein Verfahren gibt, das, äh, bei Schafsjungen benutzt wird.«

»Schafsjungen?«, fragte Joan mit gekräuselter Lippe.

»Hm, ja«, sagte Lissa.

»Ich bin mir nicht sicher, ob wir wirklich ein Landmädel aus dir machen werden. Aber der Gedanke ist nicht schlecht. Joe!«

»Was?«

»Hör auf, dauernd Kuchen in dich reinzustopfen!« Sie pikte ihn in den runden Bauch.

»Mir hat man bei der Ausbildung beigebracht, Patienten wegen ihres Gewichts nicht zu diskriminieren«, warf Lissa ein, die diesen Kommentar sehr lieblos fand.

»Himmel!«, stöhnte Joan. »Na, komm schon, Joe.«

»Aber ich esse gern mal ein Stück Kuchen!«, protestierte Joe.

»Du kannst ja auch *mal* ein Stück essen! Aber nicht dauernd!«

»Äh«, machte Lissa.

»Okay«, sagte Joan zu Joe. »Wo ist deine Handsäge?«

»Seine was?«

»Das ist so ein Ding aus Metall, mit dem Leute Sachen zersägen«, erklärte Joan.

»Nein, ich dachte, es gäbe da irgendwas für Tiere ... irgendein Gerät, mit dem man die Hörner stutzt«, wandte Lissa ein.

»Ja, gibt es. Eine Säge!«

»Im Anbau ist eine«, sagte Joe.

Der wackelige Anbau quoll über vor Kram und Tomatenpflanzen.

»Wenn er sich wieder bewegen kann, kann er auch aufräumen«, murmelte Joan. »Es war wirklich gut, dass du mich gerufen hast.« Über ihre Brille hinweg musterte sie Lissa. »Jetzt hast du endlich den Dreh raus, und da schicken sie dich wieder zurück, hm?«

Lissa zuckte mit den Achseln. »Na ja, jetzt muss ich mich erst einmal auf das Gerichtsverfahren konzentrieren.«

»Ja, ich hab's auf dem Dienstplan gesehen.«

Einen Moment herrschte Schweigen, während sie zwischen einem großen Stapel von Samenkatalogen, jeder Menge uralten Ausgaben des wöchentlichen Bauernmagazins und einer ausgestopften Eule mittlerer Größe herumwühlten.

»Ich hätte ja eigentlich nicht gedacht, dass du hier oben je klarkommen würdest«, sagte Joan schließlich. »Du mit deiner Londoner Art. Aber du hast dich wirklich gut geschlagen, finde ich, und so langsam gewöhnen sich die Leute an dich.«

Lissa schaute zu ihr auf. »Außer Ginty.«

»Ja, außer Ginty. Die hasst dich, wie sie mir bei meinem letzten Friseurtermin ausführlich erklärt hat.«

»Na super!«

»Darüber würde ich mir aber keine Gedanken machen. Die Leute haben mit jedem Mitgefühl, auf den Ginty sich gerade eingeschossen hat. Der arme Jake … Aha! « Triumphierend zog Joan eine kleine Säge unter einer wackeligen Anhäufung widerlicher Bodenproben hervor.

Lissa folgte ihr zurück ins Schlafzimmer.

»Ich komme mir vor, als müsste ich mal wieder jemandem wegen Erfrierungen die Finger amputieren!«

Lissa musterte Joans Miene, um zu sehen, ob die Ärztin nur Spaß machte, aber es sah nicht so aus.

»Okay, Joe, Füße hoch. Lissa, du hältst ihn fest.«

Lissa fixierte erst einen Knöchel, dann den anderen. Eigentlich war die Idee ziemlich schräg, aber Joan machte sich mit schnellen, sorgfältigen Handgriffen ans Werk. Nachdem sie die verdrehten Nägel abgesägt hatte, schnitt Lissa zurecht, was noch übrig war, und fegte danach die Nagelstückchen auf.

Joe konnte den Blick gar nicht mehr von seinen Füßen abwenden. »Also«, sagte er. Dann ging er versuchsweise ein paar Schritte, und noch ein paar mehr. »Also«, stieß er noch einmal aus und kratzte sich am Kopf, so als könne er es kaum fassen. »Das ist ja mal was. Das ist wirklich was.« Seine Augen begannen zu leuchten. »Ich fühl mich fast so, als könnte ich …«

»Nicht tanzen!«, fiel ihm Joan rasch ins Wort. »Deine Füße sind immer noch nicht verheilt!«

»Oh, nur ein kleiner Jig …«

»Kein Tanzen für eine Woche! Aber danach solltest du sogar viel tanzen, das kann nur helfen. Und kein Kuchen mehr!«

»*Aye*«, nickte Joe. »Wenn ich wieder tanzen kann, brauche ich auch gar keinen Kuchen.« Er versuchte sich an einer kleinen Drehung.

»Ich warne dich!«, rief Joan, »Kein Tanzen! Ich würde vielleicht erst mal damit anfangen, hier ein bisschen aufzuräumen.«

»Ich muss ja auch meine Tanzschuhe finden«, stimmte Joe zu.

»Gut.«

»Danke, Mädel«, sagte er dann mit einem Blick in Richtung Lissa. »Das war schließlich Ihre Idee. Wissen Sie, für eine *Sassenach* sind Sie gar nicht so übel.«

Die Sonne stand immer noch hoch am Himmel, als sie aufbrachen. Die herumtapsenden Schafe zeigten keinerlei Interesse an den beiden Frauen, die sich auf den Weg zu ihrem jeweiligen Auto machten.

Es war ein strahlender Abend, und eine Brise zerzauste Lissa die Haare.

Joan marschierte direkt auf ihren Wagen zu, in dem hinten wie üblich eine Meute von Hunden völlig außer Rand und Band war.

Lissa hingegen blieb stehen. »Äh … Ich … Es ist … Wenn Cormac wieder da ist … meinst du … Gäbe es hier vielleicht irgendeine andere Stelle für mich? Ich meine, ich bin auch als Gemeindeschwester qualifiziert.«

Joan runzelte die Stirn. »Oh, ich glaube nicht, Liebes. Wir sind eine schrumpfende Region, deshalb leben hier einfach nicht genug Menschen für zwei ambulante Krankenpfleger. Aber an anderen Orten in den Highlands würde man dich mit Kusshand nehmen. Und ich würde dir auch gute Referenzen ausstellen.«

»Okay, verstehe. Danke«, sagte Lissa. Aber sie hatte kein Interesse an »irgendwo in den Highlands«, sie wollte hierbleiben.

Na ja, einen Versuch war es wert gewesen. Vielleicht würde sie nach ihrer Stippvisite in London ja auch Heimweh bekommen. Damit hatte sie eigentlich die ganze Zeit schon gerechnet.

Und wenn sie erst all ihre Freundinnen und ihre üblichen Patienten wiedersehen würde … dann würde sie sich auch wieder inmitten der Menge einsam fühlen und sich immer krampfhaft mit irgendwas beschäftigen, weil man Untätigkeit dort mit Scheitern gleichsetzte. Sie würde sich den Kalender mit allen möglichen Veranstaltungen vollstopfen, auf die sie eigentlich gar keine Lust hatte, weil sie schließlich in London lebte, und wie sollte man da sonst klarkommen?

Dann würde sie nicht mehr morgens zu Fuß in den Ort laufen und dabei feststellen können, was sich seit dem Vortag alles verändert hatte. Sie würde nicht die neuen Blumen und Farben am Wegrand bewundern können, die von Tag zu Tag dichter belaubten Bäume und den sich langsam über dem *Loch* verziehenden Nebel, von dem bei ihrer zweiten Tasse Kaffee schon nichts mehr zu sehen war.

Und ihr würde auch die geräuschvolle Stille hier auf dem Land fehlen – die Vögel und das gelegentliche Knurren im Wald, das Rauschen des Windes im Schornstein und der süße Duft von verglühendem Whiskyholz. All das konnte man wirklich nicht mit Tauben vergleichen, die an MacDonald's-Resten herumpickten. Außerdem fehlte ihnen einfach die Eleganz von Reihern, die sich wie eine Ballerina vom Rand des *Lochs* erhoben.

Na ja, Lissa ging einiges durch den Kopf, sie hatte an vielem zu knabbern. Am besten nahm sie das alles Schritt für Schritt in Angriff.

Kapitel 59

Lissa sah sich in dem kleinen Häuschen um. Sie hatte für die Übernachtung sorgfältig eine kleine Tasche gepackt und die Marmeladengläser weggeräumt, die sie als Vasen für inzwischen welke Wildblumen benutzt hatte. Und jetzt sah es auf einmal so aus, als wäre sie nie hier gewesen.

Warum, fragte sie sich, hatte sie eigentlich keine Fotos aufgestellt? Warum hatte sie ihre Bücher nicht ins Regal geräumt, statt sie unter das Bett zu schieben? Ihre Unterkunft war wunderschön, und Lissa hätte sie noch schöner gestalten können. Es musste ihr wirklich dreckig gegangen sein, als sie hier angekommen war.

Und jetzt wusste sie ja auch, dass es Cormac nicht gestört hätte. Sie dachte kurz an ihn, malte sich aus, wie er zur Tür hereinkam. In ihrer Vorstellung war er abwechselnd eine dünne Bohnenstange oder eher kräftig und gedrungen. Manchmal hatte er einen Bart und dann wieder auf keinen Fall. Na ja, Krankenpfleger trugen eigentlich nie Bart, wegen eventueller Mund-zu-Mund-Beatmungen. Und wenn er in der Armee gewesen war …

Also, sie dachte wirklich oft … aber das Ganze war

natürlich lächerlich. Cormac hatte Yazzie zwar nicht wieder erwähnt, aber es konnte trotzdem sein, dass sie sich sahen.

Und Lissa hoffte auch, dass Cormac nicht mit Jake über sie geredet hatte. Das würden sie doch nicht machen, oder? Sie waren ja Kerle aus den Highlands – die sprachen bestimmt nur darüber, wer beim Shinty gewonnen hatte.

In diesem Moment wurde ihr klar, dass dieser Sport wie selbstverständlich in ihren Gedanken aufgetaucht war. Gott, sie hatte sich wirklich verändert! Wenn sie wieder von ihrem Kurzbesuch in London zurück war, schwor sie sich, dann würde sie es sich für den schottischen Sommer mit seinen endlosen Tagen und der sanften Luft hier richtig schön machen.

Sie freute sich darauf, obwohl sie auch überlegte, dass sie sich in der Hauptstadt ein besonders starkes Mückenspray besorgen sollte. In London gab es sicher etwas für Reisen in die Tropen, irgendwie musste man diesen lästigen Viechern doch beikommen können.

Trotz allem kam sie nicht gegen ihre ausschweifende Fantasie an. Was, wenn Cormac jetzt zur Tür hereinkäme und sie packte und …? Ihr war klar, wie absurd der Gedanke war. Trotzdem hatte das auch etwas Positives. Es war gut, dass sie nach so langer Zeit überhaupt wieder an einen Mann dachte. Seit sie sich innerlich vor allem verschlossen hatte und ständig nur verwirrt und voller Panik war, hatte es bei ihr auch keine Fantasien, keine Träumereien mehr gegeben. Sie hatte sich des Luxus beraubt gefühlt, auf eine bessere Zukunft zu hoffen. Aber dieses verlorene Gefühl schien sie nun wiedergefunden zu haben. Obwohl natürlich auch das Quatsch war.

Egal, jedenfalls stand ihre Verabredung, sie würden sich nach dem Gerichtsverfahren treffen. Besser noch: Cormac hatte sogar versprochen, sie zum Mittagessen einzuladen. Lissa hatte ein ziemlich schlechtes Gewissen, weil sie weder ihrer Mutter noch Kim-Ange von dem Termin erzählt hatte, obwohl beide sie ja gern sehen würden. Das war nicht nett von ihr, aber es würde einfach ein schrecklicher Tag werden, und im Moment half ihr nur der Gedanke an Cormac, ihn durchzustehen.

In diesem Augenblick ertönte der Signalton von Skype, und Lissa stöhnte auf.

Anita trug Straßenkleidung, und Lissa konnte zwei Koffer neben ihrem Küchentisch sehen.

»Ist das gerade ein schlechter Zeitpunkt?«, fragte Lissa, die nur ungern darauf hinweisen wollte, dass ja Anita *sie* angerufen hatte.

»Hm«, machte die Therapeutin und beäugte fahrig einen Stapel Papier auf dem Tisch. »Ich habe einen Vermerk im Pass, und das macht mich nervös.«

»Vielleicht sollten Sie ein paar Atemübungen ausprobieren«, schlug Lissa vor und fand das sogleich unpassend. »Sorry, tut mir leid!«

Aber Anita schaute sich nur besorgt um. »Wo steckt denn die verdammte Katze?«, murmelte sie vor sich hin. Genau in diesem Moment raste eine Katze vor der Kamera vorbei, so schnell, dass sie nur als verschwommener Schatten zu sehen war. Sie wurde von zwei tobenden Kindern gejagt.

»Nicht auf die Straße! Nicht auf die Straße!«

Wieder musste Lissa an Zoe und Nina denken, daran,

wie der kleine John auf dem Bauernhof seinem Vater hinterherkrabbelte und Zoes Sippe über Felder und Wiesen streifte.

Anita lebte offenbar in einem hübschen Reihenhaus in Südlondon, das vermutlich mehr kostete als das ganze Dorf hier oben. Aber beim Anblick ihrer Kinder, die in dieser teuren Küche herumsprangen, fragte sich Lissa wirklich, ob es das wert war.

Was sie wohl für ihre Hypothek hinblätterte? Und es musste aufreibend sein, Kinder großzuziehen, die man nicht allein nach draußen lassen konnte.

»Ich kann wirklich auch …«

»Nein, Ihre Sitzungen sind schließlich bezahlt, und die müssen wir vor Ihrem Gerichtstermin absolvieren.« Die Therapeutin wirkte bedrückt. »Es tut mir leid, wenn ich ein bisschen hetze …«

»Ihr Job scheint ja wirklich nicht einfach zu sein«, erwiderte Lissa gnädig.

»Das stimmt«, sagte Anita, während über ihrem Kopf das Getrippel kleiner Füße zu hören war. »Tut mir leid …«

Lissa schüttelte den Kopf. »Übrigens«, erklärte sie, »hat es wirklich geholfen, mal eine Social-Media-Pause einzulegen.«

»Tatsächlich?« Das munterte Anita auf.

»Jap. Und ich fand auch den Vorschlag gut, die Sache immer wieder im Kopf durchzugehen.«

»Haben Sie das denn gemacht?«

»Nein, aber es war eine sinnvolle Idee. Also …«

In diesem Augenblick hupte vor Anitas Haustür ein Taxi, und die Miene der Psychologin verfinsterte sich augenblicklich wieder.

»Spucken Sie's einfach aus, schnell!«, sagte Lissa.

»Es ist aber ziemlich heftig«, warnte Anita.

»Das ist mir egal. Solange es nur hilft, gebe ich Ihnen auch eine positive Abschlussbewertung.«

»Das wäre schön«, sagte Anita, die ziemlich gestresst aussah.

Es herrschte kurz Schweigen.

»Nun gut«, stieß die Therapeutin dann aus und holte tief Luft. »Das ist jetzt Ihre letzte Chance, alles einmal laut durchzugehen, entweder mit mir oder jemand anders. Morgen müssen Sie in den Zeugenstand, wo sie dem Täter Auge in Auge gegenüberstehen werden. Wahrscheinlich werden auch seine Kumpel da sein, Sie anstarren und sich bedrohlich aufführen. Ich will Ihnen keine Angst einjagen, Alyssa. Aber was, wenn Sie plötzlich einen Blackout haben, völlig dichtmachen?«

»Okay, das ist wirklich knallhart«, entgegnete Lissa.

Das Hupen wurde lauter, und Anita wartete.

»Ich werde keinen Blackout haben«, versicherte Lissa plötzlich.

»Vielleicht doch.«

Lissa kämpfte mit den Tränen, und mit einem Mal wirkte der Tag draußen vor den Fenstern nicht mehr so sanft und einladend, sondern bedrückend und unheilvoll.

»Und ich muss Sie warnen: Wenn Sie die Geschehnisse nicht klar und deutlich schildern können, sind Sie womöglich der Grund für Verfahrensfehler. Möchten Sie dafür verantwortlich sein, dass der Täter freikommt?«

Der Kloß in Lissas Hals war so groß, dass sie kaum ein Wort hervorbekam.

Oben brüllten sich Anitas Kinder die Seele aus dem

Leib. Die Therapeutin lehnte sich vor. »Alyssa, ich habe schwarze Söhne, und Sie haben eines Tages vielleicht auch welche. Für die müssen die Straßen unserer Stadt sicher sein, so viel ist Ihnen bestimmt auch klar. Das ist Ihnen doch bewusst, oder?«

Jetzt klang sie eindringlich und ernst, überhaupt nicht mehr zerstreut.

Lissa wich vor ihrem Blick zurück, nickte aber langsam.

Nun hupte das Taxi noch einmal, und Anita richtete sich auf. »Ich muss los.«

Wieder nickte Lissa nur.

Kapitel 60

Ich weiß ja gar nicht,
wie du aussiehst.

In ihrer Panik wandte Lissa sich an Cormac, mit dem sie sich in der letzten Woche abgesehen von ein paar Nachrichten zu beruflichen Fragen gar nicht geschrieben hatte. Das lag vor allem daran, wie aufgeregt beide waren, auch wenn sie es sich nicht anmerken ließen.

Jetzt hätte Lissa beinahe noch »Das ist ja auch ein Blind Date« hinzugefügt, löschte es aber gerade noch rechtzeitig. Denn es war ja kein Rendezvous – es handelte sich vielmehr um einen beruflichen Termin, um ein Meeting mit ihrem Austauschpartner.

Dem Austauschpartner, mit dem sie allerdings schon mal über ihre Verabredungen mit anderen Leuten gesprochen hatte. Na ja. Und dass Kim-Ange nichts von ihrem Treffen wusste … hatte ja gar nichts zu sagen.

Auch Cormac hatte von ihrer Verabredung nichts erzählt, weil Kim-Ange ja doch nur eine große Sache daraus machen würde. Sie selbst und Piotr hatten sich Hals über Kopf ineinander verliebt und hörten beim Frühstück gar nicht mehr mit dem Knutschen auf, was alle anderen eher widerlich fanden.

Kim-Ange wäre sicher begeistert, wenn Lissa und er … Aber sie gingen schließlich nur zusammen etwas essen, nicht mehr und nicht weniger, sagte er sich selbst. Trotzdem hatte er sich sogar ein neues Hemd gekauft.

Cormac warf einen Blick auf die Nachricht und schickte Lissa in seiner Antwort eine Zeichnung mit:

Aber ich werde dich erkennen. Du wirst diejenige sein, die sich lautstark über die Diabetesanordnung beschwert.

Die macht doch alles nur komplizierter!

Schmunzelnd betrachtete Cormac das Ungeheuer, das ihn immer zum Lächeln brachte.

Roisin hatte Lissa gebeten, vor Gericht einen möglichst verlässlichen Eindruck zu machen, daher band sie sich die Haare zu einem festen Dutt zusammen, der seriöser aussah als eine wilde Lockenmähne. Sie zog ein elegantes Kostüm mit Hahnentrittmuster an, das sie mangels eines passenden Anlasses noch nie getragen hatte. Zusammen mit einer Bluse und eleganten Ohrringen, die ihre Mutter ihr (genau wie das Kostüm) geschickt hatte, sah sie erstaunlich professionell aus. Ihr eigener Anblick überraschte sie vor allem deshalb, weil sie während der letzten zwei Monate in den Highlands fast immer ihre Uniform oder Wollpullis und dicke Strumpfhosen getragen hatte, obwohl ja Frühling war.

Sie nahm nur eine kleine Reisetasche mit, da sie auf dem Rückweg mit dem Schlafwagenzug fahren würde, worauf sie sich schon freute. Der Zug hielt an einem Bahnhof in nicht allzu großer Entfernung und war offenbar die beste Verbindung nach London, wenn auch leider teuer.

Jetzt galt es nur noch, das Gerichtsverfahren durchzustehen.

Auf dem Weg zum Flughafen klopfte Lissas Herz heftig. Schottland, weit weg von allem anderen, war für sie ein sicherer Ort, an dem sie sich beschützt fühlte. Hier musste sie sich nicht dem stellen, was passiert war. Soweit sie wusste, gab es in Kirrinfief keine Jugendgangs, und die Kinder rannten überwiegend frei und unbeaufsichtigt herum, was sie am Anfang verblüfft zur Kenntnis genommen hatte. Aber dann war ihr klar geworden, dass in dieser kleinen Ecke der Welt schließlich jeder jeden kannte. Die eigenen Kinder waren jedermanns Kinder. Es war schön, fröhliche Knirpse auf den Straßen und am Seeufer spielen zu sehen und sich keine Sorgen um sie machen zu müssen.

Während die kleine Zweipropeller-Maschine über die Landschaft brummte, betrachtete Lissa durchs Fenster das Patchworkmuster dort unten. Eigentlich hatte sie lesen wollen, aber sie konnte sich einfach nicht auf das Buch konzentrieren, das Nina ihr aufgedrängt hatte. Bei dem Gedanken, dass sie bald den Mitgliedern von Kais Familie wieder gegenübertreten würde, wurde sie immer aufgeregter. Ob die wohl wütend auf sie waren? Ob man ihr Fragen zu der schrecklichen Nacht im Krankenhaus stellen würde? Es war nie eine offizielle Beschwerde eingereicht worden, daher hatte es außer ihrer Versetzung nach Kirrinfief keine Konsequenzen gegeben. Und der Austausch fühlte sich ja nun nicht wie eine Bestrafung an.

Vielleicht, dachte Lissa, würde auch alles ganz unkompliziert verlaufen und nicht länger als zwei Minuten dauern.

Und dann wartete nachher … das Ungeheuer von Loch Ness auf sie.

Lissa biss sich auf die Lippe. Cormac wollte sicher nur nett sein, das war alles. Bestimmt wollte er sich nur mal die Person ansehen, die in seinem Gästezimmer schlief, würde herauszufinden versuchen, ob sie seine Pflanzen vertrocknen ließ und seinen Kühlschrank kaputt gemacht hatte. Wenigstens wusste er, dass sie keine wilden Partys in seinem Haus feierte.

Nach dem Gerichtstermin blieben ihr noch zwei Wochen, um ihre Zelte abzubrechen, und danach …

Na ja, an die Zukunft wollte Lissa erst denken, wenn sie musste. Es stimmte schon, sie hatte sich da eine kleine Fantasie zusammengeträumt, in der Cormac vielleicht sein Gästezimmer an sie vermieten würde. Allein die Vorstellung, dass sich jemand mit einem Gehalt vom NHS ein

Extrazimmer leisten konnte! Lissa konnte es immer noch nicht fassen.

Jedenfalls würde sie sich dann Arbeit in der Nähe suchen müssen. Vielleicht fand sie nichts direkt in ihrem Bereich, aber irgendetwas musste es doch geben. Damit wollte sie, auch wenn sie es sich kaum einzugestehen wagte, endgültig allem entkommen. Dem Druck und der Hetzerei und dem Wahnsinn der großen Stadt würde sie einfach den Rücken zuwenden, die schicken Restaurants und hochhackigen Schuhe und neuesten Trends anderen überlassen. Leuten, denen das mehr gab als ihr. Leuten, die sich nicht ständig Sorgen machten, wenn sie einen Krankenwagen sahen oder Sirenen hörten oder wenn ein Hubschrauber über sie hinwegflog.

Lissa blinzelte ein paarmal. Am liebsten wäre sie beim Brummen der Motoren weggedöst; um sie herum schnarchten bereits alle wohlig vor sich hin. Aber jedes Mal, wenn ihr die Lider schwer wurden, fiel ihr wieder siedend heiß ein, was heute auf sie wartete. Und dann saß sie erneut kerzengerade da.

Als Lissa in London ankam, schlug ihr schwüle Hitze entgegen. Sie konnte sich nicht erinnern, wann ihr das letzte Mal so warm gewesen war. Für solch ein Wetter war Lissa viel zu dick eingepackt. Aber als sie ihren schweren Mantel auszog und zwischen die Griffe ihrer Reisetasche legte, wurde das Gepäckstück dadurch ziemlich unhandlich. Das machte es noch schwieriger, sich in der U-Bahn durch die Menge zu drängen.

Auch das hatte Lissa längst vergessen. So viele Menschen! Wie schafften die es nur, irgendwo hinzukommen?

Wie hatte sie das alles in so kurzer Zeit verdrängen können? Sie begann zu schwitzen. Aber fahrig und verschwitzt auszusehen, war wirklich das Letzte, was sie jetzt gebrauchen konnte.

Das Gericht, Southwark Crown Court, war ein plumpes, hässliches braunes Gebäude aus den Achtzigerjahren, dessen Architekten offensichtlich von einem Supermarkt vor den Toren der Stadt inspiriert worden waren. Der Kasten hatte etwas Anonymes und Bürokratisches an sich, war weder Furcht einflößend, prachtvoll noch einladend. Er existierte einfach nur.

Und Lissa nahm an, dass es genau darum hier auch ging.

Sie betrat das Gebäude und wurde im Eingangsbereich von ihrer Anwältin in Empfang genommen. Roisin, eine kleine und professionell wirkende Frau, trug ein schickes, schwarzes Kostüm und Schuhe mit hohen Absätzen, die die reinste Folter sein mussten, wenn man den ganzen Tag damit unterwegs war. Überall wuselten Leute herum, und Lissa war ganz aufgeregt. Sie hatte Angst davor, gleich die Mutter des Jungen wiederzusehen, und immer wieder flackerten Bilder vom Geschehen in ihr auf.

Nervös schaute sie sich um. Und was war mit den Angehörigen des Angeklagten? Würden sie wütend oder frustriert sein? Sich aggressiv zeigen?

Doch Lissa sah nur eine bunt gemischte Truppe aus elegant gekleideten Juristen und Anwälten, die das Gebäude verließen oder hereineilten, dazu Angestellte mit riesigen Stapeln von Unterlagen und Akten, die sie zum Teil auf Wägelchen durch die Gegend schoben.

Andere Leute, manche in schäbiger Kleidung, rauchten direkt vor dem Eingang geduldig neben den Mülltonnen oder saßen einfach da und starrten ins Leere. Das Gericht kam Lissa wirklich nicht vor wie ein fröhlicher Ort, aber das sollte es ja auch nicht sein.

»Es wird schon alles gut gehen«, versicherte Roisin.

Die Anwältin brachte Lissa in den Wartesaal für Zeugen und hieß sie sich setzen. Es handelte sich um einen schlichten, schmucklosen Raum. Der Kaffee hier, den man aus einem simplen weißen Plastikbecher trank, war widerlich, doch Lissa vergaß es immer wieder und nippte automatisch daran.

Dann las sie noch einmal ihre Aussage, während ihr Herz immer heftiger zu klopfen begann. Es war alles so, wie sie es noch in Erinnerung hatte. Der Termin bei der Patientin. Die Jungen auf dem Gehsteig. Ihre Frotzeleien. Dann das Aufblitzen, das grauenhafte Aufblitzen des in der Sonne glänzenden Handys, das Knacken von Knochen, das dumpfe, platschende Geräusch des Körpers.

Die Hektik. Der Krankenwagen. Das Dasitzen. Das Betteln. Das Feilschen. Die Gesichter.

Lissa fing an zu weinen.

»Es wird schon alles gut gehen«, sagte Roisin wieder und schaute auf die Uhr. »Na, kommen Sie! Waren Sie nicht mal eine toughe, knallharte Notaufnahmeschwester? Sie müssten doch an alles gewöhnt sein, weshalb nimmt dieser Fall Sie so mit?«

Lissa sah das weiche Gesicht des Jungen auf dem harten Pflaster.

»So ist es eben«, antwortete sie.

»Na ja, dann lenken wir Sie am besten ein bisschen ab«,

schlug Roisin vor. »Wie ergeht es Ihnen denn auf dem Land?«

Lissa spürte, wie ihre Wangen zu brennen begannen. »Ganz gut.«

»Ja? Gibt es dort viele Kühe zum Plaudern?«

»Jap«, nickte Lissa. »Jede Menge Kühe.«

»Aber ist es da nicht eiskalt? Ich würde mit so einem Wetter ja nicht klarkommen.«

»Es ist frisch«, stellte Lissa klar. »Aber das find ich eigentlich ganz gut. Es ist besser als …« Sie deutete durch das winzige Fenster nach draußen, wo die Hitze auf dem Asphalt flimmerte und überall der Gestank von Mülltonnen in die verqualmte, stickige Luft aufstieg. »Also, mir gefällt es ganz gut da.«

Roisin schniefte, und Lissa beugte sich wieder über das Formular.

Kapitel 61

Obwohl Cormac an diesem Morgen früh aufwachte, war es in seinem Zimmer bereits stickig; er war aufgeregt und brauchte einen Moment, bevor ihm wieder einfiel, weshalb. Grinsend setzte er sich auf, doch gleich darauf erstarrte er und bekam ein bisschen Bammel.

Heute war der große Tag. Er würde Lissa kennenlernen.

Cormac mahnte sich, nicht so ein großes Ding daraus zu machen. Er war ein erwachsener Mann und fühlte sich wie ein Teenager vor seiner ersten Verabredung. Zu große Erwartungen aufzubauen, musste nur zu einer Enttäuschung führen. Außerdem war Lissa ohnehin schon gestresst und in Sorge, da sollte sie sich nicht auch noch über ihn den Kopf zerbrechen müssen.

Aber er könnte für sie da sein und sie zum Essen ausführen – er war ganz stolz auf den coolen Ort, den er entdeckt hatte. Dann würde er ihr einfach zuhören und sie kennenlernen, das war alles. Ja. Trotzdem bekam er dieses verdammte Lächeln einfach nicht aus dem Gesicht, auch nicht, als er sich unter die Dusche stellte. Danach betrachtete er nachdenklich das floral angehauchte

Hemd, zu dessen Kauf Kim-Ange ihn überredet hatte. Es war eigentlich überhaupt nicht sein Stil, und seiner Meinung nach hatte er viel zu viel Geld dafür ausgegeben. Kim-Ange war allerdings ziemlich überzeugend gewesen, und als er mit dem Hemd probeweise eine halbe Stunde in den Pub gegangen war, um die Reaktionen zu testen, hatte auch niemand auf ihn gezeigt oder gelacht.

Was Cormac beim Gedanken an Lissa empfand … ging über alles hinaus, was Emer oder Yazzie je in ihm ausgelöst hatten. Nein! Wieder führte er sich total dämlich auf, machte sich zu viele Gedanken. Aber er hatte sich eben noch nie so … lebendig gefühlt.

Er musste an Robbie denken. Am besten rief er mal Lennox an und erkundigte sich, wie es so lief mit ihm. Im Moment ging er aber davon aus, dass keine Nachrichten gute Nachrichten waren. Und natürlich kümmerte sich ja auch Lissa um Robbie …

Übertreib es nicht, mahnte sich Cormac. Lissa musste heute vor Gericht aussagen und jene schrecklichen Momente noch einmal durchleben. Weil sie wirklich einen harten Tag vor sich hatte, sollte er sich besser zurückhalten.

Allerdings, dachte er bei sich, könnte er eventuell früher hingehen, um sie vor Gericht zu unterstützen. Es war nicht in Ordnung, dass sie sich alldem allein stellen musste. Er könnte einfach Hi sagen und sie wissen lassen, dass er für sie da war. Oder würde das komisch rüberkommen?

Okay, vielleicht würde er sich an diesem strahlenden Morgen einfach ein bisschen die Beine vertreten, in seinem neuen Hemd einen Spaziergang an der South Bank machen. Diese Gegend war … na ja, natürlich nicht mit Schottland zu vergleichen, aber ihm gewissermaßen schon ans Herz gewachsen. Also, er würde losbummeln und sich irgendwo einen Kaffee holen. In einem dieser Cafés, wo es länger dauerte, weil sie erst die Bohnen mahlen mussten und so. Und dann … dann würde er mal sehen, wohin der Tag ihn führte.

Die Frau mit der kurvigen Figur und den straff zusammengebundenen Haaren marschierte auf die Tür zu und achtete kaum auf den Mann im Blumenhemd, der sie ihr aufhielt. Mit gesenktem Blick stapfte sie voran und dachte voll unendlicher Beklemmung an das, was auf sie wartete.

Cormac bemerkte die Frau auch nicht. Natürlich hatte er sich nach jemandem umsehen wollen, der wie Lissa aussah. Aber genau in dem Moment, in dem er das Gebäude betrat, klingelte sein Telefon. Er erkannte die Nummer und verzog das Gesicht, ging aber ran.

»Hi!«, ertönte eine englisch klingende Stimme. »Ist da unser Lebensretter?«

Cormac runzelte die Stirn. »Larissa, hi.«

»Hi! Hör mal, Süßer, heute ist so ein schöner Tag, deshalb haben wir auf der Dachterrasse vom Coq d'Argent fürs Mittagessen reserviert. Da ist es echt super, und du kannst gern jeden retten, der runterfällt. Wir sehen uns dort, okay?«

Cormac hielt die Tür auf, bis die junge Frau hinter ihm übernahm; sie murmelte ein Danke, schob sich dann aber an ihm vorbei. Offenbar war er ihr zu langsam.

»Ich hab aber heute zu tun«, entgegnete er heiter.

»Oh, keine Sorge, Schätzchen – wir sind den ganzen Nachmittag da. Ciao!«

Aber Cormac dachte weiterhin nur an die lachende junge Frau mit den federnden Locken. Außerdem stellte er jetzt ein wenig gereizt fest, dass er viel zu früh dran war. Nicht nur das, er platzte auch beinahe vor Energie und Aufregung, weshalb er drauf und dran war, loszuziehen und sich irgendwo einen weiteren Kaffee zu besorgen. Aber dann würde er zu viel Koffein intus haben, und das war bei einer ersten Begegnung auch nicht gerade ideal. Also beschloss er, sich draußen hinzusetzen und den vorbeifahrenden Booten zuzusehen. Auf die Art und Weise würde er sich hoffentlich beruhigen, bevor er noch alles ruinierte.

Kapitel 62

Sind Sie bereit?«, fragte Roisin. »Sie wissen doch, dass die Anklage auf Mord lautet, oder?«

»Warum denn nicht auf Totschlag?«, fragte Lissa.

»Weil wir Beweise dafür haben, dass der Angeklagte Kai fälschlicherweise für ein Mitglied einer rivalisierenden Gang gehalten hat. Es war eine Verwechslung, was die Person anging, die Absicht war aber eindeutig. Weil Kai mit fünfzehn von seinen Freunden der Jüngste war, ist der Fahrer davon ausgegangen, dass er ein Botenjunge war. Die Tat war ohne jeden Zweifel geplant, obwohl der Typ natürlich davon überzeugt war, dass man ihn nicht erwischen würde.«

Lissa dachte wieder daran, wie der Wagen an Tempo zugelegt hatte. Er war eindeutig schneller geworden. Diesen Aspekt fand sie bei der ganzen Sache am schlimmsten: dass es sich nicht um einen furchtbaren Unfall gehandelt hatte, sondern um den vorsätzlichen Versuch, ein junges Leben auszulöschen. Das falsche Leben. Der Gedanke war ihr unerträglich.

Lissa holte tief Luft und beugte sich wieder über das Blatt, aber die Wörter drohten vor ihren Augen zu verschwimmen.

… Ich hab das Auto um die Ecke biegen und auf den Bordstein fahren sehen …

Vor Lissas innerem Auge erschien der Jugendliche, dessen Handy glänzte, als es in die Luft geschleudert wurde und wieder zu Boden fiel, hochgeschleudert wurde und wieder zu Boden fiel, und dabei im Sonnenlicht glitzerte.

… und als ich ihn erreicht habe …

Sie erinnerte sich daran, wie ihm Blut aus dem Mundwinkel gelaufen war, an das Rufen und Brüllen der anderen, während sie dem Auto hinterhergerannt waren, die Schreie und das Quietschen der Bremsen und das Tropf, Tropf, Tropf des Blutes.

Plötzlich bekam Lissa keine Luft mehr, ihr Herz schien den Brustkorb zu sprengen, und sie sprang in blinder Panik auf, um alles hinter sich zu lassen und aus dem Raum zu laufen.

Kapitel 63

Cormac schlenderte wieder ins Gerichtsgebäude, weil er zur Toilette musste und auch davon ausging, dass der Fall bald verhandelt werden würde. Es ärgerte ihn immer noch, wie rastlos er war. Da schob sich jemand an ihm vorbei …

Es war wie ein Aufblitzen, nicht viel mehr, denn er nahm die Person nur aus den Augenwinkeln wahr …

Zuerst war er sich sicher, dass das überhaupt nicht passte, weil Lissa doch Locken hatte; so hatte er sie sich jedenfalls immer vorgestellt. Aber als diese Frau an ihm vorbeihuschte, lösten sich einzelne Löckchen aus dem strengen Haarknoten. Und dann traf ihn die Erkenntnis – natürlich könnte sie inzwischen schon da sein!

Mit heftig klopfendem Herzen drehte sich Cormac um. Aber in diesem Moment ertönte ein lauter Knall, und ihm wurde klar, dass die Person in der Behindertentoilette verschwunden war und die Tür hinter sich abgeschlossen hatte.

Ah. Also, es war ja so, wenn er sich jetzt hier vor dem Klo rumdrückte … Schlimmer könnte ihre erste Begegnung wohl kaum laufen, dachte Cormac. Falls sie es wirklich war; vielleicht spielte sein Verstand ihm auch nur einen Streich. Woher sollte er das bloß wissen?

Der Flur war leer, und Cormac wich vorsichtig zurück. Es beunruhigte ihn, wie schnell Lissa (wenn sie es denn war) an ihm vorbeigesaust war und wie laut sie die Tür zugeknallt hatte. Wer auch immer das gewesen war, war eindeutig aufgewühlt.

Beinahe hätte Cormac sein Handy hervorgeholt, um Lissa zu schreiben. Doch gleich darauf überlegte er es sich anders. Wenn sie es nicht gewesen war, dann wäre es eine komische Situation. Und selbst wenn, würde der Spruch »Hast *du* dich da gerade auf der Toilette eingeschlossen?« auch merkwürdig rüberkommen.

Cormac wandte sich schon ab, um zum Gerichtssaal hinüberzugehen und dort nach Lissa Ausschau zu halten, da ertönte von der Toilette her ein Geräusch. Nur ein Schluchzen, ein ganz leises Schluchzen.

Cormac hielt inne. Ob es nun Lissa war oder nicht … da ging es jemandem ganz schön dreckig. Und er brachte es nicht über sich, das zu ignorieren.

Cormac ging zur Tür hinüber und klopfte vorsichtig an.

Lissa erstarrte. Sie hatte versucht, leise zu sein, aber es war beinahe unmöglich, da sie so einen furchtbaren Kloß im Hals hatte. O Gott, sie konnte es nicht fassen, aber offensichtlich wollte da jemand herein. Lissa wusste nicht, was sie tun sollte, rang nach Atem und versuchte, sich zu beruhigen.

»Äh …« Cormac lauschte. Er konnte jemanden schwer atmen hören. Ob Lissa wohl eine Panikattacke hatte? In diesem Fall wäre es ein zusätzlicher Stressfaktor, wenn er sich jetzt zu erkennen gab. Es wäre das Schlimmste, was er tun könnte. Falls es sich überhaupt um Lissa handelte.

Lissa presste die Hände gegen die Knie und rang nach Luft. »Einen Moment«, brachte sie kläglich hervor. Dann richtete sie sich langsam auf und versuchte, vernünftig zu atmen. Das war doch verrückt, sie führte sich lächerlich auf, erkannte im Spiegel ihr eigenes Gesicht nicht wieder. Sie musste da jetzt raus und das hinter sich bringen. Es half ja nichts, anders ging es nicht ... Wieder stiegen Tränen in ihr auf.

»Alles in Ordnung?«, erklang eine sanfte Stimme.

Wieder erstarrte Lissa. Natürlich wusste sie, dass sie diesen luftlosen kleinen Raum irgendwann wieder verlassen musste, aber so weit im Voraus hatte sie noch nicht gedacht. Die vor ihren Augen verschwimmenden Sätze, all die Erinnerungen ... Da die Zeit unbarmherzig voranschritt, würde man ihren Fall gleich aufrufen. Und dann wartete ein ganzer Saal voller Menschen auf Gerechtigkeit, darauf, dass sie Kai half. Deshalb konnte sie nicht entkommen, sie musste sich der Sache stellen, was ihr im Moment aber unmöglich erschien.

Es herrschte Schweigen, und Cormac verfluchte sich selbst. Er konnte einfach nicht glauben, dass er etwas zu ihr gesagt hatte. In was für eine Bredouille hatte er sich da nur gebracht? Wenn er ihr jetzt verriet, wer er war, wäre sie vielleicht wütend oder verletzt und die ganze Situation ziemlich seltsam.

Wenn er es ihr jedoch nicht sagte und es später ans Licht käme, wäre das auch schrecklich. Aber er konnte auch nicht einfach davonlaufen. Sie brauchte Hilfe, das war klar. Deswegen konnte er hier nicht weggehen. Und in diesem Moment traf Cormac MacPherson die albernste Entscheidung seines ganzen Lebens.

»Ja, was'n, Liebes? Erzählen Sie mal, was los is', Mädel.« Gequält verzog er das Gesicht. Er hatte einen Cockney-Akzent imitieren wollen, klang aber vermutlich eher walisisch. Oder einfach wie ein Irrer.

Lissa kniff die Augen zusammen. Sie hätte nicht sagen können, wo dieser Mann herkam, aber seine Stimme hörte sich freundlich an. Sie spritzte sich etwas Wasser ins Gesicht und versuchte sich so weit zu beruhigen, dass ihr Herz nicht mehr so raste. Ewig konnte sie sich hier nicht verstecken.

Schniefend trat sie etwas näher an die Tür heran. »Ich muss … ich muss gleich als Zeugin aussagen.«

Auf der anderen Seite der Tür horchte Cormac auf. Er wünschte, er könnte einfach hineingehen, Lissa in den Arm nehmen und ihr versichern, dass alles wieder in Ordnung kommen würde.

Aber er kannte diese Frau ja nicht, er kannte sie überhaupt nicht. Jetzt hörte er sich selbst sagen: »Ah ja, na denn.«

Mit gequälter Stimme antwortete Lissa: »Es … es müsste eigentlich ganz problemlos laufen. Ich … Ich soll einfach nur sagen, was passiert ist.«

»Ja, das klingt doch ganz okay, nich'?«

»Aber … ich hab solche Angst.«

»Was'n passiert?«, fragte Cormac. »Spucken Sie's aus, Mädel.« Was das »Mädel« anging, war er sich nicht so sicher. »Sind die hier fies zu Ihnen, oder was?«

Mit dem Rücken an die Tür gelehnt, ließ sich Lissa nach unten sinken und setzte sich auf ihre Tasche.

Auch Cormac ließ sich nieder, sodass sie jetzt nur durch ein paar Zentimeter Holz getrennt waren.

»O … nein«, sagte sie mit einem kleinen Lächeln. »Nein, nein, es war niemand fies.«

Sie presste die Lider zusammen. Ein freundlicher Fremder auf der anderen Seite der Tür … »Sorry, Sie wollten eigentlich hier rein, oder?«, fragte sie, als plötzlich die Sorge in ihr aufstieg, dass sie gerade einen Rollstuhlfahrer vom Toilettengang abhielt.

»Ist schon okay, Liebes«, sagte Cormac und beschwor sich zugleich, doch endlich den Mund zu halten.

Einen Moment herrschte Schweigen, und Lissa spürte, dass sich in diesem Augenblick der Ruhe ihr Herzschlag etwas verlangsamte.

»Ich muss bloß beschreiben …«, begann Lissa.

Cormac presste den Kopf gegen die Tür, um sie besser zu hören.

»Ich muss da einfach nur erzählen, wie ich die Jungen bemerkt habe. Sie haben geredet und gelacht. Und dann habe ich das Auto gesehen, und den Mann im Auto. Und er ist in die Jungen hineingefahren. Das ist alles. Das ist alles, was ich da sagen muss. Das ist all…« Ihr stockte die Stimme, als sie wieder das Handy durch die Luft fliegen sah und das grauenhafte Knacken hörte, mit dem Kais Kopf auf dem Asphalt aufgeschlagen war.

»Ja«, sagte Cormac. »Das kriegen Sie doch hin.«

»Ich hab … Ich hab den Wagen um die Ecke biegen sehen«, sagte Lissa wieder mit bebender Stimme. »Er ist viel zu schnell gefahren. Ich hab die Farbe des Autos gesehen. Ich hab es gesehen.«

»Ja«, sagte Cormac, jetzt ermutigender.

»Ich hab gesehen, wie es … wie es in die Jungen hineingefahren ist … Es hat die Jungen erwischt, und Kai … Kais … Das Telefon … Kais Handy ist hochgeflogen. In die Luft. Das hab ich gesehen. Dann ist er auch hochgeflogen, er ist in die Luft geschleudert worden und … und wurde getötet. Ich hab es gesehen. Ja, das hab ich gesehen. Ich war da.«

»Hm …«

»'TSCHULDIGUNG!«

Cormac zuckte zusammen, und der Zauber des Moments war gebrochen. Er blickte auf.

Eine große junge Frau mit einer strohblonden Mähne und einem bauchfreien Top, das man bei Gericht nicht erwarten würde, starrte auf ihn herunter.

»Ich muss mal aufs Klo.«

Äußerlich deutete nichts darauf hin, dass sie behindert war, aber Cormac wusste nur zu gut, dass man diesbezüglich besser keine voreiligen Schlüsse zog.

Auf der anderen Seite der Tür war Lissa verstummt. Genau in dem Moment, in dem sie doch am besten alles rausgelassen hätte, dachte Cormac.

»Da ist aber jemand drin«, sagte er. »Ist es dringend?«

»Ey, zieh Leine!«, knurrte die junge Frau.

Damit befanden sie sich in einer recht angespannten Pattsituation.

Langsam stand Cormac auf. »Könnten Sie uns nicht noch einen Moment Zeit geben?«

»Nein«, antwortete die junge Frau. »Ich hab eine Glutenallergie?«

»Oh«, murmelte Cormac. »Oh, okay, verstehe …«

Jenseits der Tür versuchte Lissa angestrengt zu verstehen, was sich da draußen abspielte. Sie war völlig in ihrer Erinnerung versunken gewesen.

Nun stand sie auf und spritzte sich noch etwas Wasser ins Gesicht. Erstaunlicherweise ging es ihr plötzlich besser. Endlich hatte sie es gesagt, hatte es über die Lippen gebracht. Sie hatte die Szene geschildert und sie dabei vor ihrem inneren Auge ablaufen sehen.

Dabei war der Mann da draußen doch ein Wildfremder … Aber vielleicht hatte es auch gerade daran gelegen. Dadurch hatte Lissa alles laut aussprechen, die gleich im Gerichtssaal benötigten Sätze formulieren können. Nun war sie darauf vorbereitet, den Finger anklagend zu erheben, um für die Mitchells einzustehen. Sie würde niemanden hängen lassen und dafür sorgen, dass ihnen Gerechtigkeit zuteil würde.

Lissa beschloss, die Tür aufzumachen und dem seltsamen Kerl zu danken, der mit ihr geredet hatte … Dann würde sie zurückgehen, schließlich fragte sich Roisin inzwischen bestimmt, wo sie steckte. Und sie hatte auch ihr Handy auf dem Tisch liegen lassen. Und ihre Handtasche. Lissa war sich nicht sicher, ob eine Handtasche in einem Gericht sicherer war als anderswo, oder gerade eben nicht.

Sie holte tief Luft und stand auf.

Genau in diesem Moment ging der Feueralarm los.

Kapitel 64

WIUWIU!

Die rundliche junge Frau starrte Cormac wütend an. »Haben Sie etwa gerade meinetwegen *den Feueralarm* ausgelöst?«, fragte sie mit mordlüsternem Blick.

»Was? Nein!«, rief Cormac empört aus.

Falls Lissa jetzt aus der Toilette kommen würde … Nein, »peinlich« wäre noch zu kurz gegriffen.

Nun näherte sich über den Flur ohrenbetäubender Lärm, lautes Brüllen. Als Cormac einen Schritt drauf zu machte, wurde ihm klar, was er da vor sich hatte.

Der Gang war voll von sich prügelnden Kerlen – Gangmitgliedern, den jungen Männern, die als Zeugen aussagen sollten, und der riesigen, Furcht einflößenden Familie des Angeklagten.

Dabei organisierte man vor Gericht doch bewusst alles so, dass Familien und Gangs voneinander getrennt waren, um derartige Vorfälle zu vermeiden.

Cormac wusste nicht, was heute passiert war, aber irgendetwas war eindeutig schiefgelaufen.

Die Frau, die zur Toilette wollte, drehte sich um. »Ach du Scheiße!«, brüllte sie. »Ich hatte euch doch gesagt, ihr sollt in euren Räumen bleiben!«

Aha, das erklärte natürlich so einiges, dachte Cormac, während das Handgemenge immer näher rückte und irgendjemand schrill zu kreischen begann.

Cormac zögerte nicht eine Sekunde und hielt direkt darauf zu.

Kapitel 65

Cormac sah, wie ein Jugendlicher eine massige Faust ballte und sie einem Mann direkt ins Gesicht rammte. Weder zog er die Hand sofort zurück, noch schien er sich die Finger gebrochen zu haben, was ungewöhnlich war. Er verfügte offenbar über Boxerfahrung. Dem kleineren, älteren Mann, der unter ihm kauerte, hatte er die Nase zu Brei geschlagen.

Als der Junge erneut ausholte, stürzte sich Cormac von hinten auf ihn und versuchte, ihn aufzuhalten, indem er ihm den Arm auf den Rücken drehte.

»Komm schon, Junge«, sagte Cormac in so vernünftigem Tonfall, wie er ihn nur hinbekam. »Jetzt beruhig dich mal.«

Dass er sich einmischte, wurde um ihn herum mit lautem Fluchen quittiert. Jemand nahm Cormac ins Visier und packte ihn am Ohr, trotzdem ließ er den Teenager nicht los, der eigentlich viel zu groß für ihn war. Dass junge Männer ihre eigene Kraft nicht einschätzen konnten, war manchmal der Auslöser für fürchterliche Tragödien, weil solchen Typen gar nicht bewusst war, dass sie mit einem einzigen Hieb jemanden niederschlagen oder ihm das Genick brechen konnten. Und dann verbrachten sie den Rest ihres Lebens hinter Gittern, weil sie in einem einzigen verhängnisvollen Moment rot gesehen hatten.

Der Mann mit der zertrümmerten Nase wimmerte und zitterte und schien sich nicht rühren zu können.

Sowohl beim Militär als auch in Krankenhäusern hatte Cormac schon tausendmal solche Prügeleien gesehen. Sie waren nie wie im Film, sondern immer so wie hier: irgendwie erbärmlich, unglaublich laut und verwirrend für alle Beteiligten.

»Na, komm schon«, brummte Cormac, als der Jugendliche sich umzudrehen versuchte, um ihn loszuwerden. Ein anderer seiner Kumpel riss Cormac noch heftiger am Ohr. So armselig das auch war, es tat fürchterlich weh.

»LASS LOS!«, rief er mit einem Akzent, mit dem er auch als Londoner Taxifahrer durchgegangen wäre, was ihn selbst überrascht hätte, hätte ihm das jemand gesagt.

Sie taumelten gemeinsam nach hinten und stießen gegen eine Wand.

Weil Cormac den Jugendlichen wohl nicht mehr lange würde halten können, zischte er dem Mann mit der zertrümmerten Nase zu, er solle sich davonmachen, bevor er wieder etwas abbekam.

Und dann kam das dicke Ende.

Kapitel 66

Als Lissa aufmachte, schob eine andere Frau sie von draußen wieder in die Toilette und schloss hinter ihnen beiden ab.

»Auf dem Flur ist der Teufel los«, erklärte sie.

Die beiden schauten einander verlegen an, während es auf dem Gang mit der Prügelei und dem Gebrüll weiterging.

»Das ist aber ein seltsamer Panikraum«, sagte Lissa zögerlich, um das Eis zu brechen.

Der Feueralarm jaulte immer noch, aber sie ignorierten ihn beide.

Lissa hegte die – zutreffende – Vermutung, dass ihn jemand ausgelöst hatte, nur um alle auf die Flure zu locken. Man konnte jedenfalls keinen Qualm riechen.

Die andere Frau hatte ihr Handy hervorgeholt und gab laut ein missbilligendes Schnalzen von sich.

»Entschuldigung«, sagte Lissa. »Mussten Sie wirklich aufs Klo? Ich kann mich gern in die Ecke stellen, wenn Sie möchten.«

»Sie sehen aber nicht sehr behindert aus«, sagte die Frau wütend.

»Ich weiß«, nickte Lissa. »Tut mir leid, ich hatte eine Panikattacke. Aber ich weiß natürlich, dass das nicht zählt.«

Die Frau zuckte mit den Achseln. »Hm, vielleicht sollte es das aber.«

»Nicht, wenn andere Leute hier draufmüssen.«

»Ich hab eine Glutenallergie.«

»Oh!«, sagte Lissa. »Tja, tut mir wirklich leid, das zu hören …« Sie verstummte.

Irgendwann ließ die Frau von ihrem Handy ab und fragte: »Warum sind Sie denn in Panik geraten?«

»Ich … Ich soll hier als Zeugin aussagen, und allein der Gedanke macht mir schon Angst«, antwortete Lissa. Sie konnte kaum fassen, dass sie diese Dinge gerade wirklich laut aussprach. »Früher hab ich mich nie vor irgendwas gefürchtet. Aber dann habe ich einen schrecklichen Unfall mit angesehen, und das hat mich völlig aus der Bahn geworfen.«

Lissa verstummte kurz. Das hier … immer und immer wieder über den Vorfall zu sprechen, jene Momente zu durchleben, bis sie ihr keine Angst mehr machten … Es war genau das, was Anita ihr empfohlen hatte. Und der Kerl von vorhin auch.

»Dieser Typ … der da draußen, mit dem ich gesprochen habe. Der hat gesagt, ich soll einfach darüber reden.«

»Er hat vermutlich recht«, sagte die Frau. »Allerdings hat er sich mitten in die Prügelei gestürzt, also, wer weiß.«

»Schon klar … Es ist ja auch seltsam, sich von jemandem Ratschläge durch eine Toilettentür geben zu lassen.«

»Man soll nehmen, was man kriegen kann, würde ich mal sagen«, entgegnete die junge Frau, betrachtete ihr

Gesicht im Spiegel und strich sich über die sorgfältig aufgemalten Augenbrauen. »Und ich habe auch noch einen Rat für Sie: Wenn Sie eigentlich bei Gericht fünf junge Burschen betreuen sollten, dann gehen Sie besser nicht aufs Klo.«

Lissa brauchte einen Moment. »O Gott«, sagte sie dann. »Geht es hier etwa um …?«

Die Frau sah sie an. »Pscht«, mahnte sie. »Ja, ich bin Jugendarbeiterin, aber ich musste wirklich mal.« Sie runzelte die Stirn. »Inzwischen allerdings nicht mehr so dringend.«

»Ich meine, Sie können gern …«

»Das klappt jetzt nicht, dafür bin ich viel zu angespannt.«

Endlich verstummte die Sirene.

»Pff«, stieß Lissa aus. Dadurch, dass sie sich nun um die Probleme eines anderen Menschen kümmern konnte, ging es ihr seltsamerweise gleich besser. »Und wie ist es jetzt, ohne den Alarm?«

»Nöö«, sagte die Frau, »immer noch nicht. Das ist so, als hätte sich das ganze Pipi wieder zurückgezogen.« Sie runzelte die Stirn. »Für meine Glutenallergie ist das aber gar nicht gut.«

»Nein, wirklich nicht«, bestätigte Lissa.

Aufmerksam horchend traten sie an die Tür; der Lärm draußen schien abgeebbt zu sein.

»Meinen Sie, es ist jetzt sicher?«, fragte Lissa.

»Na ja, entweder das, oder da türmen sich mittlerweile die Leichen«, sagte die Frau. »Spaß, ich mach ja nur Spaß! Wünschen Sie mir Glück!« Sie verstummte kurz. »Und hören Sie mal. Ich weiß schon, dass die ziemlich ruppig rüberkommen, aber das sind einfach nur Jungs. Sagen Sie auf Teufel komm raus die Wahrheit, und es wird alles gut.«

»Das hat der Toilettentyp auch gesagt«, meinte Lissa.

»Na dann!«

Zögerlich lächelten sie einander an, bevor Lissa endlich die Tür aufmachte.

Kapitel 67

»Ich war nur ganz zufällig in der Nähe!«, beteuerte Cormac ohne Erfolg, während ihn zwei Beamte zum Polizeibulli führten.

»Das sagen sie alle«, knurrte ein dünner Polizist mit Brille und flaumigem Schnurrbart.

»Ich weiß«, sagte Cormac. »Aber ich bin eine Pflegekraft.«

»Und ich der Kaiser von China«, entgegnete der Polizist, was Cormac wirklich unnötig fand.

Bei ihm zu Hause in Kirrinfief kannte der Dorfpolizist jeden Einzelnen im Ort. Er verbrachte viel Zeit damit, für Touristen zu posieren und Kleinkinder am Weglaufen aus dem Kindergarten zu hindern.

Als Cormac den Gefangenentransporter sah, konnte er es nicht fassen. Das musste doch ein Witz sein! Aber nein, er wurde hier gerade festgenommen, wie die anderen auch.

Er dachte daran zurück, wie er vor ein paar Stunden an einem sonnigen Morgen aufgewacht war, so glücklich, dass er hätte singen können. Er hatte einen wunderschönen Tag geplant. Eigentlich hatte er Lissa im Gericht überraschen wollen, damit ihr hübsches Gesicht zu strahlen anfing wie auf dem Foto …

Er wäre niemals auf die Idee gekommen, dass er bald auf einem schmutzigen Flur hocken und mit falschem Akzent mit ihr sprechen würde. Alles war anders gekommen als geplant, Handschellen inklusive.

Cormac fand das Ganze überhaupt nicht witzig und dachte daran, dass er Lissa nun wegen des Essens absagen müsste. Als er versuchte, sein Handy aus der Gesäßtasche zu ziehen, fiel es zu Boden.

»Das nehme ich an mich«, verkündete der junge Polizist, griff mit Bestimmtheit nach dem Handy und steckte es in eine Plastiktüte.

»Was? Ich muss aber jemanden anrufen!«

»Auf dem Polizeirevier steht Ihnen ein Anruf zu. Bis dahin sind alle Handys konfisziert.«

Um ihn herum wurde gemeinschaftlich aufgestöhnt.

Cormac kniff die Augen zusammen. Wenn er nur einen einzigen Anruf tätigen durfte … könnte er sich dann bei einer Frau melden, die er nicht persönlich kannte, damit sie ihn aus der Haft holte?

Das wäre als erste Begegnung ja beinahe noch schlimmer als ein tränenreiches Treffen auf dem schmutzigen Toilettenfußboden. O Gott!

»Im Ernst, ich hatte damit nichts zu tun!«, rief Cormac verzweifelt.

»Sicher, deshalb haben wir Sie ja auch inmitten einer Schlägerei von einem anderen wegzerren müssen«, sagte der Polizist. »Schon klar.«

Cormac sog Luft durch die Zähne. Das hier könnte übel enden. Und wen zum Teufel sollte er bloß anrufen?

Kapitel 68

Sobald mehr oder weniger wieder Ordnung hergestellt war, schlich Lissa zurück zum Aufenthaltsraum für Zeugen.

Dort wartete mit vor der Brust verschränkten Armen Roisin auf sie. »Na, da sind Sie ja«, schniefte sie.

»Tut mir leid«, sagte Lissa.

»Sie haben durchaus mein Mitgefühl«, versicherte Roisin, obwohl es gar nicht so klang. »Allerdings können Sie von Glück sagen, dass sich die Sache verschoben hat. Da Sie unter den Zeugen die einzige Unbeteiligte sind, schaffen wir das einfach nicht ohne Sie.«

»Ich weiß«, sagte Lissa und atmete schwer. »Aber ich denke … Ich denke, ich komme jetzt klar.«

»Gut«, versetzte Roisin, während an der Wand eine Nummer aufleuchtete. »Okay, wir sind dran. Auf geht's.«

Der Gerichtssaal war nicht im Geringsten beeindruckend – ein fensterloser Raum mit billigem, fleckigem Teppichboden, mehreren Pinnwänden und dem Geruch nach kaltem Kaffee und staubigen Lampen.

Auf der Miene der schläfrig wirkenden Richterin flackerte nicht ein Hauch von Interesse auf, als Lissa hereinkam.

Die große Gruppe von Kais Freunden war nicht mehr anwesend, ebenso wenig wie die Familie des Angeklagten. Der stand mit seinem billigen Anzug und raspelkurzem Haarschnitt herausfordernd und großspurig im ihm zugewiesenen Bereich direkt vor der Richterin.

Der Raum war voller Computerbildschirme.

Hinter dem Angeklagten saß ein streng wirkender Anwalt und notierte etwas mit schnellen Bewegungen.

Lissa bemerkte eine Gruppe bunt zusammengewürfelter Menschen mit erwartungsvoller Miene und begriff schließlich, dass es sich dabei um die Jury handelte.

»Das Gericht ruft Alyssa Westcott in den Zeugenstand«, sagte eine gelangweilt klingende Frau von der Seite her.

Lissa holte tief Luft. Plötzlich wünschte sie, sie hätte ihrer Mutter Bescheid gesagt, um sie hier bei sich zu haben. Oder sogar, dachte sie mit einem Mal, Cormac. Der wäre doch bestimmt gekommen. Na ja, sie würde ihn ja nachher sehen. Jetzt musste sie nur das hier durchstehen, und dann … Lissa warf einen Blick auf ihr Handy. Noch hatte sie nicht von ihm gehört, aber das war okay. Sie würde ihm eine Nachricht schreiben, wenn sie wieder draußen war, und – hm, zuerst würde sie wohl ihr Makeup in Ordnung bringen müssen, und Himmel, ihre Haare! Aber dann …

»Handy aus!«, zischte ein Gerichtsmitarbeiter, und Lissa reichte ihr Telefon augenblicklich Roisin.

Sie klammerte sich jedoch weiter an diesen Gedanken, während sie langsam über den fleckigen Teppich auf den

Stuhl und das Mikrofon zuging. Dort legte sie ihre zitternde Hand auf eine etwas verblichene Bibel und schwor den erforderlichen Eid. Eins nach dem anderen, sagte sie sich selbst. Konzentrier dich auf den nächsten Schritt.

»Können Sie schildern, was am vierten März dieses Jahres passiert ist?«, fragte eine beschäftigt aussehende Frau.

Langsam und stockend erzählte Lissa alles bis zum Ende, obwohl der blonde Mann mit dem Messerschnitt sie eindringlich und bedrohlich anstarrte, als könne er so Gehässigkeit und Wut in ihre Richtung schicken. Lissa ignorierte seinen Blick, selbst, als Roisin sie fragte, ob aus ihrer Sicht das Auto beim Um-die-Ecke-Biegen das Tempo gedrosselt oder beschleunigt habe. Lissa antwortete ganz langsam, damit jeder sie gut verstand – die Geschworenen, die Richterin oder wer auch immer.

»Es ist schneller geworden.«

»Und können Sie den Fahrer hier in diesem Gerichtssaal sehen?«

»Ja, dort drüben.« Sie deutete auf den Angeklagten.

Der Mann zischte in ihre Richtung, ein echtes Zischen, und wurde augenblicklich vom Polizisten zu seiner Linken zur Ordnung gerufen.

In diesem Moment war Lissa äußerst erleichtert darüber, dass keiner von seinen Angehörigen zugegen war und sie sehen konnte.

»Sind Sie sich sicher?«

»Ich bin mir sicher.«

»Aber das Auto fuhr ja schnell«, sagte der Anwalt der Verteidigung, als er mit seinen Fragen an der Reihe war. »Da können Sie doch kaum mehr als einen Blick erhascht haben.«

»Er hat mir direkt in die Augen gestarrt«, erklärte Lissa. »Ich kann mich an jedes einzelne Detail erinnern, als ausgebildete Notfallkrankenschwester bin ich schließlich für potenziell gefährliche Situationen sensibilisiert. *Sir*, in dem Moment hat er in meine Richtung eine Grimasse gezogen, genau wie jetzt. Er ist um die Ecke gekommen, hat dann Gas gegeben und ist direkt auf … Kai zugefahren. Kai wurde das Handy aus der Hand geschleudert, dann ist er selbst durch die Luft geflogen und auf dem Asphalt gelandet. Und danach ist der Fahrer davongebraust.« Sie holte tief Luft. »So war es.«

Der Anwalt der Verteidigung sah sie an. Eine junge Krankenschwester, die ruhig blieb und offensichtlich die Wahrheit sagte. Sie hatte keinerlei Grund zu lügen. Eigentlich gab es für sie ja nicht einmal einen Grund, überhaupt hier zu sein. Außer eben um der Gerechtigkeit willen. Er merkte den Geschworenen deutlich an, wie glaubhaft sie die Zeugin fanden. Ein letztes Mal sah der Anwalt die Krankenschwester an und dann die Jury, zuckte in Richtung seines Klienten entschuldigend mit den Schultern und trat zurück. »Keine weiteren Fragen.«

Kapitel 69

Als Lissa auf dem Weg aus dem Gerichtssaal langsam den Gang entlangschritt, konnte sie kaum fassen, dass sie frei war. Ganz hinten entdeckte sie ein bekanntes Gesicht.

Ohne weitere Umstände nickte Mrs Mitchell, Kais Mutter, ihr ein einziges Mal rasch zu.

Lissa war zwar gedrückter Stimmung, verspürte aber auch Erleichterung. Sie war so froh, dass sie es geschafft hatte, ihre Pflicht zu tun.

Hinter dem guten Gefühl spürte sie jedoch das schlechte Gewissen, weil sie so froh war und im Leben wieder nach vorn sehen konnte. Das würde Mrs Mitchell niemals vergönnt sein.

Und so schenkte Lissa der Frau ein entschuldigendes kleines Lächeln voller Bedauern, aber sie musste den Raum ja verlassen, und das Gericht musste weiter seine Arbeit machen, während menschliches Elend sich in Stadt um Stadt von Gerichtssaal zu Gerichtssaal ergoss.

Als Lissa sich durch die Tür des säuerlich riechenden Raumes schob, schien draußen der Duft der Freiheit auf sie zu warten.

Dabei waren nach den Ereignissen von zuvor die Sicherheitsleute auf den Fluren angespannt und gehetzt. Der Vorfall hatte alle müde, gereizt und gestresst zurückgelassen.

Lissa verschwand noch einmal auf der Toilette – dieses Mal auf der für Damen –, um sich komplett neu zu schminken. Sie benutzte sogar ihre Wimpernzange, was sie sonst nie machte. Leider sahen ihre Augenbrauen furchtbar aus, denn Ginty wollte sie die nicht anvertrauen. Ansonsten gab Lissa ihr Bestes, trug hübschen rosenfarbenen Lippenstift auf, tupfte sich ein bisschen Rouge auf die Wangen und löste ihre Haare aus dem Knoten. Dann lachte sie über sich selbst, weil sie es so übertrieb. Trotzdem frischte sie für alle Fälle auch noch ihr Parfüm auf.

Dann trat sie endlich ins Freie, wo ihr die Sonne ins Gesicht schien. Lissa runzelte die Stirn, denn auf ihrem Handy war immer noch keine Nachricht von Cormac eingegangen. Na ja, bis zum Borough Market war es ja nicht weit, und Cormac hatte vielleicht gedacht, dass es mit ihrer Aussage länger dauern würde. Es hatte Lissa ja selbst überrascht, wie schnell am Ende alles gegangen war. Und es hatte sich toll angefühlt, als Roisin ihr versichert hatte, was für eine gute Zeugin sie gewesen war.

Vielleicht saß Cormac am Markt in der Sonne … und wartete auf sie. Lissa rief sich in Erinnerung, dass er durchaus einen ordentlichen Bauch haben könnte. Aber sie fragte sich, ob das wirklich wichtig war, wenn sie sich doch so auf die Unterhaltung mit ihm freute. Seine Nachrichten waren für sie immer der Höhepunkt des Tages.

Und daher hüpfte sie die South Bank geradezu entlang, nahm Seitenstraßen als Abkürzung, um die Menschenmassen zu umgehen, und kam dabei direkt an der Polizeiwache vorbei, in der in diesem Moment Cormac festgehalten wurde.

Kapitel 70

Cormac saß zusammen mit zwei jungen Kerlen vom Gericht im Haftraum.

Die beiden fluchten und schimpften.

»Wir waren doch bloß dabei, um uns für Kai einzusetzen«, beschwerte sich einer der beiden, den seine Kumpel Fred genannt hatten. »Nur, um ihm zu zeigen, dass wir ihn nicht vergessen haben.«

»Indem ihr auf fremde Leute einprügelt?«, fragte Cormac. »Echt jetzt, Jungs. Euch muss doch klar sein, dass das nichts bringt.«

»Aber sind Sie denn nicht Schotte?«, fragte Fred. »Ich dachte, Schotten prügeln sich *gern*.«

»Er hat Big Al auch ganz schön rangenommen«, wandte der andere ein. Offiziell hieß er mit Sicherheit nicht Nobbo, aber Nobbo schien ihm zu reichen.

»Stimmt schon«, nickte Fred.

»Ich hab ihn davon abzuhalten versucht, jemandem ernsthaft Schaden zuzufügen und dafür im Gefängnis zu landen.«

»Aber so sind wir doch auch im Gefängnis gelandet«, entgegnete Fred.

»Ja, ja, schon klar«, sagte Cormac.

Der Borough Market, auf dem sich vor jedem Stand Menschen drängten, war in der Sommersonne einfach himmlisch. Lissa sah sich um, wusste aber nicht, wonach sie Ausschau halten sollte. Was würde Cormac wohl ansprechen? Selbst das konnte sie nicht sagen, wie ihr bewusst wurde. Sie kannte ihn ja kaum.

Am Ende entdeckte sie ganz hinten in einer Tapasbude einen freien Tisch. Das sah doch absolut perfekt aus. Sie schob sich in das kleine Restaurant und lächelte den Kellner an, der sie an den Tisch heranwinkte.

»Für eine Person?«

»Zwei«, antwortete Lissa und strahlte aufgeregt. »Ich warte noch auf jemanden.«

Der Mann lächelte. »Wunderbar. Kann ich Ihnen vielleicht einen Negroni bringen?«

Lissa schaute sich um. Nach dem Gerichtsverfahren war sie immer noch ganz fahrig und aufgekratzt, aber froh darüber, das Richtige getan zu haben. Natürlich konnte sie Kai nicht wieder zurückbringen, aber sie hatte beim Weg aus dem Gerichtssaal Mrs Mitchell in die Augen sehen können.

»Ja, bitte«, sagte Lissa zum Kellner. Dann machte sie ein Foto vom Schild des Restaurants und schickte es Cormac. Außerdem schrieb sie per Skype eine Nachricht, um Anita von ihrem Erfolg zu berichten und zu danken: Die Therapeutin hatte also die ganze Zeit recht gehabt.

Als sie mit dem Foto von einem Eis im Hörnchen antwortete, musste Lissa lächeln.

Lissa trank ihren Cocktail zu Ende und lehnte einen weiteren ab, weil sie bei Cormacs Ankunft nun wirklich nicht betrunken sein wollte. Das würde schließlich gar nicht gut aussehen.

Sie zog einen Kaffee in Erwägung, wollte aber auch nicht aus dem Mund riechen und bestellte deshalb doch lieber ein Mineralwasser.

Inzwischen wirkte der Kellner ein wenig besorgt. Eine Wolke zog vor der Sonne vorbei.

Lissa musste daran denken, dass Ezra früher einfach nicht auf ihre Nachrichten oder Anrufe reagiert hatte, wenn er sie nicht hatte sehen wollen. Auch Kim-Ange passierte so etwas ständig, wenn sie mit einem Mann verabredet war und er kalte Füße bekam. Ghosting war wirklich übel.

Aber so würde es hier ja nicht laufen, nicht mit Cormac. Schließlich hatte *er* sie zum Essen eingeladen und den Treffpunkt vorgeschlagen. Reserviert hatte er allerdings nirgendwo, oder? Sie hatten sich nicht »in dem und dem Restaurant« verabredet, sondern einfach nur am Borough Market. Wenn sie so darüber nachdachte, war das eigentlich nicht sehr konkret.

Lissa schüttelte sich. Jetzt reiß dich mal zusammen. Sie erging sich gerade in unnötigen Grübeleien und Schwarzmalerei. Das waren lauter Dinge, die Therapeuten als gar nicht hilfreich bezeichnen würden.

Nachdem sie heute schon etwas viel Schwierigeres durchgestanden hatte, würde sie jetzt auch klarkommen. Auf jeden Fall. Lissa versuchte, ihr Wasser nicht allzu schnell auszutrinken.

Aber immer noch keine Nachricht.

Kapitel 71

Sie waren also da, um so eine Tussi zu treffen«, fasste Fred verächtlich zusammen, »die Sie noch nie gesehen haben.«

Sie saßen jetzt schon länger zusammen in der Zelle und tauschten Geschichten aus.

»Ja«, bestätigte Cormac.

»Ist sie so ein richtiges Sexmonster?«, fragte Nobbo.

»Ich bin mir sicher, dass sie kein Sexmonster ist«, antwortete Cormac behutsam.

»Ich meine, hat sie Ihnen Fotos geschickt? Von ihren Titten und so?«

»Nein, natürlich nicht. So was machen Frauen doch nicht.«

»Sexmonster nicht.«

»Könntest du bitte aufhören, dieses Wort zu benutzen? Das ist wirklich unangenehm.«

Fred hielt sich ein Nasenloch zu und schleuderte eine Ladung Rotz in die metallene Kloschüssel ohne Sitz an einer Seite der Zelle.

Das war aus Cormacs Sicht nicht gerade eine Verbesserung. Während er im Raum auf und ab marschierte, fühlte er sich immer schlechter – Lissa wartete bestimmt am Markt auf ihn, oder war sie längst gegangen? Stinkwütend davongestürmt? Vielleicht würde sie jetzt nie wieder mit ihm sprechen. Womöglich war das seine einzige Chance gewesen, und er hatte es versiebt. Schließlich hatten sie ja nur noch zwei Wochen Austausch vor sich …

Dann würde er nach Hause zurückkehren, was … na ja, natürlich schön war. Aber an langen, dunklen Winterabenden fühlte er sich in seinem Häuschen schon manchmal einsam.

In diesem Moment machte ein Polizist die Tür auf und rief: »MacPherson? Sie können jetzt Ihren Anruf tätigen.«

»Wird man mich anklagen?«

»Immer langsam mit den jungen Pferden, zunächst wollen wir uns ein bisschen unterhalten.«

»Er hat doch nur Big Al da weggezogen!«, rief Fred, und Nobbo stimmte lautstark zu, während er das typische Lachen eines Achtzehnjährigen ertönen ließ.

Auch die beiden wurden nun aus der Zelle geholt.

Seufzend folgte Cormac dem Beamten durch den Flur. Wen zum Teufel sollte er bloß anrufen?

Kapitel 72

Wütend schüttelte Kim-Ange ihr Handy, durch das Schluchzen erklang. »Himmel noch mal, jetzt hör schon auf zu heulen!«

Lissa versuchte es, aber es gelang ihr nicht, die Tränen zu stoppen.

»Und komm sofort nach Hause! Also, ich hätte ihn ja nicht für so ein Arschloch gehalten. Andererseits war er Yazzie gegenüber nicht besonders nett, und seinen ›Freund‹ habe ich hier auch nie wieder gesehen.«

»Ich meine … Die ganze Zeit hab ich noch gedacht, dass er hier vielleicht irgendwo ist. Aber inzwischen sind fast alle gegangen, und die Stände haben zugemacht, die Lieferwagen sind gefahren, und ich hab einen ganzen Liter Mineralwasser getrunken …«

»Na, das ist doch gut«, sagte Kim-Ange aufmunternd.

»Deshalb hatte ich bei jedem Gang zur Toilette Angst, ihn in genau diesem Moment zu verpassen und …«

»Dreh jetzt bitte nicht durch!«

»Es war ein wirklich langer Tag.«

»Tief durchatmen!«

»Das hab ich ja schon versucht. Und der Kellner wirft

mir auch ganz seltsame Blicke zu. Vor drei Stunden war er noch so nett.«

»Sag mir bitte, dass du nicht seit drei Stunden wartest!«

Lissa zögerte. »Da müsste ich lügen.«

»Würde Beyoncé etwa drei Stunden auf Jay-Z warten?«

»Nein«, sagte Lissa kleinlaut. »Obwohl Kim vermutlich dauernd drei Stunden auf Kanye wartet.«

»Drei Stunden?«, fragte Kim-Ange wieder.

»Ich … Ich dachte wirklich, dass ich ihn mag«, stammelte Lissa.

Kim-Ange biss sich auf die Lippe. »Komm rüber. Oder Moment, lass mich erst mal sichergehen, dass er nicht hier ist.«

»O Gott«, sagte Lissa. Und dann etwas hoffnungsvoller, als sei ihr dieser Gedanke gerade erst gekommen: »Vielleicht hat er ja einfach die Zeit vergessen, ist eingeschlafen oder so?«

Kim-Ange konnte die gespielte Lockerheit in ihrer Stimme kaum ertragen. »Hm, gib mir 'ne Minute.« Dann bollerte sie laut gegen die Wand – ihre übliche Methode der Kommunikation. »Nee«, sagte sie schließlich. »Das funktioniert sonst immer. Er ist eindeutig nicht da. Komm rüber, es ist sicher.«

Lissa spürte, wie ihr das Herz ganz schwer wurde. Das war ihre letzte Hoffnung gewesen. Na ja, entweder das oder dass er sich irgendwie eine schmerzhafte, aber bitte nicht entstellende Verletzung zugezogen hatte und nun im Krankenhaus lag, sodass sie ihn liebevoll gesund pflegen könnte. Diesen Gedanken sprach sie jedoch lieber nicht aus.

»Aber wenn er mich bei seiner Rückkehr da sitzen

sieht, dann hält er mich doch für eine Mega-Stalkerin! Er versteckt sich ja jetzt schon vor mir!«

Kim-Ange seufzte. »In dem Fall sehe ich nur einen Ausweg: Lass uns in die Gin-Bar gehen.«

»Und können wir da über ihn sprechen?«

»Nein. Nur über Gin.«

»Aber darf ich denn ein bisschen heulen?«

»Nur Gin.«

»Besetzt«, sagte Cormac kläglich und legte auf.

Bestimmt sprach Kim-Ange mal wieder mit ihren Eltern, mit denen sie oft mehrmals am Tag telefonierte.

»Hmm«, gab der Polizist von sich, den das nicht groß zu interessieren schien.

Cormac machte sich immer noch Sorgen um eine mögliche Anklage.

»Hätten Sie gern einen Anwalt?«

Auf der Liste der Dinge, die sich Cormac gerade wünschte, stand ein Anwalt ganz weit unten. Am liebsten wäre er in Tränen ausgebrochen. Er verneinte unmissverständlich und hoffte nur, damit die richtige Entscheidung getroffen zu haben.

Das kleine Vernehmungszimmer war grauenhaft und verfügte lediglich über ein winziges Fensterchen mit einer gesprungenen Scheibe aus drahtverstärktem Glas hoch über ihren Köpfen. Die heutige Hitze machte den widerlich abgestandenen Geruch im Raum auch nicht besser. So schön der Tag draußen war, so schwül und unangenehm war er hier in diesem Untergeschoss in der Nähe der Themse. Hoch über Cormacs Kopf eilten die Füße von Menschen vorbei, die sich da draußen frei bewegen durften. Er sah sie verschwinden und fühlte sich ganz machtlos, aber genau so war das in diesem Raum wohl beabsichtigt.

»Ich hab bloß den großen Kerl davon abzuhalten versucht, jemandem Schaden zuzufügen«, sagte Cormac zum vierten Mal zu den beiden Polizeibeamten, die ihm gegenübersaßen. »Dafür hab ich ihn mit einer militärischen Selbstverteidigungstechnik fixiert, das war alles. Die ganze Sache ist ein bisschen aus dem Ruder gelaufen«, fuhr er fort. »Sie wissen doch selbst, in was für Schwierigkeiten sich solche Typen manchmal bringen. Wir waren ja schon wegen eines schrecklichen Vorfalls dort, da hätte uns ein weiterer gerade noch gefehlt.« Cormac schniefte. »Und ich weise ja nur ungern darauf hin, aber das alles hat sich in einem Gerichtsgebäude zugetragen, in dem es von Polizisten und Sicherheitsleuten nur so wimmelt. Warum war ich eigentlich der Einzige, der eingegriffen und zu verhindern versucht hat, dass die sich gegenseitig umbringen?«

Die beiden Polizisten tauschten Blicke.

»Okay«, sagte einer der Beamten am Ende. »Gut. Big Al lässt Ihnen seinen Dank ausrichten. Er hätte den Kerl umbringen können und hätte sich dann ziemlich übel gefühlt.« Das las er von einem Blatt ab. »Er hat sich des Hausfriedensbruchs schuldig bekannt und sollte dafür nicht allzu großen Ärger bekommen – nur eine Verwarnung, wenn er Glück hat.«

»Und vielleicht Aggressionstraining? Das braucht er nämlich.«

»Ich hoffe es mal«, sagte die Polizistin. »Vielleicht

könnte ja jemand aus der medizinischen Branche diesbezüglich eine Empfehlung schreiben.«

»Das übernehme ich gern«, sagte Cormac.

Die drei sahen einander an, während Cormac verzweifelt der Versuchung widerstand, auf die Uhr zu schauen.

»Ex-Soldat, hm?«, fragte die Polizistin und überflog im Computer Cormacs Akte. »Hier steht, Sie haben in Fadge gedient?«

Er nickte.

»Mein Bruder war auch da draußen.« Mit wissendem Blick musterte sie Cormac. »Er fand die Rückkehr in den Alltag ja nicht so einfach. Aber Sie sind noch nie in irgendwelche Schwierigkeiten geraten?« Sie setzte ein schiefes Lächeln auf.

Cormac musste schlucken. »Nein, *Madam*«, sagte er leise.

»Sie kommen also klar?«

»Wenn man mal davon absieht, dass man mich gerade festgenommen hat«, antwortete Cormac und dachte daran, was in den letzten Monaten alles passiert war, was er gesehen und gelernt hatte, »läuft es … nicht schlecht.«

Die Polizistin stand auf. »Gut, dann dürfen Sie gehen. Aber halten Sie sich von Ärger besser fern.«

Obwohl er damit ein Risiko einging, sagte Cormac noch: »Das sind doch nur Teenager, und die haben so einiges mitgemacht.«

»Das haben sie«, sagte die Frau, »wie so viele andere Menschen auch, die danach keine Schlägerei in einer öffentlichen Einrichtung anfangen.«

»Sie haben …« Als Cormac die gerunzelte Stirn des anderen Polizisten bemerkte, wurde ihm klar, dass er schon wieder Ärger riskierte. Schnell stand er auf. »Vielen Dank.«

Der sarkastische Beamte von zuvor wirkte fast ein wenig enttäuscht, als er Cormac gehen sah. »Ach, Sie verlassen uns schon wieder?«

»*Aye*«, sagte Cormac. Man reichte ihm einen Umschlag mit seinem Portemonnaie, Armbanduhr und Handy. Der Akku war völlig leer.

Verdammt! Cormac sog die Luft durch die Zähne, als er das sah. Doch er hatte keine Zeit zu verlieren. Die anderen Beteiligten hatte man bereits gehen lassen, er war der letzte.

Als er aus der Polizeistation rannte, sah er, dass die Jugendlichen sich in einen Pub direkt nebenan gesetzt hatten, was ihm nicht sehr klug erschien.

»Viel Glück mit dem Sexmonster!«, rief Nobbo ihm hinterher.

Cormac hatte nur Zeit, ihm rasch zuzuwinken.

Kapitel 73

Die Ghosting-Nummer«, erklärte Kim-Ange dramatisch, »haben bei mir schon ganze siebenundzwanzig Männer abgezogen, und es war jedes einzelne Mal schrecklich.« Passend zum tristen Anlass hatte sie schnell noch einen großen schwarzen Hut im *Fascinator*-Stil aufgesetzt.

»Vielleicht ist er ja tot«, sagte Lissa hoffnungsvoll.

Um Zeit zu sparen, hatte Kim-Ange gleich vier riesige Gin-Cocktails bestellt.

Lissa musste sich eingestehen, dass sie das Zeug hinunterkippte wie Bier, einfach, weil die Gläser so groß waren. Einerseits war das nicht gerade eine gute Idee, andererseits scherte sie das alles gerade gar nicht.

»AUF DEN TOD!«, dröhnte Kim-Ange, und sie stießen an.

Lissa seufzte. »Aber ist er denn nun klein? Sieht er aus wie ein Maulwurf? Wächst ihm die Nase direkt aus dem Hals?«

Kim-Ange seufzte und schüttelte den Kopf. »Ich hatte ja keine Ahnung, dass du ihn so sehr magst.«

»Ich doch auch nicht!«, brach es aus Lissa heraus. »Bis

ich es mich gerade sagen hören habe. Ich glaube, ich brauchte einfach … eine kleine Schwärmerei.«

»Bist du dir sicher, dass du nicht bloß sein Haus toll findest?«

»Das finde ich auf jeden Fall toll«, sagte Lissa und dachte an das gemütliche Feuer und die kleine Holztreppe.

»Dann ist es genau so gelaufen«, versicherte Kim-Ange tröstlich. »Du hast die Idee eines eigenen Hauses auf einen Kerl projiziert. In Wirklichkeit bist du in die Vorstellung verliebt, so ein Häuschen zu haben.«

»Vielleicht«, murmelte Lissa verträumt. »Und er ist dann also ein Arschloch?«

Kim-Ange kreuzte die Finger, um ihrer Freundin noch mehr Schmerz zu ersparen. »Er hat an jedem Fuß sieben Zehen, und Ohren, die größer sind als sein Kopf. Außerdem geht er mir nur bis zur Hüfte und haart wie ein Pony. Und Himmel, wie der müffelt!«

»Echt?«, fragte Lissa, die sich inzwischen dem Grund des Glases näherte.

In seinem Haus müffelte es überhaupt nicht. Es roch eher angenehm, nach diesem Mandelshampoo, das sie ja jetzt auch benutzte.

»Jap!«, behauptete Kim-Ange. »Wenn du mich fragst, kannst du froh sein, dass du rechtzeitig die Kurve gekriegt hast. Noch ein Glas?«

Kapitel 74

Trotz der fortgeschrittenen Stunde war es draußen warm und drückend, unangenehm, so als hätten die Gebäude die Hitze tagsüber wie eine Batterie gespeichert und würden sie jetzt, am Abend, langsam wieder abgeben.

Autos hupten, und Passanten riefen Cormac etwas hinterher, als er vorbeisauste. Seine Lungen brannten, aber dieses Brennen gab ihm auch ein absurdes Gefühl der Freiheit.

Er rannte über den Borough Market, wo die Stände längst geschlossen waren. In den Bars drängten sich Paare und Gruppen, aber Lissa hatte wohl kaum den ganzen Tag gewartet. Das war weder möglich noch wahrscheinlich.

Niemand bemerkte Cormac, als er mit angespannter Miene vorbeirannte. Niemand, außer einem Kellner, der gerade mit seiner zweiten Schicht anfing, ihm hinterherschaute und sich fragte … kurz überlegte … und hoffte, dass für die nette junge Frau mit dem traurigen Gesicht doch noch alles gut werden würde.

Cormac lief weiter. Lissa musste wohl im Schwesternwohnheim sein, oder? Wohin sollte sie sich sonst retten, wenn nicht zu ihrer besten Freundin? Natürlich gab es tausend Orte, die sie hätte aufsuchen können, aber daran durfte Cormac jetzt nicht denken. Er konzentrierte sich nur darauf, dass sie dort sein würde.

Am Eingang lächelte Stav ihn fröhlich an – Cormac hatte fast drei Monate gebraucht, und es war ein teurer Spaß gewesen. Am Ende hatte er den Pförtner aber mit regelmäßigen Rosinenbrötchen-Schenkungen für sich gewonnen.

Schwitzend und zerzaust fuhr Cormac nach oben, wo er zunächst einen kurzen Blick in sein eigenes Zimmer warf. Dann konnte er nicht eine Sekunde länger warten, obwohl er fand, dass er eigentlich zuerst duschen sollte.

»Kim-Ange?!« Bollernd klopfte er an, aber es kam niemand zur Tür, an deren Rahmen er schweißüberströmt lehnte.

In diesem Moment spazierte Yazzie vorbei.

»Hey!«, sagte Cormac.

Sie schniefte bloß, was er verwirrend fand, weil er nicht einmal ahnte, dass sie sauer auf ihn war.

»Sag mal, ist Kim-Ange hier irgendwo?«

»Sie hat einen Freund«, antwortete Yazzie spitz.

»*Aye*, das weiß ich … Ich hab mich bloß gefragt, ob du sie vielleicht gesehen hast.«

»Du siehst ganz schön schmuddelig aus, eklig«, stichelte Yazzie.

»Danke«, sagte Cormac.

»Ruf sie doch einfach an.«

»Könntest du das eventuell für mich machen? Mein

Akku ist leer«, sagte Cormac. »Bitte? Bitte! Und wenn sie mit Lissa zusammen ist, sag ihr, dass ich alles erklären kann … Bitte! Sag ihr, dass ich sie anrufen werde.«

»Sicher«, behauptete Yazzie, ging weiter und tat so, als wollte sie ihr Handy ans Ohr heben.

Cormac schaute auf die Uhr. Mist! Es war schon nach acht Uhr, und der Zug fuhr um neun ab. Von hier aus war es eine halbe Stunde bis nach King's Cross.

Kapitel 75

»Hast du eigentlich deine Mutter angerufen?«, fragte Kim-Ange, während sie Lissa in ein Taxi verfrachtete. »Ich meine, *jetzt* sollst du sie nicht anrufen, aber … meld dich doch mal bei ihr.«

»Ich hatte niemandem Bescheid gesagt, dass ich heute komme«, erklärte Lissa. »Weil ich mir nicht sicher war, ob ich das durchstehen würde … und weil ich … weil ich ja Zeit mit …« Ihre Lippe bebte.

Kim-Ange beugte sich zu ihr ins Taxi hinunter und umarmte sie ganz fest. »Mach dir keine Sorgen«, sagte sie. »Du hast das Richtige getan. Fahr zurück nach Schottland, pack da deine Sachen zusammen, und dann sehen wir uns hier in ein paar Wochen wieder. Zerbrich dir über diesen Mistkerl nicht den Kopf. Dem werd ich das Leben ab jetzt zur Hölle machen!«

»Häng ihm bitte keine Krabben in die Vorhänge, weil das ja *meine* Vorhänge sein werden, wenn ich wieder zurück bin.«

»Okay.«

Lissa warf einen weiteren Blick auf ihr Telefon.

»UND STECK DEIN HANDY WEG! Du wirst schon von

ihm hören, und zwar morgen, mit irgendeiner albernen Ausrede«, ereiferte sich Kim-Ange.

»Und dann geht alles von vorn los: das Flirten und die kleinen Witze und das ganze Getue, bis wieder ein Treffen ansteht und genau dasselbe passiert. Glaub mir, mit Männern kenne ich mich aus.«

»Ich weiß«, sagte Lissa.

»Sie wird mir doch nicht in den Wagen kotzen, oder, Liebes?«, fragte der Taxifahrer.

»NEIN!«, riefen beide gleichzeitig.

»Gib mir dein Handy«, befahl Kim-Ange. »Komm schon, her damit! Du bist betrunken und im Besitz eines Mobiltelefons: Das ist eine tödliche Waffe.«

Während Lissa ein Seufzen ausstieß, schnappte sich Kim-Ange das Handy und drückte auf ein paar Knöpfe. Das hatte sie früher schon mal gemacht. »Ich hab seine Nummer blockiert, damit du ihm keine Vorwürfe machen kannst.«

»Ich hab seine Nummer doch zu Hause.«

»Ja, aber da kommst du erst morgen früh dran, wenn du wieder einen klaren Kopf hast. Und dann kannst du auch gleich einen Dankeschön-Blumenstrauß für mich bestellen«, sagte Kim-Ange.

Das Taxameter lief.

»Lösch … lösch aber keine Nachrichten«, murmelte Lissa.

»Bereits eingegangene bleiben gespeichert, allerdings kannst du ihm keine neuen mehr schicken, und er auch nicht, falls er auf die Idee kommen sollte – was NICHT passieren wird. Es würde jedenfalls nichts bei dir ankommen. Erst, wenn du wieder nüchtern bist.«

»Danke«, sagte Lissa und schloss sie noch einmal in die Arme. »Du bist eine tolle Freundin.«

»Das bin ich wirklich«, versetzte Kim-Ange grimmig. »Und jetzt gehe ich zurück und zünde sein Bett an.«

»Das ist doch *mein* Bett!«

»Ah, stimmt. Dann überlege ich mir eben etwas anderes.«

Plötzlich erschien es Lissa furchtbar unfair, dass Kim-Ange gleich zu Cormac zurückkehrte, und sie nicht.

»Vielleicht ist er ja tot«, fing sie noch einmal an. »Weil er ein paar Kinder aus einem brennenden Waisenhaus gerettet hat. Obwohl ich ihn selbst dann hassen würde.«

»Jetzt aber los mit dir«, sagte Kim-Ange. Sie schlug die Wagentür zu, und das Taxi fuhr davon.

Kapitel 76

Es gibt mehrere Möglichkeiten, King's Cross von der South-Bank-Gegend aus in einer halben Stunde zu erreichen: mit der Thameslink-Bahn, der Northern Line, Bus Nr. 63 oder einem der schwarzen Taxis, das rund um Bedford Square eine merkwürdige Route fahren wird.

Aber wenn man es eilig hat und sogar von Panik erfüllt ist, kann man selbstverständlich auch versuchen, die Strecke zu laufen. Ich persönlich würde das zwar nicht probieren. Aber es kommt natürlich vor allem darauf an, ob man klar denken kann oder nicht.

Cormac konnte in diesem Moment überhaupt nicht klar denken. Er sauste die Treppe hinunter und hinaus in den schwülen Abend, erreichte den Fluss und rannte daran entlang. Beim Laufen fühlte er sich besser, als wenn er zappelig in einem Taxi gesessen hätte und damit im dichten Verkehr stecken geblieben wäre. Auch eine U-Bahn, die sich im Schneckentempo durch den Tunnel schob, hätte er in diesem Moment nicht ertragen können.

Zu seiner Überraschung stellte Cormac fest, dass er

genau wusste, wo er lang musste. Er rannte bei Embankment über die Brücke, huschte über den Trafalgar Square und in den Covent Garden hinein. Dabei kam er an verwirrten Touristen in Lycra und müde wirkenden Straßenmusikanten vorbei. Dann lief er quer durchs Bloomsbury-Viertel mit seinen gepflegten Plätzen und hübschen herrschaftlichen Häusern in Rot. Cormac war sich des Bodens unter seinen Füßen deutlich bewusst und spürte nun endgültig den Ruf dieser Stadt. Ja, London war teuer und seltsam und schmutzig, aber es könnte seine Stadt werden. Man konnte sich hier dazugehörig fühlen, solange man nur wusste, wie man die Menschenmassen umging und seine eigene kleine Ecke fand. Dann lag einem die ganze Welt zu Füßen, wenn man die Haustür aufmachte.

Während er immer weiter rannte, fühlte sich Cormac dadurch ein wenig getröstet. Er sprintete über die Tottenham Court Road, vermied die Sofageschäfte und nahm lieber kleine Gässchen, durch die er hoffentlich auch ans Ziel kommen würde. Cormac lief an dem riesigen Krankenhaus vorbei und kam keuchend und erschöpft, aber auch seltsam aufgedreht an der Euston Road heraus, dieser großen, knorpeligen, pulsierenden Arterie. Das hier war Lissas große Stadt, und die junge Frau kam ihm mit jedem Schritt näher, als er die vor lauter Verkehr schwarze und schmutzige Straße entlanghastete. Nicht alles an London war schön. Doch auf der anderen Seite konnte er schon den Bahnhof sehen.

Cormac schaute auf die Uhr. Zehn vor neun. Zu Hause wäre es um diese Uhrzeit noch taghell, während hier bereits die Straßenlaternen angingen.

An dieser Stelle konnte Cormac nicht einfach weiter und trat an der Ampel ungeduldig von einem Fuß auf den anderen. Aber die Autos rasten ohne Unterlass auf sechs Spuren an ihm vorbei. Stopp. STOPP!

Kapitel 77

Die Zugbegleiterin, die die Fahrgäste in Empfang nahm, hatte etwas beinahe Mütterliches an sich, und fast wäre die erschöpfte Lissa in Tränen ausgebrochen.

»Hatten Sie einen schönen Tag, Schätzchen?«, fragte die Frau.

Angesichts des ihr inzwischen so vertrauten Akzents biss sich Lissa auf die Lippe. »Hm«, machte sie bloß, während ihr Name auf einer Liste abgehakt wurde.

Dann machte sich Lissa auf den Weg zu ihrem winzigen Schlafwagenabteil. Als sie die Tür öffnete, seufzte sie glücklich. Ein Bett mit frischem, weiß bezogenem Federbett, zwei Kissen und einer karierten Decke wartete auf sie. An einer Seite gab es ein Waschbecken, ein Regalbrett für ihre Kleider und eine Wasserflasche. Das alles erschien Lissa in diesem Moment wie absoluter Luxus. Ein Ort, an dem sie die Welt außen vor lassen, sich zurückziehen und sich die Wunden lecken konnte.

Das Fenster zeigte das dunkle Innere von King's Cross. Lissa wollte es nicht sehen, deshalb wandte sie sich ab und öffnete ihre Tasche, um endlich – endlich – ihren Schlafanzug herauszuholen und diesen Tag zu vergessen.

»Ich fürchte, Sie brauchen ein Ticket, mein Sohn«, sagte die Frau am kleinen Empfangstresen, jetzt nicht mehr ganz so freundlich, zu dem großen, verschwitzten Mann vor ihr.

»Und wo bekomme ich das?«

»Am Schalter … wenn er denn noch geöffnet ist.«

Verwirrt wandte sich Cormac um und schaute zum Ticketschalter, der meilenweit entfernt lag. Dann blickten beide auf die Uhr. Es war vier Minuten vor neun.

»Schaffe ich das?«, fragte Cormac.

Die Frau sah ihn betrübt an. Aber dann sagte sie fröhlich: »Sie könnten den Zug nach Edinburgh um 23:50 Uhr nehmen! Das würde wunderbar klappen.«

»Ja, wunderbar, falls ich denn nach Edinburgh wollte!«, sagte Cormac gequält. Wenn er es nicht in diesen Zug schaffte, dann wäre die Sache gelaufen. Dann würde Lissa ihm nie wieder vertrauen.

»Ist doch schön da«, sagte die Frau.

Ausdruckslos starrte Cormac sie an.

Jetzt begann der Zug zu rumoren, die Motoren grollten.

Cormac kniff die Augen zusammen. »Gibt es vielleicht …? Unter den Fahrgästen befindet sich eine Frau, die ich unbedingt sehen muss. Könnten Sie sie eventuell für mich rufen?«

Schützend legte die Frau die Hand über ihr Klemmbrett. »Und was, wenn Sie einen Mord planen?«

»Okay«, stöhnte Cormac verzweifelt.

Am Zug schlossen sich jetzt die Türen, und ein Schaffner setzte eine Pfeife an die Lippen.

»Könnte ich vielleicht … einfach am Zug entlanglaufen, um zu schauen, ob ich sie irgendwo entdecke?«

»Ich soll also einen Mörder am Zug entlanglaufen lassen, damit er bei allen zum Fenster hineinschauen kann?«

»Biiiitte! Diese Person … ist mir wirklich wichtig. Bitte. Bitte!«

Traurig sah die Frau ihn an. »Das darf ich nicht«, sagte sie. »Es fällt unter Sicherheit und Gesundheitsschutz. Dazu hatten wir extra mehrere Einweisungen.«

»Ich auch«, murmelte Cormac kläglich.

»Fiiiiieeeep!«, ertönte jetzt die Pfeife.

Lissa stand auf und lehnte sich gegen das Fenster ihres kleinen Abteils, um hinaus in die rußige Neonwelt des Bahnhofs zu blicken. Sie wusste, dass er vom Geruch von Fast Food und den Rufen fröhlicher oder betrunkener Pendler erfüllt war. Seit wann fühlte sich London bloß so seltsam an? Sie schaute nach draußen. Merkwürdig, es war ja fast so, als rufe die Stadt ihren Namen. Aber als sie die Ohren spitzte, ertönte ein weiteres schrilles Pfeifen, und der Zug setzte sich sanft in Bewegung und fuhr aus dem großen, schwarzen, schmutzigen Bahnhof hinaus.

Kapitel 78

Die Zugbegleiterin hielt sich die Ohren zu. »Sie haben aber ein ganz schönes Organ!«, sagte sie.

Dann trat sie mit einem Schritt leichtfüßig auf die Plattform des Zuges, während Cormac mit kratzendem Hals ein letztes Mal vergeblich »Lissa!« brüllte.

Als sich der Zug in Bewegung setzte, ignorierte Cormac den schimpfenden Sicherheitsmann und versuchte, neben den Waggons herzulaufen. Doch irgendwann blieb er stehen und presste sich, komplett außer Atem und völlig am Boden zerstört, die Hände gegen die Knie.

Lissa fühlte sich leer und erschöpft und irgendwie dumm, weil sie so große Hoffnungen in diesen Tag gesetzt, sich so viel erträumt hatte. Immerhin empfand sie die gleichmäßigen Bewegungen des Zuges als tröstlich, während sie aufs Bett sackte. Dann warf sie noch einen Blick auf ihr Handy … Nein, nein, nein! Sie war echt dämlich gewesen. Na ja, so sah das moderne Leben eben aus, nahm sie mal an. Sie ließ sich in die Kissen sinken. Dabei würde sie wahrscheinlich gar nicht einschlafen können.

Sie würde bestimmt in einen Strudel aus Selbstvorwürfen geraten und die ganze Nacht wach liegen. Und dann musste sie sofort wieder zur Arbeit, weshalb sie ja überhaupt nur die Fahrkarte für den Schlafwagenzug gekauft hatte. Lissa drehte den Kopf auf dem Kissen zur anderen Seite. Na ja, morgen war ein neuer Tag.

Sie steckte ihr Handy weg, was zu helfen schien; dazu kamen das leichte Schaukeln des Zuges, das frisch bezogene weiße Bett, ihre absolute Erschöpfung und, das soll nicht verschwiegen werden, die Wirkung von mehreren Gläsern Gin. All dies trug dazu bei, dass Lissa innerhalb kürzester Zeit tief und fest schlief.

King's Cross war völlig überlaufen, in den Restaurants und offenen Bereichen drängten sich die Leute. Plötzlich kam Cormac in den Sinn, dass Larissa ja noch mit ihren Schickimickifreundinnen in diesem teuren Restaurant saß. Dort könnte er wenigstens verschnaufen und in wohlmeinender Gesellschaft seine Wunden lecken.

Aber es war schon seltsam: Diese Frauen interessierten ihn überhaupt nicht. Nicht im Geringsten. Larissa nicht und auch nicht Yazzie. Für die hatte er nichts übrig, weil er nur noch an die eine dachte, die er augenscheinlich versetzt hatte. Schließlich gab es heutzutage zum Bescheidsagen doch Handys, oder nicht? Wer sollte ihm da irgendwelche Ausreden glauben? Nur jemand, der ziemlich beschränkt war, und er wusste, dass Lissa zu dieser Gruppe nicht gehörte.

Draußen war es dunkel auf den Straßen von London, und in den Eckkneipen wurde der Ton rauer. Es waren

Rufe in der Ferne zu hören, die stets im Hintergrund heulenden Sirenen und irgendwo ein Hubschrauber am Himmel. Wieder einmal hatte Cormac das leise, beklemmende Gefühl, dass hier einfach viel zu viele Menschen – alle überhitzt und betrunken und wütend – auf viel zu engem Raum zusammengepfercht waren.

Ohne groß auf seine Umgebung zu achten, wandte er sich wieder gen Süden. Denselben Weg zurückzugehen, den er mit so viel Hoffnung im Herzen gelaufen war, war bitter und ermüdend.

Eine Gruppe von Kabarett-Künstlern schnauzte Cormac an, als er aus Versehen jemandem auf die Federboa trat. Er zuckte zurück und entschuldigte sich.

Dann grölte ein Betrunkener ihm von der Straße her zu. Statt stehen zu bleiben, senkte Cormac nur den Blick und ging weiter. Hör auf, immer für jeden da sein zu wollen, kümmer dich lieber vernünftig um eine einzige Person, dachte er bitter. Na ja, wie super das gelaufen ist, haben wir ja gesehen.

Der Rückweg über endlose gepflasterte Straßen, vorbei an endlosen Taxis mit gelben Scheinwerfern an endlosen Kreuzungen, erschien ihm furchtbar lang. Er überlegte, in eins der Taxis einzusteigen, aber es brachte ihm ja auch nichts, schneller nach Hause zu kommen, oder? Dort würde er zwar sein Handy einstöpseln können – aber wenn es endlich geladen war, wäre Lissa längst über die Grenze und hätte ihn auf ewig verflucht. Und »Ich war im Gefängnis« war auch nicht die Entschuldigung, die er gern vorbringen wollte.

Cormac seufzte, als er zum hoffentlich letzten Mal an der Polizeistation vorbeikam. Zu seiner Verblüffung waren die Jugendlichen immer noch im Pub nebenan, und inzwischen hatten sich sogar ein paar von den Polizisten zu ihnen gesellt. Fröhlich tranken alle zusammen, und Cormac wurde mit großem Jubel begrüßt, als er vorbeistolperte.

»Haben Sie sie gefunden? Das Sexmonster?«, rief Nobbo ihm zu.

Cormacs Blick sprach Bände.

»Oooh!«, stieß die Gruppe wie aus einem Munde aus.

»Worum geht's denn?«, erkundigte sich der sarkastische Beamte.

Zu Cormacs absolutem Entsetzen fingen die Jugendlichen nun an, ihm die ganze Geschichte zu erzählen, während jemand Cormac ein Pint holte. Er lehnte ab und bat stattdessen um ein Glas Wasser. Jetzt fehlte nur noch, dass er hier weinerlich wurde.

Während Cormacs Story in allen Einzelheiten dargelegt wurde, verzog der sarkastische Polizist das Gesicht. »Und er hat sie noch nie gesehen?«

»Nee, Alter!«

»Das ist doch verrückt!« Der Beamte zog sein Handy hervor. »Wie heißt sie denn?«

»Guck mal in der Datenbank der Polizei«, schlug ein Kollege vor.

»Nein, machen Sie das nicht!«, stöhnte Cormac.

»Na ja, es hat nicht geklappt, aber wenigstens haben Sie es versucht«, meinte Fred. »Dann können Sie ja jetzt ein bisschen mit uns abhängen …«

»Nein!«, widersprach der sarkastische Polizist. »Wenn Sie sie wirklich wollen, dann müssen Sie da hinterher. So hab ich das bei Gus auch gemacht!«

»Wohin war Gus denn verschwunden?«, fragte sein Kollege.

»Äh … nach Westlondon«, antwortete der Polizist, und alle sogen entsetzt die Luft ein.

»Ich hab's ja versucht«, erklärte Cormac. »Aber ich hab es eben nicht mehr geschafft.«

»Moment mal!«, sagte Fred, der ganz schön aufgekratzt war. »Wo liegt dieses Schottland denn? Wenn Sie mit dem Auto fahren würden, würden Sie dann vor ihr ankommen?«

»Wo *Schottland* liegt?«

»Konzentrieren Sie sich auf die Frage, nicht auf Ihren Nationalstolz!«

Cormac schaute auf die Uhr. »Na ja. Vielleicht. Aber ich habe ja kein Auto.«

»Wir schon!«

Augenblicklich horchten die Polizisten auf. »Tatsächlich?«

»Es ist auch versichert«, erklärte Fred schnell.

Die anderen nickten.

»Nur leider auf euren Namen«, wandte Cormac ein. »Und ihr seid alle zu betrunken zum Fahren.«

»Das sind wir wirklich«, murmelte Fred nachdenklich. »Die Versicherung ist aber auf jeden beliebigen Fahrer ausgestellt.«

»Ansonsten könnten wir uns den Wagen gar nicht leisten«, erklärte Nobbo. »Wir mussten die Kosten unter allen aufteilen.«

»Ihr habt ein gemeinsames Auto?«, staunte Cormac.

»Festzulegen, wer es wann kriegt, ist ein absoluter Albtraum«, stöhnte Fred.

»Ich überprüfe mal das Kennzeichen«, murmelte der sarkastische Polizist.

»Vergiss es, Nish«, sagte sein Kollege. »Jetzt bist du nicht im Dienst, lass es dieses eine Mal gut sein.«

»Okay«, antwortete Nish.

»Du bist ein guter Bulle. Aber du solltest wirklich lernen, dich zu entspannen, einfach mal abzuschalten und dich ein bisschen um dich selbst zu kümmern.«

»Da hast du wohl recht.«

»Erledige … deine Arbeit, aber lass nicht zu, dass sie dich auffrisst.«

»Danke, Harry.«

»Keine Ursache«, antwortete Harry und blickte traurig auf Nishs Ehering.

Die jungen Burschen standen auf.

»Okay, dann wollen wir mal!«, rief Fred.

»Euch will ich aber nicht mit dabeihaben«, protestierte Cormac.

»Natürlich kommen wir mit, das ist doch unser Auto!«

»Außerdem haben wir sowieso nichts Besseres vor«, wandte Nobbo ein wenig traurig ein.

»AUSFLUG! AUSFLUG!«

Cormac schaute sie an und wollte eigentlich einwenden, dass sie mit dem Quatsch aufhören sollten, schließlich mussten doch alle nach Hause und ins Bett und morgen zur Arbeit. Aber das traf auf sie gar nicht zu, oder?

»AUSFLUG! AUSFLUG!«

Und obgleich Cormac in Gedanken bei Lissa war, kam ihm zu seiner Überraschung plötzlich eine ganz andere Idee.

Er kramte sein Telefon heraus, doch im selben Moment fiel ihm ein, dass der Akku ja leer war. Also nahm er sich vor, Lennox eine Nachricht zu schreiben, sobald das Handy wieder aufgeladen war. Eventuell hatte er nämlich eine Lösung für dessen Erntehelferkrise.

Kapitel 79

Cormac erklärte den jungen Männern, dass es oben im Norden vielleicht Arbeit für sie geben würde, und sie waren dazu bereit, sich das mal anzusehen. Ob sie am nächsten Morgen noch Lust dazu haben würden, war allerdings eine andere Frage.

Im Auto konnte Cormac endlich sein Telefon wieder einstöpseln und schrieb als Erstes Lennox. Dann öffnete er mit banger Miene den Posteingang. Bis um vier Uhr waren mehrere zunächst fröhliche, am Ende zunehmend knappere Nachrichten eingegangen (von Lissa und tatsächlich auch von Larissa), dann war damit plötzlich Schluss gewesen. (In diesem Moment hatte Kim-Ange das Handy in die Finger bekommen.) Lissa hatte ihm keine Vorwürfe gemacht, ihn nicht wütend oder betrunken zugetextet.

Und das war von allem vielleicht das Schlimmste. Wenn ihre Nachrichten anklagend geklungen hätten, hätte sich Cormac wenigstens einreden können, dass er ihr immer noch wichtig war. Dann hätte er weiterhin glauben können, dass diese Verabredung ihr etwas bedeutet hatte und er sich nicht einfach nur etwas zusammenfantasiert hatte.

Es war keine große Überraschung, dass die jungen Männer, die hier bei ihm im Auto saßen, rumgrölten, sich gegenseitig ärgerten und Bier runterkippten. Wenn es nach ihnen gegangen wäre, hätte er auch mindestens bis Birmingham permanent auf die Hupe gedrückt.

Aber sie waren ja noch so jung, deshalb schliefen nach und nach alle ein, Fred auf dem Beifahrersitz, die anderen schnarchend hinten.

Irgendwann hielt Cormac es nicht mehr aus, fuhr auf den Seitenstreifen und schrieb Lissa. Es war ein einfaches »Hey.«

Sein Telefon piepte sofort.

Nummer blockiert.

Cormac wurde das Herz ganz schwer. Er befand sich genau auf halbem Wege zwischen London und Schottland, wie ihm bewusst wurde. Vor ihm lagen noch vierhundertfünfzig Kilometer, bevor er ihre Haustür erreichen würde. Oder eben nicht.

Er könnte jetzt zurückfahren, einfach nur seinen Teil des Austausches erfüllen und würde Lissa nie begegnen. Wenn er von nun an mit ihr lediglich in knappen Worten über die Patienten kommunizierte, würden sie zu einer rein beruflichen Beziehung zurückkehren und müssten einander gar nicht persönlich begegnen. Lissa hatte es geschafft, sie hatte ihre Aussage vor Gericht gemacht. Jetzt konnte wieder Normalität einkehren, so als wäre nie etwas geschehen.

Im Schlafwagenzug wachte Lissa mit einem Mal plötzlich auf und wusste gar nicht, warum. Zunächst war sie desorientiert und konnte sich im ersten Moment nicht daran erinnern, wo sie sich eigentlich befand. Dann trat sie ans Fenster, vor dem mondbeschienene Senken und Täler vorbeiflogen. Noch waren sie nicht in Schottland, sondern irgendwo im Herzen Großbritanniens, zwischen den beiden Welten. London und Schottland. Sie seufzte. So fühlte es sich also an, wenn man an zwei Orten gleichzeitig war. Sie hatte ihr Herz an Schottland verloren, aber ihr Leben … Na ja, ihr Leben fand eben in London statt. Immerhin wusste sie das jetzt, und dafür könnte sie wohl Cormac danken, dachte sie. Wer auch immer er letzten Endes sein mochte.

Cormacs Handy piepte. Mit klopfendem Herzen fuhr er an den Straßenrand und stürzte sich auf das Telefon.

> Bin wegen des Babys wach. Gute Neuigkeiten, wir suchen nämlich verzweifelt.

Enttäuschung machte sich in Cormac breit. Es war Lennox, der darauf hoffte, dass sein Kumpel ein paar junge Burschen mitbrachte, die für ihn arbeiten könnten.

Vielleicht könnte Cormac sie auch einfach dort abliefern, ein Nickerchen machen und wieder zurückfahren.

Hinten schnarchte Nobbo und drehte sich.

Cormac dachte über sie nach, über all die jungen Männer, die nichts zu tun hatten, an Straßenecken rumhingen und Streit vom Zaun brachen. Was in ihnen steckte, was sie alles schaffen könnten. Er wusste ja bereits, wie gut sich Robbie eingelebt hatte, und der hatte weitaus schlimmere Zeiten hinter sich.

Wieder starrte Cormac auf sein Handy. Lissa hatte ihn

blockiert. Hatte Kim-Ange ihn womöglich gedisst? Auf diese Idee war er bisher noch gar nicht gekommen. Vielleicht hatte sie Lissa gesagt, dass er bloß ein Bauerntrampel war, und all seine Fehler aufgezählt. Und dann hatten sie zusammen prustend darüber gelacht, dass Lissa gerade noch mal davongekommen war. O Gott!

Cormac holte tief Luft. Aber am Ende drehte er den Schlüssel im Schloss und fuhr weiter.

Schon merkwürdig, müde war er überhaupt nicht. Trotz der frühen Morgenstunde fühlte er sich seltsam lebendig, als er im wunderschönen Lake District die karge Landschaft durchquerte. Durch Cumbria hindurch ging es weiter und weiter nach Norden, bis er schließlich die Grenze überquerte. Ohne Unterbrechung zuckelte der Wagen voran, durch ein selig schlummerndes Glasgow und gen Norden, immer gen Norden, durch die Campsie Fells.

Als Cormac ein Fenster öffnete, war die Luft eisig und frisch. Wolken schoben sich vor dem Mond vorbei, während die Sterne langsam einer nach dem anderen verblassten. Dann wurde aus Schwarz Dunkelblau, bis zu seiner Rechten ein ganz schmaler Streifen am Horizont einen neuen Tag verhieß.

Kapitel 80

Cormac erreichte um kurz nach sechs Lennox' Farm, wo aber bereits alle auf den Beinen waren.

Lennox grinste übers ganze Gesicht, als die jungen Männer blinzelnd aus dem Auto stolperten und sich die Augen rieben. Einige von ihnen bereuten ihre trunkenen Pläne vom Vorabend längst.

Auch Nina war schon wach und bereitete ein großes Frühstück für die Eintreffenden vor.

Lissas Zug würde erst um sieben ankommen. Cormac war nervös und aufgedreht und konnte sich nicht von seinem Handy lösen, was Nina nicht entging.

»Dürfte ich vielleicht eure Dusche benutzen?«, fragte er sie verlegen.

»Warum gehst du denn nicht rüber zu deinem eigenen schönen Häuschen und benutzt deine eigene schöne Dusche, Cormac MacPherson?«, fragte sie.

»Weil da … eine Frau wohnt«, sagte er.

»Ah, Lissa, die ist wirklich nett«, sagte Nina. »Ich bin mir sicher, dass sie nichts dagegen hätte.«

Cormac lief tiefrot an und wollte etwas darauf erwidern, bekam aber kein Wort heraus.

Nina warf ihm einen wissenden Blick zu. »Okay, dann hol ich dir mal ein Handtuch«, sagte sie und ging mit John auf der Hüfte zur Trockenkammer hinüber. »Im Notfall könnte Lennox dir auch ein Hemd leihen.«

»Uff, danke«, sagte Cormac.

»Wenn du sie siehst«, bat Nina, bevor sie verschwand, »sag ihr, dass die Ausgabe von *Daddy Langbein* gekommen ist, die ich für sie bestellt habe. Ach, weißt du was, nimm das Buch einfach mit.«

Dann ging sie zurück in die Küche, um Haferbrei mit dicker Sahne und Honig zu verfeinern und auch für die neuen Erntehelfer Kaffee zu kochen.

Als sie die Sachen nach draußen brachte, folgte Cormac ihr mit gesenktem Blick. »Vielleicht … fahre ich doch direkt zurück nach London.«

Mit gerunzelter Stirn sah Nina ihn an. »Warum denn?«

»Äh, das ist eine lange Geschichte. Bevor ich wieder herkomme, muss ich da unten noch packen. Es gibt … noch ein paar Dinge zu regeln.«

»Ist alles in Ordnung?«

Cormac zuckte mit den Achseln. »*Ach*, es gab da eine Frau. Aber es hat nicht funktioniert.«

Nina lächelte mitfühlend. »Wir Engländerinnen«, sagte sie, »wir sind ziemlich kompliziert.«

»Am besten fahre ich zurück, um das zu klären. Außerdem glaube ich, dass diese Typen sich das Auto noch mit etwa zwanzig anderen teilen. Und ich will nicht, dass sie meinetwegen Ärger bekommen.«

»Möchtest du dich nicht erst ein bisschen hinlegen?«

»Nein, sonst verpasse ich meine Schicht. Ich komme schon klar.«

»Okay«, nickte Nina. »Dann sehen wir uns in zwei Wochen.«

Zögerlich fügte Cormac noch hinzu: »Ich glaube, in Wirklichkeit sind die Straßen von London gar nicht mit Gold gepflastert.«

Nina schaute sich auf dem geschäftigen Vorplatz des Bauernhofs um.

In einer Ecke hockte der stille Robbie am Boden und krabbelte wie ein Bär auf den kleinen John zu, der sich vor Lachen gar nicht mehr einkriegte.

Robbie hatte sich unglaublich schnell auf dem Hof eingelebt, und Nina hatte ihn seit seiner Ankunft kein einziges Mal trinken sehen. Abends aß er zusammen mit den anderen Hofarbeitern und blieb ansonsten meist für sich. Aber ihm war die Erleichterung anzusehen, und Nina trieb immer eine Extrascheibe Speck für ihn auf.

Der kleine John vergötterte ihn. Er war der Einzige, der Robbie zum Lächeln bringen konnte, und krabbelte den halben Tag um ihn herum.

Manchmal kam es Nina so vor, als wüsste John ganz genau, dass er hier gebraucht wurde. Dabei war diese Vorstellung natürlich absurd.

Und jetzt saßen auch noch die jungen Kerle aus London an einem langen Tisch, den sie in der Scheune aufgestellt hatten, und witzelten nervös herum. Sie plusterten sich auf und diskutierten darüber, wer für die Feldarbeit wohl die meisten Muskeln hatte. Zwischendurch schrieb immer mal wieder einer seiner Mutter eine Nachricht, um ihr Bescheid zu sagen, dass es ihm gut ging.

»Ach, ich weiß nicht«, sagte Nina zu Cormac.

Kapitel 81

Lissa saß im Bus, der im Morgenlicht zwischen Hügeln hindurchfuhr, und hörte dem älteren Paar hinter ihr zu. Die beiden trugen einen heftigen Streit aus. Weil sie dabei Gälisch sprachen, klangen ihre Worte in Lissas Ohren jedoch wunderschön.

Sie fand es unfair, es kam ihr bei dieser gemächlichen Fahrt fast so vor, als würde Schottland das mit Absicht machen: Strahl um Strahl brach die Sonne durch die Morgenwolken und erhellte Wiesen, deren leuchtendes Grün an Neonlicht erinnerte und auf denen fast ausgewachsene Lämmer herumhüpften. Im Windschatten hoher Hügel schmiegten sich kleine Ortschaften rund um Marktplätze Schutz suchend an die Hänge.

An solchen Tagen hing in der Luft noch der kühle Morgennebel. Dann konnte man ihn in der Kehle fühlen, aber auch riechen und spüren, dass es ein warmer Tag werden würde. Bald würde das Heidekraut zu duften beginnen, und man würde mit der Hand die hohen Wildblumen streifen können, zwischen denen Schmetterlinge umherflatterten und Bienen summten.

Lissa war immer noch schläfrig und litt auch an den

Folgen des Gins. Außerdem war der Wechsel vom städtischen King's Cross zu diesem Anblick fast eine Art Kulturschock. Das Kinn in die Hand gestützt, schaute Lissa zum Fenster hinaus.

Alles in allem war es wirklich ein Privileg gewesen, nach Schottland kommen zu dürfen, dachte sie. Wie nervig, dass die Leute aus der Personalabteilung, die Therapeutin und ihre Freundinnen also recht behalten hatten. Es hatte ihr gutgetan.

Okay, *alles* hatte sie nicht bekommen … aber das war ja bloß eine alberne Fantasie gewesen. Das sollte – durfte – ihren Aufenthalt hier wirklich nicht definieren, durfte nicht schmälern, was sie durch dieses unglaubliche Land alles gewonnen hatte.

Lissa trat hinaus in den frühen Morgen.

In Kirrinfief war immer noch alles still, mal abgesehen davon, dass die alte Mrs Whirter mit ihrem Einkaufstrolley auf dem Weg zum Kiosk war.

Sie winkte Lissa zu und verwickelte sie sofort wieder in eine Unterhaltung über ihre entzündeten Fußballen, ungeachtet der Tatsache, dass Lissa eine Reisetasche dabeihatte, erschöpft aussah und offensichtlich nur nach Hause wollte.

Zweieinhalb Monate zuvor hätte Lissa sie bloß mit einem verhaltenen Lächeln bedacht und wäre weitergeeilt. Heute Morgen stellte sie jedoch ihre Tasche ab und ließ die ganze Geschichte über sich ergehen – in der es um böse Schwiegertöchter und aus irgendeinem Grund auch um eine Margarita mit Irn Bru ging –, bevor sie Mrs Whirter versprach, später für einen Extratermin bei ihr vorbeizuschauen, wenn sie sich etwas frisch gemacht hatte.

Mit strahlendem Lächeln winkte Mrs Whirter ab. Das sei doch gar nicht nötig, erklärte sie, ein Schwätzchen mit Lissa sei ja schon die reinste Medizin. Sie drückte auch ihr Bedauern darüber aus, dass Lissa bald wieder gehen musste.

Zum Glück sah sie nicht mehr so gut, daher bemerkte sie die Tränen nicht, die Lissa sofort in die Augen traten.

Die Vegetation am Straßenrand auf dem Weg zu Cormacs Häuschen wucherte wild in alle Richtungen. Nach dem endlosen Kreislauf von Sonne und Regen, Sonne und Regen war das Wachstum der Hecken völlig außer Rand und Band.

Lissa saugte den morgendlichen Duft der Pflanzen ein, während die Sonne langsam am Himmel aufstieg und den Nebel über dem *Loch* vertrieb. In den Bäumen zwitscherten Vögel, und kaum ein Auto störte die Tiere oder Lissa, die in Gedanken versunken mit ihrer Tasche voranmarschierte.

Das kleine Haus erschien ihr niedlicher denn je, als sie auf die Tür zuging und den großen, alten Schlüssel ins Schloss schob. Während sie ihn umdrehte, hatte sie plötzlich ein eigenartiges Gefühl und fragte sich … nein, natürlich nicht. Das war ja absurd. Und die Küche sah genauso aus, wie sie sie zurückgelassen hatte. War das wirklich erst vierundzwanzig Stunden her? Unfassbar! Aber ja, als Beweis stand immer noch ihr Geschirr auf dem Abtropfgestell, ein Teller und eine Tasse, sonst nichts.

Nichts hatte sich geändert, es war niemand da gewesen. Hier war nur sie, wieder allein. Als ihr Telefon piepste, konnte sie nicht anders und griff hastig danach. Es war ihre Mutter.

Lissa lächelte. »Ich ruf dich nachher an«, schrieb sie und nahm sich fest vor, das tatsächlich zu tun. Sie sollte ihre Mum wirklich nach Kirrinfief einladen, und Kim-Ange auch. Jeder sollte noch die Möglichkeit haben, das hier zu genießen, bevor sie wieder zurückmusste.

Lissa ließ ihre Tasche einfach stehen, ging zum Spülbecken und spritzte sich etwas von dem eisigen Wasser ins Gesicht, dann trank sie ein großes Glas davon. Okay. Sie musste heute direkt zur Arbeit und wurde in einer halben Stunde in der Praxis erwartet.

Es war an der Zeit, langsam die Zelte hier abzubrechen. Sie könnte Cormac vielleicht ... na ja, eine förmliche E-Mail schreiben, überlegte sie. Die Verantwortung für die Patienten wieder ihm übertragen, sodass jeder nahtlos in sein eigenes Leben zurückkehren könnte. Sie würde so tun, als sei gar nichts passiert, als hätte sie sich nicht verändert ... Und eines Tages, in vielen Jahren, würde Schottland nichts weiter als eine Erinnerung sein, ein vager Traum. In einer fernen Zukunft mit einem richtigen Zuhause und einem Partner und einem erwachsenen Leben würde Lissa vielleicht irgendwann ihren Kindern davon erzählen. »Es war einmal«, würde sie dann beginnen, »ein Zauberland, das ich einst besucht habe ...«

Lissa stand am großen Küchenfenster, das auf den Garten hinausging. Plötzlich wurde sie aus ihren Gedanken gerissen, und das Herz schlug ihr bis zum Hals, denn sie hatte eine dunkle Silhouette im Garten entdeckt.

Lissa holte tief Luft und versuchte, ihre panische erste Reaktion zu unterdrücken. Sie befand sich wieder in

Schottland, verdammt noch mal, nicht im Zentrum von London. Hier gehörte es zu den schlimmsten Verbrechen, mit dem Wagen in die Bushaltestelle zu rasen, wenn man einen über den Durst getrunken hatte.

Aber es schien eben jemand da draußen auf dem Rasen zu hocken. Hielt er das Haus vielleicht für leer oder verlassen?

Lissa atmete noch einmal tief durch und sah sich nach etwas um, was sie als Waffe benutzen könnte. Das Einzige, was sie fand, war ein Brotmesser. Obwohl sie bezweifelte, dass es viel bringen würde, griff sie danach, duckte sich und kroch zur Hintertür des Häuschens.

Die Person da draußen rührte sich immer noch nicht. Beobachtete sie etwa das Haus? Ob sie Lissa gesehen hatte?

Mit klopfendem Herzen verharrte Lissa an der Hintertür und schloss kurz die Augen. Sie holte noch einmal tief Luft und rief sich wieder in Erinnerung, dass sie ja jetzt mutiger sein wollte, ob ihr in diesem Moment nun der Sinn danach stand oder nicht. Dann riss sie die Tür auf.

Kapitel 82

Ha-Hallo?« Ihre Stimme erklang leise und zittrig.

Lissa schob sich Zentimeter für Zentimeter voran, doch die Gestalt rührte sich nicht, sondern blieb reglos wie eine Statue.

Vorsichtig ging Lissa weiter zum Ende des Gartens. »Hallo?«

Es war ein Mann, den sie noch nie zuvor gesehen hatte. Mit einem Igel im Schoß lag er zusammengerollt da und schlief.

Cormac hatte sich überlegt, dass er nur schnell ins Haus huschen, sich Klamotten zum Wechseln holen, Ned füttern und wieder verschwinden würde. Da er wusste, um welche Zeit Lissas Zug ankam und dass sie danach noch den Bus nehmen musste, würde er ihr nicht in die Quere kommen.

Er spielte mit der Idee, ihr vielleicht eine Nachricht dazulassen, um sich zu entschuldigen. Am Ende entschied er sich aber dagegen, weil er ihr keine Angst machen wollte.

Die ganze Geschichte war nur eine dumme Schwärmerei gewesen, und er hatte sich dabei ganz schön gehen lassen. Es brachte nichts, sich weiter daran zu klammern.

Die Sonne schien in den Garten, und als Cormac Ned von Hand mit kleinen Larven fütterte, wurde er sich plötzlich seiner großen Erschöpfung nach der langen Nacht am Steuer bewusst.

Der Igel schnüffelte an ihm herum, als sich Cormac auf den von der Sonne warmen Stein neben dem Gebüsch sinken ließ.

Nur ein Minütchen, dann würde er aufstehen und wieder fahren … Aber es war eine solche Wohltat, zurück zu Hause zu sein und die Luft der Heimat einzuatmen. Eine Wohltat, wie der Stress und der Druck der Stadt von einem abfielen und sich einfach auflösten …

Er sah überhaupt nicht so aus, wie Lissa erwartet hatte. Aber die Haare waren genau wie auf seinen Zeichnungen: gelockt, etwas zu lang, widerspenstig. Um einen Einbrecher handelte es sich mit Sicherheit nicht, denn nur der abgebrühteste Kriminelle würde wohl in einem fremden Garten einschlafen.

Cormac war viel massiger, als sie ihn sich vorgestellt hatte: nicht dick, aber handfest, mit breiten Schultern und kräftigen Beinen, wie ein Rugbyspieler oder eben Soldat. Diesen Eindruck hatte er in seinen Nachrichten gar nicht vermittelt. Seine Augen konnte Lissa nicht sehen, seine Wimpern warfen jedoch Schatten auf die geröteten Wangen, und an seinem kräftigen Kinn zeigten sich Bartstoppeln.

Er war wirklich ganz anders, als sie ihn sich zusammengeträumt hatte. Dennoch … hatte er irgendwie was, mit diesen starken Schultern, dem lässigen Schopf und dem breiten Mund, der so aussah, als würde er gern viel lachen.

Lissa konnte den Blick nicht mehr abwenden.

Cormac atmete ganz entspannt, während der Igel in seinem Schoß schnaufte und sich in seiner Gegenwart rundum wohlzufühlen schien. Was um alles in der Welt machte er hier nur?

Cormac hatte keine Ahnung, warum er wach wurde. Gerade eben hatte er noch nach Ned geschaut, und jetzt schien ihm plötzlich die Sonne in die Augen, und eine Person stand vor ihm, deren Gesicht er im Gegenlicht nicht erkennen konnte … Er sah bloß einen Kopf voll federnder Löckchen. Verwirrt kniff er die Augen zusammen. Wo war er? Schlief und träumte er etwa? Was ging hier vor sich? Plötzlich rief er: »AU!«, und sprang auf. Irgendwie hatte er Ned geweckt, der auf die einzige ihm bekannte Art und Weise reagiert und ihn in die Hand gebissen hatte.

Lissa konnte einfach nicht anders und brach in lautes Kichern aus.

Ned hatte sich festgebissen und hing mit zappelnden Pfoten in der Luft. Eigentlich hätte Cormac sich sofort darum gekümmert, aber er starrte wie gebannt das lachende, sonnenbeschienene Gesicht an, dasselbe, das er auf dem Foto gesehen hatte, und in seinen Träumen.

Lissa ließ das Brotmesser fallen, zog sich die Jacke aus und breitete sie unter dem Tierchen aus. »Ist ja gut, alles in Ordnung, mein Kleiner«, gurrte sie mit einer viel sanfteren Stimme als der, die Cormac gestern durch die Tür gehört hatte.

Noch bevor er etwas sagen konnte, wurde ihm klar, wie lange er sich schon nach diesem Satz – »Alles in Ordnung, mein Kleiner« – gesehnt hatte. Für einen Moment brachte er kein Wort mehr heraus.

Nachdem Lissa mit klopfendem Herzen dem Igel vorsichtig aus seiner misslichen Lage geholfen hatte, setzte sie ihn auf den Rasen, wo er augenblicklich davonhuschte.

»Alles okay?«, fragte sie Cormac, der mit verwirrter Miene seine Hand umklammerte. Ohne den Blick von ihr abzuwenden, hob er die Hand auf Augenhöhe. Sie blutete ein kleines bisschen.

Beide verharrten einfach nur und starrten einander an.

Schmerzhaft spürte Lissa ihren Herzschlag, während sie, umgeben von den tanzenden, summenden, raschelnden Geräuschen des Gartens, dastand.

Langsam, unglaublich langsam legte sich ein Lächeln über Cormacs Züge. Es veränderte sein Gesicht völlig.

Lissas Blick war weiter auf ihn fixiert.

»Also«, sagte er mit dem sanften Highlandakzent, von dem sie so oft geträumt hatte, »nun ja. Du kennst nicht zufällig jemanden aus der Pflegebranche?«

Kapitel 83

Die Arbeit musste erledigt werden, aber nachdem Cormac in London angerufen hatte, teilten sie Lissas Termine vor Ort unter sich auf. So würden sie gegen Mittag fertig sein und den Rest des Tages gemeinsam verbringen können.

Lissa erledigte ihren Teil in Windeseile und bedachte ihre Patienten dabei mit einem strahlenden Lächeln.

Cormac brauchte natürlich viel länger, da er unterwegs von allen aufgehalten wurde und jedes Mal detailliert erzählen musste, was er unten im Süden so getrieben hatte. Dabei kamen zahllose Kommentare dazu, dass London nicht zu trauen war und es noch nie etwas Gutes hervorgebracht hatte. Überrascht stellte er fest, dass er seine neue Stadt immer glühender verteidigte.

Am Ende schaute Cormac noch bei seiner Mutter vorbei und war gerührt darüber, wie sehr sie sich freute. Mit ihrem gebrochenen Handgelenk wirkte sie verletzlicher, als er erwartet hatte. Zum Abschied drückte er sie ganz fest, während sie ihm erzählte, dass die seltsame neue Krankenschwester für eine Engländerin gar nicht so übel war.

Nach ihren Runden wollten sie sich bei der Praxis treffen. Lissa bemerkte Cormac, als er über den Marktplatz auf sie zukam. Ohne nachzudenken, streckte er die Hand aus, und sie griff danach. Es war schon merkwürdig – er hatte sich kaum zu entschuldigen brauchen, sie hatte keine Erklärungen von ihm erwartet. Was wirklich eine Erleichterung war, denn er hatte beschlossen, die Sache mit der Toilettentür besser für sich zu behalten, zumindest vorläufig. Irgendwann würde der richtige Zeitpunkt dafür schon kommen.

Als sie die Arztpraxis erreichten, schlug ihnen lautes Gebell entgegen; Joan ließ die Hunde raus, und Cormac und Lissa konnten sich ihrer begeisterten Pfoten kaum erwehren.

Joan war natürlich sofort alles klar. »Oh, gut, gut. Es ist immer von Vorteil, sich außerhalb des Rudels zu paaren.«

Lissa und Cormac erstarrten, bevor sie überrascht auflachten.

»Und übrigens – ich hätte bald einen Welpen abzugeben. Den könnt ihr gern haben.«

»Äh, wir sind uns gerade zum ersten Mal begegnet«, wandte Lissa ein.

Joan winkte ab. »Willst du etwa behaupten, dass ich keine Ahnung von Biologie habe? Oh, und wo wir gerade beim Thema sind …« Sie fixierte Lissa. »Weißt du noch, dass ich gesagt habe, es gäbe hier keine Arbeitsplätze für Krankenschwestern?«

Lissa starrte sie an.

»Moment mal, danach hast du dich erkundigt?«, fragte ein fassungsloser Cormac.

»Nein!«, sagte Lissa. »Na ja. Vielleicht. Es war nur so eine Frage. Äh. Weil ich so gern einen Hund hätte.«

»Hast du vielleicht Erfahrung mit Geburtshilfe? Seit ihr Engländerinnen hier eingefallen seit, kommen plötzlich überall Kinder, deshalb wurde eine Stelle für eine Hebamme vor Ort ausgeschrieben.«

»Oh.« Lissas Miene verfinsterte sich. »Ich bin aber keine Hebamme.«

»Das kriegst du doch bestimmt hin! Hin und wieder müsstest du auch mal beim Ablammen helfen. Das steht zwar nicht in der Stellenanzeige, aber ich sage dir lieber gleich, wie das hier läuft.«

Lissa zuckte mit den Achseln. »Ich weiß nicht so recht.«

Nachdenklich sah Cormac sie an. »Also«, sagte er. »Ich wollte da sowieso noch was mit dir besprechen. In London gibt es ein soziales Projekt … für Leute auf der Straße. Da ist eine Teilzeitstelle ausgeschrieben, und deshalb würde ich mir meinen Job hier gern mit jemandem teilen.«

»Ich verstehe nicht.«

»Du könntest ein paar Stunden hier arbeiten, und ich ein paar hier und ein paar dort … Ich weiß auch nicht. Müssen wir die Details jetzt sofort klären?«

»Du machst Witze!«, rief Lissa aus. »O mein Gott, ich könnte dich küssen!«

Cormac lief rot an. »Wäre es wohl sehr unverschämt von mir, wenn ich dich zu mir nach Hause einladen würde?«

»Ich muss dich sowieso begleiten«, sagte Lissa, »weil ich nicht weiß, wie ich deine Nummer im Handy entsperren kann.«

»Gut«, sagte Cormac. »Dann bleib am besten ganz nah bei mir.«

Als sie schließlich zusammen im Wohnzimmer des kleinen Häuschens standen, bewunderte Cormac ihr Feuer, was Lissa ziemlich stolz machte. Sie erbebten beide, weil dieser Moment so aufregend war, so Furcht einflößend und seltsam zugleich.

Irgendwann ging Lissa in die Küche hinüber, um den Kessel mit Wasser zu füllen. Eigentlich wollte sie gar keinen Tee, sie wusste aber nicht, was sie sonst tun sollte.

Cormac stellte Musik an und kam dann zu Lissa herüber.

Sie sprachen über Carries Katze, die inzwischen wieder über die Straßen stromerte, als sei nie etwas geschehen, und über den jungen Cameron, der mittlerweile in der Fußballmannschaft des Ortes mitspielte. Er hatte sich vor allem angemeldet, um die Gegenspieler terrorisieren zu können, aber es war ein Schritt in die richtige Richtung.

Während Lissa ihm den Rücken zuwandte, trat Cormac ein wenig näher an sie heran. »Ist das für dich in Ordnung?«, fragte er mit behutsamer Stimme, und sie nickte, obwohl sie es nicht schaffte, sich zu ihm umzudrehen.

»Eigentlich sollte es jetzt spät am Abend sein und wir beide sturzbetrunken«, beschwerte sich Lissa. »So machen wir Engländer das zumindest. Und ihr Schotten ja auch, wie ich beobachten konnte.«

Cormac lächelte und rückte noch näher an sie heran.

Sie konnte spüren, wie er sie überragte, und roch sein Mandelshampoo.

Vorsichtig legte er Lissa einen Arm um die Taille. Während sie reglos dastand, senkte er ganz, ganz sanft den wuscheligen Kopf und küsste zart ihren Nacken.

»Guck mal, auf diese Art und Weise«, murmelte er rau, »musst du mich immer noch nicht sehen.«

Bei diesen Worten grinste Lissa und drehte sich um. »Aber vielleicht will ich das ja«, sagte sie und stellte sich auf die Zehenspitzen.

»Gut«, versetzte er, während das frische, klare, schottische Wasser über den Rand des Kessels lief, was aber niemand bemerkte. Und bald sangen die Proclaimers im Wohnzimmer ganz allein vor sich hin.

Kapitel 84

Zwei Monate später

In der Nacht hatte es heftig gestürmt und geregnet, aber als am Morgen der Zug einfuhr, strahlte und glitzerte die noch feuchte Welt bereits wieder.

Lissa hatte dazu geraten, sich warm anzuziehen, und so stieg Mrs Mitchell an diesem leuchtenden Septembertag in einer brandneuen North-Face-Jacke, die auch für arktische Temperaturen geeignet war, aus dem Bus.

Sie waren beide gekommen, um Kais Mutter in Empfang zu nehmen, und reichten ihr mit ernster Miene die Hand.

Einige Zeit später brachte Lissa den Wagen in einer ruhigen Seitenstraße direkt neben dem Dorfplatz vor einer kleinen Ansammlung von Reihenhäuschen zum Stehen.

»Sind Sie bereit?«, fragte Lissa Mrs Mitchell, während Jake ihr die Autotür aufmachte.

Da sich Neuigkeiten in Kirrinfief schnell herumsprachen, wurden sie von einer kleinen Menschenmenge erwartet, und auch Mr Coudrie war von etlichen Gästen umringt, als er auf Lissas Klingeln hin die Tür öffnete.

Sie standen einander gegenüber, Mrs Mitchell auf der einen, die Leute im Haus auf der anderen Seite, und schauten einander neugierig und respektvoll an.

»Ich … ich weiß nicht, was ich sagen soll«, brachte Gregor Coudrie schließlich hervor.

»Das verstehe ich«, entgegnete Mrs Mitchell mit ernster Miene.

Eigentlich wollte er sie gerade hereinbitten, da kam Bewegung in das Grüppchen im Haus, und Islay stürmte nach draußen.

Sie trug zur Feier des Tages extra ein neues Kleid, hatte sich ein Band ins Haar gebunden und war ganz begeistert über all die Schaulustigen, vor denen sie sich kokett in Szene setzen konnte.

Ihre Eltern hatten sich allerdings immer noch nicht an die Tatsache gewöhnt, dass sie keine Todesängste mehr ausstehen mussten, wenn ihre Tochter sich austobte.

Islay erstarrte, als sie Kais Mutter bemerkte, der ein kleiner Laut entfuhr.

Während immer mehr Menschen herbeiströmten, fragte Gregor: »Möchten Sie vielleicht hereinkommen?«

Aber Mrs Mitchell, die von Lissa gestützt wurde, hörte ihn überhaupt nicht.

»Ist das etwa …?«, fragte sie mit kaum vernehmbarem Flüstern.

Lissa nickte.

»Ich bin Islay!«, stellte sich das junge Mädchen fröhlich vor.

Mrs Mitchell blickte sie lange an, während ihr Tränen über die Wangen liefen. »Darf ich denn …?«, fragte sie mit einem Mal.

»Würde es dir was ausmachen, Islay?«, fragte ihr Vater, der sofort wusste, was Mrs Mitchell meinte.

Islay war von Cormac gut vorbereitet worden und breitete einladend die Arme aus.

Mrs Mitchell machte einen wackeligen Schritt auf sie zu, und dann noch einen. Am Ende beugte sie still den Kopf vor, presste ihn gegen die Brust des Mädchens und verharrte in dieser Position.

Islay blieb ausnahmsweise reglos stehen, sodass Mrs Mitchell hören konnte, wie das Herz ihres Sohnes schlug und schlug.

Es wurde ganz still auf der Straße. Als sich Mrs Mitchell mit Tränen in den Augen wieder aufrichtete, zeigte Islay wie üblich mit strahlendem Grinsen alle Zähne.

Nun kam ihre Mutter herbei. »Ich bin jetzt die Mutter Ihres Kindes«, sagte sie langsam. »Und Sie sind Islays. Ihr Kind ist mein Kind. Und mein Kind ist das Ihre.«

Mrs Mitchell nickte, und dann verschwanden sie gemeinsam im Haus.

Cormac und Lissa verschlangen ihre Finger miteinander und drückten sie ganz fest.

Danksagung

Es ist für eine Schriftstellerin wirklich von Vorteil, wenn ihre beiden besten Schulfreundinnen Ärztin und Anwältin sind. Und für dieses Buch habe ich die beiden ganz unverfroren um ihre Hilfe gebeten. (Eventuelle Fehler sind allerdings mir zuzuschreiben, genau wie Änderungen zur Straffung der Handlung – leider werden nur sehr wenige Fälle so schnell vor Gericht verhandelt.) Daher schicke ich ein großes Dankeschön – und wie immer ganz viel Liebe – an Karen Murphy und Alison Woodall.

Ich danke auch Muriel Gray für ihre Unterstützung beim Thema Pflanzen, Claire und Fredi Melo für ihre Hilfe mit dem Albanischen – *Faleminderit!* – und Rona Monroe, meiner guten Handlungs-Fee.

Zu tiefem Dank verpflichtet bin ich auch Jo Unwin, Maddie West, Lucy Malagoni, Milly Reilly, Donna Greaves, Joanna Kramer, Charlie King (EIN HÜBSCHES BABY HAST DU DA!), David Shelley, Stephanie Melrose, Gemma Shelley und allen bei Little, Brown; Deborah Schneider, Rachel Kahan, Dan Mallory, Alexander Cochran, Jake Smith-Bosanquet und Kate Burton.

Den Ehrenplatz zum Schluss habe ich mir für etwas Besonderes aufgehoben: Ich freue mich riesig, dass wir im Text nicht nur auf *I'm Gonna Be (500 Miles)* verweisen, sondern auch die Songzeilen aus *Sunshine on Leith* verwenden dürfen. Dafür danke ich einer der besten Bands im bekannten Universum, den Proclaimers, und dem besten Management im Musikgeschäft, Braw Management.

Diesbezüglich möchte ich Sandra McKay, dem hochgeschätzten Kenny MacDonald sowie Sarah Sharp von Warner Chappell Music einen riesigen Dank aussprechen, und natürlich den unglaublichen Brüdern selbst. Falls ihr die Band noch nicht kennt, könnt ihr euch auf einen wahren Ohrenschmaus einstellen.

An dieser Stelle möchte ich mich auch für die furchtbaren Zeichnungen entschuldigen.

Das Autoreninterview, das auszugsweise auf der Umschlagklappe verwendet wird, wurde dem Buchblog des »Reading between the Wines Book Club« entnommen *(www.readingbetweenthewines.com)*. Übersetzung und Verwendung mit freundlicher Genehmigung.